ELIZABETH LOWELL
Amor temerario

Editado por Harlequin Ibérica.
Una división de HarperCollins Ibérica, S.A.
Núñez de Balboa, 56
28001 Madrid

© 1990 Two of a Kind, Inc. Todos los derechos reservados.
AMOR TEMERARIO, N° 48
Título original: Reckless Love
Publicada originalmente por Harlequin Enterprises, Ltd.
Traducido por Sonia Figueroa Martínez

Todos los derechos están reservados incluidos los de reproducción, total o parcial. Esta edición ha sido publicada con permiso de Harlequin Enterprises II BV.
Todos los personajes de este libro son ficticios. Cualquier parecido con alguna persona, viva o muerta, es pura coincidencia.
™TOP NOVEL es marca registrada por Harlequin Enterprises Ltd.
® y ™ son marcas registradas por Harlequin Enterprises Limited y sus filiales, utilizadas con licencia. Las marcas que lleven ® están registradas en la Oficina Española de Patentes y Marcas y en otros países.

I.S.B.N.: 978-84-671-5403-0

1

Con el corazón martilleándole en el pecho y el cuerpo aplastado contra el ardiente terreno, Janna Wayland se asomó por entre unos arbustos, y observó al alto y desnudo desconocido que corría entre dos hileras formadas por los guerreros ute de Cascabel.

«No va a conseguirlo», pensó para sus adentros. Su corazón se encogió, y sintió una oleada de piedad por él al ver que su cuerpo poderoso recibía un golpe tras otro, hasta que trastabilló y cayó de rodillas. «Aunque desde aquí parezca muy grande y fuerte, van a matarlo. Siempre matan a los hombres blancos que atrapan».

Mientras unas largas marcas color carmesí aparecían en su ancha espalda, el hombre consiguió ponerse en pie y echó a correr de nuevo, encogido de dolor y tambaleándose de un lado a otro entre las dos hileras de guerreros medio borrachos; de repente, al llegar al final, se enderezó inesperadamente, se impulsó hacia delante con toda la potencia de sus piernas y con la cabeza erguida, y empezó a correr con el poder y la elegancia de un caballo salvaje.

Los guerreros ute no se inmutaron al ver que su presa intentaba escapar, y siguieron con las risas y las burlas. Habían sometido a aquella prueba a otros prisioneros, y la mayoría de ellos perdían la consciencia o morían apaleados antes de llegar al final de las hileras; los pocos que conseguían sobrevivir proporcionaban varias horas de entretenimiento a los renegados, que disfrutaban rastreando a sus presas heridas por los escarpados cañones, las mesetas y las montañas de aquella zona del sur del territorio de Utah. No importaba si encontraban al prisionero a cien metros o a un kilómetro y medio de distancia, porque el desenlace siempre era el mismo: la tortura, y una muerte tan despiadada como el árido territorio de roca rojiza.

«Hacia la izquierda», le rogó Janna, mientras su cuerpo entero parecía vibrar de tensión. «No vayas por la primera entrada al cañón, ve hacia la izquierda. ¡Hacia la izquierda!».

Como si hubiera oído sus súplicas silenciosas, el hombre pasó de largo junto a la entrada llena de arbustos de un pequeño barranco y siguió corriendo. Janna lo observó durante unos instantes a través de su catalejo, para asegurarse de que iba en la dirección correcta; a pesar de la sangre que le corría por la espalda, sus movimientos eran fluidos y poderosos, y ella contuvo la respiración al verlo correr. Hasta la última línea del cuerpo del desconocido proclamaba que estaba decidido a sobrevivir. Era lo más hermoso que había visto en su vida... más hermoso aún que Lucifer, el semental negro al que todos perseguían y al que, según los chamanes, ningún hombre podría atrapar.

Cuando el desconocido desapareció de su vista al doblar un recodo, Janna guardó el catalejo en el bolsillo y empezó a deslizarse hacia atrás por la maleza que la ocultaba de los guerreros. A su paso, fue borrando de forma automática todas las señales que pudieran revelar su presencia, y colocó bien las piedras y las ramas que había movido con su cuerpo. Había conseguido sobrevivir durante años en territorio indio porque tenía muchísimo cuidado de dejar el mínimo rastro posible.

En cuanto estuvo fuera del campo de visión de los guerreros y del vigía situado en la parte superior del Cañón del Cuervo, el lugar donde los renegados de Cascabel tenían su campamento, empezó a correr por un camino lateral que bordeaba una de las muchas elevaciones rocosas que se levantaban de la base de la Meseta Negra. Tras cruzar de un salto un cauce pedregoso seco, sin dejar rastro alguno de su paso por allí, siguió corriendo en la dirección que, con un poco de suerte, la llevaría a cruzarse con el desconocido en unos cientos de metros.

Siempre y cuando él lograra llegar tan lejos, claro.

A pesar de lo apremiante que era la situación, Janna avanzó poniéndose a cubierto siempre que podía, consciente de que no le serviría de nada a aquel hombre si los renegados la atrapaban. Al cabo de cinco minutos se detuvo, y escuchó con el aliento contenido. Se sintió esperanzada al no oír nada que indicara que los renegados habían empezado la persecución, y echó a correr de nuevo con unos movimientos silenciosos y gráciles, como los de un fuego extendiéndose por el terreno rocoso. Los nativos la llamaban Sombra de Fuego, a causa de su sigilo y del color caoba encendido de su cabellera.

Al encontrar el rastro del desconocido justo antes de llegar a otro cauce seco, se desvió hacia la izquierda para seguirlo mientras se preguntaba cuál de los muchos escondrijos y formaciones rocosas de la zona habría elegido para esconderse; sin embargo, no importaba dónde se ocultara, porque a pesar de que el hombre había intentado disimular su rastro, estaba sangrando tanto que el reguero de gotas rojas desvelaba por dónde había pasado.

Janna redujo el paso mientras iba borrando las gotas reveladoras con arena o con cualquier rama que tuviera al alcance de la mano, y vio con aprobación que el hombre había pasado de largo junto a varios escondites muy obvios que los renegados sin duda comprobarían, y que había empezado a subir la cuesta; a pesar de sus heridas y de saber que le estaban persiguiendo, estaba claro que no se había dejado arrastrar por el pánico. Igual que el elusivo Lucifer, el desconocido utilizaba la cabeza además de la fuerza bruta para sobrevivir.

Sin embargo, mientras seguía su rastro serpenteante por la ladera empinada y rocosa de la meseta, lo que más impresionó a Janna fue su fuerza de voluntad, porque el hombre estaba intentando eludir a sus perseguidores con una táctica inesperada. Había tomado una ruta muy accidentada de la cara norte, por donde resultaba muy difícil avanzar, y era probable que los guerreros ute la descartaran al principio. Los renegados buscarían primero en las vías de escape más fáciles, y quizás perderían el tiempo suficiente para que cayera la noche sin que hubieran encontrado a su presa.

Era una apuesta arriesgada, pero también la única opción viable, y el hombre había sido lo suficientemente listo y valiente para optar por ella.

Janna redobló sus esfuerzos y aceleró el paso mientras borraba el rastro del desconocido, decidida a hacer todo lo que estuviera en su mano para ayudarlo a eludir a sus perseguidores. Conforme fue subiendo por la escarpada ladera, su admiración por la determinación y la resistencia de aquel hombre aumentó, y empezó a concebir la esperanza de que él supiera de la existencia de un antiguo sendero que llevaba a la parte superior de la meseta; era un camino que los indios ya no utilizaban, porque sólo podía avanzarse por él a pie.

Janna fue subiendo por el escarpado terreno, y sus esperanzas fueron en aumento. En la parte superior de la meseta había agua, cobijo, caza... todo lo que una persona necesitaba para sobrevivir; allí podía esconderlo fácilmente, curarle las heridas y ayudarlo a recuperarse si lo necesitaba.

Esperanzada, Janna empezó a encaramarse por un montículo de rocas que debía de haberse depositado allí en algún desprendimiento, pero al llegar al borde se encontró ante un barranco sin ninguna vía para avanzar o escapar, con el fondo lleno de pinos y de más rocas desprendidas. No había nadie a la vista, pero ella había subido por el único camino de salida del pequeño cañón, y no había visto nada más grande que un conejo. El hombre tenía que estar allí, en algún lugar del hueco rocoso, a no ser que hubiera extendido unas alas espectrales y que hubiera escapado volando de aquella trampa como un chamán.

Janna sintió un escalofrío. Si alguien podía volar como un dios pagano, era aquel hombre. Había soportado una paliza que habría matado a cualquiera, y después había corrido cuatro kilómetros y medio y subido hasta la parte superior de un cañón pedregoso por un terreno que había supuesto un desafío incluso para ella.

«No seas tonta», se dijo con firmeza. «Es tan humano como tú. Has visto bastante sangre suya para poder jurarlo sobre un montón de Biblias tan alto como el mismo Dios».

Janna escudriñó cada centímetro del barranco, pero a pesar de su vista aguzada, tuvo que hacer dos pasadas para poder ver al desconocido tumbado boca abajo entre unas ramas de pino. No lo llamó para no hacer ningún ruido innecesario, y empezó a acercarse a él con cautela porque sabía que podía estar haciéndose el muerto, esperando a que se pusiera al alcance de sus manos; al fin y al cabo, el hombre creía que sólo lo seguían los indios renegados dispuestos a matarlo.

Después de observarlo en silencio durante unos minutos, Janna se convenció de que el desconocido llevaba demasiado tiempo quieto para estar tendiéndole una emboscada, y empezó a temer que estuviera muerto. Estaba completamente inmóvil y con las extremidades dobladas en unos ángulos incómodos, y tenía la piel cubierta de sangre y de arena. Al ver que la sangre seguía manando lentamente de las heridas, supo que estaba vivo, y se arrastró por debajo de las ramas de pino hasta que estuvo lo bastante cerca para colocar la boca junto a su oído.

—Soy una amiga. ¿Me oyes?, soy una amiga.

El hombre no se movió.

—¿Señor? —Janna le puso la mano en el hombro desnudo, y lo zarandeó suavemente.

Él no dio muestra alguna de haberla oído.

Janna se colocó en cuclillas a su lado, con las fragantes ramas de pino sobre su cabeza. Deslizó la mano por su cuello hasta que encontró la yugular, y respiró hondo. Lo primero que notó fue una calidez ardiente, después la fuerza de los músculos de su cuello, y finalmente los lentos y un poco laboriosos latidos de su corazón. Al ver el tamaño del chichón que tenía en la cabeza, se sorprendió de que hubiera podido permanecer consciente el tiempo necesario para llegar tan lejos.

—No vas a moverte ni un centímetro más, ¿verdad? –le preguntó con voz suave.

El hombre no la contradijo.

Janna tocó la herida con cuidado, y comprobó que a pesar de la inflamación, no estaba blanda ni había huesos rotos debajo. Tampoco vio sangre en la arena que rodeaba su cuerpo, así que dedujo que no se estaba desangrando.

Convencida de que el hombre no corría peligro de morir desangrado, Janna decidió no perder más tiempo comprobando sus heridas. El esfuerzo sobrehumano del desconocido había acabado en el atolladero de aquel barranco rocoso, pero su plan inicial de tomar una ruta tan complicada para despistar a Cascabel seguía siendo bueno. Lo único que ella tenía que hacer era retroceder borrando cualquier rastro que hubiera dejado, crear una pista falsa en otra dirección, y volver después junto al desconocido para asegurarse de que permaneciera en silencio hasta que Cascabel se cansara del juego y volviera al campamento.

Janna volvió por el camino poco a poco, borrando de forma concienzuda cualquier pista que revelara que alguien había pasado por allí. Fue sustituyendo todas las piedrecillas manchadas de sangre por otras de igual tamaño, y cada vez que encontraba alguna pisada, la alisaba y volvía a cubrir la zona con arena y restos de plantas.

Pasó de largo junto a varios caminos alternativos que el hombre podría haber tomado a derecha y a izquierda, y finalmente, al llegar a otra encrucijada más, sacó un cuchillo de la funda que llevaba a la cintura, apretó los dientes y se hizo un corte en el brazo.

Después de crear un rastro falso con su propia sangre, Janna lo escondió apresuradamente para que cualquier guerrero con ojos atentos pudiera descubrirlo, y empezó a descender hacia la base de la meseta por un camino largo y escarpado, que se alejaba del campamento de los renegados. Cada vez que llegó a un lugar con diferentes vías de escape, fue dejando señales más obvias que parecían indicar que había intentado borrar su paso.

Como quería que los renegados pensaran que su presa no estaba gravemente herida, que cada vez sangraba menos, fue disminuyendo el rastro de sangre conforme se fue acercando al Cañón Mustang; con un poco de suerte, los indios no sospecharían nada al ver que el reguero de sangre desaparecía por completo.

Janna oyó a los hombres de Cascabel justo cuando llegó a la amplia boca del Cañón Mustang. Estaban tras ella... y acababan de descubrir el rastro de su presa.

2

Los escalofriantes gritos de los renegados resonaron entre las altas paredes de roca. Janna se sintió rodeada, y echó a correr a toda velocidad hacia la amplia y profunda boca del cañón; sin detenerse ni un segundo, se quitó el pañuelo que llevaba al cuello y se lo lió alrededor del brazo, para que no cayera más sangre al suelo.

Llegó casi sin resuello al pequeño cañón lateral al que se dirigía, pero aun así tuvo cuidado de borrar su rastro al meterse por la pequeña hendidura que se abría a un lado del Cañón Mustang. El cauce que pasaba por el profundo y estrecho cañón secundario estaba seco, ya que sólo llevaba agua en la temporada de lluvias o después de alguna tormenta de verano.

El camino debía de tener unos dos metros de ancho y treinta de largo, y la luz sólo alcanzaba el suelo cuando el sol estaba directamente encima. A ambos lados, a unos seis metros de altura, podían apreciarse rastros de antiguas riadas, ya que había arbustos y pequeños árboles en las grietas, marcas de agua, y pequeños pedruscos que se aguantaban precariamente en los huecos creados por la corriente. El suelo del pequeño cañón secundario era un cauce seco pavimentado de cantos y depósitos secos de cieno y lodo, que se dirigían en pendiente hacia el cuerpo de la meseta.

Janna fue saltando de piedra en piedra, con mucho cuidado de no dejar rastro alguno, hasta que el camino se hizo demasiado estrecho para poder extender ambos brazos a los lados al mismo tiempo; en aquel punto, la parte superior del cañón, que era la base de la misma meseta, sólo estaba a unos quince metros de altura. Las paredes de tierra rojiza fueron estrechando el camino conforme Janna fue avanzando; finalmente, se puso de lado, colocó la espalda contra una de las paredes y los pies contra la otra, y fue subiendo por la estrecha abertura. Aunque la parte superior estaba sólo a unos seis metros de altura, su avance fue peligrosamente lento; si uno de los hombres de Cascabel descubría el pequeño cañón lateral, la encontraría en cuestión de segundos.

Janna hizo caso omiso de los gritos de los renegados que se oían en la distancia, y se concentró en subir hacia la relativa seguridad de la meseta; finalmente logró llegar arriba, temblando por el esfuerzo de ascender por la estrecha hendidura, y tras impulsarse por encima del borde, permaneció tumbada durante unos segundos mientras inhalaba grandes bocanadas de aire, temblorosa y dolorida por las magulladuras y los cortes que se había hecho al subir por las paredes de piedra.

«¿De qué me quejo?», se preguntó con aspereza, «él ha sufrido mucho más y ha seguido adelante. Si yo no hago lo mismo, va a recobrar el sentido y empezará a gemir y a removerse, y Cascabel lo encontrará y se pasará los próximos cuatro días torturándolo hasta matarlo».

Aquello espoleó a Janna a moverse. El desconocido era demasiado fuerte y valiente para permitir que muriera en las crueles manos de Cascabel. Se puso en pie y empezó a correr hacia la parte posterior de la Meseta Negra, cuyos prados, arboledas y bordes conocía mejor que nadie. La meseta formaba parte del territorio donde la manada de Lucifer iba a pastar durante el verano.

Janna llevaba cinco años siguiendo a la manada. Se ocupaba de los animales enfermos y heridos, amansaba a los que querían relacionarse con los seres humanos o conseguir comida fácil, y dejaba en paz a los que no podían aceptar nada de manos de las personas, ni siquiera seguridad. Una de las yeguas de la manada se había convertido en la única compañera de Janna, se quedaba junto a ella por voluntad propia y la llevaba al galope por aquella tierra agreste. Janna esperaba encontrarla de un momento a otro, ya que sabía que la manada a menudo pastaba por aquella zona por la tarde.

Encontró a Lucifer y a su harén en uno de los muchos prados verdes de la zona, que fluían como ríos de hierba entre los densos pinares. Por el centro del sinuoso prado corría un pequeño riachuelo.

Janna se llevó las manos a la boca, y un momento después, el grito salvaje de un halcón resonó sobre el prado. Repitió tres veces la llamada y fue a buscar uno de los escondrijos que tenía diseminados por toda la zona, en previsión de las veces en que Cascabel se entretenía persiguiéndola, y sacó una cantimplora, una correa de cuero sin curtir, un zurrón con plantas medicinales, una manta y una pequeña bolsita que contenía un poco del oro que Jack el Loco le iba dando. El hombre insistía en darle la parte de los beneficios de la mina de oro que le habría correspondido a su padre, que llevaba cinco años muerto.

Tras dudar un momento, Janna sacó también un pequeño cuchillo, y en cuestión de segundos hizo un morral improvisado con la correa y la manta. Tras ponérselo diagonalmente a la espalda, se volvió de nuevo hacia los caballos. Lucifer la estaba mirando con las orejas erguidas, pero no parecía asustado; nunca había permitido que se acercara a menos de quince metros de él, pero ya no salía corriendo ni hacía ademán de embestirla. Había acabado aceptándola como si fuera un caballo bastante lento y torpe que aparecía de vez en cuando con manjares como sal de roca y pienso, y sabía que no era ninguna amenaza para él a pesar de que oliera a ser humano.

Janna estaba acabando de llenar la cantimplora en el arroyo cuando una de las yeguas de Lucifer se acercó a ella trotando y la saludó con un suave relincho. El pelaje de Zebra era marrón, aunque tenía de color negro la crin, la cola, la parte inferior de las patas, las orejas, el hocico y una franja en el dorso. Los caballos como ella eran muy preciados por los vaqueros, ya que su camuflaje natural permitía que fueran menos visibles que otros caballos, y que les pasaran inadvertidos tanto a los indios como a los posibles forajidos.

—Hola, Zebra —la saludó Janna con una sonrisa, mientras le acariciaba el hocico—. ¿Estás lista para correr un poco? No iremos muy lejos, sólo serán unos cuantos kilómetros.

A modo de contestación, Zebra le dio un pequeño empujón con el hocico que estuvo a punto de tirarla. Janna se aferró a su crin y se subió a su espalda de un salto, y con un simple toque de sus talones, el animal empezó un trote que pronto se convirtió en un medio galope. Zebra avanzó por una escarpada ruta lateral de la meseta, guiada sólo por las manos, los talones y la voz de Janna, y después enfiló por el camino que utilizaban los caballos salvajes para subir o bajar por la ladera norte.

Aquella ruta en particular era una de las vías más difíciles para ascender o descender, y ésa era la razón de que Janna la hubiera elegido. Que ella supiera, los hombres de Cascabel no habían pasado nunca por allí, ya que solían acceder a la meseta por los caminos occidentales o por el lado sur; el hecho de que casi nunca se acercaran a las zonas norte y este la beneficiaba en gran medida, porque un cañón lateral que se abría en la cara este de la meseta era lo más parecido que había tenido a un hogar.

Veinte minutos después de que Zebra se aventurara por el escarpado camino que bajaba hacia el Cañón Mustang, el animal llegó al fondo y se lanzó a un galope tendido. Janna dejó que se desfogara, hasta que llegaron tan cerca del escondite del desconocido como era posible sin revelar adónde se dirigían.

–Eso es, chica. Sooo, Zebra, me bajo aquí.

Cuando la yegua se detuvo a regañadientes, Janna se bajó y le dio una suave palmadita en la grupa para que se fuera, pero el animal no se movió.

–Venga, vete –le dijo Janna, antes de darle otra palmadita–. Hoy no tengo tiempo para jugar contigo. La próxima vez, te lo prometo.

De repente, la yegua levantó la cabeza y olisqueó el aire mientras permanecía inmóvil, con la mirada fija en el otro extremo del cañón. Janna reaccionó de inmediato ante la muda advertencia, y pareció desvanecerse entre las rocas y la vegetación. Zebra permaneció quieta durante un momento más, y después volvió por el camino silenciosamente; en cuestión de minutos apenas era visible, gracias al camuflaje natural de su pelaje.

Janna retrocedió un poco por la base del cañón, moviéndose con sigilo y camuflada por su ropa y su sombrero color tierra, y entonces subió hacia el lugar donde había dejado al desconocido por un camino aún más escarpado, mientras iba borrando su rastro. Al llegar a las rocas desprendidas que había en la entrada del barranco miró hacia el montón de pinos y rocas del fondo, y se quedó de piedra al ver que el desconocido no estaba allí.

Janna corrió a lo largo de la hendidura, y al llegar a los pinos fue a gatas hasta el lugar exacto donde había dejado al hombre. Descubrió sangre aún fresca y signos de que se había arrastrado para ponerse más a cubierto. Fue siguiendo el rastro mientras lo iba borrando con arena y restos de hojas, y finalmente encontró al desconocido debajo de un denso matorral cubierto de ramas que se apilaba contra una de las paredes del barranco. Al ver unas huellas de manos ensangrentadas en la pared, se dio cuenta de que seguramente había intentado escalar en vano. El hombre estaba tumbado boca abajo y tenía las manos extendidas hacia la piedra, como si de un momento a otro fuera a despertar y a intentar escalar de nuevo.

Janna se mordió el labio para contener un sorprendente impulso de echarse a llorar, y se sintió como una vez en que se había encontrado a un puma con una pata atrapada en una grieta. No había podido acercarse al animal hasta que se había quedado casi muerto de sed, y aunque al final había conseguido liberarlo, no había podido olvidar la agonía de esperar a que el magnífico animal estuviera lo suficientemente débil para poder acercarse a él.

—Pobrecito —murmuró, antes de sentarse junto al hombre y posar una mano en su brazo.

Al notar la dureza de aquellos músculos bajo los dedos, Janna recordó que aquel hombre era tan poderoso como el puma, y quizás incluso más peligroso. Había mostrado una determinación sobrecogedora en su empeño de sobrevivir, y se había obligado a seguir adelante más allá de cualquier esperanza razonable. A lo mejor era como Cascabel, cuya capacidad de soportar el dolor era legendaria... al igual que su crueldad.

Janna se preguntó si aquel hombre era tan cruel como Cascabel, si lo que le había empujado a sobrevivir no había sido una inteligencia, un valor y una determinación inusuales, sino una astucia salvaje y una extrema frialdad.

De repente, le llegaron desde el fondo del cañón los gritos de los renegados, que seguían buscando al hombre que parecía haberse esfumado en el aire como un chamán, y recordó que no podía perder tiempo. Tras tomar el morral que llevaba a la espalda, desató la correa de cuero y cubrió al desconocido con la manta, pero se la quitó de inmediato al darse cuenta de que el color destacaba demasiado entre las luces y las sombras bajo los pinos. Mientras existiera la posibilidad de que Cascabel pudiera encontrar la hendidura del barranco, lo mejor era que el hombre estuviera camuflado con las formas aleatorias de tierra y sangre reseca que lo cubrían.

Poco a poco y en silencio, Janna cambió de posición hasta que estuvo sentada a su lado, y observó con atención su rostro mientras intentaba adivinar qué tipo de hombre se escondía bajo las magulladuras y la suciedad. Si no hubiera presenciado su despliegue de fuerza bruta, su cuerpo habría bastado para convencerla de su poder. Tenía unos hombros tan anchos como el mango de un hacha, su espalda era una enorme cuña que descendía hacia unas estrechas caderas, y sus piernas eran largas y musculosas, y estaban cubiertas de un vello oscuro que también aparecía en sus axilas.

Janna fue dándose cuenta gradualmente de que el desconocido era muy apuesto y masculino, y que sus rasgos tenían una regularidad atrayente. Su frente era ancha, sus ojos estaban bien separados y tenían unas densas pestañas, sus pómulos eran altos y bien definidos bajo el pelo oscuro de su barba incipiente, su nariz era recta y su bigote estaba perfectamente recortado, y su mandíbula reflejaba la firme determinación de la que ya había hecho gala. Janna se preguntó si tendría los ojos oscuros o claros, ya que era imposible de decir en función del tono de su piel. De sus ojos radiaban unas finas líneas que podían ser de risa o de concentración, y su pelo cubierto de suciedad y de sangre era espeso, ligeramente ondulado y negro como el ala de un cuervo.

Janna estuvo tentada a recorrer aquel pelo con los dedos para probar su densidad y su textura, pero cuando empezó a alargar la mano se quedó helada al oír nuevas voces desde el cañón. Los hombres de Cascabel parecían estar mucho más cerca, de modo que seguramente habían descubierto su rastro a pesar de lo mucho que se había esforzado por ocultarlo.

En ese momento, el hombre abrió los ojos. Tenían un tono verde profundo y cristalino, y ardían con la luz salvaje de su determinación por vivir. Janna se apresuró a cubrirle los labios con los dedos, e hizo un gesto de negación con la cabeza mientras con la otra mano le presionaba ligeramente en el hombro para avisarle de que no debía moverse. Él asintió, para indicarle que había comprendido que debía permanecer quieto y en silencio.

Ambos permanecieron inmóviles, respirando apenas, mientras oían a los hombres de Cascabel buscando a su presa en el accidentado terreno.

Los sonidos fueron alejándose gradualmente; al parecer, los renegados habían decidido que su presa herida habría sido incapaz de subir por la escarpada pared del cañón. Finalmente, cuando las voces se desvanecieron de forma definitiva en la distancia, el hombre exhaló un largo suspiro quebrado y volvió a perder la consciencia.

Janna le acarició el pelo en un silencioso gesto tranquilizador, para calmar al instinto animal latente que le había despertado ante los ruidos de sus perseguidores. Ella entendía bien el tipo de vida que conducía a una división así de la mente, en la que una parte del cerebro dormía mientras la otra permanecía en guardia, ya que ella dormía siempre alerta y solía despertarse al oír los suaves sonidos de los ratones y de los coyotes, o ante el ulular de un búho o el susurro de las ramas al mecerse en el aire. Para ella, los peligros de aquella tierra salvaje eran algo normal, y los aceptaba como parte de su vida igual que el sol, el viento o la brillante luna plateada.

Después de una hora sin oír ningún ruido sospechoso, Janna abrió con cautela el zurrón de cuero que había llevado consigo, y fue sacando las diferentes plantas medicinales que había ido recogiendo a lo largo del territorio de Utah. Algunas de ellas ya estaban en forma de ungüentos, y otras estaban tal cual; con movimientos rápidos y eficientes, fue tratando todas las heridas del desconocido que estaban a su alcance sin despertarlo.

El hombre tenía los pies llenos de heridas y magulladuras, así que después de limpiarle los cortes y de quitarle las espinas, le aplicó una gruesa capa de ungüento y se los vendó con unas tiras que cortó de la manta. Él no se despertó en ningún momento, y su inmovilidad habría sido preocupante de no ser por los rítmicos y fuertes latidos de su corazón y por su respiración acompasada.

Cuando hubo hecho todo lo posible dadas las circunstancias, Janna lo cubrió con la manta y se sentó a su lado mientras observaba cómo el sol del atardecer encendía el cielo. Le encantaba aquella silenciosa llamarada de belleza, la incandescencia y la transformación del cielo, ya que hacía que creyera que todo era posible... todo, incluso su fiera y secreta esperanza de llegar a tener algún día un hogar en el que dormir sin despertarse siempre sola.

Cuando oscureció del todo y la última estrella se encendió, Janna se rodeó las rodillas con los brazos, apoyó la frente sobre ellas y se durmió, aunque cada varios minutos se fue despertando para aguzar el oído y escuchar con atención los sonidos de la noche y la respiración de aquel hombre, de aquel desconocido que confiaba en ella lo suficiente para dormir desnudo y desarmado a sus pies.

Tyrell MacKenzie se despertó sintiendo como si le hubiera pasado por encima una estampida de reses. No gimió ni hizo ruido alguno a pesar del dolor que parecía rasgarle la cabeza con cada latido del corazón, porque todos sus instintos le indicaban que debía permanecer en silencio y ocultarse, y la Guerra Civil le había enseñado a confiar en ellos. Abrió un ojo de forma casi imperceptible, lo justo para ver sin revelar que había recobrado la consciencia.

Al ver un par de mocasines a meros centímetros de su cara, los recuerdos inundaron su mente aturdida por el dolor: Cascabel, sus renegados y un pasillo interminable de golpes. Había conseguido sobrevivir, y entonces había corrido y corrido hasta que había creído que iba a estallarle el pecho, pero aun así había seguido adelante mientras intentaba encontrar un escondrijo antes de que los indios lo encontraran.

Entonces recordó otra cosa... un muchacho delgado, con ropa andrajosa y ojos grises que le había advertido que permaneciera en silencio. Ty abrió los ojos un poco más, y vio que los mocasines no pertenecían a uno de los hombres de Cascabel, sino al muchacho. El joven tenía la cabeza apoyada en las rodillas, y apretaba sus largas piernas contra su cuerpo como si estuviera intentando protegerse del frío de la noche que había pasado a la intemperie.

Por el ángulo y la dirección de la luz del sol que se filtraba a través de los nubarrones negros en el cielo, Ty supo que la mañana ya había dado paso a la tarde. Eso significaba que había dormido toda la tarde anterior, la noche entera y la mayor parte de aquel día, y le sorprendió no haberse despertado por el frío nocturno. A pesar de que aún era agosto, aquella zona no era demasiado cálida cuando el sol desaparecía tras la Meseta Negra.

El muchacho volvió la cabeza y apoyó la barbilla en las rodillas, y Ty se encontró de frente con los cristalinos ojos grises que recordaba. Una mirada tan directa era poco frecuente en un chico tan joven... a juzgar por su aspecto, aún debían de quedarle varios años por delante antes de tener que afeitarse... pero Ty había visto el efecto que la guerra tenía en los niños y sabía que los que sobrevivían maduraban antes de tiempo.

Cuando el muchacho se llevó el dedo índice a los labios para indicarle que no hiciera ningún ruido, Ty asintió y observó cómo se movía entre la maleza con el sigilo de un indio, mientras él permanecía inmóvil a pesar de lo dolorido que estaba. La guerra también le había enseñado que el hombre que se movía antes era el primero en morir.

Mientras esperaba a que el muchacho volviera de inspeccionar el terreno, Ty se dio cuenta de que estaba cubierto con una manta que lo protegía del frío. A juzgar por la esquina que le cubría el brazo, la tela estaba tan desgastada como la ropa del chico; obviamente, el joven había permanecido alerta junto a él durante toda la noche y la mayor parte del día, había protegido a un completo desconocido y además le había dado su única prenda de abrigo.

«Este chico tiene agallas, ¿qué está haciendo aquí solo?», se preguntó, antes de sumirse en un sueño inquieto y plagado de dolor; sin embargo, sus sentidos eran tan aguzados como los de un animal salvaje, y abrió los ojos de inmediato cuando el joven volvió tan silenciosamente como se había ido.

—Puedes moverte, pero aún no podemos irnos de aquí —dijo Janna en voz queda—. Cascabel y sus hombres siguen buscándote, pero están en la zona este de la Meseta Negra.

—Entonces, será mejor que te vayas mientras puedas —contestó él con voz ronca.

Ty cambió de posición con movimientos cautos. Quería comprobar si su cuerpo podría responder en caso de que tuviera que salir corriendo de nuevo, y era casi seguro que tuviera que hacerlo si Cascabel aún estaba buscándolo.

—El rastro que dejé podría seguirlo hasta un ciego —admitió.

—Ya lo sé, lo borré mientras te seguía —admitió Janna con suavidad.

—No servirá de nada —con un gemido, Ty se obligó a incorporarse a pesar del mareo y del terrible dolor de cabeza que sentía—. Cascabel encontrará tus huellas en cuanto esté sobrio, sería capaz de seguirle el rastro a una serpiente por un terreno de roca sólida. Venga, lárgate mientras puedas.

Al ver que el desconocido empalidecía y que su rostro se cubría de sudor, el primer impulso de Janna fue pedirle que se tumbara y que permaneciera quieto, pero era consciente de que posiblemente tendría que ponerse en marcha para esconderse. Era mejor comprobar las fuerzas que le quedaban para poder planear la huida, que exponerse a que los pillaran desprevenidos.

—Dejé una pista falsa hacia un cañón secundario sin salida en el Cañón Mustang, y subí por la pared. Ya había dejado de sangrar, así que no quedó ninguna señal de la dirección que tomé.

—¿Estabas sangrando? —Ty levantó la mirada e intentó enfocarla en el muchacho con dificultad, ya que el dolor teñía el mundo que lo rodeaba de rojo y negro—. ¿Te han herido?

—Me corté a propósito —dijo Janna, mientras empezaba a

quitarse el pañuelo con el que se había vendado del brazo–. Cascabel sabía que estabas sangrando, así que se habría dado cuenta de que el rastro no era tuyo si no hubiera visto sangre.

La última vuelta del pañuelo se le había pegado a la piel con la sangre seca, así que lo humedeció con un poco de agua de la cantimplora y apretó los dientes antes de quitárselo de un tirón. No había signos de infección, pero aun así sacó unas hierbas del zurrón y las aplicó sobre la herida.

–¿Estás bien? –le preguntó Ty con voz tensa.

–Sí, claro –Janna lo miró con una sonrisa tranquilizadora–. Papá siempre decía que los cortes de un cuchillo afilado se curan mejor que los de un cuchillo romo, así que siempre procuro que los míos estén bien afilados. ¿Lo ves?, ni rastro de infección.

Ty contempló la larga línea roja en el dorso de aquel antebrazo sin apenas musculatura, y se dio cuenta de que el chico se había herido deliberadamente para dejar un rastro de sangre que engañara a Cascabel.

–Tu padre crió a un hijo muy valiente –comentó.

Janna levantó la cabeza con brusquedad y estuvo a punto de decirle que su padre había criado a una *hija* muy valiente, pero se mordió la lengua. No era la primera persona que la confundía con un chico desde la muerte de su padre, y ella misma había hecho todo lo posible por fomentar aquella impresión. Se vendaba los pechos con una tira de ropa para aplanar y esconder sus curvas femeninas, y se ponía las viejas y enormes camisas de su padre y sus pantalones, que ocultaban la pronunciada forma de su cintura; además, llevaba el pelo recogido en unas gruesas trenzas indias y metido debajo de un sombrero masculino que también era demasiado grande para ella.

Le resultaba muy útil hacerse pasar por un chico cuando iba a los pocos ranchos de la zona para intercambiar sus conocimientos de lectura y de escritura por comida, o cuando iba al pueblo para gastar un poco del oro de Jack el

Loco en ropa o en preciados libros. Ser un chico le proporcionaba una libertad de movimientos que les estaba negada a las chicas, y como amaba la libertad tanto como los mustangs, prefería que los desconocidos la tomaran por un muchacho.

Aun así, le molestó que aquel hombre en concreto se hubiera equivocado en cuanto a su sexo, y su primera reacción fue querer que viera a la mujer que había más allá de la ropa; sin embargo, su segunda reacción fue darse cuenta de que aquello sería una auténtica estupidez... aunque su tercera reacción fue una repetición de la primera.

—Tu padre tampoco lo hizo mal —dijo finalmente—. Cascabel ha matado a más hombres de los que podrías contar con los dedos de las manos y de los pies.

—No sé si aún tengo los de los pies en su sitio —comentó Ty con una sonrisa. Se incorporó un poco más para echar un vistazo a la zona en cuestión, y se volvió de inmediato hacia Janna al ver los vendajes.

—Aún tienes los diez. Están enteros pero un poco magullados, te van a doler una barbaridad cuando intentes caminar.

Ty soltó un gemido entre dientes al sentarse con las piernas cruzadas, al estilo indio.

—No tengo que esperar a caminar, ya me duelen una barbaridad.

Janna no contestó, porque se le había secado la boca de repente. La manta que cubría al hombre había resbalado mientras se sentaba, y había dejado al descubierto su ancho y ensangrentado pecho y su torso musculoso. El vello negro que rodeaba sus pezones descendía en una línea central hasta llegar a sus ingles, donde se espesaba y se extendía para enmarcar y enfatizar aquella parte que suponía la principal diferencia entre el cuerpo masculino y el femenino.

Janna apartó la mirada de golpe, y se obligó a respirar mientras se preguntaba si se iba a desmayar de un momento a otro.

«¿Por qué me estoy portando como una tonta?, no es la primera vez que veo a un hombre desnudo», pensó para sí.

Sin embargo, ver a algún vaquero lavándose en un abrevadero o a los indios danzando con poco más que un taparrabos parecía muy diferente a contemplar a aquel hombre poderoso sentado desnudo con total despreocupación tan cerca de ella.

—Chico, ¿estás seguro de que estás bien? Pareces un poco pálido —comentó Ty.

Janna tuvo que tragar dos veces antes de poder contestar.

—Estoy bien. Y no me llamo «chico», sino... Jan.

—¿Jan? El padre de mi madre se llamaba así —Ty empezó a quitarse la venda improvisada que le cubría el pie derecho—. Era un sueco enorme con una risa que se oía a kilómetros de distancia, mi madre decía que me parezco mucho a él.

—La verdad es que eres bastante grande, pero yo de ti controlaría la risa hasta que Cascabel se canse de buscarte —respondió Janna con sequedad.

Ty masculló una palabrota entre dientes cuando descubrió que la tira de tela se le había quedado pegada a la planta del pie.

—Me llamo Ty MacKenzie —dijo tras unos segundos. Levantó la mirada hacia el muchacho, y añadió con una sonrisa—: y no te preocupes si te parezco bastante grande, chi... Jan. Empezarás a ganar altura y músculos cuando tengas que empezar a afeitarte, más o menos.

—Sí, cuando los cerdos vuelen —rezongó Janna en voz baja.

Ty la oyó, y le dio una palmadita en la rodilla antes de decirle con una gran sonrisa:

—Yo me sentía igual cuando tenía tu edad. Pensé que nunca llegaría a ser como mi hermano mayor, Logan, pero al final lo alcancé... bueno, casi, porque nadie es tan grande como Logan. Aunque yo he tenido mucho más éxito con las damas que él —Ty le guiñó un ojo en un gesto de complicidad.

Aquel comentario no le hizo ninguna gracia a Janna. Suponía que las mujeres debían de caer rendidas al ver una versión limpia y aseada de Ty MacKenzie, porque la versión apaleada, sucia y desnuda estaba consiguiendo que a ella se le acelerara el pulso. Eso era algo que la irritaba, porque era obvio que ella no tenía el más mínimo efecto en él.

«Empezarás a ganar altura y músculos cuando tengas que empezar a afeitarte, más o menos». Al recordar sus palabras, Janna se dijo que un día las recordaría y se reiría, pero estaba claro que ese día aún no había llegado.

Al oír que Ty soltaba un pequeño gemido, levantó la mirada... y siguió levantándola más y más, hasta llegar a sus ojos nublados de dolor. Al ver que había empezado a sudar de nuevo y que tenía las manos apretadas contra la frente, como intentando evitar que se le desencajara, olvidó de inmediato su indignación y alargó las manos para ayudarlo.

—Túmbate de espaldas —le dijo. Lo empujó ligeramente con una mano en el pecho mientras le sujetaba la cabeza, pero fue como intentar mover una pared de roca—. Podré curarte los cortes más fácilmente si te tumbas, anoche sólo pude tratar los de tu espalda. Si no te limpio la parte de delante, se te infectarán las heridas y tendrás fiebre, y no servirás de nada en una pelea.

Ty movió la cabeza, y no pudo contener una mueca de dolor.

—¿Qué tal tienes el estómago? —le preguntó Janna. Renunció a hacer que se tumbara por el momento, y empezó a vendarle de nuevo el pie derecho—. ¿Tienes náuseas?

—No.

Janna observó sus cristalinos ojos verdes durante unos segundos, y comprobó que ambas pupilas tenían el mismo tamaño.

—Mira hacia el sol —le dijo.

Ty se la quedó mirando durante un largo momento, pero al final levantó la vista hacia el cielo, donde el sol se asomaba entre las nubes de tormenta. Janna observó sus pupilas cuando él volvió a bajar la mirada, y comprobó que se habían contraído ante la luz solar.

−¿Y bien?, ¿crees que tengo conmoción? −le preguntó él, con cierto matiz divertido en la voz.

−Lo dudo, tienes una cabeza muy dura.

−¿Es una opinión profesional, doctor?

−Mi padre era el doctor, pero me enseñó muchas cosas antes de morir −Janna volvió a contemplar sus pupilas, fascinada por los círculos oscuros rodeados por un verde tan puro−. Menos mal que los indios arrancan cabelleras y no ojos, porque los tuyos serían muy codiciados.

Ty parpadeó, soltó una suave carcajada y dejó escapar un sonido de dolor cuando su propia risa le martilleó en el cráneo.

−¿Estás seguro de que no te molesta el estómago? −le preguntó ella.

−Sí, ¿por qué? −dijo él entre dientes.

−Tendrías que beber para empezar a reemplazar la sangre que perdiste, pero si vas a vomitar, no tendría sentido malgastar agua. El arroyo más cercano está a unos cuatrocientos metros del campamento de Cascabel.

Cuando Janna le alargó la cantimplora, Ty la tomó sin decir palabra y bebió poco a poco, saboreando el frescor que se deslizaba por su lengua y su garganta. Después de tomar varios tragos, se detuvo e hizo ademán de devolvérsela, pero ella negó con la cabeza.

−Si no tienes náuseas, bebe más.

−¿Y qué pasa contigo? −le preguntó él.

−Tú necesitas el agua más que yo.

Ty vaciló por un segundo, tomó varios tragos más y le devolvió la cantimplora.

−Ten, mastica esto mientras te limpio los cortes del pecho −le dijo ella, mientras se sacaba un trozo de cecina del bolsillo de la camisa.

Ty tomó la dura tira de carne seca, y cuando hizo ademán de sacar el cuchillo de la funda que solía llevar a la cintura, recordó que estaba desnudo. Janna le dio su largo cuchillo de caza sin decir palabra, y después de comprobar el filo y de asentir con aprobación, él cortó un trozo de carne con un movimiento firme y rápido que reveló su pericia en el manejo de aquel tipo de armas.

Janna cortó la esquina más limpia de la manta, la humedeció cuidadosamente con un poco de agua de la cantimplora y alargó la mano hacia aquel musculoso pecho, pero vaciló en el último momento.

—Te va a doler —le advirtió.

—Chico, no hay ni un centímetro del cuerpo que no me duela —le contestó Ty con ironía.

Chico.

Janna apretó los labios con irritación, pero limpió con suavidad los cortes cubiertos de sangre seca de su pecho. Dos de ellos eran bastante irregulares y ya estaban inflamados, y se mordió el labio al pensar en el dolor que debía de estar causándole a pesar de lo cuidadosa que estaba siendo.

—Lo siento —susurró con impotencia al ver que él hacía una mueca de dolor.

Al oír el tono angustiado en la voz del muchacho, Ty sintió el impulso repentino de darle un abrazo para reconfortarlo. La idea lo sorprendió y lo incomodó al mismo tiempo, porque tenía muy claro que a él no le atraían los chicos. Con un gesto abrupto, agarró sus estrechas muñecas y las apartó de su cuerpo.

—Ya puedes parar —le dijo bruscamente.

—Pero aún no he acaba...

Las palabras de Janna se cortaron en seco, y el sonido de piedrecitas cayendo por la pendiente rasgó el tenso silencio.

Ty se movió a una velocidad sorprendente, y en un instante Janna estuvo apretada entre su ancha espalda y la pared del barranco. Desnudo y con el cuchillo de caza como única arma, Ty esperó inmóvil a que apareciera lo que estaba avanzando por el camino hacia la brecha cubierta de pinos.

4

Se oyó un suave relincho, y segundos después, un caballo apareció en la parte superior del barranco.
—¿Qué demonios...? —susurró Ty.
—¡Zebra! —exclamó Janna, al echar una mirada por encima de su hombro musculoso.
—Chico, ¿es que no sabes distinguir a un caballo de una cebra?
—Mejor de lo que tú distingues a un hombre de una mujer —masculló Janna.
—¿Qué?
—Apártate —Janna le dio un ligero empujón.
—¡Ay!
Ella se apresuró a apartar la mano y a disculparse, y Ty se apartó un poco para que pudiera pasar por encima de sus piernas. Zebra se acercó al borde de los pinos, agachó la cabeza y volvió a relinchar suavemente.
—Hola, chica —la saludó Janna, mientras le acariciaba el hocico—. ¿Me echabas de menos?
Zebra restregó el hocico contra las manos de Janna, aunque no perdió de vista a Ty ni un momento. Cuando él se movió, la yegua levantó la cabeza en un gesto de alarma.
—No te muevas, no está acostumbrada a la gente.
—¿Y qué cree que eres tú?

—Un caballo que huele mal.

Ty soltó una suave carcajada, y al ver que las orejas del animal se movían nerviosamente, empezó a hablarle con voz suave y calmada.

—Tienes un olfato mucho mejor que el de los perros de caza que tenía mi padre —sin apartar la mirada de la yegua, le preguntó a Janna—: ¿Cuánto hace que la tienes?

—No la tengo.

—¿Qué?

—No es mía, simplemente le caigo bien. A algunos caballos les gusta la compañía de las personas, si se les trata de la manera correcta.

—Y algunos caballos son casi letales. Estaba a punto de echarle el lazo a Lucifer cuando Cascabel me atrapó.

A Janna se le aceleró el corazón; aunque Lucifer se negaba a acercarse a ella, en cierta manera lo consideraba como algo propio.

—¿Cómo conseguiste acercarte tanto a él?

—Soy un rastreador bastante bueno cuando no estoy medio muerto —contestó Ty con sequedad.

—Los chamanes dicen que ningún hombre podrá atrapar a Lucifer, es un caballo fantasma.

—Ni hablar. Es de carne y hueso, y engendra los mejores potros que he visto al oeste del Misisipi. Lucifer es mi billete hacia el futuro que la Guerra Civil le arrebató a mi familia, con él crearé la manada que mi padre siempre quiso. La habría conseguido de no ser por la guerra, porque mis tres hermanos y yo nos fuimos a luchar con sus mejores caballos, y nos salvaron la vida en más de una ocasión.

Ty apretó los labios y se encogió de hombros, como si quisiera ahuyentar algún recuerdo desagradable. En el breve silencio, oyeron el ronroneo lejano de los truenos y el susurro de las ramas bajo el aire cargado de humedad.

—Espero que llueva pronto, porque las huellas de este perro enorme van a conducir a Cascabel directo hacia nosotros —comentó Ty, mientras levantaba la vista hacia las nubes de tormenta.

—Tranquilo, lloverá.

Al notar la seguridad en su voz, Ty se volvió hacia ella y la miró con expresión penetrante.

—¿Cómo lo sabes?

—Lo sé, sin más. Llevo tanto tiempo viviendo en esta tierra, que conozco todos sus secretos.

—Ponme un ejemplo.

—Pues... cuando el aire tiene un extraño brillo cristalino y empiezan a formarse nubes, siempre llueve unas dos horas antes de que se ponga el sol. Es una lluvia fuerte, fría y repentina, como un océano del revés que cae sobre la tierra. Al cabo de una o dos horas, por algunos de los cañones secundarios la corriente de agua alcanza más de medio metro de altura —Janna se apartó de la yegua, y miró a Ty—. ¿Aún estás mareado?

A él no le sorprendió que hubiera notado su mareo, ya que empezaba a darse cuenta de que a aquellos claros ojos grises no se les escapaba casi nada.

—Un poco, el mareo va y viene —admitió.

—¿Crees que puedes llegar a las rocas de arriba si te ayudo?

—Claro que puedo, con o sin tu ayuda.

Janna observó las líneas decididas de su rostro y el poder latente de su cuerpo firme, y rogó para que su seguridad en sí mismo estuviera justificada; aunque el barranco rocoso les había ayudado a ocultarse, se convertiría en una trampa mortal si Cascabel los descubría allí. Cuanto antes se marcharan, mejor.

Sólo se le ocurría un escondite posible, y se encontraba en la zona sudeste de la Meseta Negra, en el borde del territorio más o menos tácito de Cascabel. Era un lugar encantado que los indios evitaban, ya que según la leyenda, en el pasado la montaña había rugido de angustia y se había abierto, y entonces había manado de ella una sangre espesa y roja, la sangre de los espíritus que lo había quemado todo a su paso, incluso la misma roca.

Cuando la sangre se había enfriado, se había convertido en las rocas oscuras y toscas que le daban su nombre a la Meseta Negra, y a los pies de antiguas coladas de lava y de barrancos de arenisca Janna había encontrado un cañón secundario que penetraba hacia el cuerpo de la meseta. Tras una estrecha entrada, el cañón se abría en una amplia zona llena de hierba y de agua cristalina, y ella solía pasar allí los inviernos, con la tranquilidad de saber que nadie podría detectar su rastro en la nieve.

Era su refugio secreto, lo más parecido que había tenido a un hogar, y nunca lo había compartido con nadie. Era extraño saber que iba a tener que revelarle su existencia a Ty, pero no tenía otra opción.

—En cuanto acabe de limpiarte las heridas, iremos a un cañón escondido —le dijo, mientras se volvía hacia el zurrón que contenía las hierbas medicinales—. Nadie más lo conoce aparte de Jack el Loco, y él no cuenta.

—¿Jack el Loco?, creía que era una leyenda.

—Bueno, es lo bastante viejo para serlo.

—¿Lo has visto de verdad?

Janna sacó la pasta hecha de hierbas que había preparado durante las largas horas diurnas en las que Ty había permanecido dormido, y empezó a aplicársela a los cortes que parecían más preocupantes.

—Sí, lo he visto —contestó.

—He oído que tiene una mina de oro en algún lugar escondido de la Meseta Negra.

Janna se detuvo por un segundo, pero de inmediato prosiguió con su tarea.

—Lo que Jack tenga o deje de tener es asunto suyo.

Ty enarcó las cejas al oír el tono cortante de su voz.

—¡Ay! Ten cuidado, chico, no estoy hecho de piedra.

—Lo siento —dijo ella con voz tensa.

Ty la observó durante unos segundos, pero al ver que se

negaba a levantar la mirada, le tomó la barbilla para que sus ojos se encontraran.

—Oye, no voy a hacerle ningún daño a ese hombre, por mucho oro que haya encontrado. No soy ni un ladrón ni un canalla, y no pienso construir mi futuro a partir de un dinero manchado de sangre.

Janna observó con atención sus ojos verdes, y no vio rastro de engaño en ellos. Recordó que él le había pedido que lo dejara allí y que se pusiera a salvo, y que la había escudado con su cuerpo cuando había creído que se acercaba un posible peligro, y se sintió avergonzada por haber sido tan suspicaz.

—Lo siento —le dijo—. Pero es que a veces, cuando he encontrado algo de oro y he ido al pueblo a comprar suministros con él, algunos hombres me han seguido. Normalmente no tengo problemas para despistarlos, pero no me ha quedado una opinión demasiado buena de la naturaleza humana.

Ty sintió una oleada de rabia cuando se lo imaginó escondiéndose entre las rocas de unos perseguidores blancos que actuaban como indios renegados, y le sorprendieron tanto su propia reacción como el inesperado instinto protector que sintió hacia aquel muchacho. Incómodo, se dio cuenta de que debajo del viejo sombrero que llevaba y de la suciedad que lo cubría, el rostro del chico era... extraordinario.

«Dios, he visto mujeres mucho más feas que este muchacho, a lo mejor lo que perseguían esos hombres no era el oro». Ty apartó la mano como si se hubiera quemado, y el súbito movimiento hizo que Zebra retrocediera de inmediato.

—Este maldito caballo es tan asustadizo como un mustang —comentó, mientras se frotaba la mano contra el pecho para intentar borrar el recuerdo táctil de aquella piel suave y de su delicada estructura ósea.

Janna parpadeó con perplejidad al notar su irritación, y

deseó que volviera a ponerle la mano bajo la barbilla. Su palma era cálida y firme, sus dedos largos y cuidadosos, y hacía años desde la última vez que había sentido el contacto reconfortante de otro ser humano.

—Zebra es una mustang —le dijo con voz ronca—. Cuando no está conmigo, corre libre.

Ty se volvió hacia la yegua con interés renovado, y la observó con atención. Sus pezuñas no estaban recortadas por unas tenazas de acero, sino por el terreno rocoso, y era un animal lustroso sin ser gordo, fuerte sin ser grande. No tenía señal alguna atribuible a la mano del hombre... nada de marcas, cortes en la oreja ni herraduras, y tampoco señales de fricción a causa de unas bridas o una silla de montar.

—¿La montas?

—A veces, cuando es seguro —respondió Janna.

—¿Y cuándo es eso?

—Cuando Cascabel no está por la zona. En los últimos seis meses ha estado merodeando bastante por aquí, por eso Zebra está tan falta de atención. Supongo que el ejército le está poniendo las cosas bastante difíciles a Cascabel.

—O Halcón Negro se ha hartado de que lo culpen por las incursiones de los renegados y se ha puesto firme —dijo Ty—. Es un jefe guerrero y un líder, y Cascabel es un asesino y un ladrón. Demonios, me extraña que no te haya rastreado para asarte a fuego lento sólo por diversión.

Janna ignoró la pregunta implícita. No tenía intención alguna de confesarle que para la mayoría de los indios ute ella era Sombra de Fuego, una bruja que hablaba con los espíritus. El hecho de que Ty pensara que era un chico era irritante, pero también le resultaba muy útil... sobre todo mientras siguiera desnudo mientras ella tenía que aplicarle los ungüentos medicinales en las heridas.

Volver a prestar atención a la desnudez de Ty hizo que Janna se ruborizara, y tuvo que esforzarse al máximo para controlar el temblor de sus manos mientras frotaba el ungüento sobre toda aquella piel.

Ty notó su temblor, y maldijo en voz baja.

–Lo siento, chico, no quería asustarte. Cuando estemos a salvo de Cascabel, te llevaré al acuartelamiento del ejército en Sweetwater, allí estarás a salvo.

Janna sacudió la cabeza sin decir nada, y se concentró en evitar que sus manos revelaran el precario equilibrio de sus emociones.

–No seas tonto –añadió Ty–. Puede que hayas sobrevivido en territorio salvaje hasta ahora, pero la situación ha cambiado. El ejército lleva casi tres años luchando contra Halcón Negro, desde que acabó la Guerra Civil, y los altos mandos se han cansado de batallar con los ute. Va a haber una campaña a gran escala antes del invierno, quieren tener la situación arreglada antes de Acción de Gracias y de paso acabar también con Cascabel. Entre los enfrentamientos de Halcón Negro con los soldados, y Cascabel matando a todo lo que se mueva, no habrá persona ni animal seguro en esta zona, por no hablar de un muchacho tan delgaducho como la rama de un sauce.

–Si es una zona tan peligrosa, ¿por qué estás aquí? –le preguntó Janna.

–Por Lucifer. Supuse que era el momento más oportuno, porque en cuanto los ute se hayan calmado, todo el que sepa apreciar a un buen caballo intentará atraparlo. Aunque nadie consiga ponerle la mano encima, seguramente algún criador codicioso le pondrá una bala entre ceja y ceja para hacerse con sus potros –Ty observó a Zebra, y añadió–: Es hija de Lucifer, ¿verdad?

–Sí.

–Se nota en la longitud de sus patas y en la forma perfecta de su cabeza. La sangre de Lucifer siempre sale a relucir, se cruce con lo que se cruce. ¿Pertenece a su manada?

–Sí.

–¿Cómo conseguiste acercarte a ella?

Janna se limpió los dedos en los pantalones, sin dejar de observar sus heridas.

—Su madre se había escapado de un rancho y le gustaban la sal, el pienso y la compañía de los humanos, así que Zebra me conoció desde pequeña. Hay otros caballos como ella en la manada, que también me aceptan, y algunos de los mustangs van confiando en mí con el tiempo. Me ocupo de sus cortes y de sus arañazos y les rasco donde no alcanzan, y ellos me avisan cuando hay hombres cerca. Así me he mantenido fuera del alcance de Cascabel, Lucifer puede olerlo a más de un kilómetro de distancia.

—¿Lucifer te deja que te acerques a él? —le preguntó Ty con interés.

—Es tan salvaje como una tormenta —se limitó a contestar ella.

—Y ella también —dijo Ty, señalando hacia Zebra—, pero ha seguido tu rastro como un sabueso bien adiestrado. ¿Va a venir Lucifer a buscarte también?

—No. He sobrevivido porque no llamo la atención, y cualquiera que permaneciera junto a Lucifer sería tan visible como un relámpago.

En aquel preciso momento resonó un trueno, pero Ty no apartó la mirada del rostro de Janna.

—¿Has intentado acercarte a él?

—No.

—¿Por qué no?, ¿acaso es un asesino?

—¿Tú no intentarías matar a cualquier hombre que quisiera encerrarte en una jaula? —le preguntó ella.

—El ser humano lleva miles y miles de años criando caballos. Es una relación de compañerismo, igual que la que hay entre el hombre y los perros.

—Eso no es cierto en el caso de algunos hombres.

—Quizás, pero estás hablando de hombres que también son crueles con los de su misma especie, y yo no lo soy. Yo lucho para conseguir un objetivo, no por el mero placer de pelear.

Janna bajó la mirada hacia el cuchillo que Ty mantenía al alcance de la mano, y recordó que lo había agarrado como un arma, no como una herramienta. Estaba convencida de que podía «conseguir un objetivo» mejor que cualquier hombre al que ella hubiera conocido jamás, con la única excepción de Cascabel.

Aquello debería de haberla asustado, porque Ty era mucho más fuerte que ella a pesar de sus heridas, pero aquel hombre despertaba tan poco miedo en ella como Lucifer. Sus instintos siempre habían sido muy fiables a la hora de detectar crueldad o malas intenciones, pero no veía rastro alguno de maldad ni en Ty ni en el gran semental negro al que tantos hombres codiciaban.

Janna se preguntó por un segundo si se estaría equivocando, y qué pasaría si Ty resultara ser otro hombre más dispuesto a aprovecharse de aquellos más débiles que él, pero sus preguntas silenciosas tenían una única respuesta: si llevaba a Ty a su refugio privado, y una vez allí descubría que se había equivocado al pensar que era un hombre decente, habría cometido el mayor error de su vida.

Y probablemente también el último.

5

Aunque la súbita lluvia torrencial los golpeó de repente, Janna y Ty la recibieron con alivio, ya que borraría su rastro.

—¿Estás listo? —le preguntó Janna.

Ty asintió con expresión tensa, porque seguía enfadado por haber perdido la batalla de la manta menguante. A pesar de sus objeciones, Janna la había cortado para hacerle una especie de taparrabos, vendas para sus costillas doloridas y un poncho improvisado. Él no había protestado por el taparrabos y había accedido a lo de las vendas, pero no pensaba cubrirse con una manta mientras un chico andaba bajo la tormenta sin más protección que una camisa y unos pantalones raídos.

Y aun así, él había acabado cubierto con la manta y el muchacho seguía llevando sólo su ropa desgastada.

—Eres tozudo como una mula de Missouri —refunfuñó, aunque sus palabras se perdieron bajo el estruendo de un trueno.

Zebra reaccionó ante los relámpagos, los truenos y la lluvia con la indiferencia de un caballo nacido y criado al aire libre, y observó a los dos humanos con interés mientras subían con dificultad por el montículo de rocas desprendidas que había en la parte superior del barranco. Aunque la mustang seguía sin estar completamente relajada por la cercanía de Ty, ya no se asustaba por todos sus movimientos.

Aquello resultó ser una suerte, porque Ty no pudo evitar moverse con brusquedad en bastantes ocasiones mientras avanzaba a trompicones. Su paso estaba entorpecido por sus heridas y por el hecho de que el terreno estaba cada vez más resbaladizo, y aunque no hizo ningún comentario al respecto, se sintió agradecido de tener las costillas vendadas a pesar de que eso le dificultara la respiración. Y también se sintió agradecido por las manos pequeñas pero sorprendentemente fuertes que lo ayudaban en los momentos más difíciles... aunque había estado a punto de soltar un grito de sorpresa la primera vez que había recibido un empujón en el trasero.

Janna se adelantó al llegar a un punto justo por debajo de la cima del montículo de rocas, y le hizo un gesto con la mano para que se detuviera. Cuando Ty se sentó, ella se asomó por la grieta que había entre dos rocas para echar un vistazo. No pudo ver más allá de unos sesenta metros a causa de la lluvia, pero como no detectó ningún movimiento extraño, se volvió y regresó junto a Ty.

—¿Cómo tienes los pies?

—Los has visto, ¿cómo crees que los tengo?

—Peor que las costillas y mejor que la cabeza —dijo Janna.

Ty gruñó y empezó a levantarse con dificultad.

Janna se inclinó, le rodeó el brazo derecho con ambas manos justo debajo del hombro, y le ayudó a mantener el equilibrio. Su súbita inhalación siseante, su palidez y la tensión de sus músculos revelaron lo mucho que le dolía apoyarse en sus pies heridos, pero era algo inevitable. No tendrían una ocasión mejor para salir del barranco sin captar la atención de Cascabel.

Cuando por fin dejaron atrás el montículo de rocas, ambos estaban sudando a pesar de la fría lluvia que los empapaba. Aunque la respiración de Ty era acelerada y laboriosa, él no sugirió que se detuvieran a descansar, ya que estaban demasiado expuestos. Uno de los hombres de Cascabel, o incluso un rayo, podía encontrarlos en cualquier momento.

A su espalda, la mustang estaba avanzando por la cuesta pedregosa que hasta un burro se habría negado a subir, pero Ty había visto con sus propios ojos a Lucifer y a su manada corriendo a toda velocidad por terreno mucho peor para escapar de los hombres, él incluido. Los caballos que no eran lo bastante rápidos acababan atrapados, y el resto quedaban libres para engendrar otra generación de ágiles y veloces mustangs.

Después de superar la parte más angosta de la cuesta, Janna se detuvo y miró por encima del hombro. Zebra los seguía de cerca, observando con interés los movimientos de los humanos, y se iba parando de vez en cuando para olisquear a Ty, que desprendía un olor mezcla de sudor y de fragancias herbales que al animal parecía resultarle intrigante.

—Le caes bien —comentó Janna.

—No me extraña, huelo igual que el puré que mi padre solía darles a sus yeguas de cría favoritas.

—¿Puedes montar a pelo?

Ty le lanzó una mirada incrédula, y contestó:

—¿Me tomas por un novato?, claro que puedo montar a pelo.

—Deja que te lo pregunte de otra manera: ¿puedes montar a Zebra sin silla y sin bridas?

—Chico, no estoy en mi mejor momento para domar a un mustang —comentó él, mientras cambiaba de posición para intentar aliviar en algo el dolor que sentía en los pies, en la cabeza y en las costillas.

—He montado a Zebra muchas veces, le gusta.

Al ver que él la miraba con escepticismo, Janna soltó un sonido de exasperación, le soltó el brazo y se acercó a la yegua. Cuando se agarró a la crin y montó con un movimiento ágil, el animal no hizo señal alguna de protesta ni dio muestras de querer tirarla, y obedeció de inmediato cuando Janna le indicó que avanzara hasta quedar junto a Ty.

—Acaríciala —le dijo.

Zebra respingó cuando Ty alargó la mano hacia ella, pero su voz firme y tranquilizadora y sus caricias pausadas no tardaron en calmarla; tras unos segundos, el animal soltó un suave resoplido y bajó la cabeza para escudarse de la lluvia con el pecho de Ty, y él sonrió a pesar del dolor y le acarició la base de las orejas.

Janna sintió una extraña sensación en la boca del estómago al contemplar aquellas manos grandes y cuidadosas acariciando a la yegua con tanta maestría, y se preguntó qué sentiría si la acariciara a ella con la mitad de la ternura que estaba mostrando con el animal. La mera idea provocó un hormigueo que se fue extendiendo desde su estómago a las puntas de sus dedos, y que hizo que se estremeciera. Sobresaltada, se apresuró a bajar del caballo, pero aterrizó tan cerca de Ty que tuvo que agarrarse a su muslo desnudo y empapado para no perder el equilibrio.

Apartó la mano como si se hubiera quemado, y dijo con voz atropellada:

—Te ayudaré a subir. Ya sé que puedes hacerlo solo, pero no tiene sentido que fuerces las costillas más de lo necesario.

—Te apuesto cinco a diez a que tu mustang me tira derechito a las rocas —le dijo él.

—Nunca me ha tirado.

—Nunca ha llevado a un hombre a la espalda, sólo a un muchacho delgaducho.

Muchacho.

—Mira, mi campamento de invierno está a más de treinta kilómetros de aquí —masculló Janna, más que cansada de que hablara de ella como si fuera un chico—. Puedes andar, puedes ir a caballo, o puedes morirte de frío aquí mismo mientras haces comentarios ocurrentes sobre mi falta de musculatura.

—Tranquila, chica —dijo Ty con suavidad.

Janna pensó por un segundo que estaba hablando con ella, pero entonces se dio cuenta de que se había agarrado a la crin de Zebra y que estaba mirando por encima del hombro al «muchacho delgaducho».

—¿A qué esperas?, ¿a que me muera de frío? —le preguntó él.

—No me tientes —rezongó ella.

Janna se colocó bien, entrelazó las manos para que hicieran de estribo y se preparó para ayudarlo a montar, pero varios segundos después levantó la mirada hacia él con expresión sorprendida; Ty se había movido con tanta rapidez, que apenas había notado su peso. Zebra miró hacia atrás con idéntica sorpresa, ya que había esperado sentir el peso ligero de Janna; en vez de montar, la joven le puso la mano en el hocico y aplicó una ligera presión para indicarle que permaneciera quieta. Tras soltar un resoplido nervioso, la yegua permaneció inmóvil mientras se acostumbraba al extraño peso que llevaba en el dorso.

—Para ser un hombre tan grande, eres muy rápido —comentó Janna.

Ty no pudo contestar durante unos segundos a causa del dolor lacerante que lo inundaba, y cuando bajó la mirada tuvo que contener el impulso de colocar la mano bajo aquella barbilla delicada. Los ojos que lo miraban eran tan claros como la lluvia y mucho más cálidos... eran los ojos de una mujer en cuyo interior se estuviera extendiendo un cálido deseo.

«El dolor me está enloqueciendo», se dijo Ty, disgustado con la dirección que habían tomado sus propios pensamientos. «Me está mirando un chico, no una chica, y está fascinado porque me considera un héroe. El pobre chico debe de sentirse muy solo, viviendo con la única compañía de los caballos».

—Ah, y me debes diez dólares —añadió Janna.

—¿Qué?

—Zebra no te ha tirado.
—Tendrás que pedirle a Cascabel que te los pague, me quitó todo el dinero que llevaba además del sombrero, las botas, las pistolas y la ropa.
—Y tu caballo.
Ty apretó los labios antes de decir:
—Cascabel mató a Blackbird, por eso pudo atraparme. Mi caballo era un cruce de purasangre, y puro corazón.
—Lo siento —Janna posó una mano sobre su pierna, en un gesto instintivo de consuelo.

Su piel estaba fría, pero Janna sintió la calidez de su cuerpo en la palma de la mano casi de inmediato, y entonces se dio cuenta de que se había quedado mirándolo embobada. Apartó la mano de golpe, se volvió y empezó a bajar la pendiente hacia el terreno plano que había más allá de la ladera de la meseta. Tendrían que tomar una ruta indirecta para llegar al cañón secreto, porque la base de la meseta era demasiado accidentada para viajar por ella en línea recta.

Era una suerte que Zebra no necesitara indicaciones para seguirla, porque Ty dejó de estar en condiciones de guiarla tras varios kilómetros de marcha. El martilleo en su cabeza iba alternando con punzadas de dolor agónico en las costillas, y aunque la manta lo resguardaba un poco del frío, no era suficiente y había empezado a temblar.

Durante las primeras horas, Janna se fue volviendo cada pocos minutos para asegurarse de que estuviera bien, y aunque se dio cuenta de que iba inclinándose más y más sobre el cuello de la yegua conforme iban avanzando, no tuvo más remedio que seguir adelante porque sabía que tenía que ponerlo a salvo.

La lluvia caía en un aluvión frío e incesante, y el único signo que indicaba que el sol iba descendiendo hacia poniente tras las nubes era el gradual descenso de la luz. Al atardecer, se levantó un fuerte viento que fue disipando la tormenta hasta que el aguacero se convirtió en breves y esporádicos chaparrones, y a través de los jirones de nubes empezó a asomar una media luna brillante que iba creando intricadas formas de luces y de sombras conforme el viento la escondía y la revelaba.

Consciente de que lo único que podía hacer para ayudar a Ty era seguir adelante, Janna continuó a pesar del cansancio, de los temblores y de la preocupación que sentía por él. Aunque el cansancio parecía aplastarla, avanzó a buen paso mientras se guiaba por las familiares siluetas que dibujaban el paisaje. La luna ya había completado la mitad de su recorrido cuando por fin se detuvo y contempló la enorme y desigual forma de la meseta, por cuyos flancos norte y este había estado avanzando durante aquellas largas horas.

La larga e inclinada llanura aluvial brillaba con los arroyos y los riachuelos someros que iban vertiendo el agua que la lluvia había acumulado en la Meseta Negra, y una de aquellas redes de corrientes temporales conducía al cañón escondido. Janna tenía la esperanza de que el riachuelo tuviera bastante agua para ocultar sus huellas, pero no la suficiente para suponer un problema a la hora de pasar por la estrecha grieta que llevaba al valle secreto. En todo caso, no tenía modo de saberlo hasta que llegara allí, y todo dependía de la cantidad de agua que hubiera caído en aquella parte de la meseta.

Janna no se había molestado en ocultar su rastro, ya que había confiado en que la lluvia se ocuparía de ello, pero ya estaban a unos seis kilómetros del valle escondido. No podía correr el riesgo de que algún renegado encontrara sus huellas y las siguiera hasta la pequeña grieta que el tiempo y el agua habían excavado en una de las laderas de la meseta, así que se metió con decisión en el riachuelo más cercano y empezó a avanzar por él.

Tras observarla durante unos segundos, Zebra se puso en marcha de nuevo... fuera del alcance del agua. Janna se alejó un poco de la yegua, pero al ver que seguía negándose a entrar en el arroyo, no tuvo más remedio que empezar a volver hacia ella.

—¿Ty?

Él no contestó, y el corazón de Janna pareció detenerse por un instante. Echó a correr hacia él y vio que estaba aparentemente dormido, desplomado sobre el cuello del animal y con las manos aferradas a su crin.

—¿Ty? —repitió, mientras le daba un leve empujoncito en el brazo—. Zebra tiene que meterse en el agua.

Ty se fue incorporando poco a poco, pero se derrumbó de nuevo sobre el cuello de la yegua. Estaba claro que no iba a poder guiarla, y Janna tampoco podía hacerlo a pie, porque nunca la había atado y no sabía cómo reaccionaría.

—Espero que no te importe llevar a dos personas, Zebra. Estate quieta. Ya sé que tendrás que llevar mucho peso, pero es la única forma de esconder nuestro rastro.

Janna se agarró a la crin del animal con la mano izquierda e intentó subirse detrás de Ty, y se salvó de una caída desastrosa gracias a que él la rodeó con el brazo y la ayudó a sentarse bien. Al oír su gemido de dolor por el esfuerzo, Janna supo sin lugar a dudas el mal estado de sus costillas.

Zebra se movió nerviosamente de lado y estuvo a punto de tirarlos, pero Janna empezó a calmarla con voz suave y permaneció muy quieta para que la yegua se acostumbrara al peso añadido. Cuando el animal se tranquilizó, Janna aplicó una ligera presión con los talones para que se pusiera en marcha, y después de avanzar durante unos minutos con paso un poco torpe, la yegua encontró de nuevo su ritmo normal. Ty se derrumbó hacia delante otra vez, pero permaneció sentado gracias al instinto, a la experiencia y a una determinación férrea.

—Aguanta, Ty. Ya casi hemos llegado.

Aunque era una mentira, al menos resultaba más esperanzadora que la cruda verdad... aún les quedaba un largo y arduo camino por delante, y era posible que la grieta en la roca que servía de entrada estuviera llena de agua cuando llegaran.

Ty se despertó con el calor del sol en la cara y el ruido familiar de un caballo pastando cerca de él. Cuando se volvió para mirar a Blackbird, el dolor hizo que los recuerdos regresaran de golpe... la muerte de su caballo, su captura, Cascabel y los golpes, el dolor y la huida interminable, y el muchacho de ojos grises que le había ayudado. Recordaba vagamente haber montado en una yegua, y haber emprendido un camino directo al infierno.

Pero aquello no era el infierno. Aunque el saliente bajo el que estaba cobijado era de roca roja, el suelo estaba cubierto de una vegetación exuberante que revelaba la presencia de agua, así que estaba claro que no se trataba de un infierno seco y candente; de hecho, con la calidez del sol y el suave zumbido de los insectos, aquello se parecía más a un pedacito de cielo.

Ty se sentó de forma automática para echar un vistazo alrededor, pero el dolor y el mareo que lo golpearon de repente y que lo mantuvieron clavado al suelo consiguieron que se replanteara su valoración de la situación. Con los ojos cerrados y apoyado sobre los codos, decidió que, aunque aquel valle estuviera en el paraíso, su cuerpo estaba de lleno en el infierno.

—Ty, túmbate. Has estado bastante mal.

Ty abrió los ojos, y se encontró con una mirada gris que lo observaba con preocupación. Sin pensar, cambió de postura hasta que pudo levantar la mano para tocar aquella mejilla que estaba tan cerca de él, y descubrió que la piel era tersa y suave como las alas de un ángel.

–No pasa nada, estoy bien –dijo, con voz un poco insegura.

–Túmbate –le dijo Janna, mientras empujaba ligeramente sus hombros desnudos.

Su esfuerzo fue inútil y Ty permaneció inmóvil, apoyado en un codo.

–Ty, por favor, túmbate –insistió ella, con la voz ronca de emoción–. Se te ha pasado la fiebre y estás mucho mejor, pero tienes que descansar.

–Tengo sed –murmuró él.

Janna tomó de inmediato una cantimplora, llenó un pequeño vaso con un té color ámbar y lo ayudó a beber. El sabor del líquido despertó en Ty el recuerdo borroso de haber bebido anteriormente de aquel mismo vaso, mientras aquellas manos esbeltas lo ayudaban a permanecer incorporado y después volvían a tumbarlo y lo acariciaban hasta que volvía a sumirse en un sueño enfebrecido.

Respiró hondo, y dejó que Janna lo ayudara a tumbarse de nuevo.

–¿Cuánto tiempo?
–¿Cuánto tiempo llevamos aquí?

Ty asintió con debilidad.

–Cuatro días.

Cuando él abrió los ojos y la miró con sorpresa, Janna añadió:

–Has estado enfermo. Pillaste un resfriado al estar tanto tiempo bajo la lluvia, y sumado a las heridas por la paliza... –incapaz de continuar, Janna alargó la mano y apartó un mechón de pelo negro que le caía sobre la frente.

Él se apartó ligeramente, y la miró con los ojos entornados.

—Tú tampoco tienes muy buen aspecto. Estás más delgaducho que nunca, y si no te cuidas, nunca crecerás y desarrollarás una buena musculatura.

—No todos los hombres tienen la constitución de una res —respondió Janna, dolida al ver que evitaba el contacto de su mano. Sacó un trozo de papel doblado que tenía en el zurrón, y echó el polvillo blanco que contenía en otro vaso de té herbal—. Ten, bébete esto.

—¿Qué es?

—Veneno.

—Eres un chico muy listo, ¿no?

—Te has equivocado a medias —murmuró Janna en voz muy baja, para que él no pudiera oírla. Para sus adentros, se prometió que le dejaría claro en qué se estaba equivocando... y que antes lo enloquecería de deseo.

Ty se bebió el líquido, hizo una mueca y la fulminó con la mirada.

—Sabe a pis de caballo.

—Aceptaré tu palabra, porque nunca he probado ese líquido en particular.

Ty soltó una carcajada, pero de inmediato se agarró el costado izquierdo y soltó un gemido.

—Maldición, me siento como si me hubiera pateado una mula.

—Te encontrarás mejor en un par de minutos —le dijo ella, antes de levantarse—. Entonces te quitaré los vendajes para echar un vistazo.

—¿Adónde vas?

—A mover la sopa.

Ty sintió que se le hacía la boca agua al pensar en comida.

—¿Tienes hambre? —le preguntó Janna.

—Me comería un caballo.

—Entonces, será mejor que le advierta a Zebra que se mantenga apartada de ti.

—Ese caballo viejo sería demasiado duro de roer —dijo Ty

con una sonrisa, antes de relajarse contra las mantas que tenía debajo.

Janna lo observó mientras sus párpados se cerraban y las líneas tensas alrededor de sus ojos se relajaban. Cuando estuvo segura de que había vuelto a dormirse, volvió junto a él y estiró de la manta para volver a cubrirle los hombros, porque a pesar de que el saliente de roca roja reflejaba el calor del sol, tenía miedo de que volviera a enfermar. Estaba exhausta después de haberse pasado los últimos días sin dormir apenas; además, se había atormentado pensando que lo había ayudado a escapar de los renegados para acabar matándolo al obligarlo a permanecer tantas horas bajo la lluvia.

Habían sido los días más largos de su vida desde que su padre había muerto cinco años atrás y la había dejado huérfana a los catorce años, en una charca lodosa del sur de Arizona. Ver a Ty luchando contra la fiebre y las heridas había ido consumiéndole el alma. Había ido alternando entre momentos en los que parecía arder y otros en los que estaba empapado de sudor frío, y de vez en cuando había gritado nombres de personas a las que ella no conocía, había librado batallas de las que Janna ni siquiera había oído hablar, y había lanzado gritos de dolor por sus compañeros muertos. Ella había intentado reconfortarlo y calmarlo, lo había abrazado en las frías horas previas al amanecer, había bañado su cuerpo grande y musculoso con agua fresca cuando estaba demasiado acalorado, y lo había calentado con su propio calor corporal cuando estaba demasiado frío.

Pero al despertar, se había apartado para evitar que lo tocara.

«No seas tonta», se dijo, mientras lo contemplaba. «Él no se acuerda de nada, y te considera sólo un chico delgaducho. Es normal que no quiera que lo toques... ¿cómo es posible que sea tan ciego para no ver más allá de la ropa?».

Mientras iba hacia la pequeña hoguera donde estaba

preparando la sopa, Janna no pudo evitar preguntarse si él habría reaccionado de otra forma de haber sabido que era una chica. La necesidad que sentía de que él la viera como una mujer la preocupaba, ya que era consciente de que se sentía demasiado atraída hacia aquel desconocido que había aparecido en su vida por los caprichos del destino. En cuanto se curara, Ty se marcharía tan rápidamente como había llegado para perseguir sus propios sueños; sólo era un hombre más a la caza de oro, o en busca de la fama que conllevaría conseguir domar a Lucifer.

Y también era un cabezahueca que no podía ver a la mujer que se sentía sola detrás del muchacho delgaducho.

¿La mujer que se sentía sola?

Janna se quedó helada. Hacía años que tenía que arreglárselas por sí misma, pero nunca se había considerado una persona apenada por su soledad. Los caballos habían sido sus compañeros, el viento su música, la tierra su mentora, y los libros de su padre le habían abierto las puertas de cien mundos en su mente. Cuando tenía ganas de oír otras voces humanas iba a Sweetwater, a Hat Rock o a Indian Springs, pero siempre se marchaba al cabo de unas horas por las miradas de codicia de los hombres que la veían pagar por sus compras con pequeñas pepitas de oro... hombres que, a diferencia de Ty, a veces habían sabido ver más allá de su apariencia de muchacho.

Janna contempló la sopa con expresión apesadumbrada, y cuando supo que estaba lista por el aroma de la carne, las hierbas y las verduras que hervían al fuego, sirvió un poco en un plato de hojalata y esperó a que se enfriara. Cuando se convenció de que Ty no se quemaría, tomó su cuchara y volvió junto a él.

Ty aún seguía dormido, pero había un cambio indefinible en su cuerpo que indicaba que estaba sanando gradualmente. Era un hombre mucho más fuerte de lo que lo había sido su padre tuberculoso, y aunque sus hematomas eran espectaculares, se habían reducido de forma visible. La zona de las costillas ya no estaba inflamada, y el chichón que le había salido a causa de un golpe había desaparecido.

«Tiene unos músculos firmes y una cabeza muy dura», se dijo con sarcasmo.

En ese momento, Ty abrió los ojos como si supiera que lo estaban observando, y su claridad cristalina tranquilizó y perturbó a Janna al mismo tiempo. Por un lado, le alegraba que ya no tuviera fiebre, pero, por el otro, le resultaba un poco desconcertante ser el centro de atención de aquellos ojos verdes. Aunque sólo fuera un hombre más en busca de oro y de caballos, tenía el ímpetu, la inteligencia y la fuerza de voluntad necesarias para conseguir los objetivos con los que muchos otros sólo podían soñar.

—¿Aún tienes hambre? —le preguntó, con voz suave y ronca.

—¿Me has cocinado a la pobre Zebra?

Janna sintió que todas sus terminaciones nerviosas se estremecían al verlo sonreír; incluso con barba de varios días y tumbado en el suelo, Ty era uno de los hombres más guapos que había visto en su vida.

—No, era demasiado grande para mi cazo —le contestó, sonriendo también. Con una gracia innata, se puso de rodillas a su lado sin tirar ni una sola gota del plato—. Hace unas semanas, cambié un paquete de hierbas secas, tres cartas y la lectura de *El sueño de una noche de verano* por trece kilos de carne curada.

—¿Qué? —dijo Ty, perplejo.

—Te lo contaré mientras te doy la sopa. ¿Puedes sentarte?

Ty empezó a incorporarse con cautela, aunque sus movimientos fueron ganando seguridad. Abrió la boca para comentar que podía comer solo, pero entonces se dio cuenta de que estaba un poco mareado y se apoyó contra la pared de piedra que se elevaba hasta convertirse en el techo del refugio. La manta que lo cubría se le deslizó por los hombros y el pecho, hasta caerle finalmente en el regazo.

Janna sintió que el corazón le daba un pequeño salto en el pecho al ver las oscuras y masculinas formas del vello que asomaba por debajo de sus vendajes, y que descendía por su cuerpo musculoso. La tentación de trazar aquellas formas con las puntas de los dedos le resultó casi avasalladora.

«No seas tonta», se dijo con firmeza. «Llevas cuatro días lavándolo, alimentándolo y ocupándote de él como si fuera un bebé. Lo has visto cubierto sólo por la luz del sol y agua jabonosa, así que ¿por qué estás tan nerviosa ahora?... de acuerdo, es porque está despierto, claro».

Ty bajó la mirada hacia su propio cuerpo, sin entender por qué el muchacho tenía los ojos fijos en él, y no pudo evitar hacer una mueca. Desde debajo del vendaje que le cubría las costillas se extendían moratones de todos los colores del arco iris, pero los tonos predominantes eran el negro y el azul con toques de verde.

—Tengo un aspecto espantoso, ¿verdad? Aunque la verdad es que no me siento tan mal como puede parecer; sea cual sea la medicina que me has estado dando, funciona muy bien.

Janna cerró los ojos durante un instante, y después los clavó en el plato que tenía en las manos. La superficie del líquido se movía en pequeños círculos, que eran el resultado del temblor casi imperceptible que la había atenazado al mirar a Ty.

—No te pongas pálido a estas alturas, chico. Debes de haber visto casos peores.

Chico.

«Y gracias a Dios que me ha confundido por un muchacho, porque cuando me mira con esa sonrisa endiablada, tengo la misma sensatez que un puñado de arena», se dijo ella. Aun así, deseó con todas sus fuerzas que él supiera que era una mujer, y se obligó a respirar hondo de forma disimulada y a controlar sus emociones.

—¿Estás listo? —le preguntó, mientras metía la cuchara en el plato.

—Nací listo —respondió él.

Janna llevó la cuchara hasta su boca, y al sentir la suave presión de sus labios y de su lengua al comer estuvo a punto de dejar caer el plato; sin embargo, Ty no se dio cuenta, ya que se había quedado sorprendido por el sabor de la sopa.

—Está buena.

—No hace falta que te sorprendas tanto —murmuró ella.

—Después de ese pis de caballo que has estado dándome, no sabía qué esperar.

—Eso era una medicina, esto es comida.

—La comida es, con una sola excepción, la mejor medicina para los males de un hombre.

—¿A qué excepción te refieres?

—Cuando seas un hombre, no te hará falta preguntarlo —contestó Ty con una sonrisa traviesa.

La cuchara chocó con bastante fuerza contra sus dientes.

—Lo siento —le dijo Janna, con una falta de sinceridad más que obvia.

—No te enfades, chico. Yo me sentía igual a tu edad, pero te harás un hombre con el tiempo.

—¿Cuántos años crees que tengo?

—Eh... ¿trece?

—No mientas —masculló ella.

—Demonios, chico, pareces más cerca de los doce con esas mejillas suaves y esos huesos delicados, y tú lo sabes. Pero cuando te cambie la voz empezarás a madurar, todo lleva su tiempo.

Janna sabía que no iba a convertirse en un hombre ni con todo el tiempo del mundo, pero tenía el sentido común y el autocontrol suficientes para guardarse aquella verdad para sí misma. Con movimientos firmes, le metió a Ty otra cucharada en la boca.

—¿Es que quieres ahogarme? —le preguntó él, antes de quitarle el plato de las manos—. Ya como yo solo, gracias.

Al encontrarse con una especie de raíz en el caldo, empezó a preguntar de qué se trataba, pero decidió no hacerlo. Lo primero que aprendía un hombre en sus circunstancias era a sentirse agradecido si tenía comida y a comer a toda prisa si algo estaba bueno.

–¿Qué has querido decir con lo de las cartas y Shakespeare? –le preguntó, entre cucharada y cucharada.

–Mi padre y yo solíamos dividir una obra y leernos las diferentes partes mutuamente, nos ayudaba a pasar el rato. Aún tengo un baúl lleno de sus libros –Janna observó indefensa cómo la punta de la lengua de Ty asomaba en busca de las gotas de sopa que se le habían quedado en los labios, y añadió–: Cuando necesito provisiones, voy al Lazy A o al Circle G a leer las cartas de los vaqueros. La mayoría de ellos sólo saben leer las marcas de los distintos ranchos, así que yo les leo las cartas que reciben y que van guardando hasta que aparece por allí alguien como yo.

Ty contempló las largas y densas pestañas, los ojos cristalinos y la delicada estructura ósea del rostro del muchacho, y se sintió incómodo cuando se dio cuenta de que le resultaba demasiado atractivo.

–¿Dónde aprendiste a leer? –le preguntó con brusquedad.

–En un carromato. Mi padre había ido a la universidad, y le gustaba ver mundo.

–¿Y tu madre?

–Murió cuando yo tenía tres años. Papá me dijo que su cuerpo no pudo seguir el ritmo de las demandas de su espíritu.

La cuchara se detuvo a medio camino de la boca de Ty.

–¿Cuándo murió tu padre? –le preguntó, mientras la contemplaba con una expresión penetrante.

Janna dudó por un segundo. Si le decía que su padre había muerto hacía cinco años, él se preguntaría cómo había podido sobrevivir solo un niño menor de diez años, pero si le decía que tenía diecinueve años, se daría cuenta de que la única explicación posible de que un chico de aquella edad careciera de una voz profunda, de musculatura y de una barba incipiente consistía en que dicho chico era en realidad una muchacha con ropa masculina. Quería que Ty se diera cuenta por sí mismo... y por las malas.

—Papá murió hace un par de estaciones, uno pierde la noción del tiempo al vivir solo.

—¿Has vivido solo desde entonces?, ¿todo el tiempo? —le preguntó él, asombrado.

Janna se limitó a asentir.

—¿No tienes ningún familiar?

—No.

—¿Nadie te ha ofrecido casa y comida a cambio de trabajo?

—No me gustan los pueblos.

—Pero a lo mejor podrías trabajar en algún rancho como ayudante de cocina o algo así. Demonios, si has podido amansar a un mustang, cualquier rancho te daría trabajo, podrías ganarte la vida capturando y amansando caballos —dijo él, preocupado al imaginarse a un chico huérfano deambulando solo.

—Me niego a capturar a los mustangs —contestó Janna con voz firme—. Muchos de ellos se niegan a comer cuando los atrapan, los he visto morir de hambre mirando con expresión perdida por encima de la valla de un corral.

—La mayoría de los mustangs aceptan a los hombres.

—No pienso quitarle la libertad a un mustang. He domado a unos cuantos caballos de rancho para que pudieran montarlos mujeres y niños, pero eso es todo.

—A veces, un hombre tiene que hacer cosas que no quiere para sobrevivir —dijo Ty con los ojos entornados, mientras lo asaltaban dolorosos recuerdos.

—He tenido suerte hasta ahora —se limitó a decir Janna con voz queda—. ¿Quieres más sopa?

Lentamente, como si estuviera regresando de algún lugar distante, Ty centró su atención en ella y le dio el plato.

—Sí, gracias. ¿Te importaría leerme algo mientras como?

—Claro que no. ¿Quieres oír algo en particular?
—¿Tienes *Romeo y Julieta*?
—Sí.
—Entonces, léeme acerca de una mujer más hermosa que el alba —Ty cerró los ojos y sonrió—. Una dama de buena cuna y vestida de seda, más suave que una brisa de verano, con el pelo claro y la piel más blanca que las magnolias, y con manos delicadas que jamás han hecho nada más arduo que tocar alguna obra de Chopin en un enorme piano...
—¿Cómo se llama? —le preguntó Janna con voz tensa.
—¿Quién?
—La dama a la que estás describiendo.
—Silver MacKenzie, es la esposa de mi hermano —Ty abrió los ojos, y la miró con una expresión clara y decidida—. Pero hay otras mujeres como ella en Inglaterra, y voy a ir a buscar una.

Janna se puso en pie de golpe, y volvió al cabo de unos minutos con un grueso libro bajo el brazo izquierdo y un plato de sopa en la mano derecha. Tras darle la sopa a Ty, abrió el libro desgastado por el acto segundo, escena segunda, y empezó a leer.

—«¡Pero calla!, ¿qué luz brota de aquella ventana? Es el Oriente, y Julieta es el sol...».

Aquel día marcó la pauta de las dos semanas posteriores. Cuando Janna creía que Ty se excedía al intentar recuperar las fuerzas, sacaba la Biblia o las obras de Shakespeare, Dante, Milton o Pope y empezaba a leerle en voz alta. Ty sabía que lo hacía para que descansara, pero no ponía objeciones porque le divertía bromear con «el chico» sobre el verdadero significado de algunas composiciones, como *La canción de Salomón*.

—Léeme otra vez ese verso —le dijo, con una sonrisa—. Has pasado por encima tan rápido, que me he perdido la mitad de las palabras.

Janna inclinó la cabeza sobre las páginas desgastadas de la Biblia y murmuró:

—«Vanidad de vanidades... todo es vanidad».

—Eso es el Eclesiastés. Me estabas leyendo «La canción de Salomón, y una mujer estaba hablando de su amado. Mi amado ha bajado a su jardín, a los lechos de especias, para alimentarse...», ¿qué crees que significa eso, chico?

—Que tenía hambre.

—Ah, pero... ¿hambre de qué? —insistió Ty, mientras se estiraba—. Cuando sepas la respuesta serás un hombre, sin importar la edad ni el tamaño que tengas.

Janna contempló sus brazos largos y musculosos y las

formas de su torso y de su pecho, y se prometió de nuevo que al día siguiente iría a primera hora a Sweetwater para comprarle algo de ropa. No sabía cuánto tiempo iba a poder seguir así, viéndolo ir de un lado a otro cubierto sólo por una especie de taparrabos, sin ponerle las manos encima a aquel tentador trasero.

Tuvo ganas de echarse a reír al imaginarse la cara que pondría él si cedía ante la tentación. Casi valdría la pena arriesgarse para verlo escandalizado, pero por el momento tenía que conformarse con ver su incomodidad cuando «el chico» se acercaba demasiado a él o le rozaba con algún gesto fortuito.

Al ver que los labios del muchacho se curvaban en una sonrisa, Ty sintió que relampagueaba en su interior una sensación que se parecía inquietantemente al deseo.

«Este chico es demasiado femenino para mi amor propio, por no hablar de mi tranquilidad. Será mejor que me dé otro largo baño en las aguas termales del otro lado del valle, aunque dudo que me sirva de algo. No he estado tan ansioso desde los catorce años... maldita sea, necesito una mujer».

Irritado consigo mismo, Ty se puso de pie de golpe, y Janna se sorprendió tanto por el súbito movimiento que dejó caer el libro que tenía en las manos. De entre las páginas salió una hoja de papel, y antes de que pudiera agarrarla, Ty lo hizo por ella y soltó un silbido de admiración al ver la ilustración que había.

—Ésta sí que es una dama de verdad —comentó, mientras contemplaba la imagen de una mujer con un largo vestido de gala y un peinado elaborado—. Una elegancia así es muy rara, ¿de dónde has sacado esto?

—Papá lo dibujó cuando mi madre aún vivía.

—¿Ésta es tu madre?

Janna asintió.

—Ya veo de dónde has heredado tu estructura ósea delicada, y...

Ty no acabó la frase, incapaz de decirle al muchacho que su boca habría sido la envidia de cualquier cortesana y que sus ojos eran demasiado grandes y expresivos para un muchacho de cualquier edad. Centró su atención en el dibujo, e intentó ignorar a aquella criatura delicada que olía como un prado empapado de luz y de calidez.

—Tu padre era un hombre con suerte. Ésta es una mujer de sueño, toda seda y dulce suavidad —comentó al fin—. Cuando capture a Lucifer y cree mi propia manada, iré a Europa a cortejar a una mujer así. Me casaré con ella, la traeré a casa y criaremos hijos fuertes y niñas aterciopeladas vestidas de seda.

—El terciopelo y la seda no duran demasiado en la frontera —dijo Janna con voz tensa.

Ty soltó una carcajada.

—Por eso voy a conseguir antes mi fortuna. Nunca le pediría a una verdadera dama que viviera en una casucha polvorienta, sus suaves manos se arruinarían si tuviera que estar todo el día limpiando con cepillos toscos.

Janna miró sus manos. Aunque no estaban ásperas, tampoco eran precisamente aterciopeladas.

—La suavidad no lo es todo —comentó.

Ty sacudió la cabeza, cegado por su sueño.

—Lo es en una mujer. Si no consigo a mi dama de seda, no quiero a ninguna otra más tiempo del necesario para pasar un buen rato.

Aquellas palabras parecieron desgarrar a Janna como un cuchillo, y se sorprendió por el dolor y la rabia que la invadieron. Se sintió... traicionada.

—¿Crees que una mujer así querría a un hombre como tú? —le preguntó con frialdad.

Ty esbozó una sonrisa.

—Les gusto a las mujeres, sobre todo cuando estoy un poco más aseado.

—Por mucho que te asees, dudo que una mujer elegante te preste la menor atención.

En aquel momento, Zebra soltó un resoplido de alarma, y Ty se volvió de inmediato mientras obligaba a Janna a agacharse y desenfundaba el cuchillo que llevaba a la cintura. Un instante después, la cubrió con su propio cuerpo contra el suelo y le susurró al oído en voz casi inaudible:

—No te muevas.

Janna asintió, y sintió que el peso de Ty se apartaba de ella. Vio un destello de piel bronceada entre la hierba alta, un ligero movimiento junto a los sauces que bordeaban el arroyo, y entonces lo perdió completamente de vista. Ty parecía haberse desvanecido, y la recorrió un escalofrío al darse cuenta de lo rápido y poderoso que era. Pensó en retroceder un poco para ponerse más a cubierto, pero descartó la idea de inmediato al darse cuenta de que Ty esperaría que permaneciera allí, y que atacaría a cualquier cosa que se moviera en otro sitio. La mera idea la mantuvo clavada donde estaba.

Ty pasó silenciosamente junto a los sauces. El arroyo tenía poco más de medio metro de anchura y aún conservaba algo de la calidez de la fuente termal de donde nacía, que se encontraba en un lugar donde la lava enfriada, la roca rojiza y la vegetación exuberante creaban un paraíso humeante cuya agua contenía un leve aroma sulfuroso que evocaba al infierno.

Ty no detectó movimiento alguno en los sauces que lo rodeaban. Incluso los pájaros parecían haber enmudecido, y el silencio en sí mismo suponía una advertencia; normalmente, los pájaros revoloteaban y piaban por el valle, disfrutando de la desacostumbrada presencia de agua en aquel territorio árido, así que la súbita quietud implicaba la presencia de un intruso.

A unos cuarenta metros de él, Zebra soltó un suave resoplido y se alejó corriendo. Consciente de que sólo un puma o un ser humano habrían hecho huir a la mustang, Ty se asomó para echar un vistazo sin mover ni una sola de las ramas de sauce que formaban una cortina a su alrededor. La yegua se había parado a unos setenta metros, pero estaba tensa y lista para echar a correr de nuevo. Tenía la cabeza levantada y las orejas orientadas hacia delante, y su mirada estaba fija en un punto del riachuelo bastante alejado de Ty.

«Algo acaba de entrar por la grieta. ¿Hacia dónde va el intruso, chica? ¿Va hacia las aguas termales al norte, o hacia las ruinas indias al este?».

Ty permaneció inmóvil mientras observaba a la yegua, ya que el animal podía seguirle la pista al intruso mucho mejor que él. Zebra permaneció con la cabeza y las orejas erguidas, con la mirada fija en algo que él era incapaz de ver, y fue volviendo la cabeza hacia donde estaba agazapado.

«Vale, el intruso se me está acercando».

Ty repasó mentalmente la configuración del pequeño valle. Tenía poco más de un kilómetro y medio de longitud, y estaba cercado por roja arenisca a un lado y lava negra al otro. La fuente termal que había en el extremo norte alimentaba el pequeño riachuelo, y aunque había otros cauces que se le iban uniendo a lo largo del valle, sólo llevaban agua cuando llovía.

Ty decidió que estaba en el mejor sitio para una emboscada. Había una pequeña senda entre el borde de los sauces y la antigua colada de lava que prácticamente cortaba el valle por la mitad, así que si alguien intentaba alcanzar la parte superior, tendría que pasar por allí. Él sólo tenía que permanecer muy quieto y esperar a ver qué aparecía.

Inmóvil y listo para atacar, Ty esperó tal y como lo había hecho tantas otras veces antes.

«Ojalá Logan estuviera aquí, no me importaría que me guardara las espaldas».

Pero Logan estaba en Wyoming con Silver, y en cuanto al resto de sus hermanos, lo único que había sabido de ellos era que tanto Case como Duncan estaban buscando oro con Lobo Azul para intentar reconstruir la fortuna de los MacKenzie y forjarse un futuro; al menos, eso era lo que estaba haciendo Duncan, porque sólo Dios... o más probablemente el demonio... sabía lo que Case tenía en mente. Su hermano menor se había cerrado en banda a causa de la guerra.

Minutos después, Ty oyó el ruido de un hombre que avanzaba hacia él. Cuando el intruso pasó junto a su escondite, salió como una ráfaga silenciosa de viento y le rodeó el cuello con un brazo desde atrás mientras levantaba el cuchillo en un arco letal, pero en el último momento, se dio cuenta de que el desconocido era un hombre mayor y desarmado.

—¿Quién eres? —le preguntó en voz queda, con el cuchillo apretado contra su cuello.

—John Turner. Y no sabes lo que me alegro de que no seas un indio o un bandido, porque a estas alturas ya estaría muerto.

Ty no se molestó en entretenerse con saludos innecesarios.

—Camina delante de mí hacia aquella pared de piedra roja. No te pares ni te vuelvas, te mataré al más mínimo movimiento sospechoso.

Ty siguió al desconocido de cerca, pero a una distancia prudente para poder reaccionar en caso de que se volviera de repente, y llegaron al campamento en cuestión de minutos.

–Ya puedes salir, chico –dijo en voz alta.

Janna se levantó de inmediato.

–¿Cuántas veces tengo que decirte que no me llamo «chico», sino...? Ah, hola, Jack. ¿Se te ha acabado ya la medicina para el estómago?

El viejo no contestó, porque Ty volvió a ponerle el cuchillo en la garganta.

–Me has dicho que te llamabas John Turner –le dijo con voz tensa.

–Y es verdad, pero casi todo el mundo me llama Jack el Loco.

Ty miró a Janna, y ella asintió.

–No pasa nada, Ty. Jack era amigo de papá.

Cuando Ty bajó el cuchillo, Jack se volvió hacia un arbusto cercano y escupió un líquido color marrón.

–Su padre y yo éramos socios –comentó, mientras se pasaba la bola de tabaco al otro lado de la boca–. La palmó hace uns años, pero yo aún sigo en el negocio –se volvió hacia Janna, y le dijo–: Te he traído un poco de oro, te he estado buscando donde siempre.

—La zona ya no era segura, el nuevo campamento de Cascabel está demasiado cerca.

—Sí, los soldaditos se lo han estado poniendo difícil a esa vieja serpiente de cascabel —Jack se quitó el macuto que llevaba a la espalda, y sacó una bolsita de cuero del tamaño de la palma de su mano—. Pensé que tendrías que comprar provisiones para el invierno, pero por el tamaño de tu hombre, supongo que tendría que haberte traído más oro.

—¿Cómo tienes el estómago? —se apresuró a preguntarle Janna, que no quería entrar en el tema de «su hombre».

—Bastante bien. ¿Y qué me dices de ti, Janna? ¿Cómo estás? Has venido bastante pronto a tu refugio de invierno.

—Ty estaba herido —Janna le lanzó una mirada inquieta a Ty, y rezó sin demasiadas esperanzas para que no le diera importancia a la diferencia entre «Jan» y «Janna»—. Consiguió escapar de Cascabel.

Jack se volvió hacia Ty, y lo miró con interés renovado.

—Así que eres tú, ¿verdad? —el viejo soltó una carcajada seca, y comentó—: Has conseguido que Cascabel se convierta en el hazmerreír de los ute. Si Halcón Negro te encuentra, seguramente te dará una medalla antes de arrancarte la cabellera. ¿Cómo te encontraste a Janna?

Al ver que el hombre llamaba por segunda vez al muchacho por aquel nombre, Ty se dio cuenta de que no había sido un mero problema de pronunciación, y se volvió hacia el «chico» con los ojos entrecerrados. Tras unos segundos, el «chico» bajó la vista hacia el suelo y se lo quedó mirando como si estuviera a punto de cobrar vida y de empezar a morderle los dedos de los pies.

—Así que Janna, ¿no? ¿Es ése tu verdadero nombre, chico?

El muchacho lo miró de reojo antes de apartar la mirada y asentir ligeramente.

Con un rápido movimiento, Ty le quitó el viejo sombrero que siempre llevaba, y dos trenzas largas y gruesas le cayeron a la espalda. Estaban atadas con unas tiras de cuero, y una banda india le rodeaba la frente para evitar que algún mechón se escapara. Su pelo tenía un color caoba oscuro que refulgía con cada movimiento de la cabeza, y en contraste, sus ojos pálidos y cristalinos parecían brillar como diamantes. La delicadeza de su estructura ósea y la tersura de su piel parecían burlarse de él y proclamar su ceguera.

–Bueno, chico –dijo, furioso consigo mismo por haberse dejado engañar, y con ella por haberlo hecho–, la verdad es que eres más guapo como hombre que como mujer.

La carcajada de Jack el Loco no hizo que Ty se sintiera mejor. Volvió a ponerle el sombrero a Janna, y la cubrió prácticamente hasta la nariz.

–Te ha engañado, ¿verdad? –comentó Jack–. No te preocupes, hijo, es una muchacha muy lista. Los indios creen que es una bruja, y los mustangs la consideran un caballo raro con dos patas.

Ty soltó un gruñido.

–Aunque no es tan raro que una señorita quiera hacerse pasar por un chico, si tiene cerca a un tipo que anda medio desnudo y que va emboscando a la gente como si fuera un indio.

–¿Una señorita? –dijo Ty con sarcasmo, mientras recorría a Janna con la mirada–. Es posible que sea una mujer, pero no es una señorita. Una verdadera dama no se pondría esa ropa.

Janna ignoró el dolor que sintió ante aquellas palabras, y dejó paso a la indignación que empezaba a crecer en su interior. Se volvió hacia Jack, y le habló con el tono de voz culto y refinado que su padre le había enseñado.

–Jack, debes saber que Ty es un experto en lo que respecta a las damas; de hecho, es algo que salta a la vista sólo con mirarlo. Observa sus pantalones de corte a la moda, y su impoluta camisa de lino. Es obvio que su chaqueta está hecha a medida con las mejores telas, y sus botas son ejemplos de una maestría elevada al nivel del arte. Su propia piel no se ajustaría mejor a sus formas.

Jack había empezado a reír a mandíbula batiente mucho antes de que Janna acabara de describir el imaginario atuendo de Ty, y estuvo a punto de tragarse el tabaco que mascaba.

—Hay cosas más importantes en un hombre que la ropa que lleva puesta —dijo Ty, con una sonrisa tensa.

—Pero en una mujer no, ¿verdad?

—Chico, no tienes bastantes curvas para ser una mujer —Ty se volvió antes de que Janna pudiera contestar—. Voy a la bañera —dijo, refiriéndose a la profunda poza en la que ambos se bañaban... separados, claro—. No hace falta que vengas a frotarme la espalda, ya llego yo solo.

Janna permaneció cuidadosamente inexpresiva mientras lo seguía con la mirada, y finalmente se volvió y empezó a preparar un té de hierbas para Jack.

—Lo siento, chica. No tendría que haber abierto la boca. ¿Quieres que me quede contigo?

—No, no hace falta. Ya sé que no te gusta estar tantas horas aquí. Ty está enfadado, pero se le pasará.

—No me refería a eso. Ahora que sabe que eres una mujer, a lo mejor no quieres quedarte sola con él.

—No va a haber ningún problema. Ya lo has oído, piensa que soy tan atractiva como un poste —Janna intentó aparentar indiferencia ante su aparente carencia de encanto femenino.

Jack la contempló durante unos segundos con ojos astutos, y finalmente comentó:

—Y a ti te gustaría que no pensara así, ¿verdad?

Janna abrió la boca para protestar, pero de inmediato se dio cuenta de que era inútil negar la verdad, por muy dolorosa que fuera.

—Sí, me gustaría que se sintiera atraído por mí, como a cualquier mujer. Es un hombre muy viril, y además es una buena persona —dijo, mientras añadía un pellizco de hierbas al pequeño cazo—. Aunque estaba medio enloquecido de dolor, su primera reacción fue protegerme antes que a sí mismo. Jamás intentaría forzarme —hizo una mueca, y añadió con ironía–: aunque nunca se le presentaría esa oportunidad, porque yo accedería en un abrir y cerrar de ojos.

Tras dudar por un segundo, Jack dijo con un suspiro:

—Chica, no sé si tu padre te contó de dónde vienen los niños y todo eso, pero muchas mujeres se han pasado la vida deseando haber dicho que no. Cuando un hombre quiere estar con una mujer, es capaz de decirle lo que sea para engatusarla y de hacerle promesas que no piensa cumplir.

—Ty nunca me mentiría.

—Yo no lo llamaría mentir, pero es que cuando a un hombre le pica la entrepierna, no distingue entre la verdad y la mentira. Es algo natural, porque si los tipos se pasaran el día planteándose lo que está bien o lo que está mal, no habría bastantes niños para que el mundo siguiera adelante.

Janna se limitó a hacer un sonido inarticulado, y siguió removiendo el té. A pesar de que su rostro curtido estaba ligeramente ruborizado, Jack siguió adelante con su advertencia sobre la naturaleza poco fiable de los hombres.

—Lo que intento decirte es que ese tipo es un verdadero semental, y que se está recuperando de sus heridas. Un día se despertará tan duro como una roca, y buscará algún hueco suave donde desfogarse.

Janna agachó la cabeza y dio gracias a que el ala del sombrero le ocultara la cara. Por un momento, no supo si tirarle el té caliente encima o abrazarlo por intentar guiar a una muchacha sin familia.

—Ya sé que estoy siendo bastante directo –siguió diciendo él–, pero maldita sea, chica, no tienes a ninguna mujer al lado para que te avise de cómo son los hombres. El vientre empezará a crecerte antes de que quieras darte cuenta, y no será por algo que hayas comido.

—El té está listo.

—Chica, ¿entiendes lo que te estoy diciendo?

—Sé de dónde vienen los niños y cómo llegan allí, si es a eso a lo que te refieres –se limitó a decir Janna.

—Sí, a eso me refiero –rezongó Jack.

Janna levantó la mirada, y soltó un sonido de irritación al verlo cortando un trozo de tabaco.

—No me extraña que tengas el estómago tan agriado como la leche del mes pasado, eso que mascas es una porquería.

Jack soltó una carcajada seca.

—Es el único aliciente que me queda a mi edad, aparte de encontrar algo de oro de vez en cuando. La verdad es que me ha ido bastante bien desde que murió tu padre. He estado pensando, y he decidido que lo mejor para ti será que te largues de aquí con una buena provisión de oro.

Jack no le dio tiempo a protestar, y siguió hablando mientras se metía otro trozo de tabaco en la boca y lo mascaba con fruición.

—Mira, hay demasiada gente merodeando por aquí. Un día de estos vas a toparte con el hombre equivocado, con alguien que no se moleste en engatusarte o en protegerte, y que sólo se preocupe de sí mismo. Y no me refiero sólo a los renegados... algunos de los soldaditos son tan malos como ellos, y los tipos que les venden los rifles a Cascabel son pura escoria.

Jack el Loco observó a Janna durante unos segundos; hasta la última línea de su cuerpo revelaba su feminidad, y lo reacia que era a seguir sus consejos.

—Esta zona se está volviendo demasiado peligrosa para una mujer, aunque se vista con ropa de hombre. Eres una mujer demasiado buena para ir consumiéndote aquí sola.

—Me las he arreglado durante cinco años.

—¿En serio? Mírate, estás tan delgada como una yegua con dos potrillos. Si quieres conseguir un hombre, vas a tener que poner algo de carne sobre esos huesos.

—Mi madre no tenía la constitución de una res, y a papá no le importaba —murmuró ella.

Y a juzgar por su reacción al ver el dibujo, a Ty tampoco.

—¿No te sientes un poco sola persiguiendo caballos y viviendo como una sombra?

—¿Y tú? —contraatacó ella.
—Demonios, no es lo mismo. A pesar de la ropa que llevas, yo soy un hombre y tú no. ¿No quieres tener un hombre para ti, y niños propios que te den la lata?

Janna no contestó, porque la respuesta era demasiado dolorosa. No había entendido realmente lo que la vida podía ofrecer hasta que se había encontrado a Ty, pero a raíz de haberlo conocido había aprendido lo que significaba sentirse sola.

—Los caballos son todo lo que tengo —dijo.
—Y seguirá siendo así hasta que te vayas de aquí.
—Si me voy, no tendré nada. No soy una mujer que atraiga a los hombres, Ty lo ha dejado muy claro. Prefiero vivir con los mustangs a cocinar en una pensión donde los hombres intenten atraparme a solas.
—Pero...
—Voy a quedarme, y no quiero hablar más del tema.

La distancia entre la poza y la fuente termal que la alimentaba era lo bastante grande para permitir que no estuviera demasiado caliente y que el olor sulfuroso no fuera tan fuerte. El agua tenía un límpido tono azul que humeaba ligeramente durante las frías horas nocturnas, y que destellaba e invitaba a bañarse; aunque era potable, estaba demasiado caliente para que crecieran plantas en ella, así que la poza estaba rodeada de arena y de roca.

El alto contenido mineral del agua había adornado las rocas circundantes con una fina pátina amarillenta que había suavizado los duros contornos, así que era un lugar ideal para que Ty se recuperara de la paliza que había recibido a manos de Cascabel.

Normalmente, Ty disfrutaba del efecto calmante de la «bañera», pero ese día era la excepción y su interior parecía bullir sin la ayuda de agua caliente. Tenía ganas de poner a Janna sobre sus rodillas y de darle una buena tunda para enseñarle buenos modales, y cuando pensaba en que había dejado que se paseara ante ella cubierto por apenas un taparrabos...

Ty sintió que la calidez de un rubor se extendía por su pecho y por su rostro, y se enfureció aún más al darse cuenta de que tenía vergüenza. No era que nunca antes hubiera estado medio desnudo delante de una mujer; de hecho, había atraído a las mujeres desde que había sido lo bastante mayor para afeitarse. Lo que realmente le preocupaba era darse cuenta de que seguramente había escandalizado a Janna en más de una ocasión. La idea de que una muchacha de tan tierna edad estuviera sujeta a la desnudez continuada de un hombre hecho y derecho hacía que se sintiera muy incómodo.

«Seguramente estaba medio muerta de vergüenza, pero no lo demostró en ningún momento. Siguió lavándome mientras yo deliraba, curándome las heridas, y leyéndome mientras yo hacía bromas inadecuadas para una chica. No debe de tener más de...». Ty se incorporó bruscamente, y se preguntó cuántos años debía de tener y hasta dónde alcanzaba su inocencia.

En aquel momento, recordó la mirada de deseo que había vislumbrado en una ocasión en sus ojos, pero se apresuró a sofocar aquella idea. Él tenía casi treinta años, así que era inconcebible que prestara la más mínima atención a una joven que debía de tener unos trece, por muy suaves que fueran sus mejillas. No importaba que sus ojos grises se llenaran de calidez cada vez que lo miraba pensando que él no se daba cuenta; además, sin importar que fuera un chico o una chica, quedar deslumbrado por la admiración que se sentía hacia alguien a los trece años no era más que eso, pura admiración.

Suponiendo que realmente tuviera trece años, claro.

«No puede ser mucho mayor. Puede que esté ciego, pero no estoy muerto. Me habría dado cuenta si tuviera pechos o caderas, los habría notado a pesar de esa ropa enorme y ridícula que lleva... ¿o no?». Tras unos segundos, Ty se convenció a sí mismo de que no había duda de que habría notado aquellos detalles, y volvió a apoyar la espalda contra la roca. Un crío era un crío, tuviera el sexo que tuviera, y en cuanto al anhelo voraz que hacía arder su cuerpo... era sólo una señal de que su cuerpo estaba recuperándose, nada más. No tenía nada que ver con la mocosa que había tocado prácticamente hasta el último centímetro de su cuerpo febril.

Pero eran precisamente los centímetros doloridos que no había tocado los que lo estaban enloqueciendo.

—¡Maldita sea! —exclamó, antes de salir del agua de golpe.

Ty permaneció chorreando en el borde de la poza, furioso consigo mismo y con el mundo en general, y con Janna Wayland en particular. Limpió con fiereza el taparrabos contra la roca, lo escurrió y volvió a ponérselo para ocultar la rígida evidencia de su deseo, y entonces volvió a meterse en el agua. Al recordar el trozo de jabón que Janna dejaba siempre en una grieta cercana, soltó una maldición y empezó a lavarse de pies a cabeza. Cuando acabó, se aclaró a conciencia, se ajustó mejor el trozo de tela que se había vuelto demasiado ajustado, y volvió con paso airado al campamento.

—¿Cómo están tus pies? —le preguntó Janna, sin levantar la mirada.

—Pregúntaselo a ellos. ¿Dónde está Jack el Loco?

—Se ha ido.

—¿Qué?

—Se preocupó al no encontrarme en ninguno de los sitios donde estoy normalmente, así que...

—¿Cuáles son esos sitios? —la interrumpió Ty.

—Donde se encuentre la manada de Lucifer. Después de asegurarse de que estoy bien, Jack ha decidido regresar.

—¿Adónde?

—A su mina, esté donde esté.

Ty bajó la mano para volver a ajustarse el taparrabos, pero la apartó de golpe al recordar que Janna no era un chico.

—¿Crees que tu yegua querrá llevarme a Sweetwater?

—No lo sé. Le caes bien, pero no le gustan los pueblos.

—Hacéis una buena pareja —masculló él, mientras se pasaba los dedos por el pelo.

—Ten.

Ty alargó la mano automáticamente, y agarró la bolsita de cuero que Janna se había sacado del bolsillo de sus holgados pantalones.

—¿Qué es esto? —le preguntó.

—Un poco de oro que me ha dado Jack. Vas a necesitarlo en el pueblo, ¿o es que piensas trabajar para pagar lo que compres?

—No puedo aceptar oro de una niña de trece años.

Janna levantó la mirada por un segundo antes de bajarla de nuevo hacia las hierbas que estaba poniendo a secar.

—No vas a hacerlo —se limitó a decir.

—¿Qué?

—No vas a aceptar oro de una niña de trece años, tengo diecinueve. Te dije que tenía trece para que no sospecharas que soy una mujer.

—Cielo, aunque hubieras pasado por mi lado desnuda, no habría sospechado nada —le dijo él, mientras la miraba de arriba a abajo—. Eres la mujer menos femenina que he visto en mi vida.

Janna apretó los dedos cuando aquel insulto velado dio de lleno en la diana, pero se esforzó por ocultar el daño que le había hecho el comentario.

—Gracias, es algo que aprendí de Cascabel... lo mejor es esconderse a plena vista —le dijo con voz ronca—. Los soldados lo atraparon más hacia el sur el año pasado, y cuando logró escapar empezaron a buscarlo pensando que lo encontrarían fácilmente, porque no había ningún lugar donde ponerse a cubierto. Estaban en un terreno llano, con sólo unos cuantos mezquites desperdigados donde apenas había sitio para que se escondiera un conejo.

Ty la escuchó con interés mientras se preguntaba por qué su voz le parecía tan atrayente, y finalmente se dio cuenta de que ella había dejado de ocultar el matiz intrínsecamente femenino que teñía sus palabras, una música ligeramente ronca que cautivaba los sentidos.

Y no tenía trece años, sino diecinueve.

«Déjalo ya», se dijo con fiereza. «Está completamente sola, un hombre capaz de aprovecharse de ella no es digno de considerarse como tal».

–Los soldados sabían que no tenía ningún escondrijo a su alcance, así que no se molestaron en mirar con atención –siguió diciendo Janna–. Cascabel es tan astuto como el mismo Satán, y como sabía que lo mejor era esconderse a plena vista y que los soldados lo atraparían a campo abierto, se revolcó en la tierra, agarró unas ramas de mezquite y se quedó muy quieto. Las ramas no lo cubrían del todo, pero eran algo familiar para los soldados, algo a lo que no prestaban ninguna atención, así que pasaron a unos nueve metros de él y ni siquiera lo vieron.

–Eso probablemente se debe a que Cascabel se parece mucho más a un mezquite de lo que tú te pareces a una mujer.

–Ésa es tu opinión, pero los dos sabemos lo fiables que son tus ojos, ¿verdad? –respondió ella.

Ty vislumbró la reacción que ella intentó ocultar, y sonrió con satisfacción. Si sus hermanos se enteraban de que lo habían engañado así, se burlarían de él sin piedad, porque siempre le habían consultado a él en cuestiones relacionadas con las mujeres.

Soltó una carcajada, y sintió que su humor mejoraba con cada segundo que pasaba. Iba a tomarse la revancha con aquel camaleón de ojos grises, y disfrutaría al máximo de la experiencia. Janna iba a arrepentirse de haber hecho que creyera que era un chico afeminado.

–Si fueras una mujer de verdad, me avergonzaría que me hayas engañado –dijo, con deliberada lentitud–. Pero como sólo tengo tu palabra al respecto, y soy demasiado caballero para pedirte pruebas... supongo que tendré que quedarme con mis dudas.

–¿Te crees que eres un caballero? –le preguntó ella, incrédula. Miró con expresión elocuente su barba y su taparrabos mojado, y añadió—: Por lo que veo... y la verdad es que lo veo casi todo... pareces un salvaje.

Aquella vez, la risa de Ty fue bastante más forzada.

—Sé sin lugar a dudas que soy un caballero, chico. Pueden atestiguarlo un montón de damas de verdad.

Janna recordó el dibujo de su madre, y comparó mentalmente su ropa holgada y ajada con un exquisito traje de seda, sus trenzas con un peinado delicado y a la moda. La comparación le resultó demasiado dolorosa, igual que el hecho de que Ty hubiera dejado clara su aprobación por la apariencia de su madre, y su desdén por la falta de encanto femenino que ella parecía tener.

Sintió que sus ojos ardían de lágrimas contenidas, pero se negó a que Ty la viera llorar. Sin decir palabra, se limpió las manos en los pantalones y pasó junto a él sin mirarlo siquiera, consciente de que era capaz de leer sus estados de ánimo con una facilidad asombrosa.

Al llegar al borde del prado, se llevó las manos a la boca y llamó a Zebra con el grito estridente de un halcón. El oído humano no habría podido detectar la diferencia entre su grito y el de un ave de verdad, pero para Zebra era una llamada tan clara como el sonido de una trompeta y en cuestión de segundos llegó a su lado.

—Hola, preciosidad —la saludó, mientras le acariciaba el cuello y le quitaba algunas hojas de la crin y de la cola—. Enséñame tus pezuñas.

Janna rodeó lentamente al animal mientras comprobaba las cernejas. Zebra fue levantando las pezuñas una a una, y esperó pacientemente mientras Janna le quitaba el barro y las piedrecillas que se le habían quedado incrustadas entre la dura cubierta exterior y la parte más sensible del centro.

—Sería más fácil con un limpia cascos de acero —comentó Ty.

Janna logró contener un respingo a duras penas. Ty no había hecho más ruido que una sombra al acercarse a ella por la hierba del prado.

—Si comprara uno, la gente se preguntaría para qué lo quiero. Hay sólo una persona que sabe que he domado... —Janna se detuvo al darse cuenta de que Ty también sabía que estaba en contacto con la manada de Lucifer, y le dijo con voz contenida—: ¿Podrías guardarme el secreto? Ya es bastante malo que aparezca de vez en cuando con un poco de oro, pero si algunos de los hombres de la zona se enteraran de que puedo acercarme a Lucifer, me cazarían como a un perro rabioso y me usarían para atraparlo.

Ty contempló aquel rostro levantado hacia él con expresión implorante, y sintió como si le hubieran pegado una patada en el estómago. La idea de utilizar a Janna para acercarse a Lucifer había permanecido en algún rincón de su mente desde que se había dado cuenta de que Zebra formaba parte de su manada.

«Me cazarían como a un perro rabioso y me usarían...».

Antes de darse cuenta de lo que hacía, Ty enmarcó su cara con las manos y le dijo:

—No se lo diré a nadie, Janna. Te lo prometo. Y no te usaré. Quiero a ese semental y pienso atraparlo, pero no así. No quiero que creas que he traicionado tu confianza.

La sorpresa de Ty al sentir la calidez de sus lágrimas en la mano no pudo compararse a la que sintió cuando ella posó sus suaves labios sobre su piel durante un instante efímero, antes de apartarse de él.

—Gracias —le dijo Janna con voz ronca, mientras retomaba su trabajo con una de las pezuñas de la yegua—. Y siento lo que te he dicho antes. Eres un verdadero caballero, te vistas como te vistas.

Ty cerró los ojos, y luchó contra el temblor que se estaba extendiendo desde la palma de su mano hasta la boca de su estómago y las plantas de los pies. Incapaz de contenerse, se llevó la mano a los labios, y el sabor de las lágrimas de Janna se le subió a la cabeza con mayor rapidez que un vaso de whisky.

«Llevas demasiado tiempo sin estar con una mujer», se

dijo, mientras intentaba controlar la salvaje combinación de ternura y deseo que lo inundaba. «Sí, y la cura se llama Janna Wayland», añadió para sus adentros.

–No –dijo en voz alta.

–¿Qué? –Janna levantó la mirada hacia él.

Ty no la estaba mirando. Estaba completamente rígido y con el rostro tenso, como si estuviera sometido a un terrible dolor, pero al oír su voz abrió los ojos. Antes de que Janna pudiera preguntarle qué le pasaba, él le dijo con voz áspera:

–Janna, no soy lo que crees. Hace demasiado tiempo que no estoy con una mujer para comportarme con caballerosidad, así que no confíes en mí ni por un segundo.

10

Ty montó en Zebra con un movimiento fluido, bajo la atenta mirada de Janna. La yegua movió las orejas hacia atrás y hacia adelante, y aceptó sin ningún problema que él fuera su jinete.

—Ya te he dicho que no protestaría —comentó Janna—. Ya la has montado antes.

—No me lo recuerdes, tengo pesadillas con ese viaje todas las noches —Ty se inclinó para ofrecerle el brazo izquierdo, y añadió—: Agárrame por encima del codo con la mano izquierda, y sube de un salto.

Janna obedeció sus indicaciones, y montó con una facilidad pasmosa. Apartó la mano de inmediato, demasiado consciente de la calidez y de la fuerza de su brazo, pero al mirar hacia delante se encontró con unos inmensos hombros desnudos que parecían bloquearle la visión de medio mundo.

—¿Qué... qué tal tienes la espalda? —le preguntó.

—Dímelo tú, la puedes ver mucho mejor que yo —contestó Ty con sequedad.

Janna se mordió el labio, irritada por haber hecho una pregunta tan absurda y por su contestación burlona; aun así, preguntarle aquello había sido más prudente que recorrer con las manos toda aquella extensión de piel bronceada. Tras respirar hondo, se obligó a concentrarse en los moratones desvaídos y en las líneas rojas casi imperceptibles de los cortes recién curados.

Cuando trazó la línea más larga con la punta de los dedos, Ty se encogió como si lo hubiera azotado y espetó con brusquedad:

—No hagas eso.

—Lo siento. No sabía que aún te dolía, parece curado del todo.

Ty apretó los labios, pero no intentó explicarle que su reacción no había sido de dolor, sino de placer. El contacto de sus dedos había sido como el roce de sus labios, una caricia cálida unida a un asomo de sensualidad estremecedora escondida bajo un montón de ropa masculina.

—Te pondré un poco más de ungüento cuando volvamos del pueblo —siguió diciendo ella.

Ty abrió la boca para objetar, pero volvió a cerrarla sin hacer ningún comentario. La tentación de sentir sus manos en su cuerpo era demasiado grande, y era incapaz de negarse a sí mismo la oportunidad de disfrutar de sus cuidados.

Le indicó a Zebra que se pusiera en marcha con una ligera presión del talón izquierdo, y la yegua se volvió obedientemente y se dirigió hacia la grieta en las rocas que rodeaban el pequeño valle. El movimiento de la grupa del animal y la forma de su dorso se sumaban para hacer que Janna se moviera hacia él, y Ty dio un respingo cuando el ala de su sombrero le tocó la piel.

—Perdona —murmuró ella, mientras echaba la cabeza un poco hacia atrás.

Ty se limitó a soltar un gruñido.

Janna siguió resbalando hacia él mientras avanzaban, y antes de que llegaran a la entrada del valle, estaba apretada contra su espalda y esforzándose por inclinar la cabeza en un ángulo incómodo, para evitar que su sombrero o sus labios entraran en contacto con su piel.

La quinta vez que tuvo que disculparse por el inevitable contacto, Janna se fue apartando como pudo hasta que consiguió interponer las manos entre ellos sobre el dorso de la yegua, y fue retrocediendo milímetro a milímetro, con cuidado de no sobresaltar a Zebra.

Cuando notó que el peso de Janna iba retrocediendo por su espalda, la yegua balanceó la cola en un gesto de aviso, y golpeó de lleno en una de las pantorrillas de Ty.

—Maldición, ¿es que tiene la cola hecha de ortigas?

Janna no contestó, y retrocedió un poco más.

Zebra reaccionó con un movimiento nervioso de advertencia.

—¿Qué es lo que le pasa? —dijo Ty, antes de volverse para mirar a Janna por encima del hombro—. ¿Qué demonios estás haciendo ahí atrás?, ¿es que no sabes que los caballos tienen los riñones y los flancos muy sensibles? ¿Quieres que nos tire al suelo?

—No quería hacerte daño en la espalda.

—Pero si mi espalda está... —Ty recordó que había insinuado que el roce de sus dedos le había hecho daño, así que dijo con voz tensa—: Sobreviviré. Acércate, y ponte en tu sitio antes de que la yegua nos tire al suelo.

—Prefiero no hacerlo —masculló Janna.

Ty pasó la pierna derecha por encima del cuello de Zebra y desmontó.

—Ponte bien, yo iré caminando —le dijo con voz cortante.

—No, será mejor que sea yo quien camine —se apresuró a protestar Janna, mientras desmontaba también—. Estoy acostumbrada, y no he estado enferma como tú.

—Ya me he recuperado del todo.

—Pero me has dicho que...

—Súbete a la mustang antes de que pierda la paciencia —la interrumpió él.

—No puedes perder la paciencia, antes tendrías que tenerla.

Ty la fulminó con la mirada, pero al ver que ella no se inmutaba, soltó un juramento, la agarró y la colocó tumbada sobre el estómago encima de la yegua; sin embargo, tuvo tiempo más que suficiente para arrepentirse de aquel acto impulsivo, porque cuando Janna se apresuró a colocarse bien, la tela de sus pantalones se tensó sobre sus nalgas y reveló la forma inconfundible de unas caderas muy femeninas.

En ese momento, Ty desechó la idea de sentarse detrás de ella, consciente de que enloquecería ante la sensación de aquellas curvas suaves entre sus muslos, rozando su miembro anhelante. La agarró con una maldición ahogada, y cuando sus manos recorrieron su trasero al bajarla de la yegua, se dijo que había sido un contacto puramente accidental, aunque sabía que se estaba engañando. Podría haber tirado de sus pies o incluso de sus rodillas, así que agarrarla por las caderas y hundir los dedos en sus firmes curvas había sido innecesario... aunque había hecho que una oleada de calor recorriera todo su cuerpo.

Ty se preguntó si se había equivocado con sus pechos tanto como con sus caderas, ya que tenía curvas más que suficientes para llenar las manos hambrientas de un hombre. Al darse cuenta de que seguramente iba a descubrir lo suaves y tentadores que eran sus pechos cuando ella montara tras él de nuevo, soltó un gemido y volvió a maldecir entre dientes. Le sorprendió el control que tuvo que ejercer sobre sí mismo para obligarse a apartar las manos de su cuerpo, porque nunca había intentado tocar algo que una mujer no le hubiera ofrecido libremente.

—Estate quieta —le dijo bruscamente, cuando ella se revolvió contra él para intentar recuperar el equilibrio.

—Escúchame, hijo de...

Ty le cubrió la boca con la palma de la mano, y la miró directamente a los ojos.

—No, escúchame tú, *chico* —gruñó con fiereza—. Vamos a subirnos a este caballo, y vas a montar en tu sitio para que

Zebra no se haga daño. Es una yegua de buen tamaño, pero llevar a dos personas es bastante peso para ella, sobre todo cuando uno de los jinetes tiene mi tamaño.

Janna dejó de forcejear. No se había dado cuenta de que su actitud podía dañar a la yegua, y se volvió hacia ella con una pequeña exclamación. Zebra le devolvió la mirada, mostrando una paciencia equina con los locos humanos.

—Iré caminando —dijo Janna.

—Y un cuerno. El pueblo está demasiado lejos.

—He recorrido distancias más largas en una sola mañana.

—Y has ido dejando huellas a cada paso del camino. Si vas parándote para ocultar tu rastro, tardaremos una semana en llegar al pueblo. Si no lo ocultas, el próximo hombre que aparezca en tu valle no será Jack el Loco, sino Cascabel.

Janna tardó unos segundos en digerir la desagradable verdad que contenían sus palabras. Las marcas de un caballo sin herrar no llamarían demasiado la atención, sobre todo después de que se cruzaran con el rastro de alguna de las manadas que pastaban por la zona, pero las huellas de un caballo herrado o de un humano harían que Cascabel los atacara con la rapidez del reptil al que debía su nombre, la serpiente de cascabel.

—A Zebra no le va a hacer ningún daño llevarnos a los dos, sólo tienes que ir con cuidado de no ir tan atrás.

—¿Y qué pasa contigo?, no quiero hacerte daño en la espalda.

Ty cerró los ojos para no ver el dolor que se reflejó en su mirada ante la posibilidad de causarle daño a algo o a alguien, aunque se tratara del hombre que le estaba haciendo la vida tan difícil.

—Lo que pasa es que tengo cosquillas, mi espalda está bien —dijo al fin.

—Ah.

Ty montó en Zebra, ayudó a Janna a subir tras él y apretó los dientes cuando sintió sus pechos contra su piel desnuda. Cuando Zebra se puso en marcha de nuevo, la suave presión de los muslos de Janna le resultó una distracción aún mayor que la calidez de su aliento contra su espalda.

«Piensa en ella como si fuera un chico».

Ty lo intentó, pero sólo podía pensar en la forma exuberante de sus caderas. Era imposible que un chico tuviera aquellas curvas cálidas.

«Da gracias a que no tiene unos pechos grandes». Ty intentó sentir algo de agradecimiento, pero sólo podía pensar en quitarle aquella camisa enorme para descubrir lo suaves que eran sus pechos, si sus pezones eran tan rosados como su lengua, y si se fruncirían anhelantes por sentir su boca.

Zebra sintió la tensión instantánea que atenazó el cuerpo de Ty, y como no pudo entender a qué se debía, empezó a moverse nerviosamente al notar la brisa que agitaba la hierba, como si se tratara de un puma al acecho.

Janna empezó a hablarle a la yegua con una voz tranquilizadora y profunda que afectó a los sentidos inflamados de Ty como caricias aterciopeladas. Cuando ella cambió de posición y se inclinó hacia delante junto a él para acariciarle el cuello a Zebra, él tuvo que apretar los dientes con fuerza.

—No sé lo que le pasa —comentó Janna, manteniendo la voz suave y calmada—. Sólo se porta así cuando hay pumas o indios cerca, pero no he visto nada sospechoso. A lo mejor Jack no ha ocultado bien su rastro al marcharse, y Cascabel lo ha seguido.

—Lo dudo, ese viejo lleva un montón de años eludiendo a los rastreadores —dijo Ty, con voz tensa—. Seguramente, está nerviosa por llevar dos jinetes.

Janna se limitó a hacer un sonido inarticulado para calmar a la yegua.

Cuando llegaron a la fractura de entrada al valle, Zebra había dejado de asustarse por la más mínima sombra, Janna se había relajado y ya no se apartaba de golpe cada vez que entraba en contacto con el cuerpo casi desnudo de Ty, y el hombre en cuestión tenía la mandíbula dolorida de tanto apretarla en reacción a las sensaciones ardientes que lo recorrían cada vez que ella lo tocaba accidentalmente.

Ty tenía la impresión de que Janna lo tocaba en todas partes... menos en las zonas concretas que estaban doloridas de deseo.

11

Ty soportó en silencio el roce continuo del cuerpo de Janna contra el suyo mientras se dirigían hacia la abertura en las rocas. Fueron siguiendo el curso del arroyo hasta que desapareció en un pequeño lodazal, sin verter ni una sola gota en la grieta que aportaba la única vía de escape del valle. Parecía similar a muchas otras grietas estrechas y baldías que se abrían a lo largo de los flancos erosionados de la meseta; eso, sumado al hecho de que el estrecho y serpenteante pasaje resultaba difícil para el paso de un caballo, explicaba que Janna hubiera podido mantener en secreto la existencia del valle.

La grieta en las rocas parecía la entrada al infierno, pero Ty se acercó a ella con alivio. Cuando estuvieron a unos treinta metros, no pudo seguir soportando el sensual tormento al que lo tenía sometido Janna sin saberlo, y desmontó de la yegua para apartarse del fiero contacto de su cuerpo.

—Espera aquí, voy a inspeccionar el camino —le dijo con voz cortante, y se fue sin darle tiempo a contestar.

El interior de la grieta era fresco, húmedo y oscuro, y las lluvias recientes habían dejado unos cuantos charcos que reflejaban las paredes rojas que se levantaban a ambos lados del estrecho cañón. El cielo se reducía a una delgada línea azul entre las paredes de roca, y en aquellas zonas donde la negra lava había reemplazado a la arenisca, la grieta se oscurecía y adquiría una apariencia lúgubre y sombría, como si la noche se hubiera condensado y hubiera adquirido forma material en la misma tierra.

No había ninguna huella a lo largo del camino, ni siquiera de algún animal, pero a Ty no le extrañó; los animales salvajes solían evitar de manera instintiva las pequeñas rendijas en las rocas, ya que corrían el riesgo de quedar atrapados sin salida ni cobijo. Lo que le sorprendió fue que Jack el Loco no hubiera dejado marca alguna, y que pareciera haber salido volando del valle; de hecho, le resultó casi imposible creer que el hombre hubiera pasado por allí.

Conocía el pasaje, ya que se había preocupado por familiarizarse con la única vía de escape de aquel valle que podía pasar de ser un refugio a una trampa mortal, pero cada vez que recorría aquel camino estrecho sentía admiración por Janna, porque había sido capaz de encontrar y utilizar un sendero que los indios habían olvidado hacía cientos de años, quizás incluso miles. Era dudoso que algún indio hubiera pasado por aquella grieta desde que habían empezado a utilizar caballos.

Aunque también era posible que los indios no se hubieran olvidado de la existencia del valle, sino que lo evitaran al considerarlo un lugar para los espíritus vedado a los seres humanos. En los confines de aquel cañón oscuro, resultaba muy fácil imaginarse a los espíritus malignos agazapados a la espera de aquellos lo bastante imprudentes para aventurarse en el interior de aquellas fauces negras de piedra.

El punto más estrecho se encontraba una vez recorrido un tercio del pasaje. Allí, las dos paredes del cañón estaban formadas de una roca negra de grano fino que tenía una serie de fisuras paralelas; el agua había pulido la roca hasta convertirla en una masa lisa y reluciente que resultaba casi tan resbaladiza como el hielo, gracias al efecto añadido de una fina capa de barro. Al contrario que Jack el Loco, Janna no había encontrado la forma de pasar por allí sin dejar rastro; por eso siempre recorría el pasaje justo antes o después de que lloviera, para que la corriente de agua que circulaba por allí en aquellos casos borrara sus huellas.

Ésa era otra de las cosas que Ty admiraba de ella. Pocas personas que conocieran el territorio tendrían el valor de ir por allí con la meseta cubierta por nubes de tormenta y bordeada por cauces llenos de agua, y muchas menos serían capaces de leer el terreno y el tiempo lo suficientemente bien para pasar por aquella grieta y vivir para contarlo. Ty se preguntó cuántas veces había permanecido con la mirada fija en la corriente de agua fangosa, esperando el momento adecuado para pasar sin ahogarse ni dejar rastro.

Levantó la mirada, y observó las paredes irregulares que contenían depósitos fluviales a seis y hasta a nueve metros por encima de su cabeza, y empezó a sudar al pensar en el riesgo que Janna había corrido al llevarlo al valle. Sólo recordaba las nubes oscuras y la lluvia incesante, y lo único que sabía era que ella había corrido un riesgo enorme en su empeño de llevarlo a un sitio seguro donde pudiera curarse; de hecho, había corrido un riesgo enorme por él desde el momento en que había empezado a ocultar su rastro para que Cascabel no lo encontrara. Si el renegado descubría cómo había conseguido escapar su prisionero, la vida de Janna no valdría nada.

Ty avanzó con cuidado por el suelo resbaladizo del cañón, medio caminando y medio deslizándose, y el camino volvió a ensancharse ligeramente una vez superado el tramo donde las paredes negras parecían cerrarse. Siguió andando sin dejar apenas rastro de su paso, y no encontró señal alguna de vida; finalmente, la luz que fue rasgando la penumbra le indicó que estaba llegando al final del pasaje. Se cobijó en las sombras mientras avanzaba con cautela, y se asomó hacia el abanico de escombros que habían caído desde el borde de la meseta, y que habían creado una falda en pendiente que descendía hacia las llanuras.

Ty permaneció inmóvil durante varios minutos mientras observaba el terreno, pero lo único que se movía eran las sombras de las nubes que se cernían sobre la tierra. No hubo pájaros que levantaran el vuelo asustados, ni cuervos que regañaran a algún intruso con sus gritos roncos, ni siluetas de hombres o caballos vagando como espectros por la zona. Si había alguien allí fuera, estaba mejor escondido que él.

Al cabo de diez minutos, Ty regresó junto a Janna, y se la encontró justo donde la había dejado.

—Todo despejado —le dijo, en respuesta a la pregunta muda que brillaba en sus ojos—. Nada ha entrado o salido desde la última lluvia.

Janna no pudo ocultar el alivio que sintió. Sin el valle secreto, no tendría dónde ocultarse, ningún refugio para pasar los fríos inviernos.

Ty adivinó la causa de su expresión de alivio, y tuvo que contenerse para no decirle en aquel mismo momento que no hacía falta que se preocupara, que no iba a pasar otro invierno escondida en el valle porque iba a marcharse de territorio indio. Permaneció en silencio porque sabía que ella empezaría a discutir, y discutir contra lo inevitable era una pérdida de tiempo. Era inevitable que Janna dejara de vivir sola, porque ninguna mujer blanca debía subsistir como una salvaje, temerosa hasta de las sombras y sin la compañía de otros seres humanos que pudieran protegerla en caso de peligro.

Ty había decidido llevarla a Sweetwater, a Hat Rock, a Santa Fe o incluso a Denver si era necesario, era lo mínimo que podía hacer por la muchacha huérfana que le había salvado la vida.

En aquel momento, Janna se bajó de Zebra y se dirigió hacia la grieta, con la yegua pisándole los talones.

—¿No vas a ir montada? —le preguntó, sorprendido.

—Es demasiado peligroso, la zona más estrecha debe de estar resbaladiza por la lluvia.

—Íbamos los dos montados cuando entramos en el valle.

—Alguien tenía que mantenerte encima de Zebra. Montaremos cuando el cañón vuelva a ensancharse.

Ty no protestó. Aunque era primordial no dejar huellas humanas, no le gustaba nada la idea de pasar por aquel trecho de roca negra y resbaladiza montando a pelo en un mustang sin desbravar.

Al final, fue la misma estrechez del cañón la que evitó que Ty se cayera, y consiguió avanzar presionando las manos contra las paredes, como si quisiera separarlas. Janna conocía mejor aquel tramo difícil y sabía dónde estaban los huecos y los asideros con los que mantener el equilibrio; Zebra tenía cuatro patas, así que si una de ellas resbalaba, quedaban tres para hacer el trabajo.

—¿Cómo conseguiste pasar a caballo? —le preguntó Ty, cuando llegaron a una zona más ancha.

—No tuve otra alternativa.

Ty reflexionó sobre aquella respuesta durante unos segundos, y finalmente asintió. Estaba claro que ésa era la explicación de que Janna hubiera conseguido sobrevivir sola: creía que no tenía otra alternativa.

Pero sí que la tenía.

—Con todos los libros que tienes, podrías ser profesora —comentó, mientras volvía a montar en Zebra y de paso se arañaba la rodilla contra la pared del cañón.

Janna le agarró la mano y subió tras él antes de decir:

—Sólo hay bastantes niños en los pueblos.

—¿Y qué?

—Que no me gustan los pueblos. Parece que sacan lo peor de la gente.

Ty abrió la boca para protestar, pero se sintió atrapado al darse cuenta de que estaba de acuerdo con ella.

—No siempre es así —murmuró.

—Bueno, entonces puede que yo saque lo peor de los pueblos.

—¿De verdad piensas pasarte aquí el resto de tu vida? —le preguntó él.

–Como no bajes un poco la voz, el resto de mi vida se reducirá a un par de horas –le contestó ella con sequedad–. Estas paredes hacen que un alfiler resuene como un alud.

Ty se volvió y la fulminó con la mirada, pero permaneció en silencio con la excepción de una o dos ocasiones en las que murmuró un expletivo cuando se arañó las piernas contra las paredes. Las esbeltas piernas de Janna no corrían aquel peligro; en todo caso, estaban cubiertas por la ropa protectora de los pantalones que llevaba... aunque Ty no pudo evitar sentir una profunda apreciación por la piel cálida que se ocultaba debajo de la tela, sobre todo cuando ella le rozaba al ajustarse a los movimientos de Zebra.

Con cautela, Ty urgió a la yegua a que saliera de la grieta, pero procuró que se mantuviera al amparo de las sombras y de la alta maleza en la medida de lo posible. Tras avanzar poco más de kilómetro y medio, se encontraron con el rastro de un grupo de caballos sin herrar que obviamente habían pasado por allí sin detenerse a pastar ni a abrevar en los escasos charcos que quedaban; por la distancia entre los conjuntos de huellas, Janna dedujo que los animales habían ido a medio galope.

–Ése es el caballo de Cascabel –murmuró, mientras señalaba hacia unas huellas más grandes que habían quedado medio borradas por las del resto del grupo.

El caballo ya no llevaba herraduras, y sólo quedaba un rastro vago de las hendiduras dejadas por las uñas alrededor del borde de unas pezuñas poco cuidadas.

–Le robó dos caballos de Kentucky a un oficial del fuerte junto a Split-rock Springs –siguió diciendo Janna–. Uno de ellos era el caballo más rápido de Utah.

–¿Ya no lo es?, ¿qué le pasó?

–Cascabel lo mató de agotamiento intentando atrapar a Lucifer. Cuida mejor del otro caballo, pero no durará mucho más. Es un animal de corral, criado con los mejores cuidados y pienso. Lo único que tiene aquí es hierba y un renegado enorme con una fusta.

—Sí, y ese renegado enorme está demasiado cerca para que me sienta tranquilo.

Janna se mordió el labio durante unos segundos antes de asentir.

—Sí. Ésta es la tercera vez que me encuentro sus huellas en la parte este de la meseta, y me pregunto qué habrá pasado para obligarlo a venir hasta aquí. Los ranchos que suele asaltar están en la dirección opuesta.

—Apuesto a que los soldados están estrechando el cerco a su alrededor, porque están decididos a colgarlo del cuello.

Janna cerró los ojos y sacudió la cabeza, mientras intentaba desprenderse de la sensación ominosa que había ido creciendo en su interior desde el día a principios de verano en que había descubierto que Cascabel se había visto obligado a trasladar su campamento. Se había asentado en la cuenca del Arroyo del Cuervo, peligrosamente cerca del Cañón Mustang, y no importaba si se había trasladado hacia el sur por la presión de Halcón Negro o de los soldados, o si Lucifer lo había atraído hacia las colinas rojizas, la meseta elevada y las Montañas de Fuego. Janna sabía que no podría permanecer escondida durante mucho tiempo más, con tantos ojos escrutando hasta la última sombra.

Sin embargo, tampoco podía marcharse, porque no tenía ningún sitio adonde ir. Una mujer sola entre hombres era el blanco de risas de escarnio, de especulaciones y de ofertas de dinero y protección a cambio de sexo. Aquella tierra salvaje era lo más parecido a un hogar para ella, y no podía soportar perderla junto con su libertad.

Por desgracia, cada día parecía más claro que no le quedaba otra opción.

Sin decir palabra, Janna guió a Zebra por una ruta indirecta hacia Sweetwater, y Ty se volvió hacia ella al darse cuenta de hacia dónde se dirigían.

—Hat Rock está más cerca —le dijo.

—Ya lo sé, pero la última vez fui a Sweetwater.

—¿Y qué?

—Que a Joe Troon no se le ocurrirá buscarme por allí.
—¿Qué?
—Nunca voy dos veces seguidas al mismo pueblo o al mismo rancho; de hecho, con la excepción del valle escondido, nunca voy a los mismos lugares en la misma época del año, ni en el mismo orden. Si no tienes una pauta, nadie puede adivinar dónde vas a estar y tenderte una trampa.

Ty notó la aprensión que se ocultaba tras su tono calmado, y le preguntó:

—¿Ha intentado atraparte ese tal Troon?
—Sí, una o dos veces.
—¿Por qué?
—Por la mina de Jack el Loco, por Lucifer o por...

Janna se interrumpió cuando recordó lo que le había oído decir a Troon. El tipo había fanfarroneado diciendo que iba a hacer que se sometiera a él, y que cuando lo hubiera conducido a la mina de oro de Jack y a Lucifer, la vendería a un burdel mexicano. Se aclaró la garganta, y añadió:

—No me quedé a averiguar por qué más quería atraparme.

Ty se sorprendió por la oleada de rabia y de adrenalina que recorrió su cuerpo.

—¿Te puso la mano encima? —le preguntó con voz salvaje.

—Ni siquiera me vio aquella vez —contestó Janna de forma evasiva—. Me oculté en unos arbustos, y escuché lo que decía el tiempo suficiente para saber cómo había conseguido encontrarme; entonces me juré que nunca más volvería a ser predecible, y es algo que he cumplido hasta ahora.

—Me dijiste que sigues a la manada de Lucifer en verano, ¿no?

—Sí.

—Entonces, eres predecible. Todos los que se dedican a la doma de los mustangs conocen el territorio de Lucifer, así que un hombre sólo tendría que esperar junto a alguno de los abrevaderos de la manada. Lucifer es lo bastante rápido para escapar de una emboscada así, pero tú no.

—Cascabel mantiene a ese tipo de hombres alejados de aquí.

—A mí no me mantuvo alejado, nada lo hará. Voy a atrapar a ese semental, cueste lo que cueste. Lo necesito demasiado para dejar que unos cuantos renegados se interpongan en mi camino.

—¿Piensas usar a Lucifer para comprar a tu dama de seda?

—Sí —contestó él, con voz inflexible—. La guerra me lo arrebató todo, excepto mi vida y mis sueños. Conseguiré a esa dama de seda, o moriré en el intento.

Janna permaneció inmóvil, e intentó no reaccionar ante el dolor que sintió.

—Entonces, lo entiendes —murmuró con voz ronca.

—¿Qué quieres decir?

—Entiendes por qué no puedo vivir en un pueblo, trabajando como doncella o como chica de salón. Yo tengo mi propio sueño.

Se hizo un prolongado silencio, mientras Ty digería la idea de que aquella muchacha desmadejada tenía un objetivo más allá de la pura supervivencia.

—¿Cuál es tu sueño?

Con los ojos fuertemente cerrados, Janna sacudió la cabeza y se negó a contestar. No servía de nada decirle a Ty que había empezado a soñar con que él se volviera a mirarla y descubriera en ella a la dama de seda que buscaba. Era un sueño que nunca se convertiría en realidad, y ella era lo suficientemente práctica para saberlo.

Pero era el sueño más maravilloso que Janna había tenido en su vida, y no podía darle la espalda... como tampoco podía transformarse en la mujer con la que Ty soñaba.

12

Cuando llegaron a un kilómetro y medio del pueblo, Ty se movió ligeramente y le murmuró una suave indicación a Zebra. La yegua se detuvo obedientemente junto a un grupo de matorrales cubiertos por unos salientes, y él se volvió hacia Janna y le entregó el cuchillo.

—Bájate, volveré lo más rápido que pueda.
—Voy contigo.
—No.
—Pero...
—¡No! —Ty hizo una mueca ante su propia brusquedad, y añadió—: Janna, no es seguro. Si te ven conmigo montando una mustang...
—Les diremos que la has domado tú —se apresuró a decir ella.
—Tendrían que ser muy tontos para creerse algo así. Ya voy a tenerlo bastante difícil para convencerlos de que conseguí sobrevivir sin ayuda. Sabes tan bien como yo que, si Cascabel se entera de que eres la culpable de que se haya convertido en el hazmerreír de Utah, te perseguirá hasta que te atrape y te cocinará a fuego lento.

Janna se bajó de Zebra sin decir palabra, y se desvaneció entre la maleza tan rápidamente que Ty necesitó un segundo para convencerse de que realmente había estado allí con él; de repente, lo atravesó una sensación extraña, una mezcla de soledad y de deseo que formaban un anhelo completamente desconocido para él.

—¿Janna? —la llamó con voz queda.

La única respuesta que tuvo fue el susurro de las ramas bajo la brisa que presagiaba lluvia. Al oler la humedad en el ambiente, Ty recordó que tenía que darse prisa; si no volvían al valle antes de que se desatara la tormenta, tendrían que pasar la noche a la intemperie, y ni siquiera podrían encender un fuego por miedo a que los localizaran.

Zebra levantó la cabeza y resopló al oír un trueno en la distancia, y empezó a olisquear el aire con las orejas erguidas.

—Tranquila, chica. Sólo es una tormenta de verano.

Ty desmontó, se quitó el taparrabos y los vendajes de los pies, y metió los jirones de tela en una grieta entre dos rocas. Emprendió el camino por el terreno pedregoso en dirección este, hacia una senda de carros que había a medio kilómetro de allí, con mucho cuidado de no dejar ningún rastro. Ya había estado una vez en Sweetwater, montando a Blackbird y armado con dos pistolas, un rifle y una escopeta; se había sentido agradecido por cada una de sus armas, porque aquélla era una población donde había tipos muy poco recomendables.

Mientras iba hacia el pueblo, Ty deseó con todas sus fuerzas tener una de las nuevas carabinas de repetición que se cargaban tan rápidamente como disparaban, pero se habría conformado hasta con una simple pistola. Aunque dos revólveres y unos cuantos cilindros llenos de balas habrían hecho que se sintiera mejor.

Aunque Janna parecía no darse cuenta, Sweetwater era un nido de forajidos, y los dos ranchos en los que compraba provisiones tenían una fama de marcar a reses «perdidas» que se conocía desde el Río Rojo hasta el rancho de Logan MacKenzie en Wyoming. Algunos de los vaqueros del Lazy A y del Circle G eran hombres razonablemente honestos, y se habían visto obligados a ganarse la vida como fuera después de que la Guerra Civil arruinara sus granjas y sus hogares, pero otros trabajadores de aquellos ranchos habrían sido bandidos en el mismísimo cielo, porque disfrutaban pisoteando a los más débiles.

«¿Cómo ha podido sobrevivir Janna en este territorio?», se preguntó por enésima vez, mientras seguía caminando hacia el conjunto de barracas destartaladas que formaban uno de los pocos poblados que había en centenares de kilómetros a la redonda.

La única respuesta que se le ocurrió fue la obvia. Pensó en el destino de tantas mujeres en una tierra devastada por la guerra, mujeres que habían tenido que venderse por pan o por unas mantas, mujeres que en tiempos de paz jamás habrían permitido que un hombre las tocara fuera de los límites del amor y del matrimonio.

«¿Fue así como lograste sobrevivir tras la muerte de tu padre, Janna? Te vendiste hasta que tuviste la destreza y la fuerza necesarias para sobrevivir sola?». De nuevo, la única respuesta posible que se le ocurrió fue la obvia, pero la idea de su cuerpo suave debajo de hombres enfebrecidos lo enfermó y lo enfureció. Que una mujer tuviera que venderse así para sobrevivir era otra forma de violación.

En el pasado, Ty había sorprendido a más de una mujer atrapada en las ruinas de la guerra al darle comida, cobijo o algunas mantas sin pedir nada a cambio. Nunca olvidaría la sorpresa, el alivio y la gratitud de una muchacha cuando había rechazado su delgado y magullado cuerpo como pago por un plato de judías; la joven había comido con rapidez y se había desvanecido en la noche, como si tuviera miedo de que él cambiara de idea y decidiera tomarla después de todo.

Cuando por fin había regresado a casa, había descubierto que su hermana, Cassie, no había tenido tanta suerte con los desconocidos que se habían cruzado en su camino. La habían secuestrado y había permanecido cautiva, pero cuando se había puesto demasiado enferma para atender las necesidades de los hombres, la habían abandonado para que muriera. Y habría sido así, si Logan y Silver no la hubieran encontrado y la hubieran cuidado hasta que había recuperado la salud y la cordura.

Los pensamientos sombríos de Ty se vieron reflejados en el pueblo al que llegó por fin. No había hombres holgazaneando delante de la tienda de suministros, ni perros durmiendo en la tierra calentada por el sol; de hecho, la primera persona a la que vio fue un chico que estaba vaciando una palangana por la puerta trasera del bar, y que nada más verlo se apresuró a volver a entrar en el establecimiento.

Segundos después, el barman apareció en la puerta con una escopeta y recorrió con la mirada su cuerpo desnudo, que estaba cubierto de magulladuras y moratones en proceso de curación.

—Bueno, tienes el tamaño y el color adecuados, así que a lo mejor eres Tyrell MacKenzie —le dijo el hombre.

Ty asintió lentamente, y el desconocido salió a la calle.

—Ven, entra. Me llamo Ned. Un tipo llamado Lobo Azul estuvo preguntando por ti hace unas dos semanas.

Al oír aquel nombre, Ty estuvo a punto de soltar una carcajada.

—Me preguntaba cuánto tiempo tardaría en alcanzarme.

—¿Es un amigo tuyo?

—Sí.

—Tienes suerte. Por su tamaño, sería un enemigo duro de roer. Es casi tan grande como Cascabel, y habla mejor que yo.

—Y además tiene muy buena puntería —comentó Ty.

Ned soltó un gruñido, y agarró una vieja camisa que tenía colgada de un clavo detrás de la puerta.

—Póntela y siéntate.

Ty se la colocó alrededor de las caderas y entre las piernas como una especie de calzones, y suspiró al sentarse en una silla después de estar tantos meses viviendo al aire libre.

Ned se acercó a una esquina manchada de hollín de la pequeña sala, y agarró un cazo que había sobre un hornillo con una pata rota; después de limpiar una cuchara en sus pantalones, la metió en el cazo y se lo dio a Ty.

—Ten, supongo que tienes hambre.

No era así, pero Ty sabía que rechazar la comida causaría demasiadas preguntas, así que se comió rápidamente las judías frías mientras intentaba no pensar en lo buena que estaba la comida de Janna... además de limpia. Vivir en un campamento con aguas termales había hecho que se malacostumbrara; allí disfrutaba de un baño diario, platos limpios y compañía impoluta, así que tardaría bastante en acostumbrarse al olor de una pocilga como aquel bar.

—Gracias —le dijo, al devolverle el cazo vacío.

—¿Fumas?

Ty negó con la cabeza.

—Lo dejé la noche que vi morir a un hombre por encender una pipa cuando tendría que haber estado quieto y vigilante por si aparecía algún enemigo.

Ned sonrió, y el gesto reveló unos dientes del mismo color que las judías.

—Sí, la guerra puede ser dura para un hombre, es peor que robar bancos o ser cuatrero.

Al ver que Ty ignoraba la pregunta indirecta sobre su pasado, Ned añadió:

—No quiero fastidiarte la fiesta, pero hace dos semanas que aquí nos quedamos sólo Johnny y yo. Los demás se fueron al fuerte, porque Cascabel hizo que se mearan en los pantalones. Hemos oído que mató a dos hombres blancos hace una semana.

—No sé nada de eso, he estado demasiado ocupado escondiéndome y recuperándome. ¿Te dijo Lobo Azul cuándo volvería?

Ned sacó una jarra de piedra, y la colocó encima de la mesa.

—No sé si va a volver. Le dije que te había atrapado Cascabel, y él me contestó que te escaparías y que iba a dejarte un poco de oro en el fuerte, porque lo necesitarías al escapar. Por tu aspecto, parece que tenía razón.

—¿Mencionó adónde iba?

—Iba a encontrarse con tus hermanos al norte de aquí, para ir a buscar oro. Probablemente lo encuentren, si Halcón Negro no les arranca antes las cabelleras.

—Con Lobo como guía, nadie se enterará de que están cerca —Ty esperó unos segundos antes de añadir con naturalidad—: Cuando mis hermanos vuelvan a buscarme... y lo harán... diles que me he ido hacia México. Voy a acabar de curarme en la cama de alguna señorita.

La sonrisa de Ned fue tan torcida como la pata trasera de un perro cuando asimiló el mensaje implícito: aunque Ty estuviera desnudo y solo, en caso de que lo mataran, sus hermanos darían caza a su asesino. De modo que el barman agarró la jarra, sirvió un líquido turbio en un vaso sucio, y lo colocó delante de él.

—Ten, bebe.

—Preferiría un poco de agua, mi padre siempre me dijo que no hay que mezclar el licor con un estómago vacío o con un golpe en la cabeza.

Ned soltó una carcajada y vació el vaso. Ty se sintió agradecido de que no hubiera una llama cerca, porque el alcohol que destilaba su aliento habría provocado un incendio.

—No sabes lo que te pierdes, es alcohol de primera —dijo Ned, mientras se secaba los ojos—. Un hombre no podría aguantar desde el amanecer hasta la puesta del sol sin él.

Ty podría haber aguantado desde su nacimiento hasta su muerte sin aquel tipo de alcohol, pero no hizo ningún comentario al respecto. Había conocido a muchos tipos como Ned, hombres para los que el sabor corrosivo del licor casero era su único aliciente en la vida. Esperó pacientemente mientras el barman acariciaba las frías curvas de la jarra de piedra, la levantaba y la sacudía para ver cuánto licor quedaba.

—Así que el chico y tú sois los únicos que quedáis en Sweetwater, ¿no? —le preguntó finalmente.

Ned se sirvió medio vaso más de alcohol, eructó y se sentó frente a él; a pesar de que era de día, el interior del local estaba casi en penumbra. Era posible que alguna vez hubiera habido ventanas de vidrio en las paredes, pero hacía mucho que habían sido reemplazadas con papel aceitado.

—Sí, sólo quedamos ese chico inútil y yo. Está tan asustado, que saldrá corriendo en cuanto le dé la espalda —Ned tomó otro trago de licor, y suspiró—. Y Joe Troon. Esa alimaña siempre está merodeando por aquí. Antes tenía una mujer mexicana escondida en algún lugar del norte, pero se largó con los renegados de Cascabel. Troon está muy solo últimamente, por eso quiere atrapar otra vez a la bruja.

—¿A quién?

—A la muchacha pelirroja a la que los renegados llaman Sombra, porque no deja ningún rastro. Vive con los mustangs, y es tan salvaje como ellos —Ned tomó otro trago, e hizo una mueca—. Troon la atrapó y se quedó con ella hace un par de años, pero se le escapó. Parece que ese tipo no les cae demasiado bien a las mujeres. Es tan malhumorado como un oso, pero me gustaría que se la hubiera quedado. Estoy cansado de indias.

Cuando Ty se dio cuenta de que la «bruja» en cuestión era Janna, tuvo que contenerse para no abalanzarse sobre el barman y destrozarlo a golpes.

—Pero Troon ha decidido que va a hacerse rico gracias a ese semental negro —siguió diciendo Ned—. Agarró su rifle y se fue a la Meseta Negra. Quiere pegarle un tiro para atraparlo, desbravarlo y quitarle sus potros mientras el resto de hombres blancos del territorio están demasiado atemorizados para acercarse a la zona.

—Herirlo con un tiro para atraparlo es muy arriesgado, así se consiguen más caballos muertos que vivos.

—Un endiablado caballo más o menos no supondrá ninguna diferencia en el mundo. Yo mataría al bicho, agarraría los mejores potros y me largaría del territorio antes de que el ejército encuentre a Cascabel y todo salte por los aires.

Ty recordó a Lucifer tal y como lo había visto la última vez... con las orejas erguidas, el cuello arqueado, y los músculos firmes bajo una lustrosa piel negra, y se sintió asqueado e indignado al pensar que alguien estaba dispuesto a matar a un animal así sólo para conseguir sus potros. Aun así, no tenía ninguna duda de que Troon estaría dispuesto a hacerlo si encontraba al caballo antes que él.

—¿Está cerrada la tienda de suministros? —le preguntó a Ned.

—¿Qué...? Ah, te refieres a la tienda del predicador. No, no la cerró cuando se fue al fuerte, porque nadie se atrevería a robarle. Hasta los renegados lo dejan en paz, es un tipo listo como un mapache y malicioso como una serpiente. Troon decidió olvidarse de la chica pelirroja cuando el predicador le dijo que la dejara en paz; al parecer, una vez ella le regaló una Biblia. Así que cuando vuelvas a verla, dile que puede volver a Sweetwater sin ningún problema, Troon no la molestará.

Ty se tensó al darse cuenta de que el barman estaba tan borracho como él mismo.

—¿Cuando vea a quién? —le preguntó, mientras se rascaba la barba.

—A la chica pelirroja.

—No la conozco. ¿Vive por aquí?

Ned lo miró con sus ojos pálidos y llorosos, y le dijo:

—Nadie sabe dónde vive, aunque puede que tú sí. Después de todo, te salvó el trasero.

—Oye, yo me salvé el trasero al escapar de Cascabel corriendo hasta que se me veían los huesos de los pies, escondiéndome entre la maleza, bebiendo agua de lluvia y comiendo serpientes. Y te aseguro que ninguna de ellas era pelirroja.

Ned se lo quedó mirando durante unos segundos, y finalmente asintió.

—Lo que tú digas.

—Te estoy contando las cosas tal y como fueron —Ty se levantó de la silla—. Gracias por las judías, voy a la tienda del predicador y le dejaré una lista con lo que me lleve. Puede cobrárselo con el oro que Lobo Azul dejó en el fuerte.

—Se lo diré cuando lo vea.

—Gracias —Ty fue hacia la puerta, deseando respirar un poco de aire fresco, pero entonces se dio cuenta de que aún no había acabado con Ned—. Tengo que comprar un caballo.

—El Circle G tiene buenos animales, los mejores del territorio. Aunque si uno sale de la zona, puede que se encuentre con algún vaquero que haya perdido un caballo exactamente igual.

Ty sonrió con ironía al captar el mensaje, y contestó:

—Me conformaré con alguno de los caballos del pueblo.

—No queda ninguno, se los llevaron todos al fuerte.

—¿Dónde está la granja más cercana donde pueda comprar uno?

—No hay ninguna en cientos de kilómetros, descontando los campamentos de los renegados y donde sea que viva la chica pelirroja, pero como no sabes nada de ella, no te va a servir de ayuda.

—No importa, encontraré uno desde aquí hasta México. Gracias por las judías, Ned.

Ty cerró la puerta tras de sí, pero siguió sintiendo la mirada calculadora del barman en su espalda desnuda, y sintió que sus manos hormigueaban por la necesidad de empuñar un rifle.

Janna aún no lo sabía, pero no iba a volver a Sweetwater. Jamás.

13

Janna se despertó cuando un hombre se cernió sobre ella y bloqueó el sol con su cuerpo, pero al ir a agarrar el cuchillo, el hombre se volvió ligeramente al oír resoplar a Zebra y la luz se reflejó en sus ojos verdes.

Se quedó con la boca abierta, y apenas reconoció a Ty con la ropa que llevaba. La camisa gris, el sombrero, el pañuelo y los pantalones negros enfatizaban su tamaño y su masculinidad; estaba tan guapo como el pecado, y el doble de duro. Se había afeitado la barba, y se había dejado sólo un fino bigote que enfatizaba sus pómulos y la blancura de sus dientes. En aquel momento, con la tensión aún recorriendo su cuerpo y las defensas bajas, la respuesta de Janna hacia él fue tan intensa que tuvo dificultad para respirar.

—¿Ty?, ¿de verdad eres tú? —le preguntó con voz ronca.

—Reza para que sea así —espetó él—. ¿Qué demonios hacías dormida?, podría haber sido Joe Troon quien encontrara tu rastro y no yo, ¿es que quieres que vuelva a atraparte?

El corazón de Janna aún no había dejado de martillearle en el pecho, así que no acabó de entender lo que le estaba diciendo.

—¡Me has dado un susto de muerte!, ¡has aparecido de la nada!

—Maldita sea, Janna, ¿crees que Cascabel va a presentarse con una banda de música? ¡Tendrías que haber estado en guardia, así me habrías visto a medio kilómetro de distancia!

—Zebra estaba en guardia, así que grítale a ella —Janna se levantó, y se limpió las manos en los pantalones—. No me ha avisado, así que debe de haber reconocido tu olor.

Ty miró a la mustang, que estaba pastando; de vez en cuando, el animal levantaba la cabeza y olisqueaba el aire, y después se relajaba por unos segundos antes de volver a repetir el gesto.

—Así que me olió, ¿no? —Ty sintió que su furia se evaporaba, al darse cuenta de que Janna había estado bien protegida después de todo—. ¿Estás insinuando que debería meterme en esas aguas termales tuyas?

—Pregúntaselo a Zebra, su olfato es mucho mejor que el mío —Janna se obligó a apartar la mirada de su atractivo rostro. Cerró los ojos, apoyó los nudillos en la base de su espalda, y masajeó los músculos entumecidos—. Caramba, tenía debajo una raíz del tamaño de mi brazo, no he podido evitarla me pusiera como me pusiera.

Ty olvidó lo que iba a decir al ver el grácil balanceo del cuerpo de Janna mientras ella se masajeaba la espalda.

—Ven, esto te ayudará.

Janna abrió los ojos de golpe al sentir que las manos de Ty bajaban por su espalda hasta sus caderas y volvían a subir. Sintió que se detenían en su cintura, le masajeaban los músculos de la base de la espalda y volvían a acariciarle la cintura de nuevo antes de descubrir las tiras de ropa que vendaban su caja torácica. Cuando Ty localizó el nudo de tensión que tenía en el músculo del hombro, lo masajeó con firmeza hasta hacer que se fuera relajando, y Janna sintió que le flaqueaban las rodillas.

—Mmm, qué bien... —murmuró, con la voz ronca y entrecortada de puro placer—. Sí, ahí. Oh... me estás desatando como si fuera un mitón reliado.

Con un suspiro sordo que fue casi un gemido de placer, Janna fue inclinando la cabeza hacia atrás, hasta apoyarla en el pecho de Ty. Él vaciló por un instante mientras su corazón se aceleraba, y se sintió poderoso y débil al mismo tiempo. Después de respirar hondo disimuladamente, retomó el suave y lento masaje, mientras su cuerpo parecía arder y tensarse con cada uno de sus murmullos de placer.

El aroma a pinos y a sol de su cabello lo cautivó, y los sonidos que hacía lo excitaron de forma insoportable. Ty quiso inclinarla hacia delante para probar la piel que asomaba por encima de su camisa, quiso desnudarla y saborear la suave piel que jamás había estado bajo el sol, pero Janna parecía muy delicada bajo sus manos, incluso frágil.

«Sólo es una muchacha», se recordó con firmeza. Entonces recordó lo que Ned le había contado sobre Joe Troon y ella, y sintió como si un cuchillo le hubiera rasgado las entrañas.

«Pobrecita», pensó, mientras le masajeaba los hombros antes de apartar las manos con una reticencia que no pudo ocultar. «Los hombres no la han tratado bien, no puedo aprovecharme de ella sólo porque se derrita con unas caricias».

Janna volvió la cabeza, y le rozó los nudillos con los labios antes de que él acabara de apartar las manos.

—Gracias —murmuró ella, con los ojos cerrados y la voz llena de placer—. Me ha venido tan bien como la luz del sol en un día frío de invierno.

Janna abrió los ojos, y sintió que se quedaba sin aliento. Ty estaba muy cerca, y sus ojos tenían un brillo hermoso y salvaje. El color verde que rodeaba sus pupilas parecía más profundo y definido gracias a los pequeños haces negros que lo atravesaban, y el brillo oscuro del centro se veía reflejado en sus densas pestañas. Su pulso fuerte era visible en su sien y sus labios eran una delgada línea apretada, como si estuviera enfadado o dolorido.

—Ty, ¿ha ido todo bien en Sweetwater?

Ty oyó la pregunta como si estuviera a una gran distancia de Janna, y se fue dando cuenta poco a poco de que se había quedado embobado contemplando aquellos ojos claros como la lluvia mientras sus dedos trazaban una y otra vez la suave curva de su mejilla.

—Janna, no vas a volver a ese sitio nunca más. Ese maldito barman grasiento... —Ty se interrumpió, incapaz de explicarle con delicadeza lo que había visto en los ojos de Ned al hablar de mujeres.

—¿Te refieres a Ned? Suelo mantenerme apartada de su camino, y tengo cuidado de no pasar más de unos minutos en el pueblo; además, si alguien me ve, el predicador se asegura de que no me molesten.

—El predicador y los demás se han largado al fuerte, sólo queda Ned. Los renegados de todo el territorio están viniendo a la Meseta Negra para unirse a Cascabel.

—¿Por qué se ha quedado Ned en el pueblo?, no tiene nada en su vieja barraca destartalada por lo que merezca la pena morir.

—Estuve en Hat Rock antes de que Cascabel me atrapara. La gente de allí cree que Ned es el que les está vendiendo armas a los indios; si eso es verdad, dudo que le preocupe que algún renegado le arranque la cabellera.

—Qué lástima, le vendría bien un corte de pelo —dijo Janna.

Cuando Ty sonrió, ella sintió que le daba un vuelco el estómago. Se apresuró a apartar la mirada, y carraspeó ligeramente.

—Será mejor que volvamos —comentó—. Tardaremos...

—Vas a ir al fuerte —la interrumpió Ty.

—¿Qué?

—Esta zona es demasiado peligrosa para una mujer sola. De camino a Sweetwater, encontré tres rastros de indios. Eran grupos de dos o tres guerreros como mínimo, y no había señal alguna de mujeres o de niños.

—¿Crees que son ute?

—No lo sé, pero en ese caso, serían renegados. Halcón Negro está intentando mantener a raya a sus guerreros más jóvenes.

—¿Hacia dónde se dirigían las huellas?

—Hacia Sweetwater. Apuesto a que fueron a comprarle rifles a Ned, y después se pusieron rumbo al nuevo campamento de Cascabel.

Janna miró hacia la Meseta Negra, y vio las nubes densas y oscuras que la cubrían. Cuando Ty se había marchado hacia el pueblo, las Montañas de Fuego ya estaban enterradas en nubes de tormenta, así que debía de estar lloviendo desde hacía un par de horas sobre la meseta. Los cañones no tardarían en llenarse de agua.

—Ni lo pienses —le dijo Ty, al ver la dirección de su mirada—. La grieta que lleva al valle debe de tener más de un palmo de agua. Aunque Zebra regresara al galope, el agua nos llegaría a la altura del pecho. Aunque tampoco importaría demasiado.

—¿No? —dijo Janna, sorprendida.

—Claro que no. Estaríamos muertos antes de llegar, porque los renegados nos atraparían y nos dejarían atados a unos postes para que se nos comieran las hormigas.

—Pero...

—Maldita sea, Janna, ¿es que no lo ves? Cascabel debe de haber corrido la voz de que se está preparando para un último enfrentamiento a lo grande, y todos los indios renegados al oeste del Misisipi están escapando de las reservas, robando caballos y emprendiendo el camino hacia la Meseta Negra. El único lugar seguro para ti es el fuerte.

—¿Para mí?

Ty asintió con un gesto tenso.

—¿Y qué pasa contigo? —le preguntó Janna.

—Voy en busca de Lucifer.

—¿Qué te hace pensar que Cascabel no conseguirá atraparte?

—Si lo hace, es problema mío.

—Entonces, estamos de acuerdo.
—¿Ah, sí? —Ty no pudo ocultar su sorpresa.
—Sí. Será mejor que nos pongamos en marcha, conozco un buen sitio para acampar en la ladera nordeste.
—El fuerte está hacia el oeste, tendríamos que dar demasiada vuelta.
—Yo no voy a ir al fuerte.
—Y un cuerno.
—Ty, eso no es lo que hemos acordado —se apresuró a decir ella.
—¿Qué quieres decir?
—Hemos acordado que es problema tuyo que Cascabel te atrape, ¿verdad?
—Sí.
—Entonces, se deduce que es problema mío que Cascabel me atrape a mí.

Ty abrió la boca, volvió a cerrarla, agarró a Janna y la levantó hasta que estuvieron frente a frente.

—Vas a ir al fuerte aunque tenga que atarte y llevarte como un fardo en mi silla de montar —le dijo con voz gélida.

—No tienes silla de montar.
—Janna...
—No —lo interrumpió ella—. Puedes atarme y arrastrarme desde un extremo del territorio hasta el otro, pero en cuanto me des la espalda o se aflojen las cuerdas, volveré a la Meseta Negra.

Ty la miró a los ojos, y se dio cuenta de que hablaba muy en serio; aunque su cuerpo era esbelto y delicado, su fuerza de voluntad era tan grande como la suya propia. Bajó la mirada hasta sus labios encendidos de calidez y de vida, y aunque se le ocurrieron muchas cosas que le gustaría hacer en aquel momento, ninguna sería tan dulce como deslizar la lengua en su boca hasta que en el mundo no existiera nada más que ella, su sabor y su contacto.

Sin embargo, sabía que no debía tocarla siquiera; aunque

ella no tenía el sentido común para darse cuenta, era una muchacha casi indefensa que corría peligro con cada hora que pasaba correteando libre con sus mustangs.

–¿Qué voy a hacer contigo? –le preguntó con voz ronca.

–Lo mismo que yo contigo –contestó ella.

–¿Ah, sí? ¿Y qué es? –le preguntó, con voz profunda y una sonrisa descaradamente sensual.

–Perseguir... perseguir a Lucifer –contestó ella atropelladamente, desconcertada por el súbito brillo cálido que relucía en sus ojos verdes.

–Creía que no querías que nadie atrapara a Lucifer.

–He dicho «perseguir», no «atrapar».

–Pequeña, yo siempre atrapo lo que persigo.

Janna intentó respirar, pero como no lo consiguió, volvió a intentarlo.

–Ty... –como la palabra sonó más como un suspiro que como un nombre, se pasó la lengua por los labios y se dispuso a intentarlo de nuevo.

Al ver que la punta rosada de su lengua aparecía y desaparecía, y que dejaba a su paso sus labios húmedos, suaves e incitantes, Ty tensó las manos de forma casi dolorosa alrededor de su caja torácica. Consciente de que debía contenerse, pero incapaz de hacerlo, acercó lentamente aquellos labios a su propia boca.

Un poco más allá de la cubierta protectora de la maleza, Zebra levantó súbitamente la cabeza, movió las orejas, olisqueó el aire y de repente acható las orejas contra su cabeza.

Ty se tiró al suelo, arrastrando a Janna con él, y segundos después, un grupo de cuatro guerreros indios a caballo salió de un pequeño barranco que había a unos sesenta metros de ellos.

14

Janna permaneció tumbada en el suelo, con una roca enorme a un lado y el cuerpo de Ty al otro, y fue volviendo la cabeza muy lentamente hasta que pudo verle la barbilla. Ty tenía una pistola en la mano izquierda, y estaba alargando la otra mano hacia la carabina que había dejado apoyada contra una roca antes de despertarla. Janna vio por el rabillo del ojo cómo agarraba el arma y la movía sin hacer ningún ruido, hasta colocársela en posición de disparo contra el hombro.

Ocultos tras la maleza y las rocas, permanecieron inmóviles mientras los indios cruzaban una pequeña pendiente, volvían hacia el abrigo de otro cauce seco y desaparecían de la vista. Ty siguió sin moverse durante varios minutos, y el peso de su cuerpo obligó a Janna a permanecer donde estaba; finalmente, él permitió que se incorporara cuando Zebra resopló, acarició la rodilla de Janna con el hocico y siguió pastando.

—Janna, ¿has cambiado de idea sobre lo de ir al fuerte? —le preguntó al oído, en un murmullo casi inaudible.

Ella se volvió hasta que pudo mirarlo a los ojos; los tenía tan cerca, que parecieron llenar su mundo entero.

—No —contestó con firmeza.

—Eres una insensata, Janna Wayland.

—Entonces, tú también lo eres.

—Yo soy un hombre.

—Eso sólo me da la razón —espetó ella con fiereza.

Al oír que un trueno retumbaba en la distancia, Ty comentó:

—Tendríamos que avanzar todo lo posible hasta que se desate la tormenta, así se borrarán nuestras huellas —se puso de pie, y la ayudó a incorporarse—. Súbete a Zebra, yo montaré detrás de ti.

Janna se subió a la yegua y bajó la mirada hacia Ty, que se estaba poniendo a la espalda un enorme morral cargado hasta los topes con ropa, mantas y provisiones. La carabina estaba atada al morral con el cañón orientado hacia abajo; si Ty hubiera tenido una silla de montar, habría podido llevarlo todo en unas alforjas, pero no le quedaba más remedio que hacer de mula de carga por el momento.

Después de darle a Janna un poncho impermeable, Ty se puso su nuevo sombrero y se subió tras ella con un movimiento fluido, como si la carga que llevaba a la espalda no pesara nada.

—Póntelo —le dijo él, cuando empezaron a caer unas gruesas gotas de lluvia.

—¿Y tú qué?

—¡Ponte el condenado poncho!

Janna sacudió la prenda, vio que era poco más que una lona con un agujero para que pasara la cabeza de una persona, y de inmediato empezó a agrandar el agujero con su cuchillo.

—¿Qué estás haciendo? —le preguntó Ty.

—Haciendo que sea lo bastante grande para los dos. Agárrate el sombrero.

Janna se volvió lo suficiente para pasarle el impermeable por la cabeza, volvió a girarse, pasó su cabeza por el agujero y metió los bordes de la prenda por debajo de sus piernas. Ty empezó a hacer lo mismo, sin dejar de rezongar en voz baja.

Cuando se pusieron en marcha, Janna se dio cuenta de

que estaba muy cerca de él; si se echaba un poco más hacia atrás, acabaría sentada en su regazo. Sentía el contacto de sus muslos a lo largo de los suyos, el pequeño movimiento de sus caderas, y el balanceo lento de su torso al adaptarse al paso de Zebra mientras su propio cuerpo hacía lo mismo, resguardado por el impermeable y rodeado por una calidez reconfortante.

Cuando se habituó a estar tan cerca de Ty, se dio cuenta de que estaba muy abrigada y cómoda, aunque de vez en cuando, cuando las manos de él le rozaban los muslos o sentía su aliento en el cuello, todas sus terminaciones nerviosas parecían vibrar con una extraña sensación; sin embargo, esa reacción trémula de su propio cuerpo le resultaba... intrigante, y con un pequeño sonido de placer inconsciente, se arrebujó aún más contra el cuerpo musculoso que tenía a su espalda.

Ty apretó los dientes hasta que empezó a dolerle la mandíbula, y tuvo que controlar el impulso de quitarse el poncho de golpe para librarse del balanceo inocente e incendiario del cuerpo de Janna. Las suaves ráfagas frías de viento sólo conseguían acentuar la sensación de calidez e intimidad creada por la cercanía de sus cuerpos.

Al poco tiempo, la lluvia empezó a arreciar, como si al ir descendiendo hacia poniente el sol hubiera liberado las gotas de lluvia de la prisión de las nubes. A pesar de que la prenda impermeable no les sirvió de gran cosa y el agua empezó a calarles hasta la ropa, ninguno de los dos mencionó la posibilidad de detenerse para esperar a que pasara el aguacero, porque no había ningún sitio en el que resguardarse. Janna dijo algo cuando los relámpagos empezaron a ser más cercanos y frecuentes, pero como Ty no alcanzó a oírlo, se inclinó hacia delante y le colocó la boca junto al oído.

—¿Qué?

Ella se volvió hacia él, y su aliento cálido le acarició los labios cuando dijo:

—Agárrate.

Por suerte, el estruendo de un trueno ahogó la respuesta de Ty, y sus piernas se apretaron de forma instintiva contra la yegua cuando empezaron a galopar. El movimiento rítmico incrementó la fricción del cuerpo de Janna contra el suyo, y el calor resultante se convirtió en un dolor agridulce para él. Cada vez que el animal subía por alguna pendiente, el trasero de Janna se apretaba aún más contra su entrepierna y acariciaba su carne excitada, y cada vez que descendían, él se deslizaba hacia delante y sus cuerpos sólo quedaban separados por unas pocas capas de ropa, hasta que Ty no podía pensar en otra cosa que en agarrarla de las caderas y moverse con ella hasta estallar en llamas.

—¿Cuánto falta? —le preguntó entre dientes.

—Unos tres kilómetros.

Ty se preguntó si conseguiría sobrevivir. No sabía si aquel estímulo atormentador habría sido más fácil de soportar a un paso más lento pero con el doble de tiempo de sufrimiento, o si lo mejor era doblar la velocidad y la cantidad de estímulo para reducir a la mitad el tiempo de duración.

Ajena a su incomodidad, Janna guió a la yegua hacia lo que parecía una zona más densa de maleza, pero que resultó ser un estrecho camino que conducía hacia la base de una meseta sin nombre. Debido a la inclinación del terreno y a lo resbaladiza que estaba la espalda del animal, Ty tuvo que rodear a Janna con los brazos para aferrarse a la crin.

A medio camino, el sendero terminaba en un saliente bastante estrecho de piedra roja con vetas de un mineral marrón oscuro. Como no había ningún otro camino, Ty dedujo que aquél era el refugio que Janna había elegido y se apresuró a desmontar, aunque tuvo que contener una palabrota cuando el impacto al pisar el suelo de golpe sacudió su cuerpo excitado. Contempló el estrecho refugio con una mezcla de alivio y de enfado, ya que había el espacio justo para que dos personas y un caballo se resguardaran de la lluvia... si el caballo permanecía tranquilo, y las dos personas ocupaban el mismo sitio.

Ty se dijo con amargura que al menos no tendría problemas para mantenerse caliente sin encender un fuego, porque sólo con mirar a Janna sus nuevos pantalones le apretaban demasiado; de hecho, ni siquiera tenía que mirarla. Se dijo que los pantalones eran demasiado pequeños para él, pero sabía que era mentira. Podía contar los latidos de su corazón en su miembro duro, y con cada uno de ellos tenía que contenerse para no respingar de dolor.

«¿Qué demonios me pasa?», se preguntó bruscamente. «Nunca me he excitado tanto por una mujer hecha y derecha perfumada y vestida de seda, ¿por qué estoy así por una mocosa desgarbada sin ninguna curva?».

La respuesta apareció en su mente al recordar la respuesta desinhibida de Janna cuando le había masajeado la espalda. Si un contacto tan impersonal hacía que ella se estremeciera y se deshiciera de placer, ¿qué pasaría si la tocaba como quería, sin restricciones, sin nada entre ellos excepto el calor sensual de sus cuerpos?

Ty murmuró una imprecación y luchó por contener las exigencias de su cuerpo, por controlar el deseo que iba incrementándose con cada uno de los acelerados latidos de su corazón. Intentó olvidar que era un hombre, y que a pesar de la ropa masculina y holgada que llevaba y de lo esbelta que era, Janna era demasiado mujer para su tranquilidad. Sin decir ni una palabra, empezó a inspeccionar el refugio que sería su prisión durante aquella noche.

Janna observó su deambular impaciente por el rabillo del ojo, mientras desmontaba y comprobaba las pezuñas de Zebra en busca de piedrecillas incrustadas; cuando comprobó que no tenía ninguna, empezó a acariciarle el hocico y a tirar suavemente de sus labios suaves en un gesto juguetón que tanto a la yegua como a ella les encantaba.

—Ve a cenar —le dijo finalmente al animal, con un ligero empujón.

Al parecer, Zebra había comido bastante mientras esperaban a que Ty regresara del pueblo, porque no hizo ademán alguno de querer retroceder por el camino en busca de comida.

—Entonces, quítate de en medio —le dijo Janna, exasperada.

Zebra siguió mirándola como si nada, así que Janna enredó los dedos en su crin y tiró con suavidad. La yegua se movió obedientemente, y permitió que la llevara hasta el lado opuesto del saliente, donde descendía hacia el suelo.

—Todo tuyo, chica.

De repente, el estruendo de un trueno hizo temblar el suelo, y Zebra movió las orejas y soltó un suave resoplido.

—¿Le has atado las patas alguna vez? —le preguntó Ty.

Janna negó con la cabeza.

—Espero que no sea sonámbula —murmuró él. Se quitó el morral que llevaba a la espalda, y la bolsa golpeó el suelo con un golpe sordo que reveló lo mucho que pesaba.

—En primavera nos pasamos tres días aquí, mientras Cascabel intentaba atrapar a Lucifer, y Zebra no me pisó ni una sola vez —dijo Janna—. Creo que me confunde con un potrillo. Cuando me tumbo para dormir se aleja un poco para pastar, pero nunca pierde de vista el lugar donde estoy, y me avisa si pasa cualquier cosa.

—¿Todos tus mustangs se portan así?

—No, sólo ella. La mayor parte del tiempo, le gusta que le haga compañía.

—¿La mayor parte del tiempo?

—Cuando está en celo, se queda cerca de Lucifer y yo me mantengo alejada.

—¿Ahora está en celo?

—Aún es pronto. Pero si no está preñada en invierno, no será por culpa de Lucifer —contestó Janna con sequedad.

Ty sonrió, y comentó:

—Estoy seguro de que Lucifer se ocupa de sus yeguas, aunque me sorprende que permita que Zebra se aleje de la manada.

—Está demasiado ocupado escapando de los hombres y alejando a otros sementales, para preocuparse por una yegua obstinada; además, sabe que Zebra siempre vuelve.

—¿Cuánto tiempo llevas siguiendo a la manada?

—Desde que murió papá.

—¿Lucifer siempre se mantiene en el mismo territorio?

—Su territorio se ha ido agrandando, pero Lucifer es como cualquier animal salvaje: se agarra a lo conocido, a menos que se vea obligado a cambiar; en ese caso, se esconde con varias de sus yeguas más salvajes.

—¿Sabes adónde va?

Al ver que no contestaba, Ty supuso que quería guardar los secretos del caballo. No la culpaba por ello, pero estaba decidido a sacarle la información.

—Conoces a Joe Troon. ¿Es buen tirador?

Janna se sorprendió por el cambio de tema, y contestó:

—Bastante bueno, pero sólo es pasable si ha estado bebiendo.

—¿Es un buen rastreador?

—No tanto como tú o como yo.

—¿Estás segura?

—Una vez se pasó toda una tarde buscándome, y yo estuve sólo a unos cinco metros de él la mayor parte del tiempo.

Ty cerró los ojos ante el torrente de adrenalina que lo recorrió al imaginarse a Janna sola y escondida entre la maleza, mientras un hombre como Troon la buscaba con la sangre ardiendo de lujuria.

—¿Puede acercarse a Lucifer a una distancia suficiente para alcanzarle con un rifle?

—¿Qué quieres decir? —Janna se quedó helada.

—Ned me ha dicho que Troon ha ido a por Lucifer con un rifle, y a menos que sea un tirador condenadamente bueno, va a acabar matándolo.

Janna se estremeció. Siempre había temido que algún cazador codicioso decidiera renunciar al escurridizo animal y matarlo para intentar capturar al resto de la manada.

—Si Troon acorrala a los mustangs en algún cañón secundario, podría disparar desde arriba, pero Lucifer ha estado tan presionado, que últimamente se ha mantenido alejado de la zona este de la Meseta Negra. Se ha ido más hacia el norte y hacia el este, hacia la parte rocosa que sólo los indios conocen a la perfección.

—¿Permanecerá allí?

Janna hubiera querido responder que sí, pero conocía demasiado bien a Lucifer y sabía que, aunque en ocasiones anteriores ya se había visto obligado a abandonar sus lugares preferidos de pasto, siempre había vuelto a la Meseta Negra, a menudo con nuevas yeguas que lo habían seguido desde ranchos o desde otras manadas salvajes. Los cañones rocosos, las reservas de agua permanentes y el terreno que se extendía desde la meseta parecían tener un encanto indeleble para el enorme semental, ya que el animal volvía año tras año, a pesar de la tenacidad con la que lo perseguían los hombres; sin embargo, ni siquiera sus fuertes patas podían correr más que las balas.

Para Janna, aquella idea era insoportable, y sólo se le ocurrió un modo de intentar evitar la muerte del semental... traicionándolo en favor del hombre que no quería usar un arma para atraparlo.

Levantó la mirada hacia Ty, y rogó estar tomando la decisión correcta.

—La zona con el agua y el pasto más buenos en cientos de kilómetros a la redonda está en la Meseta Negra —le dijo, con la boca seca—. Conozco cada manantial, cada refugio, cada lugar donde la hierba crece gruesa y exuberante. Te llevaré a cada uno de esos lugares secretos, pero antes tienes que prometerme una cosa.

Al ver la mezcla de tristeza y de determinación en su rostro, Ty deseó por un momento no haber oído hablar nunca del gran semental negro. Pero sabía de la existencia de Lucifer, al igual que cualquier hombre desde Río Grande hasta Río Serpiente. Los días de libertad del mustang estaban a punto de llegar a su fin, y Janna lo sabía tan bien como él; por eso estaba intentando contener las lágrimas sin poder articular palabra.

–Seré lo más cuidadoso que pueda con él –le dijo en voz baja, mientras le agarraba una mano–. No quiero quebrantar su espíritu, sólo hacer que críe con unas yeguas imponentes. Lo llevaré al rancho de Logan en Wyoming, y lo dejaré allí mientras construyo el mío. Él disfrutará casi tanto como estando aquí, y estará a salvo. Nadie irá tras él con un rifle o con un látigo.

Ty se detuvo por un segundo, y empezó a acariciarle las manos con las puntas de los dedos.

–Y si no puede aceptar la captura, yo mismo lo liberaré de nuevo. Preferiría que muriera libre a que viviera en una jaula con la mirada vacía. ¿Era eso lo que querías que te prometiera?

–Gracias, pero ya sabía que harías todo lo que has dicho; si no fuera así, no me habría ofrecido a ayudarte.

–Entonces, ¿quieres dinero? No tengo demasiado, pero estaré encantado de...

–No –se apresuró a interrumpirlo ella–, nunca aceptaría dinero a cambio de Lucifer. Quiero que me prometas que dejarás que yo lo amanse primero. No soportaría verlo sometido a la fuerza.

–No. Es demasiado peligroso –dijo Ty, recordando la fuerza bruta del animal.

Janna se lo quedó mirando durante unos segundos. Los rayos mortecinos del sol revelaban que Ty estaba tan decidido como ella misma, así que se zafó de su mano sin decir palabra, echó el poncho a un lado, y fue a prepararse un rincón donde dormir.

Ty la observó en silencio, preguntándose en qué estaría pensando.

Cuando los relámpagos cesaron y sólo quedó una fuerte lluvia, Ty se volvió hacia Janna. Estaba medio recostada contra la pared rocosa y no podía ver si estaba despierta debido a la oscuridad, pero creía que ya se había dormido.

—¿Janna? —la llamó con suavidad.

Al no recibir respuesta, Ty se puso el poncho y se alejó de la protección del saliente. Si hubiera estado acampado con uno de sus hermanos, no se habría alejado más de tres metros para hacer sus necesidades, pero esa vez fue bastante más lejos.

Cuando regresó, Janna no estaba.

15

Janna se estremeció bajo la fría lluvia y deseó estar resguardada bajo el saliente, pero no se detuvo para refugiarse del aguacero, ya que sus huellas se borraban bajo la lluvia; además, estaba a menos de cuatro kilómetros y medio de otro de los escondites con suministros que tenía diseminados por toda la meseta, de modo que por la mañana estaría calentita, seca y durmiendo en un lugar que ningún hombre podría encontrar... ni siquiera Ty MacKenzie.

Empezó a arrepentirse de haber dejado a Zebra cuando el viento disipó las nubes en jirones de niebla, pero había sido incapaz de dejar a Ty sin montura en un lugar lleno de indios renegados. La yegua lo llevaría al menos hasta los miles de cañones escondidos y los arroyos secretos de la Meseta Negra, antes de volver junto a la manada de Lucifer.

Janna estaba convencida de que Ty no iría hacia el fuerte, sino hacia la meseta, porque no se iría de aquel territorio hasta que consiguiera lo que había ido a buscar: a Lucifer.

La fría luz de la luna llena le proporcionó poca iluminación y aún menos consuelo mientras caminaba hacia la oscura silueta de la meseta, que se levantaba de la planicie hasta ocultar las estrellas del horizonte. Corriendo y andando a intervalos, viró hacia el este cuando divisó la difusa muesca conocida como Brecha del Viento.

En la oscuridad que precedía al amanecer, necesitó tres intentos para encontrar el montículo de rocas donde había escondido una cantimplora, una manta, un cuchillo y unas cerillas. La manta estaba roída por los ratones y enmohecida pero seca, así que después de cubrirse con ella, llenó la cantimplora en un agujero cavado en la roca que formaba una especie de cuenco lleno de agua de lluvia.

Con la cantimplora y el cuchillo a la cadera, y las cerillas en el bolsillo de la camisa, Janna siguió subiendo por el cañón hasta llegar a una zona donde, con el paso del tiempo, el agua había excavado un agujero en la pared del tamaño de una habitación. El agua ya no llegaba al hueco, así que permanecía seco por mucho que lloviese. Estaba temblando de hambre, frío y cansancio cuando por fin llegó a aquel hueco encarado hacia el este.

Como el viento procedía del norte, sólo le llegaban las ráfagas más fuertes, y pensó con añoranza en las aguas termales de su campamento de invierno, en el calor del sol y en prados fragantes. Al cabo de unos minutos, empezó a recordar la calidez del cuerpo de Ty, la suave fricción de su pecho contra su espalda, el contacto de sus muslos, la fuerza de sus brazos al rodearla cuando se había agarrado a la crin de Zebra.

Janna volvió a sentir aquella extraña calidez trémula en la boca del estómago, y se estremeció por algo más que el frío. Al recordar la fuerza de Ty, y la sensación de sus músculos flexionados cuando la había alzado, las palmas de las manos le hormiguearon como si acabara de pasarlas por la camisa de él. Al recordar la intensa y contenida mirada de sus ojos cuando se había cernido sobre ella al regresar del pueblo y encontrarla dormida, se preguntó qué habría pasado si Zebra no hubiera roto la tensión del momento al oler a los renegados.

Se quedó dormida al cabo de un rato, pero sus sueños fueron tan inquietos como el viento.

Ty durmió hasta que el viento disipó las últimas nubes del cielo y la sonrisa de la luna pudo iluminar el terreno.

—¿Qué me dices, chica? ¿Te da miedo la oscuridad? —le preguntó a Zebra con voz suave.

La yegua intentó apartar la mano que tenía sobre el hocico, impaciente por bajar por el camino.

—Sí, lo suponía. ¿A quién vas a buscar?, ¿a Janna, o a tu semental negro?

Zebra resopló.

—Bueno, chica, espero que sea a Janna —añadió Ty, antes de montar—. Cuando la atrape, voy a...

Ty se interrumpió, porque no tenía ni idea de lo que iba a hacer cuando la encontrara. Se había despertado descansado pero excitado, y tan malhumorado como un oso con un diente roto. Le enfurecía que se hubiera ido sin siquiera el poncho para protegerse de la lluvia, y por muchas veces que se repitiera a sí mismo que ella se había ganado lo que su testarudez le deparara, o que era obvio que era capaz de cuidarse sola, le atormentaba saber que estaba mojada, con frío y hambre.

—Maldición, ¿por qué no se fue contigo?, ¿creyó que tus huellas no se borrarían del todo a pesar de la lluvia? A lo mejor pensó que te escaparías, y que yo te perseguiría y le perdería la pista por completo.

Zebra no se inmutó al oír los murmullos de su jinete, y fue avanzando por la pendiente con una rapidez y una agilidad que sólo un mustang podía conseguir en aquel terreno agreste.

Ty no intentó guiarla, porque no sabía hacia dónde se dirigían; además, los sentidos de la yegua eran mucho más fiables en la oscuridad que los suyos. Su única ventaja sobre el animal era su cerebro.

«Vaya una ventaja», se dijo para sus adentros con ironía. «Ni siquiera puedo ganarle en astucia a una mocosa».

Su estado de ánimo no mejoró en nada ante aquel pensamiento, ni por el hecho de que, cada vez que cerraba los ojos, veía la expresión pétrea del rostro de Janna cuando se había negado a permitir que fuera ella quien capturara a Lucifer.

«Maldición, ¿por quién me ha tomado?, ¿cómo puede pensar que dejaré que arriesgue su trasero flacucho enfrentándose a ese semental?».

En ese momento, Ty recordó con vívida claridad el cuerpo de Janna, y tuvo que admitir que su trasero no era nada flacucho. Al bajarla de la yegua, había descubierto que era firme y perfecto, y que sus caderas se curvaban incitantes bajo su esbelta cintura. Sus curvas ocultaban secretos femeninos, y hacían que un hombre quisiera recorrerlas con sus manos, con su boca, con su lengua...

Ty se movió para aliviar la presión de su miembro endurecido. Le dolía con cada latido del corazón, y aquel dolor se había vuelto demasiado familiar desde que su mente había descubierto lo que su cuerpo había sabido desde el principio: que Janna no era un chico, sino una mujer.

De repente, se preguntó si ella había huido en medio de la tormenta porque se había dado cuenta de lo mucho que la deseaba, y su boca se tensó. Janna había arriesgado la vida para salvarlo, y pensar que él había podido alejarla sin querer de la protección que podía ofrecerle hacía que se sintiera avergonzado de sí mismo y de su cuerpo rebelde.

Su reacción ante ella lo desconcertaba. Nunca antes había ido tras una mujer, porque no había tenido que hacerlo. Ellas se acercaban a él como polillas atraídas hacia una llama, y él tomaba lo que le ofrecían, les daba placer a cambio y evitaba a las vírgenes porque estaba decidido a no casarse hasta encontrar a su dama ideal, refinada y vestida de seda. Nunca había ocultado su intención de permanecer libre, pero las mujeres que se habían acercado a él no debían de haberle creído, o simplemente les había dado igual.

«Pero ninguna de ellas huyó de mí... ¡maldición, la mayoría de las veces, yo tenía que huir de ellas!».

Cuando lo golpeó una ráfaga de viento, Ty volvió a pensar en lo miserable que debía de sentirse Janna en aquel momento yendo a pie, sin chaqueta y probablemente calada hasta los huesos. Fulminó con la mirada al tono rosa pálido del amanecer, como si él fuera el responsable de todo lo que había salido mal desde que, justo cuando parecía estar a punto de capturar a Lucifer, había acabado él mismo en las garras de Cascabel.

El cielo pasó de un suave tono rosado a un azul claro y límpido. El sol del amanecer apenas calentaba, pero mientras Zebra subía al trote por un promontorio, la luz le permitió ver dónde estaba. Detuvo a la yegua justo debajo de la cima, sacó un catalejo y recorrió con la mirada el camino por el que habían llegado, pero el único movimiento que detectó fue el vuelo de unos cuervos. Cambió de posición y miró a izquierda y derecha, pero no vio nada. Daba la impresión de que era la única persona sobre la faz de la tierra.

De repente, Zebra resopló y se movió ligeramente para indicarle que quería seguir.

—Tranquila, chica. Déjame echar un vistazo.

El terreno parecía desalentador mirara hacia donde mirara, pero también era hermoso para aquellos capaces de valorar la forma desnuda de las montañas y las mesetas, de los cúmulos de rocas y los cañones empinados, de los riscos rocosos sin una vegetación frondosa. Las plantas de la zona se extendían con tan poca densidad, que la estructura rocosa del terreno era visible en muchos lugares. Las colinas, los barrancos y los cañones relucían contra el azul del cielo en una gama de colores que iba desde el blanco y el rosa hasta el rojo oxidado y el negro, mientras que en las pendientes inferiores el enebro se levantaba como llamas verdes que ardían sobre las fantásticas formaciones de roca.

La única forma familiar para alguien que no hubiera nacido al oeste del Misisipi era la Meseta Negra, que parecía una montaña medio derruida desde la distancia; con esa única excepción, la combinación impactante de paredes rojas o blancas con los antiguos ríos de lava era algo que Ty no había visto en su vida. Aún recordaba la excitación y la sensación visceral de peligro que aquella tierra había despertado en él cuando la había visto por primera vez. Era un territorio duro, hermoso y cautivador, cargado de secretos y de sorpresas, y amenazaba a su cuerpo mientras atraía a su alma.

Ty frunció el ceño, volvió a mirar hacia atrás y desenfocó un poco la vista, pero ni siquiera con aquel viejo truco de cazador consiguió detectar algo. Si Janna estaba tras él, no podía verla; tampoco vio a renegados, soldados, caballos o conejos, así que volvió a guardar el catalejo.

—Vale, chica. Vámonos.

Zebra empezó a andar a buen paso, como si entendiera que siluetearse contra el cielo podía atraer una atención no deseada. La mustang había ido en línea recta desde el lugar donde se habían cobijado de la lluvia hasta la hilera de barrancos de la vertiente este de la Meseta Negra. Ty no conocía ningún camino que subiera hacia la parte superior de la meseta desde aquella zona, y supuso que quizás la yegua pensaba tomar alguna vereda usada sólo por los animales salvajes; en todo caso, no le entusiasmaba la idea de ir por un camino tan accidentado montando a pelo sobre una mustang que podía tirarlo en cualquier momento.

—Puedo montarte o seguirte el rastro, ¿qué será lo mejor?

Si lo más importante fuera su seguridad personal, lo mejor sería soltar a la yegua y seguirla; sin embargo, lo que más le preocupaba era encontrar a Janna cuanto antes, y si lo que quería era velocidad, la elección era ir montado. Si Zebra lo tiraba, no tendría más remedio que seguirle el rastro en medio de las tormentas que solían caer por la tarde, pero hasta entonces, seguiría pegado a ella como un pincho de cactus y rezaría para encontrar a Janna antes de que enfermara por deambular bajo la lluvia.

Y también rogaría para que Troon se llenara el gaznate de alcohol, su puntería se resintiera y Lucifer viviera para ser capturado por Tyrell MacKenzie.

16

El sendero le resultó tan perfecto e inesperado como un diamante en un puñado de barro.

—Sooo, Zebra.

Ty podría haberse ahorrado el esfuerzo, porque la yegua ya se había detenido y había bajado el hocico hacia la huella que había en el terreno. El animal inhaló aire, lo soltó de golpe y volvió a inhalar. Ty no necesitaba su olfato para saber que la delgada línea de pisadas era de Janna, pero le desconcertaba que el rastro apareciera de la nada y se desvaneciera al cabo de unos nueve metros.

Recordó que los indios la consideraban una bruja, y sintió un hormigueo en la nuca. No era supersticioso, pero era más fácil creer en brujas que en la posibilidad de que algo tan generoso y dulce como Janna hubiera sobrevivido sin ayuda en aquella tierra.

Observó el terreno donde las pisadas desaparecían sin desmontar, y vio un poco más allá una estrecha lengua rocosa que se extendía hacia la derecha. El dedo gordo de la última huella había dejado una marca más profunda, como si Janna hubiera presionado en el suelo húmedo al saltar hacia la roca. Zebra olisqueó la formación rocosa durante unos segundos, y finalmente se volvió hacia él con una expresión interrogante, como diciéndole «¿Y ahora, qué?».

—Buena pregunta —murmuró Ty.

La roca llevaba hacia un risco estrecho erosionado por el viento. Alguien tan ágil como Janna podría haber avanzado por allí, pero a la mustang y a él les resultaría más difícil.

Como cualquier buen cazador, Ty había aprendido tiempo atrás que las huellas no eran la única forma de perseguir a una presa. Janna había reaccionado con miedo y consternación al enterarse de que alguien iba a intentar atrapar a Lucifer con un rifle, así que era lógico pensar que intentaría llegar hasta el semental por la ruta más corta; por desgracia, el terreno que tenía delante parecía difícilmente transitable para una persona, por no hablar de un caballo.

En ese momento, Ty se quedó inmóvil con la mirada fija en el terreno al recordar sus palabras: «conozco cada manantial, cada refugio, cada lugar donde la hierba crece gruesa y exuberante». No había encontrado las huellas de Janna por pura suerte; de hecho, la suerte había tenido poco que ver. A pesar de lo extenso que era aquel territorio, el número de zonas donde uno podía moverse con plena libertad era bastante bajo, y los lugares por donde se podía pasar de unas mesetas o unos cañones a otros eran aún más escasos. El agreste terreno limitaba la capacidad de movimiento, así que todo ser viviente, desde los animales a las personas, tenían que ceñirse a los mismos recorridos.

Esconderse era muy diferente, ya que había miles de escondrijos, pero todos los conejos tenían que salir de sus madrigueras tarde o temprano en busca de agua, comida u otro lugar más seguro.

Y Janna no era ninguna excepción.

Janna se mordió el labio y se bajó el sombrero aún más para evitar cualquier destello traicionero de color. El calor del sol había desterrado al frío y la cantimplora de agua aliviaba su sed, pero el estómago no paraba de recordarle que ya había pasado la hora de comer, y que no había probado bocado desde su paseo nocturno bajo la lluvia.

Sin embargo, su principal problema no era el hambre, sino Ty. Estaba sentado a menos de un kilómetro de distancia, en un promontorio que le daba una vista privilegiada sobre el terreno. Estaba parcialmente oculto por un pino que crecía en una grieta, y si no hubiera captado un ligero movimiento cuando él había subido hasta allí, no se habría dado cuenta de su presencia a tiempo para esconderse.

Se había quedado atrapada. Tenía que avanzar por la roca desnuda para llegar al único camino que conducía hacia la zona este de la meseta, pero en cuanto saliera de su escondrijo, Ty se le abalanzaría como un coyote hambriento sobre un conejo.

«¿Por qué no has ido con Zebra a la parte superior de la meseta cuando la yegua se ha impacientado?, ¿por qué la has soltado? Ella podría conducirte hasta Lucifer tan bien como yo, ¿por qué estás ahí parado buscándome en vez de ir a por el semental?». Janna no tenía respuesta para todas aquellas cuestiones, y tras cambiar de posición con mucho cuidado, se frotó la cadera para aliviar el dolor que le había provocado una piedrecilla. Con un sonido de impaciencia, giró la cabeza para volver a mirar a Ty.

Aún seguía allí.

Normalmente, se habría mantenido a cubierto para esperar a que su perseguidor se cansara de buscarla. Lo había hecho muchas veces, cuando los hombres de Cascabel habían encontrado sus huellas y habían ido tras ella, y su paciencia siempre había resultado victoriosa.

Pero en ese momento, su paciencia había empezado a evaporarse más rápido que los charcos de lluvia bajo el sol. Le resultaba angustioso saber que Troon se acercaba cada vez más a Lucifer mientras permanecía allí escondida, sobre todo porque sabía que Ty no supondría un peligro real para ella. Él no la apalearía, ni la violaría ni la torturaría si la atrapaba; de hecho, sólo le causaría dolor al recordarle lo alejada que estaba de su ideal de mujer.

Janna apretó los labios. Sólo se había preocupado por su aspecto para asegurarse de no llamar la atención en aquel territorio agreste, pero eso había cambiado. Le había impactado ver lo guapo que estaba Ty con ropa nueva y afeitado, y se había dado cuenta de lo distinta que era de la frágil mujer cubierta de sedas que podría atraerlo y conseguirlo.

Con la mirada fija en él, admitió para sí lo mucho que deseaba ser su sueño, pero también tuvo que enfrentarse a la imposibilidad de convertirse en lo que él anhelaba.

Si hubiera sido la mujer delicada que Ty quería, habría muerto en la misma charca que su padre, ya que no había tenido a nadie en quien apoyarse. Y si no hubiera muerto allí, habría acabado muriendo de inanición, porque no habría sido capaz de cazar y de conseguir alimento; en vez de sentirse mal por ser capaz de cuidar de sí misma, tendría que estar dándole gracias a Dios por su capacidad de sobrevivir en aquella tierra salvaje.

«¿De verdad quiero ser inútil y delicada para atraer a Ty?», se preguntó. La inmediata respuesta afirmativa que resonó en su mente no mejoró en nada su mal humor, y miró con ojos centelleantes el terreno que la separaba de Ty.

«Si hubiera sido una damisela inútil y atontada, Cascabel habría encontrado a Ty y lo habría matado, pero ¿acaso se lo ha planteado? No, sigue soñando con una finolis que probablemente se desmayaría al descubrir que se le ha enredado el pelo». Janna fulminó a Ty con la mirada. «¡Maldita sea, muévete! Tengo mejores cosas que hacer, aunque parece que tú no».

Ty siguió inmóvil.

Media hora fue pasando lentamente, sin más movimiento que el de las sombras creadas por el lento avance del sol. De vez en cuando, los gritos de los cuervos resonaban en los barrancos, algún que otro conejo mordisqueaba una brizna de hierba, y los lagartos corrían por las rocas ardientes hacia las sombras. Cuando un halcón sobrevoló la zona y envió su grito agudo hacia la tierra como una lanza, Janna tuvo ganas de devolverle el grito para desahogar su creciente frustración.

Cuando se oyó el sonido de un disparo distante, a Janna se le pasaron tres cosas por la cabeza de forma casi simultánea: la primera, que ningún hombre blanco sería tan loco como para cazar en el territorio de Cascabel y arriesgarse a atraer su atención; la segunda, que Joe Troon acababa de dispararle a Lucifer; y la tercera, que Ty se habría vuelto hacia la dirección de donde procedía el disparo, y que no estaría mirando hacia el espacio al descubierto que había entre ella y la ruta que llevaba hacia el este de la meseta.

Sin pensárselo dos veces, Janna salió de su refugio y empezó a correr.

Ty había oído el disparo igual que ella, y también se le habían pasado por la cabeza varias cosas; sin embargo, sabía que lo que hubiera pasado o estuviera pasando estaba demasiado lejos para afectarle, así que no se volvió y permaneció con la atención fija en el terreno abierto que lo separaba de la meseta.

Vio a Janna de inmediato. Se había pasado las últimas horas memorizando las posibles rutas de acceso al sendero que había descubierto y que subía hasta la Meseta Negra, así que no dudó ni un instante sobre la ruta que debía tomar. Se levantó de un salto, echó a correr a toda velocidad y fue devorando el terreno mientras se acercaba a Janna en una trayectoria diagonal.

Al captar el movimiento por el rabillo del ojo y reconocer a Ty, Janna redobló sus esfuerzos para llegar al sendero, pero era como si estuviera quieta. La otra vez que lo había visto correr, había estado herido y dolorido por la paliza que le habían propinado los hombres de Cascabel, pero Ty ya estaba recuperado y corría con la velocidad de un lobo, reduciendo la distancia que lo separaba de su presa con cada zancada.

De repente, Janna pasó de estar corriendo como una exhalación a sentir que la derribaban. Se preparó para golpear contra el suelo, pero Ty giró al agarrarla para escudarla y que fuera su propio cuerpo el que impactara contra el terreno implacable.

Aun así, Janna se quedó sin aliento, y cuando por fin consiguió reaccionar, ya era demasiado tarde y estaba tumbada de espaldas, sujeta contra la cálida tierra por el peso del cuerpo de Ty. Él le agarró las muñecas y las colocó por encima de su cabeza, aprisionadas por sus manos.

−¿No crees que ya es hora de que tú y yo tengamos una pequeña charla? −le preguntó él, con tono burlón.

−¡Suéltame!

−¿Me prometes que no echarás a correr?

Janna se retorció bruscamente para intentar quitárselo de encima, pero él se limitó a colocarse mejor contra su cuerpo.

−No sé si no te has dado cuenta, pero soy el más grande de los dos. Una cosita como tú no tiene ninguna posibilidad contra un hombre cualquiera, y mucho menos contra uno de mi tamaño.

Janna echó mano de los insultos que su padre solía mascullar cuando la mula del carromato se negaba a avanzar.

−Eres el engendro de una vaca bizca, y el hijo de una zorra más estúpido que...

Ty le cubrió la boca con una mano para cortar la retahíla de barbaridades.

−¿Nadie te ha dicho que una muchacha no debería usar ese lenguaje?

Por los sonidos ahogados que siguieron escapando de debajo de su mano, era obvio que no le estaba escuchando. Ella intentó golpearlo con la mano que le había soltado para cubrirle la boca, y Ty volvió a agarrarla.

−Hijo bastardo de una ramera coja y de un tuerto, con menos seso que...

Incapaz de contenerse, Ty cubrió su boca con la suya.

Sus labios estaban abiertos, su aliento era cálido y su sabor tan fresco como la lluvia. Se estremeció violentamente e introdujo la lengua en su boca una y otra vez, anhelando poder devorarla.

La fiereza de su boca y la penetración salvaje de su lengua conmocionaron a Janna, que se quedó completamente inmóvil. Empezó a temblar, apabullada por su fuerza y por las sensaciones que recorrían su propio cuerpo al sentirlo moviéndose y restregándose contra ella, como si quisiera enterrarla.

A pesar de que no podía moverse ni respirar, el contacto siguió y siguió mientras el cuerpo enorme de él parecía aplastarla y mostrarle lo inútil que era que se enfrentara a él. Intentó hablar, pero no pudo. Se retorció para intentar luchar, pero Ty era demasiado grande y su cuerpo parecía estar en todas partes. Estaba tan indefensa como un ratón atrapado en las garras de un halcón.

Ty se obligó a apartar su boca de la de Janna, y se la quedó mirando con la respiración entrecortada. Al ver sus pupilas dilatadas y enormes, amplificadas por las lágrimas, le dijo con voz ronca:

–No vuelvas a huir de mí nunca más.

Janna vio sus ojos casi negros a causa de la dilatación de sus pupilas, sintió el violento estremecimiento que sacudió su cuerpo, la fuerza de su respiración acelerada contra las lágrimas de sus propias mejillas, y el salvaje poder de sus músculos tensos. Era consciente de que debería sentirse aterrorizada, pero a un nivel profundo y subconsciente sabía que Ty nunca le haría daño de verdad; aun así, estaba temblando, incapaz de entender los sentimientos que recorrían su cuerpo... y el de él.

–Puedes... puedes soltarme, no me... no me escaparé –le dijo, con voz entrecortada.

Ty siguió mirándola con un brillo salvaje en los ojos durante unos segundos, pero finalmente la soltó, se sentó a un lado y apretó las piernas contra su cuerpo como si estuviera sufriendo.

–Lo siento, pequeña. Nunca en mi vida he forzado a una mujer.

Tras soltar varias exhalaciones largas y pausadas, Janna le dijo:

—No pasa nada.

—Y un cuerno —espetó él con brusquedad. Se volvió hacia ella, y la contempló con una expresión pétrea—. No tendrías que deambular por este territorio, Janna Wayland. Eres una tentación para cualquier hombre que te vea sola y desprotegida, así que voy a llevarte al fuerte y no quiero discusiones.

—Si lo haces, Joe Troon podría matar a Lucifer, si es que no lo ha hecho ya. Ésa podría ser la explicación del disparo que se ha oído.

Tras mascullar algo en voz queda, Ty empezó a decir:

—No lo entiendes...

—No, eres tú quien no lo entiende —se apresuró a interrumpirlo ella—. En el fuerte, en un pueblo o en algún rancho, sigo siendo una muchacha sola, que sólo puede ser útil para lavar ropa y platos, para darles de comer a los hombres, o para... bueno, ya sabes —Janna sacudió la cabeza, y añadió—: No quiero acabar así, y aquí estoy a salvo de las miradas lascivas y las manos largas. El único hombre que tengo cerca eres tú, y no piensas en mí de esa forma.

—¿Que no?, ¿qué demonios crees que acaba de pasar? —le preguntó Ty, incapaz de creer lo que estaba oyendo.

—Que he hecho que te enfadaras, y te has vengado. No pasa nada, he soportado cosas peores y he sobrevivido.

Ty empezó a preguntarle a qué se refería, pero se dio cuenta de que no quería saberlo. Había oído los gritos de su hermana cuando revivía en sus pesadillas el tiempo que había estado cautiva en manos de unos forajidos blancos, y la mera idea de que Janna hubiera sufrido aquel tipo de brutalidad le resultaba insoportable. Ella era un ser que ansiaba la libertad, pero aterradoramente frágil debajo de la pesada ropa que la ocultaba.

—Dios —gimió. Enterró la cara en las manos, avergonzado de sí mismo—. Janna, pequeña... no pretendía hacerte daño.

—No lo has hecho —al ver que él no contestaba, Janna lo

miró con ansiedad, y posó la mano sobre la cálida piel de su muñeca–. De verdad, Ty. Me has asustado un poco y me has confundido mucho, pero no me has hecho ningún daño; además, he cambiado de opinión: voy a ayudarte a encontrar a Lucifer antes de que lo haga Troon.

Ty contempló durante unos segundos la mano que descansaba sobre su muñeca. Janna tenía unos dedos largos y delicados, suavemente bronceados por el sol, y sus uñas tenían una forma perfecta y un saludable tono rosado. Él deseó tomar aquella mano femenina y besar el hueco de su palma, lamer la sensible piel que había entre los dedos, mordisquear suavemente la base del pulgar hasta que ella se quedara sin aliento y doblara la mano hacia sus caricias como una flor dormida...

–Deja de mirarme así –le dijo Janna, antes de apartar la mano de un tirón–. Ya sé que no tengo unas manos blancas como lirios y cargadas de perfume, pero son muy útiles. Me ayudaron para salvarte el trasero, ¿te acuerdas?

Ty abrió la boca para decirle que lo había malinterpretado, que había estado pensando en lo atractiva que era su mano, pero el sentido común hizo que se mordiera la lengua en el último momento. Janna se negaba a ir al fuerte y él no podía marcharse hasta que atrapara a Lucifer, así que él necesitaba su ayuda para atrapar al semental, y ella necesitaba que le guardara las espaldas; sin embargo, su cuerpo estaba tan hambriento por estar con una mujer, que no sabía si podría mantener las manos apartadas de ella. Si hacía que Janna permaneciera irritada con él, se crearía cierta distancia de seguridad entre ellos.

Era consciente de cuál debía de ser su experiencia con los hombres, y habría sido incapaz de perdonárselo si ella pensara que iba a pedirle sexo a cambio de su protección, o de cualquier otra cosa que pudiera darle.

–He intentando agradecerte que me salvaras el pellejo salvándote el tuyo, pero haz lo que te dé la gana –le dijo–. Si quieres seguir correteando por aquí y arriesgando tu cuello flacucho, adelante. Menos mal que Dios te hizo tan poco atractiva, porque con cualquier otra mujer, estaría tentado de descubrir lo que hay debajo de esa ropa tan vulgar. Eres como un polluelo de codorniz, sólo ojos, boca y facciones desmadejadas, así que contigo estoy tan a salvo de las tentaciones de la carne como un monje en un monasterio.

–Eres un...

Ty le cubrió la boca con las manos.

–Tendrías que estar de rodillas, agradeciéndole a Dios que piense así –le dijo sin piedad–. Si te pusiera las manos encima, no sería una experiencia de violines y rosas, porque tengo demasiada hambre de mujer para contenerme al tomar lo que quiero. Y sólo haría eso: tomar. Sin promesas, palabras tiernas ni votos matrimoniales. Sólo sería una cuestión de deseo masculino con la única mujer disponible.

Janna oyó cada una de sus palabras, pero se centró en el hecho de que estaba ansioso por acostarse con una mujer, porque le proporcionaba el arma que necesitaba; al parecer, sus esfuerzos por probar que era una mujer habían dado algún fruto.

Con una sonrisa amarga, decidió que iba a conseguir que se tragara hasta la última de sus palabras sobre su falta de encantos femeninos. Desde ese momento, iba a redoblar sus esfuerzos para recordarle que ella era una mujer y él un hombre hambriento; lo enloquecería de deseo, y entonces se reiría en su cara y lo dejaría tan miserable y abatido como ella estaba en ese momento.

–Ahora que nos entendemos el uno al otro, ¿podríamos ponernos en marcha para poder llegar hasta Lucifer antes de que Joe Troon lo mate? –le dijo con voz tensa.

Ty se dijo que la angustia y la furia que brillaban en sus ojos eran preferibles al dolor mucho más intenso que le causaría si no conseguía mantener las manos apartadas de ella; por lo que sabía, a lo mejor los hombres la habían tratado con rudeza, y a lo peor había sido brutalmente maltratada. Si se aprovechaba de ella, sería tan despreciable como Joe Troon.

Pero a pesar de que se repitió aquello una y otra vez, no logró convencerse por completo; bajo cualquier circunstancia, sería cuidadoso con Janna aunque le fuera la vida en ello... ¿no? Sí, claro que sí. No era un animal, capaz de tomar lo que una mujer no estuviera dispuesta a entregarle libremente.

«Sí, claro, soy un verdadero caballero sureño. Por eso estaba aplastándola contra el suelo, como si no fuera a estar con ninguna mujer en mi vida a menos que la poseyera en ese mismo instante. No puedo fiarme de mí mismo al tenerla cerca».

Ty miró sus ojos grises, que lo observaban nublados por demasiadas sombras, y le dijo con tono cortante:

—Buena idea, espera aquí mientras voy a buscar mis cosas.

Janna lo siguió con la mirada mientras él se alejaba y permaneció donde estaba, consciente de que la estaba poniendo a prueba para ver si podía confiar en ella. Ty quería comprobar cuanto antes si iba a intentar huir a las primeras de cambio, para no tener que esperar a que lo hiciera cuando él se quedara dormido. A Janna le gustó su pragmatismo casi tanto como su paso ágil y enérgico, y esperó a que regresara sin moverse de su posición de piernas cruzadas en el suelo.

Cuando Ty volvió y la encontró tal y como la había dejado, supo que le estaba diciendo sin palabras que podía confiar en ella, y alargó la mano para ayudarla a levantarse.

Era la oportunidad que Janna había estado esperando. Dejó que él tirara de ella, y cuando estuvo de pie, se derrumbó contra él.

Ty la rodeó con los brazos de forma instintiva para sujetarla, pero aunque su peso era insignificante para un hombre de su tamaño, la calidez de su cuerpo lo golpeó de lleno. Cuando sus brazos se cerraron a su alrededor, lo sacudió un relámpago de placer al comprobar la perfección con la que se amoldaban sus cuerpos. Janna era flexible y esbelta, emanaba un dulce aroma a pinos, y sujetarla era como tener en sus brazos un rayo de sol.

—Janna, ¿qué te pasa?

Ella saboreó por un instante la deliciosa calidez y la fuerza de su cuerpo musculoso, y entonces empezó a incorporarse; aun así, permaneció aferrada a sus brazos.

—Lo siento, supongo que estoy... hambrienta —contestó sin levantar la mirada, mientras flexionaba ligeramente los dedos en sus bíceps antes de soltarlo poco a poco.

Ty se sintió agradecido de que Janna no lo estuviera mirando al admitir que tenía hambre, porque habría visto en su rostro el deseo voraz que él sentía; sin embargo, cuando ella se inclinó hacia él y apoyó la mejilla contra su pecho, como si estuviera demasiado cansada para mantenerse de pie por sí sola, oyó que su estómago protestaba y se recordó que no estaba hablando de un hambre sexual, sino de la necesidad de comida. Esbozó una sonrisa a pesar del deseo que ardía en su entrepierna, y le dio un suave golpecito en la nariz con el índice.

—Pobre pajarito. Ven, te daré de comer en cuanto nos pongamos a cubierto.

Janna sintió el ronroneo profundo de su voz contra la mejilla, pero apretó los labios con tristeza al oír su tono tolerante. *Pajarito*. Al ver que su intento de despertar su deseo había acabado con un gesto fraternal, tuvo unas ganas enormes de darle un buen mordisco al pecho cálido que tenía ante sí, pero como habría sido un paso erróneo en su campaña de seducción «accidental», se contentó con apartarse de él.

—Gracias, ya estoy mejor —le dijo, antes de volverse y de empezar a andar hacia la pared de negra lava y arenisca roja que formaba la vertiente este de la Meseta Negra.

Ty permaneció donde estaba, con la mirada fija en el

vaivén casi imperceptible de sus caderas bajo la holgada ropa masculina, y rogó para que encontraran a Lucifer cuanto antes. Cuanto más la miraba, más difícil le resultaba ignorar su inconsciente y devastadoramente femenino encanto, pero sabía que tenía que conseguirlo. Tenía que olvidarse del increíble placer que había sentido al mecer sus caderas contra la suavidad que se escondía bajo toda aquella ropa.

Tenía que hacerlo... pero no podía.

La furia que sentía ayudó a Janna a mantener un buen paso, a pesar del hambre que tenía. Empezó a subir por el escarpado sendero que conducía a la parte superior de la Meseta Negra, sin dignarse en mirar hacia atrás para comprobar qué tal le iba a Ty con su pesada carga, mientras observaba el terreno con atención en busca de huellas.

No encontró signo alguno de otros seres humanos, y muy pocos de animales; de hecho, parecía que la única que había utilizado aquel sendero recientemente era ella misma. No había huellas de caballo en los tramos arenosos, ni rozaduras en las piedras. Había encontrado rastros de animales con pezuñas por allí en contadas ocasiones, y sólo en una ocasión había descubierto signos que indicaban que Lucifer había descendido por aquel sendero escarpado, para escapar de unos perseguidores que se le habían acercado demasiado.

Janna contuvo el aliento al imaginarse a cualquier caballo intentando bajar por aquel camino. Ella sólo lo utilizaba cuando iba a pie y quería llegar a Sweetwater por la ruta más corta, pero había otros caminos más seguros para subir a la meseta. Uno de ellos estaba en la cara norte, otro en la sur, y había varios en la oeste.

Janna subió a buen ritmo, hasta que llegó a uno de los

muchos barrancos que recorrían la vertiente. Desde allí sólo podían verla desde arriba, así que se sentó en una roca a esperar a Ty. No tuvo que esperar demasiado, porque él había ido subiendo tras ella a la distancia justa para evitar las piedrecillas que iban desprendiéndose a su paso.

Con un gruñido, Ty soltó el pesado fardo que llevaba a la espalda, y lo usó como asiento hasta que recuperó el resuello.

—Qué camino más difícil —comentó al fin—. No he visto ningún rastro de Zebra, pero la vi dirigirse hacia aquí como si tuviera algo en mente.

—Claro que lo tenía, evitar un río de roca negra que hay a poco menos de cuatrocientos metros de aquí. Es demasiado difícil cruzarlo, así que para evitarlo hay que alejarse a varios kilómetros de la meseta, hasta que la roca negra se pierde en el suelo, o subir un poco por la cara este y rodear la parte superior del río de roca. Zebra suele optar por la segunda opción, y entonces sube hasta arriba del todo por la ruta del sur, que es mucho más fácil.

Ty permaneció en silencio durante unos segundos, contemplando el terreno mientras le daba vueltas a aquella información.

—¿Empieza por allí la colada de lava... el río de roca negra? —le preguntó a Janna, antes de señalar hacia lo que parecía un viejo cauce negro que salía de la base de la meseta.

Janna se inclinó para mirar, y de paso aprovechó para rozar el brazo extendido de Ty.

—Sí.

—Entiendo que Zebra intente evitarlo, parece un montón de rocas dentadas y poco más.

Ty siguió mirando hacia la dirección en cuestión mientras esperaba a que Janna dejara de atormentarlo con el roce de su cuerpo, pero ella permaneció donde estaba. Al final, optó por apartarse un poco él mismo, porque su sangre aún no había dejado de arder desde el incidente anterior; de hecho, sospechaba que aquel estado de excitación iba a convertirse en algo constante mientras permaneciera cerca de aquella muchacha desaliñada y demasiado femenina.

—¿Qué profundidad tienen esos cañones? —le preguntó, mientras señalaba hacia las sombras que parecían una red de relámpagos blancos que se extendían desde la base de la meseta.

Janna se planteó acercarse a él para que sus cuerpos volviera a rozarse, pero decidió no hacerlo; la próxima vez, elegiría mejor el momento para que él no pudiera apartarse. En un lugar tan estrecho, no tendría que esperar demasiado a que se le presentara una buena oportunidad.

—La suficiente para que los caballos salvajes los recorran —le contestó—. El terreno está lleno de cañones, desfiladeros y barrancos, y la mayoría están secos. Casi todas las mesetas tienen al menos un pequeño manantial o algún depósito natural excavado en la roca que contiene agua durante la mayor parte del año, pero la Meseta Negra es diferente; es lo bastante grande para tener siempre agua en la parte superior, y además tiene manantiales y arroyos en la base. Por eso hay tanta vegetación y tantos animales.

Sin hacer ningún comentario, Ty alisó un pequeño rectángulo del suelo con la mano, y empezó a dibujar en la superficie con la punta de un dedo. Consciente de que la meseta era el territorio preferido de Lucifer, se había pasado semanas inspeccionando la zona antes de decidir cuál sería la mejor manera de atraparlo, pero los indios lo habían capturado antes de que pudiera poner en práctica su plan. Janna llevaba años deambulando por aquel territorio, así que podría decirle si el plan tenía algún fallo.

—Esto es la Meseta Negra —le dijo, señalando el tosco rectángulo que había dibujado en el suelo. Añadió unos lados para dar una sensación de profundidad, aunque dejó el lado oeste tal y como estaba para indicar la zona relativamente plana donde la meseta se unía a la parte frontal de las Montañas de Fuego—. Por lo que he visto, hacia la zona este los cañones, los barrancos y los desfiladeros se van haciendo más escarpados y profundos.

Janna le rozó el muslo al cambiar de posición, y cuando se inclinó hacia adelante para ver mejor el dibujo y apoyó la mano en su pierna, la mano de Ty pareció sufrir un espasmo. Rezongando entre dientes, cambió de posición hasta que logró apartarse de ella.

—Sí, la ladera este de la meseta se levanta de las llanuras con una pendiente muy pronunciada —Janna volvió a inclinarse hacia adelante y se apoyó de nuevo en la pierna de Ty, haciendo caso omiso de sus intentos de evadir su contacto—. La Meseta Negra forma parte de las Montañas de Fuego —añadió, mientras dibujaba unas formas piramidales a lo largo del flanco oeste de la meseta para representar las montañas en cuestión—. Según las leyendas indias, los espíritus lucharon entre ellos hasta que la tierra se rasgó y empezó a sangrar, y todo lo que la sangre tocó se incendió. Mucho tiempo después de que la tierra sanara, los espíritus enfadados empezaron a rugir y a escupir fuego por los picos de la Sierra de Fuego, y de vez en cuando, empezaba a fluir sangre que fluía por la meseta y chorreaba hasta el desierto, donde se convertía en piedras negras. Los espíritus enfadados aún viven debajo de esta tierra, y calientan el agua tanto, que hay manantiales que cocinan la comida con mayor rapidez que el fuego.

Ty intentó concentrarse en las palabras de Janna, pero su mano parecía arder sobre su pierna. Se habría apartado más de haber podido, pero la hendidura en la que se habían cobijado era demasiado pequeña. Él estaba contra una pared de roca negra... y la mano de Janna acababa de deslizarse hacia la parte interior de su muslo. Ella estaba tan concentrada en el mapa, que no se había dado cuenta. Desesperado, se quitó el sombrero y lo dejó caer sobre su regazo, para ocultar la prueba creciente de su incomodidad.

—Hay dos senderos bastante buenos en la parte oeste de la meseta —Janna cambió de posición y flexionó ligeramente los dedos, fascinada por la calidez y la dureza de la pierna de Ty–. El primero está aquí, a unos tres kilómetros del extremo sur –se inclinó hacia adelante hasta que le rozó la pierna con el costado, y dibujó una marca en el mapa–. Es la ruta más fácil para subir, los indios la han utilizado desde siempre. El segundo sendero está aquí. Están a unos treinta kilómetros el uno del otro a vuelo de cuervo, pero a pie la distancia es el doble. El segundo camino no es tan fácil como el primero, y no conduce de inmediato a un manantial ni a buenos pastos, así que los indios no suelen usarlo cuando van de caza.

–¿Ni cuando van a luchar?

–Exacto. Cascabel tiene su campamento en la base de la meseta, y el Cañón Mustang está aquí –Janna señaló hacia el borde norte de la meseta, donde había una gran fractura en la roca–. Hay buenos pastos durante todo el año, y un camino que lleva a la parte superior de la meseta y que sólo utilizan los mustangs y los ciervos, y de vez en cuando algún insensato en busca de caballos.

–¿Y tú?

–Sí, y yo. Pero Zebra creció en ese camino... a veces creo que su madre era una cabra, porque camina por allí con mucha seguridad; además, casi siempre desmonto y voy a pie, hay un tramo de roca resbaladiza que me da pesadillas.

–¿Pesadillas?, eres demasiado dura para temerle a nada –dijo Ty, con una sonrisa tensa.

Janna no contestó, aunque no pudo evitar recordar todas las noches tras la muerte de su padre en las que se había sobresaltado por el más mínimo ruido, y había tenido que ahogar en el último momento gritos que habrían delatado su posición en vez de hacer que llegara la ayuda que necesitaba. A pesar de los años que habían pasado desde entonces, había ciertas combinaciones de sonidos y de olores que aún hacían que el corazón le martilleara en el pecho.

–¿Está tu cañón sin salida por aquí? –le preguntó Ty, al señalar una zona cercana a la esquina sudeste de la meseta.

—Sí.

Decidido a ignorar la suave presión del cuerpo de Janna, Ty observó el mapa y empezó a convertir mentalmente las líneas rectas del dibujo en una serie de contornos irregulares que se adecuaban más a la realidad del terreno. En los bordes norte, este y sur de la meseta se alineaban escarpados promontorios rocosos y barrancos, además de cañones y desfiladeros de diferentes tamaños y profundidad; por otra parte, los cañones principales tenían otros laterales que a su vez se dividían en cañones más pequeños, y estos últimos se bifurcaban en grietas sin salida.

El resultado era un laberinto en el que una persona podía estar en el borde de un cañón y mirar hacia el borde opuesto que estaba a medio kilómetro, pero aun así tenía que pasarse un día entero dando la vuelta para llegar al otro lado. La mayoría de los cientos de cañones sin nombre no tenían salida, y su única vía de escape descendía hacia las llanuras.

—¿Conoces algún otro camino que suba a la meseta? —le preguntó, tras marcar los que ella ya había mencionado—. ¿Qué me dices de los cañones auxiliares?, ¿sería posible escalar por uno de ellos?

—Pregúntaselo a Jack el Loco la próxima vez que lo veas, conoce el terreno incluso mejor que los indios. Pero los cañones que conozco suelen acabar en despeñaderos muy escarpados, uno tendría que estar loco o huyendo por su vida para intentar escalarlos.

—¿Lucifer pasta en alguno de los cañones sin salida?

—En los más grandes, pero nunca en los más estrechos. Seguramente lo habrán atrapado en un sitio así alguna vez, porque ni siquiera se acerca a la entrada de un cañón que no tenga por lo menos cuatrocientos metros de anchura. Es salvaje y listo como el que más.

—No me extraña que aún siga libre —comentó Ty, con una mezcla de admiración y de exasperación—. Tuve suerte de poder acercarme tanto a él antes de que Cascabel me cazara. ¿Crees que sería posible asustarlo y hacer que se meta en un pequeño cañón sin salida antes de que se dé cuenta de lo que pasa?

—Eso ya lo han intentado todos los que han venido a intentar atraparlo.

Ty no tuvo que preguntar cuál había sido el resultado de la estratagema, porque era obvio; al fin y al cabo, el semental seguía libre como el viento.

—No me extraña que Troon decidiera herir con un rifle a ese demonio negro —dijo.

Janna recordó el disparo que habían oído, y se mordió el labio.

Ty tuvo que apartar la mirada al ver aquel gesto, porque la idea de mordisquearle el labio le resultaba demasiado tentador; de hecho, todo en ella le resultaba demasiado tentador. Aunque ya no estaba inclinada hacia delante para añadir marcas al improvisado mapa, su mano seguía posada sobre su pierna y enviaba oleadas de calor que irradiaban por todo su cuerpo, mientras lo atormentaba lo cerca que estaban sus largos dedos de aquella parte que ansiaba su contacto.

Ty soltó una imprecación salvaje para sus adentros e intentó apartarse de aquel íntimo contacto, pero se dio de lleno contra la pared de roca. A su lado, el estómago de Janna protestó sonoramente en el tenso silencio, y recordó que ella no había comido nada desde la mañana anterior.

—Apártate un poco para que pueda agarrar mis cosas —murmuró.

De hecho, el morral estaba al alcance de su mano... si estuviera dispuesto a inclinarse sobre Janna para agarrarlo. Janna lo miró de reojo, pero decidió no hacer ningún comentario y se echó un poco hacia atrás.

—Apártate más.

A ella no le gustó nada su tono cortante, y le dijo:

—No sé si te has dado cuenta, pero aquí no hay demasiado espacio.

—Ya, pero tú ocupas tres cuartos del poco que hay. Me estás agobiando.

—¿Que te estoy agobiando? Dios, ni que tuviera pulgas o algo así —rezongó Janna—. Y como eres tú el que estuvo en el bar de Ned hace poco, es más probable que seas tú el pulgoso, así que...

—Janna, ¡muévete! —la interrumpió él, con tono amenazador.

—Vale, vale, ya me muevo —Janna se apartó hasta el extremo más apartado, y se aferró a la pared como si hubiera un despeñadero a centímetros de sus pies—. ¿Así está mejor?

Ty gruñó una respuesta que ella prefirió pasar por alto, y se sacó un cuchillo del bolsillo antes de agarrar su morral y empezar a rebuscar en él; segundos después, sacó una lata, golpeó varias veces la tapa con el cuchillo y después lo hizo girar para ampliar el agujero que había hecho.

—Ten, bébete esto —le dijo.

Janna agarró la lata, y soltó un gemido de incredulidad al saborear el denso y dulce líquido con sabor a melocotón. Después de tomar dos largos tragos, intentó devolvérsela a Ty, pero él se negó a aceptarla.

—Acábatela —le dijo él.

—No puedo, el predicador cobra un dólar por cada lata de melocotón.

Al ver su expresión decidida, Ty supo que era inútil discutir con ella al respecto, así que agarró la lata y bebió dos sorbos antes de devolvérsela.

—Te toca —le dijo.

Janna no hizo ningún comentario, pero aceptó la lata y bebió lentamente, saboreando cada gota. Ty sonrió al ver su sincero placer, consciente de que le había dado un auténtico manjar. Se había pasado mucho tiempo en el camino, y sabía que una persona anhelaba algo dulce y suculento después de semanas o meses a base de cecina, galletas y judías.

Se fueron pasando la lata, y Ty habría jurado que cada vez el metal iba volviéndose más cálido al tacto. Intentó no pensar en los labios que habían tocado el borde segundos antes que los suyos; de hecho, estaba consiguiendo controlar la dirección de sus pensamientos bastante bien hasta que Janna inclinó la lata y esperó durante unos segundos a que la última gota cayera sobre la punta de su lengua extendida. La tentación de tomar aquella gota de su lengua fue tan fuerte, que Ty tuvo que volverse.

—¿Y ahora qué? —le preguntó ella, mientras alargaba la lata hacia él.

«Buena pregunta, ojalá tuviera una respuesta aceptable», pensó Ty para sus adentros. Con movimientos bruscos, acabó de cortar la tapa, ensartó medio melocotón con el cuchillo y se lo ofreció.

Janna tomó la fruta con la punta de los dedos, se la comió con fruición y esperó a que le diera otra. Se fueron turnando para ir comiéndose las piezas una a una, hasta que Ty logró atrapar la última tras varios intentos infructuosos y se la ofreció a ella. Al notar lo tenso que estaba, Janna levantó la mirada y se dio cuenta de que él tenía los ojos fijos en sus labios; sin pensárselo dos veces, mordió la fruta suculenta y alargó el resto hacia él.

—Te toca —le dijo, con voz ronca.

Durante un largo y agónico momento, Ty se quedó mirando el dulce almíbar que chorreaba por aquellos dedos esbeltos; de repente, se levantó con un arranque de fuerza controlada, agarró su morral y se alejó de allí sin decir palabra.

19

Las rocas y los árboles de la Meseta Negra parecían brillar como si estuvieran recién pulidos, gracias a una tormenta que había descargado al caer la tarde. La luz dorada del sol transformaba la pradera en un río reluciente de oro, y aunque en circunstancias normales la belleza del terreno habría sido como un bálsamo para el alma anhelante de Janna, en esa ocasión sólo era capaz de ver lo que faltaba. Tumbada sobre su estómago, parapetada tras una hilera de árboles, volvió a escanear con su catalejo el largo prado que se extendía ante ella, hasta que los brazos empezaron a temblarle de cansancio.

Ty no se molestó en comprobar el terreno con su propio catalejo, ya que sabía que vería lo mismo que llevaban viendo durante los últimos cinco días: hierba y agua en abundancia, pero ni rastro de Lucifer y su manada; sin embargo, habían vislumbrado a los hombres de Cascabel, y por eso habían tenido que ir avanzando por la meseta de puntillas como ladrones, y sólo habían encontrado huellas que los mustangs habían dejado uno o dos días atrás.

—No lo entiendo —dijo Janna, al serpentear hacia atrás para meterse más al abrigo de los pinos que bordeaban el prado—. Aunque alguien hubiera atrapado a Lucifer, tendría que quedar algún miembro de su manada deambulando por aquí. Nadie querría llevarse a las yeguas más viejas o a los potros más pequeños; además, no hemos visto ni oído ni rastro de Troon ni de ningún otro hombre blanco desde que subimos por la ruta del este.

—No te olvides de los disparos de rifle que oímos ayer —le dijo Ty—. No creo que se tratara de las partidas de caza que habíamos oído antes, es posible que Troon se haya encontrado a Cascabel.

—Supongo que debería ir a echar un vistazo al campamento de Cascabel —comentó Janna a regañadientes.

—¿Qué? —Ty se quedó atónito.

—Así te encontré a ti —le explicó ella—. Oí disparos, fui corriendo, vi el lugar donde las huellas de dos caballos herrados se cruzaban con las de unos caballos indios sin herrar, y como me di cuenta de que los indios habían seguido a tus caballos, decidí hacer lo mismo. El rastro me condujo al campamento de Cascabel, y como no podía liberarte, me escondí y esperé a que se me presentara la oportunidad de ayudarte. Aproveché cuando sobreviviste a la paliza y conseguiste escapar.

Ty sacudió la cabeza, maravillado al pensar en el riesgo que había corrido para ayudar a un completo desconocido. Aquel cuerpo engañosamente esbelto contenía una gran valentía, pero no era necesario malgastarla en un tipo como Joe Troon.

—¿Troon es amigo tuyo? —le preguntó.

Ella le lanzó una mirada sobresaltada, y le dijo con voz controlada:

—No derramaría ni una lágrima en su funeral; de hecho, él...

Janna fue incapaz de continuar. No le gustaba recordar la vez en que Troon la había atrapado, y había empezado a quitarle la ropa antes de que pudiera zafarse de él y huir. Se había pasado horas buscándola, sin dejar de gritar a pleno pulmón lo que pensaba hacerle cuando la atrapara.

La mezcla de miedo y repugnancia en el rostro de Janna

le dijo a Ty más de lo que quería saber sobre Joe Troon y ella.

—Janna —le dijo con voz suave, deseando poder arrancarla de unos recuerdos claramente dolorosos—, por lo que he oído, Troon es un borracho, un ladrón, un cobarde, un maltratador de mujeres y una sabandija que dispara por la espalda, así que se merece lo que Cascabel decida hacerle; además, ni siquiera sabes si lo han capturado. Podría estar de vuelta en Sweetwater, emborrachándose con el licor de Ned, así que sería una tontería que arriesgáramos el trasero acercándonos a un campamento de renegados por alguien tan despreciable como él.

—Ya lo sé, pero no me gusta saber que alguien puede estar en las garras de Cascabel. Es un hombre muy cruel.

—Cascabel no lo ve así. Es un guerrero que se ha enfrentado a los peores castigos que el territorio, los soldados y los demás indios pueden impartir, pero nunca ha dado cuartel ni ha pedido que se lo den a él. Y nunca lo hará.

—Hablas como si lo admiraras.

Tras un largo silencio, Ty se encogió de hombros y dijo:

—No me gusta, pero lo respeto. Es un luchador muy bueno con cualquier tipo de arma y sea cual sea la situación, y más de un general envidiaría su capacidad para utilizar el terreno y sus recursos limitados.

—¿Tienes idea de lo que les hace a los cautivos que no consiguen escapar?

—Sí. Janna, no he dicho que lo admire, pero en la guerra aprendí que el honor y los buenos modales en la mesa no tienen nada que ver con la supervivencia. Cascabel es un superviviente, y Halcón Negro lo sabe. No ha presionado para provocar una confrontación porque espera que el ejército se ocupe de los renegados por él.

—Halcón Negro tiene suerte de que Cascabel no le haya quitado a toda la tribu —dijo Janna—. A estas alturas, debe de tener a la mitad de sus guerreros, y siguen llegando con cada día que pasa.

—Cascabel es medio apache. Los ancianos de la tribu ute no habrían permitido que los liderara, pero los jóvenes creen que es invencible. Aún no han aprendido que el ejército que aplanó el Sur no tendría ningún problema planchando unas cuantas arrugas en el territorio de Utah.

Janna abrió la boca para contestar, pero entonces vislumbró un destello de movimiento en el otro extremo del prado. Ty también lo notó, y ambos se aplastaron al unísono contra el suelo.

A unos ciento veinte metros, cinco indios a caballo salieron al extenso río de hierba que se extendía entre dos arboledas. Avanzaban descaradamente, sin molestarse en ponerse a cubierto o en estar preparados para una posible emboscada, porque sabían que Cascabel controlaba la Meseta Negra. La única razón de que no fueran riendo y hablando entre ellos era que las voces humanas se oían a bastante distancia en el silencio de la zona, y los animales que estaban cazando tenían un oído excelente.

Oculto entre la maleza y protegiendo el catalejo del sol para que no revelara su posición con algún destello, Ty los observó avanzar por el borde de los árboles y el prado; normalmente, en los grupos de indios apenas la mitad de los hombres llevaban armas de fuego, y no solían llevar demasiada munición. Parte del problema radicaba en que era ilegal venderles armas o munición a los indios, así que sólo podían conseguirlas en los despojos de alguna batalla o comprándoselas a algún vendedor deshonesto.

Pero el principal problema de los indios era que ninguna de las tribus tenía experiencia en el cuidado y en la reparación de máquinas, ni en la creación de balas fiables. Las armas que adquirían por medio de la guerra o del soborno no tardaban en ser inútiles por falta de munición o por algún desperfecto.

Los hombres de Cascabel estaban bien pertrechados; además del tradicional arco con flechas, cada hombre llevaba una carabina y un zurrón de cuero rebosante de munición. Ty suspiró con alivio al ver que las carabinas eran armas de un tiro como las que habían contribuido a que el Sur perdiera la guerra. Ninguno de los cinco indios tenía un arma que pudiera competir con la nueva Winchester que había descubierto en una caja medio vacía de la tienda del predicador, y que era el tipo de arma sobre la que Johnny Rebs había afirmado que un yanqui «cargaba el domingo y podía ir disparando durante toda la semana». Con aquella nueva carabina, Ty podía recargar conforme iba disparando, y los indios sólo tenían aquella ventaja con sus flechas.

Ty observó el equipamiento de los indios con el ojo experto de un hombre para el que aquella capacidad había supuesto la diferencia entre la vida y la muerte. El hecho de que Cascabel tuviera acceso a buenas armas explicaba que los guerreros jóvenes quisieran unirse a él, ya que en las reservas, aquellos hombres apenas tendrían comida para subsistir, dispondrían sólo de las armas que pudieran construir con sus propias manos, y no serían libres para vagar por el terreno en busca de caza. Junto a Cascabel, aquellos jóvenes tendrían la posibilidad de ganar fama como guerreros, tendrían comida y armas, y podrían disfrutar de la vida que se describía en las leyendas tribales.

El hecho de que los jóvenes guerreros se convirtieran en el objetivo de cualquier hombre blanco con un arma de fuego no hacía más que añadir un poco de excitación a sus vidas; al fin y al cabo, tampoco había demasiados hombres blancos en la zona.

Ty sabía que la situación iba a cambiar, aunque los indios no parecieran darse cuenta de ello. Desde el final de la guerra, cada vez eran más los hombres blancos desarraigados que se dirigían hacia el oeste, y como la mayoría de ellos ya habían participado en batallas, no les asustaba la perspectiva de algún enfrentamiento ocasional con los indios. Ty y sus hermanos formaban parte de ese grupo, y había cientos y miles de hombres como ellos, que se sentían atraídos por los horizontes salvajes del Oeste y por la promesa de una vida mejor, y que tenían el valor y el aguante necesarios para soportar la dureza de aquel territorio. Al final, no se cumplían todas las promesas que ofrecía la nueva tierra, pero todos y cada uno de los hombres creían que sus sueños se harían realidad.

Por supuesto, muchos de ellos estarían armados con rifles y carabinas de repetición, y con tantas balas como pudieran acarrear sin que sus cinturones acabaran arrastrando por el suelo. Los indios conseguirían algunas de aquellas armas, pero seguirían llegando hombres blancos sin cesar, y su número superior sería suficiente para contrarrestar el conocimiento que los indios tenían del terreno.

Ty no tenía ninguna duda de cuál sería el resultado final del enfrentamiento entre los indios y el hombre blanco; lo que no sabía era si él estaría vivo para celebrar la derrota de los renegados.

Los cinco indios detuvieron sus monturas de repente, y uno de ellos se bajó del caballo y se puso en cuclillas para contemplar algo que había en el suelo; cuando volvió a incorporarse, avanzó varios pasos antes de agacharse de nuevo para mirar desde otro ángulo.

Ty permaneció completamente inmóvil, mientras pensaba en un plan de acción por si los indios los descubrían. Con su nueva carabina, podía causar tanto daño en un minuto como diez hombres con pistolas de un solo disparo; a pesar de que aún no había tenido tiempo de acostumbrarse a la Winchester, en teoría podría eliminar a dos de los guerreros antes de que el resto consiguiera ponerse a cubierto. Eso le daría a Janna suficiente tiempo para escabullirse mientras él jugaba al ratón y al gato con los indios restantes, y con un poco de suerte, quizás hasta él mismo lograra sobrevivir.

Con mucha suerte, los indios no llegarían a descubrirlos.

Cuando el guerrero volvió a montar y siguió avanzando con sus compañeros por el extremo más alejado del prado, sin mirar hacia el lugar donde Janna y él estaban escondidos, Ty soltó un suspiro de alivio. Había conocido a hombres a los que les encantaba luchar y matar, pero como él no pertenecía a ese grupo, se alegró de que los indios desaparecieran en la arboleda opuesta sin haber tenido que disparar ni una sola vez.

Tanto Janna como él permanecieron donde estaban. Algo había despertado la curiosidad de los indios y había hecho que alteraran su curso, y si dicha curiosidad quedaba satisfecha, era posible que volvieran al prado para seguir cazando.

Además, estaba tumbada muy cerca de Ty, así que podía sentirlo a lo largo de su costado derecho y moverse disimuladamente contra él para recordarle su presencia. Era algo que había estado haciendo a la primera oportunidad durante los últimos cinco días; se inclinaba hacia él junto a la hoguera, le rozaba la mano cuando le daba un plato de comida, e incluso tropezaba y caía contra él cuando el terreno se lo permitía.

No tenía duda de que él notaba su presencia, porque lo había visto en el brillo intenso de su mirada, pero ya no estaba tan segura de poder reír y alejarse de él si lograba enloquecerlo de deseo. La idea de poder estar cerca de él, realmente cerca, despertaba un deseo que ardía bajo su piel y que parecía llamarlo en silencio, igual que su calor masculino irradiaba hacia ella y la atraía.

La luz bronceada del final de la tarde bruñía el prado, y pronto los ciervos saldrían de sus escondrijos para comer; al principio, se limitarían a mordisquear la hierba del borde oeste, donde el sol sacaba gruesas sombras de los pinos al descender, pero conforme las sombras se fueran extendiendo a lo largo del prado, los animales irían siguiéndolas hasta que la zona estuviera llena de gráciles formas pastando en la hierba plateada bajo la luz de la luna.

Ése sería el momento más seguro para moverse, ya que los aguzados sentidos de los animales los avisarían de la presencia de otras personas. Ty no esperaba encontrarse a ningún indio en la oscuridad de la noche, pero había aprendido que estar preparado para enfrentarse a lo inesperado era la mejor forma de sobrevivir las pequeñas sorpresas letales de la vida.

Además, era más que agradable estar tumbado en la calidez del atardecer en un lecho de agujas de pino, escuchando cómo los pájaros se preparaban para pasar la noche y se comunicaban entre ellos, como si tuvieran que transmitirse una vida entera de información en los escasos minutos de luz que quedaban antes de que llegara la oscuridad.

También era más que agradable sentir el cálido cuerpo de Janna apretado contra su costado izquierdo.

Después de reflexionar sobre ello durante unos minutos, Ty llegó a la conclusión de que «agradable» no era la palabra más adecuada para describir la combinación de calor sensual y de tortura mental que ella le había infligido durante los últimos días. Janna estaba allí cada vez que se volvía, con roces casuales que en ningún momento parecían premeditados o atrevidos; simplemente... estaba allí con una sonrisa, con un roce fugaz de su cuerpo, con una mirada de aquellos ojos tan claros como el agua de un arroyo, o con una suave risa que le tensaba la entrepierna. Sospechaba que se estaba vengando porque él había menospreciado su atractivo femenino, pero no podía probarlo porque sus gestos siempre tenían alguna explicación lógica.

Su cercanía lo estaba enloqueciendo, hacía que su piel ardiera y que sus entrañas se encendieran con la certeza de que bajo aquella ropa holgada había una mujer. Con cada segundo, el regreso de los indios se fue haciendo menos probable, y la fragancia del cuerpo de Janna se fue volviendo más incitante. Ty notaba su respiración, sabía que ella también notaba la suya, y no quería otra cosa que volverse hacia ella y apretarla contra su cuerpo.

No podía dejar de pensar en el beso que le había dado, y

recordaba la sensación de su cuerpo bajo el suyo con una nitidez que hacía que la sangre corriera por sus venas como un río ardiente que inflamaba su miembro.

Ella no había disfrutado del beso, lo había considerado un castigo, pero en realidad era él quien estaba siendo castigado. Le debía la vida a Janna, y se había prometido que no le pagaría aquella deuda asustándola o lastimándola como habían hecho otros hombres. La única forma de cumplir aquella promesa era manteniendo sus manos anhelantes alejadas de ella... y también su boca hambrienta. Y, más que nada, su...

—¿Ty? —susurró ella con voz trémula.

Su cuerpo también estaba temblando, y aunque su voz fue tan queda como un suspiro, Ty consiguió oírla; de hecho, oía su respiración, veía cada vez que se humedecía los labios con la lengua, y la saboreaba en su mente. No sabía cuánto tiempo podría seguir admirándola sin tocar el suave balanceo de sus caderas, mientras lo conducía por los caminos secretos de la meseta.

—¿Ty...?

—¿Qué? —gimió él, preguntándose cuánto iba a aguantar tumbado junto a ella sin agarrarla.

—Tengo una serpiente en la pierna.

—No te muevas.

En cuanto pronunció aquellas palabras, Ty supo que el aviso era innecesario, porque Janna sabía de sobra que no era prudente hacer un movimiento brusco cerca de una serpiente. Y también debía de saber que sólo tenía que permanecer inmóvil y esperar a que el animal se alejara.

—¿Puedes verla? —le preguntó en un susurro.

—No —gimió ella.

—Lo único que tienes que hacer es no moverte. La serpiente no está interesada en ti, y seguirá sin estarlo si te quedas quieta.

Janna no podía quedarse quieta, porque estaba temblando aterrada. Podía enfrentarse a cualquier cosa sin perder la cabeza... menos a una serpiente. Recordaba con una claridad diáfana la pesadilla de despertar al oír los gritos de su padre, de verlo sacudirse frenético para intentar quitarse de encima la serpiente de cascabel que se le había metido entre las mantas. El animal le había mordido en los pies, en la pantorrilla, en la mejilla y en la muñeca.

Estaban en territorio indio, persiguiendo uno de los sueños de su padre de encontrar oro, sin nadie que pudiera ayudarlos. Ni las hierbas, ni las pociones ni los bálsamos que su padre conocía habían podido eliminar el veneno de su organismo, y tampoco había servido de nada hacer incisiones en las heridas supurantes para intentar sacarlo.

Janna no olvidaría nunca los estertores interminables del enorme reptil cuando ella le había cortado la cabeza con su cuchillo, ni los largos días de agonía y delirio que había sufrido su padre antes de morir.

Sin darse cuenta de lo que hacía, empezó a gemir con suavidad cada vez que inhalaba aire con dificultad. Al oír aquel sonido quedo, Ty se dio cuenta de que no podría permanecer inmóvil hasta que la serpiente se fuera en busca de algún ratón. Era obvio que estaba aterrada, y si gritaba cegada por el miedo, la serpiente sería el menor de sus problemas.

—Janna, no pasa nada. Quédate quieta, y yo me ocuparé de ella. No te muevas, pase lo que pase.

La única respuesta que obtuvo fue el temblor cada vez más violento que la sacudía.

Muy poco a poco, Ty se colocó sobre el costado derecho, se apoyó en un codo y bajó la mano hacia la funda de su cuchillo. En la posición en la que estaban, tenía que utilizar la mano izquierda, pero eso era algo irrelevante; lo primero que su padre les había enseñado a sus hermanos y a él era que poder utilizar el cuchillo con la mano izquierda era una ventaja en una pelea, y que un hombre que pudiera usar ambas manos tenía siempre las de ganar.

Al notar el movimiento de Ty y el temblor de Janna, la serpiente se quedó inmóvil mientras intentaba decidir si el movimiento suponía comida, peligro o simplemente una presencia neutral como la del viento. En la luz mortecina, el animal se confundía a la perfección contra el terreno y a Ty le costó verlo, pero soltó una maldición para sus adentros cuando lo consiguió.

Era una serpiente de cascabel tan gruesa como su antebrazo, que debía de tener bastante veneno para matar a un hombre adulto, por no hablar de una muchacha del tamaño de Janna.

El animal no debió de percibir ninguna amenaza en el temblor de Janna, porque bajó la cabeza y continuó con su caza nocturna. Ty la tenía tan cerca, que pudo distinguir la lengua y la cabeza triangular que se movía de lado a lado. La serpiente fue avanzando lentamente por la pierna de Janna con un sonido sordo, mientras Ty la observaba con la paciencia tensa de un depredador que sabía que tenía que esperar el momento justo. No podía superar en velocidad al animal, y si no esperaba a que apartara la cabeza de Janna, sería la joven quien acabara pagando las consecuencias.

Sin dejar de susurrar palabras tranquilizadoras, Ty esperó a que el movimiento ondulante del animal empujara su cabeza hacia la izquierda, lejos de la pierna de Janna, y entonces le cercenó la cabeza con un movimiento limpio y tajante; sin esperar ni un segundo, volvió a atacar con una velocidad salvaje, y con la punta del cuchillo lanzó la temible cabeza bien lejos. Después de tirar el resto del animal, abrazó a Janna con fuerza.

—No pasa nada, pequeña —le susurró—. No pasa nada, la serpiente está muerta.

El suave ronroneo de su voz y las caricias de sus manos en la espalda la calmaron más que las palabras en sí; incapaz de controlar el temblor de su propio cuerpo, Janna se aferró a él mientras murmuraba incoherencias sobre una charca y una serpiente de cascabel que había atacado una y otra vez, y los largos días y noches previos a la muerte de su padre.

Cuando Ty entendió por fin lo que estaba diciendo, lo sacudió una oleada de emoción brutal. No podía soportar imaginársela sola con su padre moribundo, viendo cómo se hinchaba y se ennegrecía mientras el veneno iba destruyendo su carne. La serpiente podría haber elegido sus mantas, podría haber clavado sus fauces en su suave piel, podría haber hecho que su vida se apagara, y entonces él no la habría conocido, no la habría tenido en sus brazos, no habría cubierto de besos su rostro bañado en lágrimas.

Al darse cuenta de lo cerca que había estado de perderla, Ty sintió que lo recorría una emoción que era al mismo tiempo tierna y feroz. Saber que por poco se le había negado su presencia hizo que le resultara imposible negarse el dulce lujo de abrazarla.

Poco a poco, la calidez reconfortante de la manos de Ty acariciándole la espalda fue penetrando en el pánico que nublaba su mente, y sus besos tiernos fueron devolviéndole el calor a su piel aterida por el miedo. Janna volvió la cara hacia sus labios, soltó un largo y trémulo suspiro y se acurrucó contra él. No sabía cómo explicar lo mucho que necesitaba la firmeza tranquilizadora de su cuerpo, pero las palabras no eran necesarias. Él necesitaba de igual forma su proximidad física, que la cálida presión de su cuerpo le dijera que ambos estaban vivos y a salvo.

Cuando Ty la apretó con más fuerza contra sí y susurró su nombre, Janna levantó las manos por su pecho y sus mejillas, hacia aquel denso pelo negro que había ansiado volver a acariciar desde los días en que lo había cuidado mientras estaba enfermo. El sombrero de Ty cayó al suelo cuando ella deslizó las manos por debajo, y Janna se estremeció de placer mientras sus dedos redescubrían aquella textura sedosa, y el suave movimiento de sus manos acariciaba al mismo tiempo tanto la sensible piel que había entre sus dedos como a él.

Ty contuvo el aliento y lo soltó en un gemido silencioso al sentir la íntimas caricias de las manos de Janna en su cuero cabelludo. Movió la cabeza ligeramente para aumentar la presión, y emitió un sonido parecido al ronroneo de un enorme felino.

Janna sonrió, y se concentró en las deliciosas sensaciones que radiaban desde sus manos hasta inundar todo su cuerpo.

Ty no pudo resistirse a aquella pequeña sonrisa. Consciente de que no debía hacerlo, incapaz de contenerse y rendido ante lo inevitable, inclinó la cabeza hasta trazar la curva de su boca con la punta de la lengua.

Janna soltó una exclamación ahogada ante aquella caricia inesperada, pero él movió lentamente la cabeza de lado a lado mientras la calmaba con besos pausados, y susurró contra sus labios:

—Tranquila, no pasa nada... estás a salvo conmigo, pequeña. No dejaré que nada te haga daño.

Janna abrió los labios para decirle que ya no tenía miedo, pero la lengua de Ty le arrebató las ganas y la capacidad de hablar al penetrar lentamente en su boca. Aquel beso era muy diferente al que le había dado la vez anterior, porque su boca seducía en vez de exigir, y su lengua era tentadora en vez de abrumadora. Aquella fricción cálida resultaba casi insoportable, y Janna empezó a devolverle las caricias sin darse cuenta; al principio, su boca empezó a moverse de forma tentativa, pero supo que él estaba disfrutando tanto como ella cuando sus brazos se tensaron y la acercaron aún más a su cuerpo.

La caricia vacilante de la lengua de Janna fue como una llama suave para Ty, y cuando se convenció de que ella no le tenía miedo, todos los músculos de su cuerpo se tensaron con la anticipación y el deseo que habían ido creciendo en su interior desde que su mirada se había encontrado por primera vez con aquellos ojos claros y compasivos; a pesar de que había estado dolorido, ensangrentado y medio muerto de cansancio, en algún nivel de conciencia puramente masculino había visto más allá de la ropa y había reconocido la presencia femenina que se ocultaba debajo.

—Janna —suspiró. Rozó sus labios para intentar que volviera a abrirlos, a pesar de que sabía que no debería hacerlo. Estaba demasiado excitado, y la tensión por el peligro reciente y la descarga de adrenalina se mezclaban con lo mucho que la deseaba—. Deja que te bese de verdad. No será como la otra vez, no te haré daño –susurró, mientras recorría sus labios con la lengua y saboreaba el temblor que los recorrió–. ¿Confías en mí?

Janna se estremeció al sentir su lengua en los labios. Era consciente de que por fin había llegado su momento, de que era su oportunidad de vengarse de él por burlarse de su falta de atractivo. En ese momento, Ty la deseaba, era algo innegable y que quedaba patente en la tensión de su cuerpo, en su respiración agitada y en la dureza de su miembro contra su cadera.

Temblorosa, Janna susurró su respuesta en su boca:

–Confío en ti.

Ty profundizó el beso con movimientos controlados, y Janna se sintió saboreada y se perdió en el ritmo sensual de penetración y retroceso, avance y retirada. El ciclo fue repitiéndose sin cesar, como las llamas de una hoguera. El placer se fue incrementando con cada movimiento de sus bocas unidas, hasta que el cuerpo entero de Janna empezó a temblar anticipando la siguiente caricia, el siguiente contacto cálido de sus lenguas resbaladizas.

Janna sintió que un torrente de calor recorría su cuerpo y le dificultaba la respiración, que burbujas de pura sensación iban creciendo en su interior y se expandían con cada movimiento de la lengua de Ty, hasta que ella se estremecía y la burbuja la bañaba en una calidez almibarada al reventar. Y entonces el placer volvía a crecer, explotaba con dulzura, y hacía que se estremeciera y gimiera el nombre de él. Sus manos esbeltas, enterradas en el pelo de Ty, se fueron abriendo y cerrando con el mismo ritmo de su lengua, que buscaba, acariciaba, encontraba, se apareaba con los suaves y profundos movimientos que él le había enseñado.

Aquellas caricias sensuales e incitantes provocaron que el cuerpo de Ty se endureciera con una violencia que lo asombró y lo consternó, ya que revelaba lo cerca que estaba de perder el control. Con gran esfuerzo, se apartó de la boca de Janna y la agarró de las manos para detenerla.

—No, pequeña... —susurró.

Al sentir que Ty se apartaba de ella, Janna no pudo contener un suave gemido de protesta.

—Creía... creía que querías...

Cuando su voz se quebró, Janna no intentó seguir hablando. Perder su calidez había tenido un efecto devastador, y ni siquiera la luz tenue pudo ocultar el dolor que sintió por su abrupto rechazo. Cuando empezó a hacer acopio de fuerzas para apartarse de él, Ty la sujetó para que no se moviera.

—¡Demonios, claro que quiero! —susurró con fiereza, mientras se cernía sobre ella—. Quiero sentir tus manos sobre todo mi cuerpo, quiero quitarte la ropa y acariciarte de arriba a abajo, y entonces quiero abrirte las piernas y entrar dentro de ti mientras siento que tu cuerpo me acepta hasta el fondo. Lo quiero tanto, que no podría mantenerme de pie en este momento ni para salvar mi alma.

Al ver la expresión de incredulidad en el rostro de Janna, Ty tuvo ganas de reír y de soltar una imprecación al mismo tiempo.

—¿Es que no notas cómo tiemblo? —Ty se acordó en el último momento de que no podía alzar la voz—. ¿Crees que es por la serpiente? Demonios, me he comido serpientes mucho más grandes que ésa antes de buscar otra para el segundo plato. Tú eres la culpable de que tiemble, me has estado volviendo loco desde que recuperé el sentido después de escapar de Cascabel y vi tus hermosos ojos grises mirándome.

—Creíste... creíste que era un chico —lo acusó Janna con voz queda.

—Creí que eras demasiado sexy, fueras un chico o una chica, porque mi entrepierna se dio cuenta de la verdad antes que mis ojos. Mis ojos me decían que eras un chico y que estaba loco por excitarme cuando me tocabas, pero mi entrepierna insistía en que eras increíblemente femenina, y que era un tonto por no arrancarte la ropa y conocerte mejor.

Ty la soltó, y empezó a acariciarle los hombros con suaves movimientos circulares.

—Sé que te han lastimado en el pasado, y aunque te deseo con locura, me cortaría los dedos antes que hacerte algún daño. Y la forma en que me estabas besando... —Ty cerró los ojos cuando un estremecimiento sensual recorrió todo su cuerpo, y al sentir que su entrepierna se tensaba aún más, tuvo que apretar los dientes con fuerza contra aquel dolor agridulce—. ¿Me deseas, pequeña?

Janna intentó contestar, pero se había quedado sin aliento cuando el corazón se le había quedado atrapado en la garganta. Se quedó impactada al ver el deseo descarnado de Ty, y sintió el impulso de atraer su cabeza hacia sí para acariciarle el pelo, de besarlo de nuevo, de juguetear con su lengua y saborearlo en aquel baile lento y secreto que hacía que el placer se fuera expandiendo por su cuerpo. Necesitaba volver a experimentar todo aquello con una intensidad tal, que le resultaba casi dolorosa.

De repente, se preguntó si era ésa la causa de las líneas de tensión que marcaban el rostro de Ty, si él sentía la misma necesidad dolorosa.

—¿Ty...? —susurró.

Él abrió los ojos, tan verdes y profundos como la arboleda bajo la luz tenue.

—Te... —Janna se humedeció los labios, y sintió la súbita tensión de su cuerpo mientras seguía el movimiento con la mirada—. ¿Te ha gustado besarme?

Ty estuvo a punto de soltar una carcajada, pero entonces recordó que las únicas experiencias de Janna con los hombres habían sido breves y brutales.

—Sí, me ha gustado —murmuró, mientras rozaba sus labios con la boca abierta—. ¿Y a ti?

Ty sintió cómo contenía el aliento antes de soltarlo suavemente sobre su rostro en un suspiro afirmativo. Sonriente, le atrapó el labio inferior entre los dientes, y comprobó la calidad y la textura de su piel. Janna se quedó muy quieta, antes de estremecerse con un sonido ahogado.

Ty le soltó el labio de inmediato, y le dijo:

—Lo siento, no quería asustarte.

—No lo has hecho —se apresuró a decir ella—. No sé lo que me pasa... me ha gustado tanto, que he sentido como si algo estallara en mi interior y no he podido evitar estremecerme. Lo siento.

Ty contuvo el aliento. Fuera lo que fuese lo que le hubiera ocurrido en el pasado, era obvio que Janna era una inocente total en cuanto al placer que una mujer podía sentir en los brazos de un hombre, y sintió una cálida oleada de satisfacción masculina ante la idea de enseñarle los secretos de su propio cuerpo.

—No lo sientas, me gusta saber que te he dado placer —le dijo con voz ronca.

—¿En serio? —susurró ella, con la mirada fija en sus labios. Quería volver a saborearlo, sentir su lengua dentro de su boca.

—Sí.

Con una sonrisa, Ty recorrió sus pómulos con los labios hasta llegar a la línea de su sedoso cabello. Le quitó el sombrero y el pañuelo, le quitó las tiras de cuero con las que se había atado las trenzas, y se las deshizo hasta que sus manos rebosaron con el fuego frío de su pelo. Con un sonido inarticulado de placer, trazó ciegamente con la boca las tentadoras curvas de su oreja.

—Quiero darte placer, pequeña. ¿Me lo dirás si lo consigo?

—Sí... sí, claro.

—Sí... —susurró él, mientras con la punta de la lengua recorría su oreja, jugueteaba con el borde y penetraba en el sensible hueco.

Janna se sacudió con un estremecimiento de placer, y

soltó una queda exclamación de sorpresa mientras sus manos se tensaban instintivamente en la camisa de Ty. Cuando su lengua repitió la sensual penetración una y otra vez, ella sintió como si unos cables se estuvieran tensando en su interior, y experimentó una mezcla de languidez y de agitación.

—¿Más? —susurró él, antes de mordisquearle la oreja.

Cuando Ty notó el estremecimiento que la recorrió, sus labios se curvaron en una sonrisa muy masculina de aprobación y triunfo; antes de que Janna pudiera contestar, empezó a devorarle suavemente la oreja, presionando con la lengua en su interior con los mismos movimientos rítmicos que anteriormente habían provocado que el placer creciera y estallara en su interior. Al oír su gemido ronco y apenas audible, Ty sintió como si estuviera bañado en un fuego dorado.

Volvió a capturar su boca con un rápido movimiento, pero en esa ocasión Janna no se sobresaltó cuando la lengua de él se deslizó entre sus dientes, cuando su boca se llenó del sabor masculino y las texturas de aquel beso hambriento. Janna enredó los dedos en su cabello y gimió al sentir su sensual calidez, anhelante por sentir aquel calor dentro de su cuerpo. La rítmica caricia de lengua contra lengua se vio reflejada en el vaivén inconsciente de su cuerpo contra el de Ty, mientras intentaba aliviar el dolor que se le había condensado en los pechos y entre las piernas.

Con un sonido mezcla de juramento y de plegaria, Ty se apartó con cuidado de su fiero abrazo.

—Antes de que me lo preguntes —le dijo en voz baja, con la respiración acelerada—, quiero que sepas que me ha gustado mucho sentir tu cuerpo frotándose contra el mío. Me ha gustado demasiado. No quiero hacerte daño, pequeña, así que tenemos que tomárnoslo con calma hasta que estés lista —Ty cerró los ojos, y se preguntó cómo demonios iba a conseguirlo—. Así que vas a tener que darme uno o dos minutos para que pueda recobrar el aliento.

—¿Puedo hablar mientras tú respiras? —le preguntó ella con tono vacilante.

Ty soltó una carcajada ahogada a pesar del dolor salvaje que palpitaba en su entrepierna. Se inclinó para rozarle los labios con los suyos, y la saboreó con una única caricia de la lengua antes de volver a levantar la cabeza.

—¿De qué quieres hablar? —le preguntó, con una sonrisa.

—Ojalá estuviera más oscuro, así no verías cómo me ruborizo al preguntártelo.

—Yo me alegro de que no esté más oscuro —susurró él, mientras le mordisqueaba la barbilla—. Quiero verte entera, rubores y todo. Sobre todo el «todo». ¿Qué quieres preguntarme?

—Va a... ¿va a dolerme?

—Oh, Dios... —Ty la abrazó, y la acunó suavemente contra su cuerpo—. No, pequeña —susurró. Le cubrió el pelo, la oreja, las mejillas ruborizadas, los párpados y los labios con besos suaves como las alas de una mariposa, que la reconfortaron más que cualquier palabra, y añadió—: Si voy poco a poco y tú intentas estar relajada y no asustarte, no te dolerá nada. Y voy a ir poco a poco, Janna. Voy a hacerlo, aunque muera en el intento.

Ella le rodeó el cuello con los brazos, y presionó la cara contra la piel cálida que dejaba al descubierto su camisa.

—¿Tú no disfrutarás si vas poco a poco? No quiero arruinar la experiencia para ti, quiero darte placer. Lo quiero tanto, que me duele.

—Ir poco a poco no arruinará nada; de hecho, puede hacer que la experiencia sea tan buena, que uno crea que ha muerto y que ha llegado al Cielo.

—¿De verdad?

Janna habló con voz ronca a causa de las emociones encontradas que recorrían su cuerpo. Eran una mezcla de pasión, nerviosismo y deseo de tocar y ser tocada, que eran completamente nuevas para ella.

—Sí —dijo Ty—. Al menos, eso es lo que he oído, porque nunca he sentido ese tipo de placer tan intenso.

Janna intentó hablar, pero se había quedado sin voz. Se humedeció los labios, e inclinó la cabeza hacia atrás hasta que encontró con la mirada sus luminosos ojos verdes.

—Quiero darte un placer así, ¿me enseñarás cómo hacerlo? —susurró.

Al sentir la intensidad ronca de su voz y la honestidad de sus palabras, Ty tuvo ganas de devorar a Janna y de mimarla con ternura al mismo tiempo. La idea de enseñarla a acariciarlo, a estimularlo y a darle placer le resultó más embriagadora que cualquier licor que hubiera bebido en su vida. Trazó las líneas de su rostro con los dedos antes de acariciarle la curva tensa del cuello, y empezó a desabrocharle el primer botón de la camisa. Se inclinó a posar los labios sobre el pulso que palpitaba a toda velocidad debajo de aquella piel tersa, y le dijo en un susurro:

—Janna, espero conseguir que ardas con un fuego al menos la mitad de intenso del que arde en mi interior por ti, porque entonces la meseta entera arderá en llamas.

—Eso... ¿eso es bueno?

—Pregúntamelo mañana —le dijo él con un gemido contenido, al notar que el pulso de ella se aceleraba bajo su lengua.

Incapaz de seguir negándose el dulce sabor de su boca, Ty acabó de desabrocharle la camisa mientras la besaba con lentitud, profundamente, con un hambre voraz. Esperaba encontrarse su piel cálida al abrir la prenda, pero descubrió más capas de tela sin ningún botón. Liberó los brazos de Janna de las mangas de la camisa, pero aun así siguió sin encontrar la manera de quitarle todo aquel tejido que la cubría.

—¿Qué demonios...? —murmuró, perplejo.

Janna se dio cuenta en ese momento de que Ty le había quitado la camisa y estaba contemplando la tela que usaba para vendarse los pechos y ocultar sus formas femeninas.

—¿Es que te has cosido aquí dentro? —le preguntó él, con una sonrisa.

Janna soltó una carcajada, dividida entre la vergüenza y la deliciosa sensación de las manos de Ty en sus brazos desnudos. Sus palmas la iban acariciando desde las muñecas hasta los hombros, mientras sus dedos le rozaban la parte interior de los brazos; finalmente, Ty descubrió el lugar bajo el brazo izquierdo donde la tela se plegaba hacia dentro para que el vendaje no se moviera.

—Ah, así es como lo mantienes en su sitio.

Ty sacó el extremo de tela y empezó a enrollarla sobre sí misma; cuando llegó a la otra axila, colocó una mano bajo sus omóplatos y le indicó que se arqueara para poder seguir con el lento proceso por la espalda.

Poco a poco, Ty fue revelando más y más piel con cada vuelta de tela completada, y el suave aroma mezcla de hierbas, flores silvestres y cálida feminidad que emanaba de su cuerpo se le subió a la cabeza. Cuando ya no pudo seguir soportándolo más, se inclinó y besó la aterciopelada extensión de piel que acababa de revelar.

Janna se estremeció al sentir la caricia de sus labios en la clavícula. Empezó a acariciarle el pelo, y sonrió cuando sintió el temblor que lo recorrió. Tras unos segundos, la tentación de sus pechos cubiertos fue demasiado para Ty, y siguió desenrollando la tela.

La presión del vendaje fue mitigándose conforme las capas de tela fueron desapareciendo, y como siempre, Janna sintió un alivio inmenso. Arqueó la espalda para intentar acelerar el proceso, ansiosa por liberarse de aquel constreñimiento y por poder respirar a pleno pulmón.

Ty se negó a apresurarse, inmerso en el inesperado e intenso placer de ir descubriendo lentamente el cuerpo de Janna. Las curvas de sus pechos empezaron a aparecer cuando las vueltas de tela fueron descendiendo, y al ver las largas líneas rojas que había dejado el apretado vendaje, Ty las recorrió con el pulgar antes de rozarlas con los labios y trazarlas con la punta de la lengua.

Con los ojos cerrados, Janna empezó a gemir de placer. Antes de que se recuperara de la inesperada caricia de su lengua, él le arqueó la espalda, la incorporó un poco y le quitó tres vueltas seguidas de tela antes de detenerse de nuevo; sin embargo, en vez de volver a bajarla como había hecho antes, la mantuvo apoyada sobre su poderoso antebrazo con la elegante línea de su espalda arqueada. Janna abrió los ojos, y lo vio contemplándola como si se hubiera encontrado con algo totalmente inesperado.

Y así era. Ty jamás habría sospechado que bajo vueltas y vueltas de tela había escondidas unas curvas plenas y firmes.

—¿Ty?, ¿qué pasa? —Janna no entendía por qué estaba tan quieto, tan tenso.

Cuando él levantó la mirada, Janna se quedó de piedra al ver las líneas duras de su rostro.

—Nunca, jamás vuelvas a castigarte así —le dijo él, con voz firme.

Antes de que ella pudiera contestar, Ty bajó la cabeza hasta sus pechos y acarició con la lengua cada una de las marcas que había dejado el apretado vendaje, desde el borde de aquellos montículos satinados hasta las cimas sonrosadas. Janna sintió un placer indescriptible y deseó retorcerse lentamente en sus brazos como una llama, ofrecerle a su boca hasta el último centímetro de sus pechos.

Ty rodeó el borde de sus pezones aterciopelados con un cuidado exquisito e ignoró su exclamación sobresaltada, su respiración agitada y la presión instintiva de sus dedos en su pelo. Cuando no pudo seguir resistiendo la tentación, tomó el ofrecimiento de Janna en la boca y empezó a succionarlo hasta que el pezón se endureció; aun así, siguió saboreándolo con un ritmo lento y sensual que arrancó pequeños gemidos desde lo más profundo de ella.

Cuando el pezón estuvo completamente erguido, Ty se apartó ligeramente para admirar aquel pico tenso y lustroso. Tomó el pecho en la palma de la mano y empezó a acariciarlo con un movimiento circular, mientras frotaba el pezón con un dedo y se inclinaba a saborear el otro pecho con los labios y la lengua. Siguió succionando y modelando su forma hasta que la respiración de Janna se volvió jadeante a causa de los relámpagos de placer que sacudían su cuerpo.

Mareada, sin aliento y completamente perdida en un mundo secreto y ardiente que hasta ese momento había ignorado que existía, Janna sintió que el placer se expandía, que estallaba y radiaba a través de su cuerpo. Ty también sintió la corriente de calor sensual que fue expandiéndose bajo su piel trémula, los pequeños movimientos de sus caderas al buscar la presión de su cuerpo masculino, las pequeñas exclamaciones de placer bajo las caricias de sus labios, sus dientes y su lengua.

Finalmente, Ty levantó la cabeza y soltó el pezón que había saboreado a conciencia. Janna soltó un suave gemido, ansiosa por seguir experimentando el placer que había ido creciendo en su interior con sus caricias, y tras abrir los ojos, se lo quedó mirando con una muda súplica.

—¿Más? —le preguntó él.

Janna se estremeció al sentir que volvía a cubrirle un pecho con la mano, y que empezaba a acariciarla de nuevo.

—Sí —susurró.

Ty sonrió al ver su placer franco y desnudo, y el creciente rubor de excitación que se extendía bajo su piel.

—¿Dónde quieres que te bese?

Al ver su expresión sorprendida, Ty se dio cuenta de que ella no se había planteado nunca tales cosas.

—No te preocupes, pequeña —rodeó ambos pezones con la lengua antes de susurrar—: ya se me ocurrirá algo.

Con un movimiento súbito y fluido que sorprendió a Janna, Ty se puso de espaldas y la colocó sobre su propio cuerpo para que lo cubriera como una manta. Cuando las caderas de Janna presionaron contra su miembro duro, que esperaba con impaciencia bajo la fría tela de sus pantalones, Ty soltó un profundo gemido mezcla de placer y de agonía.

Janna no entendió a qué se debía su gemido y empezó a apartarse de él, pero Ty levantó las piernas hasta atrapar las de ella en medio y entrelazó las extremidades de ambos por los tobillos, con lo que sus cuerpos se amoldaron íntimamente. La dureza de él encajó con la suavidad de ella, y la consumación quedó a unas cuantas capas de ropa de distancia.

—Desabróchame la camisa —le dijo Ty, con voz ronca—. Los dos disfrutaremos de la sensación de mi piel desnuda contra tus pechos, ya lo verás.

Las caderas de Janna se movieron contra la entrepierna de Ty cuando ella alargó las manos hacia los botones de su camisa, y él soltó un gemido ante aquella agonía exquisita. Nunca en su vida había deseado a una mujer como deseaba a Janna.

—Vuelve a hacerlo —le suplicó en un susurro—. Vuelve a moverte contra mí. Sólo una vez.

Janna volvió a mover las caderas contra él con cierta vacilación, y el duro bulto de su erección pareció marcar a fuego su abdomen. Ty soltó un sonido profundo que podía ser de agonía o de un placer indescriptible, y bajó la mano hasta encontrar la parte más sensible de su cuerpo femenino. Empezó a acariciarla mientras mecía las caderas lentamente, y Janna jadeó y exhaló su nombre con un gemido ronco y desesperado.

—Sí... —dijo Ty, con voz baja y profunda—. Tú también lo sientes, ¿verdad?

Con mucho cuidado, separó los tobillos de Janna de los suyos y la colocó a horcajadas sobre su cintura. Ella se quedó sin aliento, y empezó a mover las caderas mientras él volvía a acariciarle los pechos.

—Va a ser increíble. Desabróchame la camisa, cielo. Quiero sentir tus manos en mi piel desnuda.

Janna obedeció con dedos temblorosos. Ya lo había visto desnudo, pero no tenía ni comparación con el impacto que supuso ver su cuerpo emergiendo de la camisa. Su vello negro destacaba bajo la luz crepuscular, y se iba estrechando en una oscura línea central del grosor de un lápiz que desaparecía bajo su cinturón. Janna se sintió fascinada por la calidez y la fuerza de su cuerpo y por la sensual sonrisa de su rostro; con un placer felino, empezó a acariciar aquella carne musculosa que había bañado y curado anteriormente.

En ese momento, se dio cuenta de que desde el principio había anhelado conocer todas las texturas de aquel hombre, recorrer la suavidad satinada de la piel que cubría sus músculos firmes, saborear el poder inherente en él, el denso vello sedoso que le cubría el pecho, el tacto aún más suave del vello de sus axilas, sus duros pezones. De la misma forma que se había perdido en el descubrimiento de su propio cuerpo bajo su boca, se perdió en el descubrimiento de aquel cuerpo masculino con sus manos.

Ty la observó con los ojos cargados de deseo, salvajemente excitado al ver el placer diáfano que ella estaba sintiendo al explorarlo. Nunca antes había experimentado algo así, pero aquel tormento exquisito le impulsaba en dos direcciones opuestas; por un lado, quería agarrar a Janna y penetrarla para aliviar el dolor palpitante de su cuerpo, pero por el otro, quería mantener las manos quietas y aprender más sobre sí mismo, sobre Janna y sobre el dulce tormento de estar suspendido entre la anticipación y el éxtasis.

Janna recorrió una y otra vez el vello que cubría el pecho de Ty, trazó la forma de sus pezones y empezó a seguir la fina línea de vello hasta la frialdad del cinturón. Sabía que aquel reguero de vello continuaba descendiendo por su cuerpo hasta formar una mata gruesa, y quería recorrerlo con las manos sin ningún tipo de restricción. Sin pararse a pensar en ello o a pedir permiso, alargó las manos hacia el cinturón para desabrochárselo.

Ty la detuvo, y arrastró sus manos hasta el territorio más seguro de su pecho.

—Aún no. Todo pasaría demasiado rápido, y quiero saborearte a conciencia.

—Pensaba que ya lo habías hecho —le dijo ella, antes de inclinarse para besarle las manos.

—Sólo en parte, cielo. Aún me queda mucho territorio por descubrir y saborear.

Ty volvió a cambiar de posición con uno de sus movimientos súbitos que siempre tomaban a Janna por sorpresa, pero que habían dejado de sobresaltarla. Sabía que Ty la trataría con cuidado sin importar lo que hiciera, así que permaneció de espaldas sin decir palabra, observándolo mientras él se arrodillaba a sus pies.

Ty se apresuró a quitarle los mocasines antes de despojarse de sus botas y de desabrocharse el cinturón, aunque se dejó puestos los pantalones. Cuando se inclinó a desabrochar el cinturón de Janna, sintió que ella se estremecía y se inclinó a besarla con ternura.

—Tranquila, no voy a hacerte daño.

Ella inhaló con dificultad, y asintió.

—Ya lo sé, lo que pasa es que...

Antes de que pudiera explicarle que nunca antes había estado desnuda delante de otro ser humano, Ty le arrebató la capacidad del habla al desabrocharle el cinturón. Sin aquella sujeción, los enormes pantalones se deslizaron fácilmente por su cuerpo, junto con su ropa interior.

Al ver a Janna completamente desnuda, Ty soltó un profundo y lento gemido.

—Es como ver a una mariposa de satén emergiendo de

una crisálida lodosa —susurró, mientras recorría con las puntas de los dedos las pálidas curvas y las sombras aterciopeladas de su cuerpo.

Cuando Ty alcanzó el oscuro delta de la base de su torso, Janna dejó escapar un sonido de sorpresa e intentó cerrar las piernas instintivamente.

—Tranquila, cielo —Ty la besó en los labios, y añadió—: ya sé que te han lastimado antes, pero yo no te haré ningún daño. Eres delicada, suave y cálida, mucho más de lo que tú misma crees. Deja que te lo demuestre.

—¿Qué...? ¿Qué quieres que haga?

La voz de Janna se quebró cuando se estremeció de nerviosismo y sorpresa, al sentir los dedos de Ty en el denso triángulo de vello que ocultaba la parte más sensible de su cuerpo.

—No te pongas tan tensa, no voy a hacerte daño —Ty fue persuadiéndola con los labios hasta que ella abrió la boca y pudo amarla con los suaves y profundos envites de su lengua; finalmente, se apartó un poco y susurró contra su piel—: Abre un poco las piernas, cielo. Sólo un poco. Tendré mucho cuidado.

Su voz se convirtió en un profundo suspiro ronco de triunfo y descubrimiento cuando Janna se relajó lo bastante para permitir que su dedo recorriera los suaves y cálidos pliegues que había entre sus piernas.

—Sólo un poquito más —susurró, mientras acariciaba el ardiente centro de su feminidad.

Al notar su calidez almibarada, supo que Janna estaba tan excitada como él mismo. La penetró ligeramente con un dedo, y se vio recompensado con una muestra de la funda cálida y suave que lo esperaba.

—Mi hermosa mariposa de satén... eres tan cálida, tan sensual... ábrete un poco más para mí. No voy a obligarte a nada, sólo quiero saborear todo tu cuerpo. Deja que...

Janna intentó hablar, pero su voz se quebró al empezar a pronunciar su nombre, porque la caricia resbaladiza de su dedo dio paso a una cuidadosa penetración que la dejó sin aliento. Ty le cubrió los labios con su boca, su lengua empezó a imitar los tiernos movimientos de su mano entre sus piernas, y de repente, el fuego y la tensión que habían ido creciendo en el interior de Janna estallaron en una convulsión que la tomó totalmente por sorpresa.

Ty había estado conduciéndola de forma consciente a aquella pequeña liberación desde que había descubierto la sensualidad que se escondía en su cuerpo femenino, y siguió con aquel asalto dual en el que su lengua se restregaba contra la de ella en un profundo beso mientras su dedo se deslizaba entre sus piernas en una danza sensual de penetración y retroceso.

Con un gemido gutural, Janna sintió que la pasión volvía a alcanzar un punto crítico en un estallido de placer y calidez. Soltó una suave protesta al notar que Ty sacaba el dedo de su interior, pero entonces sintió que él empezaba a acariciar el nudo central de su deseo con dedos resbaladizos, y su cuerpo entero se tensó. Exhaló un grito de placer contra su boca y empezó a mover las caderas, pidiendo algo pero sin saber de qué se trataba. Sintió que él vacilaba, notó y oyó que gemía, y contuvo una protesta cuando él dejó de acariciarla.

—Tranquila, cielo —Ty se desnudó rápidamente, y añadió—: ya falta poco.

—Ty...

—Estoy aquí —susurró con voz tranquilizadora, mientras le separaba las piernas con cuidado y se colocaba entre ellas.

Ty volvió a acariciar con ternura el nudo excitado que él había despertado entre sus pliegues húmedos, y Janna se estremeció y levantó las rodillas instintivamente para facilitarle el acceso a su cuerpo. Su respuesta apasionada rodeó a Ty cuando empujó contra ella con su miembro henchido, y aunque la calidez húmeda de su cuerpo le dio la bienvenida y le invitó a entrar profundamente en ella, era tan estrecha que tuvo miedo de hacerle daño.

Ty se estremeció al imponerse un control férreo, y empezó a penetrarla con la misma lentitud de la noche al adueñarse del día. Janna abrió los ojos, y miró con sensual sorpresa el rostro del hombre que lentamente, milímetro a milímetro, iba convirtiéndose en parte de su ser. Cada vez que la presión se volvía dolorosa, él se daba cuenta y retrocedía antes de volver a entrar en ella.

Aquella penetración exquisitamente tierna envió oleadas de fuego a través del cuerpo de Janna, y Ty se empapó con su placer. Ella lo oyó gemir mientras la penetraba más profundamente, y notó la tensión instantánea que estremeció su cuerpo poderoso cuando él se obligó a detenerse.

—¡Eres virgen!

Ty luchó contra las necesidades de su cuerpo e intentó obligarse a apartarse de la calidez húmeda y sensual de Janna, pero fue incapaz. Lo único que quería era seguir hundiéndose en ella lentamente, volver a acariciarla hasta el éxtasis y atravesar la frágil barrera que se interponía entre la unión completa de sus cuerpos. Ella no sentiría dolor, porque estaría completamente inmersa en el placer del clímax.

Era virgen.

–Dios... si lo hubiera sabido, no te habría puesto una mano encima.

–Entonces, me alegro de que no lo supieras –con un estremecimiento, Janna empezó a mover de nuevo las caderas, atrapada en una pasión completamente inesperada que no sabía cómo controlar. Sólo quería que Ty siguiera penetrando cada vez más profundamente, sentir aquella dulce fricción mientras ella iba acomodándolo–. Quiero hacerlo, Ty. Por favor. No me estás haciendo daño, y te quiero... sentir en mi interior –Janna siguió moviendo las caderas lentamente–. Sí, así... –susurró jadeante sin dejar de mecerse, moviéndose tanto como él le permitía–, pero no es bastante... no... no es bastante...

–¡Para! –le ordenó Ty con brusquedad, mientras sentía que los últimos jirones de autocontrol que le quedaban se le escapaban de las manos–. ¡Eres virgen!

Janna hundió las uñas en sus glúteos poderosos, y se retorció enloquecida bajo su cuerpo sin dejar de susurrar que no le bastaba lo que le había dado hasta ese momento. Con cada movimiento, fue volviéndose más seductora, más exigente, más receptiva, y tan cálida y húmeda que Ty fue incapaz de controlarse y empezó a presionar de nuevo contra la débil barrera que le cerraba el paso.

Con un gemido, se obligó a retroceder un poco para poder acariciarle el delicado nudo tenso que podía enloquecerla de placer, y controló el movimiento instintivo de sus caderas apoyando algo de peso entre sus piernas, para mantenerla quieta mientras la empujaba hacia el éxtasis con sus caricias.

Cuando la piel de Janna se ruborizó con una súbita oleada de pasión, su respiración se volvió entrecortada y sus gemidos crecieron en intensidad, Ty le cubrió la boca con la suya y empezó a moverse de nuevo en su interior, mientras intentaba reprimir el deseo avasallador de experimentar el éxtasis que le esperaba en el fondo de su cuerpo virginal. Lo sacudió un gemido atormentado al imaginarse cómo sería hundir en ella su miembro entero, rasgar su virginidad y sentir que el placer lo bañaba como una lluvia ardiente.

De repente, aquella imagen enfebrecida se convirtió en realidad: Ty la penetró hasta el fondo, y cada movimiento de sus caderas fue encendiendo una llamarada de placer avivada por la lluvia candente que parecía bañarlos. Janna sollozó por la perfección del momento, y cuando él perdió el control, quedó hundido tan dentro de ella que su clímax fue como la más íntima de las caricias, una corriente pulsante que la lanzó hacia el éxtasis de nuevo mientras su feminidad acariciaba rítmicamente su trémulo miembro saciado.

Los suaves gritos extasiados de Janna se clavaron en Ty como agujas doradas, y atravesaron su piel hasta alcanzar su misma alma. Lo sacudió un placer violento y desenfrenado hasta que sus músculos se tensaron como el acero, y el clímax inacabable y estremecedor que lo golpeó de lleno lo desbordó. Incapaz de ver, incapaz de hablar, descargó su simiente en la virgen que había tocado una parte de su ser a la que ninguna otra mujer había conseguido acercarse.

Cuando Ty se quedó inmóvil, Janna siguió aferrada a su poderoso cuerpo cubierto de sudor, mientras saboreaba la sensación íntima de estar debajo de él, de tenerlo en su interior mientras a su alrededor el atardecer daba paso a la noche. No había sabido qué esperar del acto amoroso, pero jamás había imaginado que resultara ser algo tan ardiente y dulce, y que aportara una plenitud tan total.

—Te quiero —susurró, antes de besarlo en el hombro.

Ty oyó aquellas palabras a pesar de que fueron un suave susurro quedo, y sintió una mezcla de culpabilidad y de ira al recordar el instante irrevocable en el que le había arrebatado la virginidad. Estaba furioso consigo mismo por su falta de control en todo lo concerniente a ella, porque a pesar de que había conseguido contenerse mientras la seducía, no había logrado apartarse al descubrir que era virgen.

Era incapaz de entenderlo, tendría que haber sido capaz de apartarse de ella; al fin y al cabo, no era la primera mujer que intentaba aquella trampa. En el pasado había sido capaz de eludirlas a todas, a pesar de que se trataba de mujeres mucho más experimentadas en ese tipo de estratagemas.

Pero Janna había sido una mezcla de fuego y belleza, y los gritos de éxtasis que había soltado mientras él rasgaba su virginidad lo obsesionarían por el resto de su vida.

—No tendría que haberte tomado —le dijo, con voz baja y llena de amargura.

Las manos acariciantes de Janna se quedaron inmóviles.

—¿Por qué?

—Porque me he dado cuenta de que eras virgen y no tenía la más mínima intención de casarme contigo, por eso. Pero he tenido mucha ayuda a la hora de pasar por alto que eras inocente, ¿verdad? Primero me dices que no eres virgen...

—Yo nunca he dicho eso —lo interrumpió Janna con fiereza.

—Cuando te escapaste y yo te atrapé, me dijiste que habías soportado cosas peores y que habías sobrevivido.

—Me refería a que no me habías hecho daño, y era verdad.

—¿Qué me dices de Joe Troon?

—¿Qué pasa con él?

—Ned me dijo que te atrapó y «se quedó contigo».

—Ned es un borracho y un mentiroso. Troon me atrapó, pero yo me liberé al instante.

—Bueno, cielo, la verdad es que no te has comportado como ninguna otra virgen a la que yo haya conocido. Desde que recuperé el conocimiento después de escapar de Cascabel, no has dejado de restregarte contra mí, de suspirar, sonreír y mirarme con esos ojos grises como si yo hubiera derramado miel en mi regazo y estuvieras deseando lamer hasta la última gota —la voz de Ty estaba cargada de furia—. Te habría estado bien empleado si te hubiera atrapado contra un árbol, me hubiera abierto los pantalones y te hubiera tomado de pie como si fueras una ramera.

Janna pensó en las veces que lo había atormentado sin entender realmente la fuerza elemental de su deseo masculino... y del suyo propio, y se sintió avergonzada al recordar con cuánta frecuencia había sonreído para sus adentros cuando él se había vuelto para ocultar la evidencia de su excitación.

—Lo siento mucho, no sabía lo que te estaba haciendo —le dijo, mientras levantaba una mano vacilante para acariciarle la cara—. No conocía lo poderoso que era el deseo contra el que estabas luchando, lo mucho que me necesitabas.

—Necesitaba una mujer, no a ti en concreto —gruñó él, antes de apartar bruscamente la cara de su tierna caricia.

Sin embargo, el repentino movimiento sólo sirvió para recordarle que aún seguía hundido en la funda satinada de su cuerpo, y que la sensación era increíblemente placentera. Se dijo que tenía que echarse a un lado, que debía separarse de ella, pero su cuerpo se negó a responder. Estaba absorbiendo su calor mientras se endurecía en su interior, y su sangre estaba empezando a calentarse y a urgir a sus caderas a que se movieran en un ritmo primario.

—Eras virgen —dijo él, como si fuera un insulto—. Pero lo deseabas tanto como yo, ¿verdad? Demonios, has estado a punto de quemarme vivo con tus gemidos, con el movimiento de tus caderas, me has instigado a que te penetrara más y más hondo...

Ty se estremeció de repente mientras los recuerdos lo abrumaban. Un torrente sensual tensó su cuerpo entero, y sintió en lo más hondo la cálida perfección de estar hundido dentro de Janna.

Su propia respuesta indefensa ante ella lo aturdió. No debería sentirse así, mientras el sudor de la primera vez aún no se había secado en su cuerpo. No debería desearla de nuevo con aquella intensidad, con la pasión anudándole las entrañas y el cuerpo duro y ardiendo, lleno hasta rebosar.

Luchó por mantenerse quieto, por no reaccionar, pero el éxtasis que sabía que iba a encontrar en el cuerpo de Janna era demasiado nuevo, demasiado abrumador para negárselo o controlarlo. Con un gemido sordo y angustiado, luchó contra su canto de sirena, pero empezó a moverse con impotencia mientras se rendía ante ella centímetro a centímetro.

Janna contuvo el aliento cuando Ty empezó a moverse en su interior con embates medidos. No entendía por qué había rechazado su disculpa ni por qué estaba enfadado con ella, pero lo que sí entendía era el deseo que lo hacía temblar. Era una pasión que ella misma sentía y que se iba incrementando con cada latido del corazón, una llama que se había encendido en sus cuerpos unidos, un fuego que la derretía poco a poco al mismo tiempo que la devoraba. Janna se estremeció, y se arqueó con sensual abandono.

Ty gimió y sintió que las llamas se avivaban en su interior, que convertían en cenizas los pensamientos y las dudas y sólo dejaban a su paso el encuentro elemental de un hombre y una mujer, una unión más profunda que la carne y más ardiente que el deseo, dos llamas vivientes que ascendían al tocarse, al entrelazarse y fundirse en una sola. Soltó un juramento en una mezcla de sobrecogimiento maravillado y de triunfo salvaje, al sentir que la pasión líquida de su amante crecía e igualaba su propio deseo descarnado.

—Mariposa... de satén —jadeó, con voz más acusadora que afectuosa—. ¿Creíste que me casaría contigo cuando descubriera lo que se sentía al tenerte?

Ty introdujo la lengua en su boca, y ahogó cualquier respuesta que Janna hubiera podido articular. Antes de que el beso terminara, ella empezó a gemir con suavidad y a moverse con languidez, en una cadencia acompasada a la lenta danza circular de las caderas masculinas.

—No te servirá de nada —añadió él—. Tomaré hasta el último centímetro de tu cuerpo y te daré a cambio hasta el último centímetro del mío, pero nada más. Sólo se trata de dos cuerpos dando y tomando, ¿lo has entendido?

Janna gimió, y se cerró a su alrededor en una caricia profunda e instintiva.

—¿Lo has entendido? —insistió él, mientras se tensaba contra la insoportable seducción a la que ella lo sometía.

—Sí —susurró ella mientras sus caderas se elevaban y se movían en círculos al seducirlo... al amarlo—. Lo entendí la primera vez que me lo dijiste en el valle.

—¿Qué?

Las palabras de Ty resonaron con crueldad en la mente de Janna: «Si no consigo a mi dama de seda, no quiero a ninguna otra más tiempo del necesario para pasar un buen rato».

—Ya sé que no soy la mujer refinada vestida de seda de

tus sueños –la voz de Janna fue un suave suspiro, mezcla de esperanza inextinguible y de desesperanza–. Estás pasando un buen rato, eso es todo.

Ty no protestó ni contradijo aquellas palabras.

Janna no había esperado otra cosa, pero tuvo que morderse el labio para no sacar a la luz las emociones que la estaban desgarrando... la pasión, el dolor, y el trémulo preludio de un éxtasis salvaje. Cuando Ty empezó a moverse de nuevo en su interior, empezó a llorar en silencio y se sintió agradecida por la oscuridad que ocultaba sus lágrimas mientras el aliento de él abanicaba sus mejillas húmedas.

–¿Pero aun así me deseas? –insistió él–. ¿Sin juegos, planes secretos ni arrepentimientos?

Ty la penetró con una súbita embestida feroz, y la unión de sus cuerpos fue tan profunda, ardiente y completa, que le arrancó un grito de la garganta... el nombre de ella. Se meció contra Janna con movimientos breves e intensos, mientras se consumía en las llamas de un fuego desatado. Lo quería todo, ardía por ella.

–¿Sigues queriendo esto?

–Quiero... –Janna no pudo continuar, porque las lágrimas ahogaron su voz y la verdad era demasiado amarga. Quería que él la quisiera en todos los sentidos, no sólo en uno.

–¿Janna? –Ty se quedó inmóvil, excepto por el temblor impotente de su cuerpo excitado–. ¡Contéstame!

–¡Maldito seas, sí! –dijo ella, en un susurro desgarrado–. ¡Sí!

Ty oyó la admisión, pero no notó el dolor subyacente. Exhaló en un gemido el aliento que había estado conteniendo, y le dijo:

–Te necesito –sus caderas empezaron a moverse en un ritmo creciente, mientras su cuerpo se sacudía por un estremecimiento de tensión tras otro–. Que Dios me ayude, pero nunca he necesitado así a una mujer.

Janna oyó el desconcierto y la tensión en su voz, y se

dejó arrastrar por el deseo avasallador que lo gobernaba. Llorando en silencio, amándolo a pesar de saber que él sólo amaría a la mujer vestida de seda de sus sueños, aceptó todo lo que él podía darle de sí mismo y a cambio le entregó todo lo que él estaba dispuesto a tomar de ella.

La sensual generosidad de Janna enloqueció a Ty, y los bañó a ambos en una lluvia ardiente. Ella oyó su gemido ahogado y sintió la fuerza creciente de sus embestidas, el movimiento hambriento de su cuerpo al penetrarla una y otra vez. El deseo desenfrenado de él la excitó aún más, la abrumó y la hizo estallar en mil pedazos, pero Ty no dejó de moverse mientras se tragaba sus gritos extasiados, penetrándola una y otra vez, y ella sintió que ardía en un fuego salvaje que no tenía fin.

Su aliento se cortó en un grito ahogado cuando se rindió a un éxtasis salvaje, pero Ty se tragó el grito y no le dio tregua, le pidió más con una exigencia silenciosa. Quería algo de Janna para lo que no tenía nombre y siguió hundiéndose en ella con un deseo febril, como si fuera la última mujer que iba a poseer, deseando en algún profundo e inarticulado nivel de su conciencia dejar su impronta en su alma.

Cuando Janna le rodeó la cintura con las piernas y se estremeció, cuando le mordisqueó la boca y le clavó las uñas en la espalda, Ty sonrió y le susurró palabras atrevidas mientras deslizaba los brazos bajo sus rodillas y le levantaba lentamente las piernas hasta colocárselas sobre los hombros, para abrirla completamente a él.

Con un placer profundo y trémulo, Ty se hundió una y otra vez en su funda de satén, ahogó sus gritos de abandono con la boca, la penetró con embestidas poderosas hasta que ella se sacudió con la fuerza de su orgasmo; aun así, Ty siguió moviéndose, como si estuviera decidido a convertirse en parte de ella o a morir en el intento.

Janna pensó que no podía alcanzar un placer más grande, pero cuando intentó decírselo se quedó sin voz ni voluntad al sentir que se consumía en un placer desgarrador. Soltó un grito sin pensar en el peligro que corrían, pero la boca de Ty consiguió ahogarlo.

Ty se tragó el grito de placer mientras lo sacudían unas convulsiones salvajes que le abrasaron las entrañas hasta llegarle al alma, y el éxtasis lo consumió con cada latido de su corazón.

Y pensó que estaba muriendo de placer al derramar su simiente en aquel cuerpo trémulo y acogedor.

23

Exhausto, Ty gimió y dejó caer la cabeza junto a la de Janna. La besó suavemente, rebosando una ternura casi abrumadora por la mujer que lo había aceptado sin reservas, arrepentimientos ni promesas, y que le había entregado la unión más intensa y apasionada de su vida.

Al recorrer su mejilla con los labios, notó el sabor de sus lágrimas. La posibilidad de que su placer le hubiera causado algún daño hizo que lo atravesara una terrible punzada de dolor, una agonía que lo sorprendió tanto como el inagotable, ardiente y violento deseo que ella había despertado en su interior.

–Lo siento –empezó a besarle la cara ciegamente, con ternura, y encontró en todas partes el sabor de sus lágrimas–. Lo siento, pequeña, no quería hacerte daño.

Janna intentó contestar, pero fue incapaz.

Ty la acunó en sus brazos, odiándose por haber herido a la muchacha que se había arriesgado tanto para salvarle la vida.

–Te debo mucho más que esto... –Ty recordó a la dama vestida de seda con la que había soñado durante tanto tiempo, la esposa que iba a servir de enseña decorativa en la vida que iba a labrarse para reemplazar la que la guerra le había arrebatado, y añadió–: Oh, Dios... ¿qué te he hecho?, ¿qué me he hecho a mí mismo?

Janna sacudió la cabeza en silencio mientras luchaba por controlar sus emociones, sin saber a qué se debía el dolor que teñía la voz de Ty; después de unos segundos, logró decir:

—No me has hecho daño.

—Y un cuerno.

—Ty, te lo digo de verdad. Sólo he sentido placer.

Al oír sus palabras y sentir la caricia tranquilizadora de sus manos en su pelo, Ty se sintió asqueado consigo mismo. La había deseado y la había poseído a pesar de su inocencia, y con sus acciones la había condenado a una vida de monja o de prostituta.

—Eres tan inocente... Dios, ni siquiera entiendes lo que ha pasado, ¿verdad?

—Entiendo que no me has hecho daño.

—Que no te he... —Ty soltó una carcajada seca mientras la culpa lo corroía, y sus manos se tensaron al darse cuenta del alcance de su insensatez—. ¡Pequeña tonta, te he arruinado! No tienes familia, profesión ni dinero. Lo único de valor que tenías para ofrecerle a un posible marido era tu virginidad, y acabas de perderla. Por mi culpa, ya sólo sirves para ser la amante de algún hombre, pero careces de la educación y de la sofisticación necesarias hasta para eso. Acabarás encerrada en la celda de un monasterio, o siendo el juguete de muchos hombres en vez de uno solo.

Janna se estremeció e intentó apartarse de él para alejarse de su cruel resumen de sus valores como mujer, pero él la agarraba con demasiada fuerza y no pudo moverse; sin darse cuenta de sus intentos inútiles por zafarse de sus manos, Ty la abrazó con más fuerza.

—No te preocupes, pequeña —le dijo él, en una voz baja y vacía que reflejó la desesperanza que sentía ante la muerte de su sueño personal, al tener que renunciar a la mujer refinada que iba a quedar fuera de su alcance para siempre—. Ha sido culpa mía, no tuya. Me casaré contigo en cuanto lleguemos al fuerte.

Janna tardó unos segundos en asimilar lo que él acababa de decir, lo que acababa de insinuar... y cuando lo hizo, se sintió profundamente dolida.

—Y un cuerno —masculló.

—¿Qué?

—Puede que sólo sirva para trabajar en un burdel, pero cumplo con mi palabra.

—Janna, no he querido...

—¡No! Te he dicho que no querría promesas, ni tendría remordimientos o planes secretos —Janna se dijo con enfado que tener esperanzas no era lo mismo que trazar un plan.

Aunque Ty acababa de encargarse también de sus esperanzas... le había recordado que no tenía familia, profesión, dinero ni sofisticación, y lo había hecho con una voz llena de culpa, angustia y rabia por verse atrapado y tener que casarse con un espécimen tan patético de feminidad.

—Nunca en mi vida he atrapado a otro ser viviente —dijo con fiereza—, y prefiero pudrirme en el infierno antes que quitarte la libertad. ¿Me has oído, Tyrell MacKenzie? ¿Te ha quedado claro?

—No me has quitado mi libertad. Te la he entregado como suelen hacerlo los hombres, al pensar con la entrepierna en vez de con la cabeza.

—Puedes quedártelo todo... tu libertad, tu cabeza, tu entrepierna... ¡todo! No quiero nada que no se ofrezca libremente.

—El mundo no funciona así, cielo —le dijo él con ironía, antes de apartarse de ella y tumbarse de espaldas en el suelo—. La única virgen con la que se acuesta un hombre decente es su futura esposa, nos casaremos en cuanto...

—Empezarán a recoger algodón en el infierno antes de que me case contigo —lo interrumpió ella, con la voz temblorosa y el cuerpo frío y vacío sin él.

Ty actuó como si no la hubiera oído.

—Soy responsable de ti, y yo siempre cumplo con mis responsabilidades.

—Yo soy la única responsable de mí misma. Llevo cinco años viviendo sola, puedo seguir haciéndolo...

—¡Dios! —siseó él—, ¿acaso eres tan ingenua que no sabes que podrías estar embarazada? ¿Cómo cuidarías de ti misma, y mucho menos de un bebé? —la única respuesta que recibió fueron los ruidos que Janna empezó a hacer al vestirse—. Nos casaremos en el fuerte, y entonces te quedarás allí mientras yo voy en busca de Lucifer.

—No.

—Janna... bueno, está bien. Nos casaremos en el fuerte, y entonces iremos juntos en busca de Lucifer. ¿Te parece bien?

—No.

Janna metió un brazo por una de las mangas, y buscó a tientas el otro agujero. Estaba muy oscuro, pero las lágrimas que le corrían por las mejillas la habrían cegado de todas maneras; aun así, se sentía agradecida de que las emociones que la recorrían no se hubieran reflejado en su voz. Recibir una oferta de matrimonio basada en el sentido de culpabilidad ya era bastante malo, pero recibir una basada en la compasión habría sido insoportable.

—Janna, sé razonable. Necesitaré a Lucifer para crear una buena manada —le dijo Ty, con tanta paciencia como pudo—. Si no, no tendré forma de mantener a mi familia.

—Te dije que te ayudaría a atrapar a Lucifer, y voy a hacerlo. El matrimonio no forma parte del trato.

La paciencia de Ty se evaporó. La agarró con una rapidez asombrosa, y volvió a cubrirla con su cuerpo.

—Escúchame bien, pequeña tonta. No tienes ni idea de cómo funciona el mundo.

—Entonces, enséñame —susurró ella, desafiante—. Enséñame cómo darle placer a un hombre, cómo ser lo bastante buena para ser la amante de alguien en vez de una ramera. Eso es lo único que te pido: que me eduques, no que te cases conmigo.

—Pero, si estás embarazada...

—Hace dos días que dejé de sangrar —lo interrumpió ella—. Es muy poco probable que me hayas dejado embarazada.

Ty tendría que haberse sentido aliviado, pero el aroma y el contacto de Janna bajo su cuerpo estaban borrando cualquier otra cosa de su mente; aunque se dijo que debía de estar loco, se dio cuenta de que la deseaba de nuevo.

—Puede que eso sea cierto por esta vez, pero ¿qué pasa con la siguiente, y la siguiente, y las que les sigan después? Porque si te tengo cerca, voy a tomarte todas las veces que pueda —Ty bajó la mano por su cuerpo, hasta que volvió a encontrar su calidez húmeda —. Mariposa de satén... —susurró, incapaz de controlar el temblor de sus dedos al acariciar el contorno de su feminidad—. ¿Aún no lo entiendes? Cuando te veo, te oigo, te huelo, te toco, te saboreo...

Ty soltó un gemido, e intentó controlarse.

—Me estás matando. No puedo dejarte tranquila si te tengo cerca, pero no me lo perdonaría si te dejara embarazada. Y te necesito para encontrar a Lucifer antes de que lo maten o de que el territorio estalle en pedazos. Tenemos que casarnos, Janna. No tenemos otra alternativa.

—No.

Janna cerró las piernas para intentar negarle la suavidad que sólo él había tocado, pero su gesto fue inútil y sólo consiguió atraparle la mano entre los muslos. Ty soltó un sonido de placer y rendición, introdujo un dedo en su interior, y volvió a sentir aquella calidez húmeda y almibarada que lo enloquecía.

—No voy a casarme contigo, ¿está claro? —le dijo Janna—. No pienso pasarme la vida viendo cómo me miras deseando tener a tu dama de seda.

Ty vaciló por un instante, y entonces introdujo más profundamente el dedo en su interior.

—Entonces, ¿qué vamos a hacer con esto? Antes hablaba muy en serio, pequeña. Ahora que te he tenido, no puedo dejarte tranquila.

—Lo único que te pido es que me enseñes. No seré una ramera, sino una amante.

Ty sintió que aquellas palabras se le clavaban como cuchillos y le desgarraban las entrañas.

—No puedo soportarlo, no me basta. Tú te mereces mucho más —Ty siguió acariciándola, incapaz de contenerse—. Silver y Cassie pueden enseñarte a sentarte, hablar y sonreír como una dama. Te enseñarán a vestirte, y yo me encargaré de que tengas una dote suficientemente grande para atraer a un buen hombre, alguien que no te culpe por lo que te he arrebatado. Entonces serás una mujer casada, Janna, no la amante de un hombre ni la ramera de todos.

—No me casaré nunca —susurró ella.

—Janna...

Su única respuesta fue un gemido ahogado y una oleada de calidez que contenía la promesa muda del placer que podía darle su cuerpo. Al inhalar su aroma, Ty se estremeció de pasión y deseó inclinarla y sumergirse en ella, saborear su esencia, beber los secretos de su cuerpo. La idea lo dejó atónito, porque nunca antes había querido compartir aquella clase de intimidad con ninguna mujer.

—Eres tan dulce... —susurró, mientras la acariciaba con movimientos pausados—. No sabía que una mujer podía ser tan receptiva, tan perfecta. Mariposa de satén, eres más hermosa cada vez que te toco.

—Ty... —Janna gimió su nombre, mientras sentía que un tumulto de emociones se condensaba en un deseo ardiente.

Sabía que debía ordenarle que se detuviera, pero fue incapaz de articular las palabras. Anhelaba demasiado sus caricias. Nunca se había imaginado que pudiera existir una cercanía tan devastadora con alguien, y saber que él también la consideraba especial hacía que le resultara imposible darle la espalda.

Ty oyó el ruido revelador de su respiración acelerada, y no supo si reír o soltar una maldición al sentir que se endurecía y que sucumbía de nuevo a su trampa satinada. Janna era un puñado de fuego, un sueño sensual, y a pesar de que acababa de dejar atrás su virginidad, era increíblemente generosa y valiente como amante.

Janna encontró sus manos en la oscuridad, y las cubrió con las suyas para intentar detener el movimiento oculto de sus dedos en el interior de su cuerpo.

—Para —susurró, aunque la calidez húmeda que emanó de su cuerpo la contradijo de inmediato.

—¿Por qué? —Ty siguió con el lento movimiento de penetración y retroceso, a pesar de que ella seguía aferrada a su mano—. ¿Te hago daño?

—No.

El sensual tono trémulo de su voz le resultó tan excitante como la calidez que iba acumulándose con sus caricias.

—Eres demasiado inocente para entender lo única que eres, lo extraordinario que es esto, pero yo no lo soy —Ty empezó a inclinarse hacia ella—. Accedería a cualquier cosa con tal de seguir tocándote, y nunca he reaccionado así con ninguna otra mujer. Eres una dulce bruja de fuego, me quemas vivo y me estremezco mientras me vacío en tu interior... y entonces me renuevas con un suspiro, con un beso, con un simple roce.

Janna susurró su nombre con impotencia, conmovida al saber que podía afectarlo tan profundamente.

—Renuévame —susurró él. Levantó la mano de ella hasta sus labios, y la besó antes de posarla sobre su miembro excitado.

Cuando Janna respondió a la suave presión de las manos de Ty y rodeó su miembro con los dedos, sintió que su poderoso cuerpo masculino se sacudía violentamente.

—Enséñame... —susurró.

—Sí, a cada oportunidad que se me presente. Hasta que lleguemos a Wyoming, y entonces...

—No, nada de mañanas —lo interrumpió ella—. Sólo quiero que me enseñes.

Ty abrió la boca para hablar, pero al sentir que las manos de ella se movían, se le olvidó lo que iba a decir.

–¿Así? –susurró Janna, mientras lo acariciaba con un movimiento lento y sensual.

–Dios... Dios del Cielo... sí... –el cuerpo entero de Ty se tensó, y empezó a moverse con el ritmo de las manos de ella en una danza sinuosa que hizo que temblara de deseo. Bajó la cabeza hasta sentir su aliento en los labios, y añadió–: y así... –amoldó su cuerpo al suyo, y la penetró profundamente–. Y así... y *así*...

Cuando Janna se estremeció y gimió de placer, él se inclinó a beber el éxtasis de sus labios mientras se hundía una y otra vez en aquella calidez de satén, y se preguntó quién era el maestro y quién el aprendiz en la intimidad silenciosa de la noche.

24

El restallido brutal de un disparo de rifle en el extremo noroeste del prado del Arroyo del Cuervo despertó a Janna y a Ty de golpe.

Ambos se quedaron inmóviles, pero no se oyó ningún otro disparo; después de un largo momento, Ty se apartó de Janna, agarró su carabina y fue a rastras hasta un punto ventajoso desde el que podía observar todo el prado, pero no vio nada sospechoso. Al sentir que Janna se acercaba por detrás, se volvió y le hizo un gesto de negación con la cabeza, y ella retrocedió tan silenciosamente como había llegado. Él la siguió, y regresaron sin pronunciar palabra al lugar donde habían pasado la noche.

Ty agarró su morral mientras ella recogía la tela que utilizaba para vendarse los pechos; aunque el frío de las horas previas al amanecer los había obligado a vestirse, él no había dejado que volviera a envolverse en la tela. Se había acostado tras ella y se había amoldado a su espalda, había deslizado las manos bajo su holgada camisa y la había acariciado con ternura hasta que ambos se habían quedado dormidos.

En cuanto Janna agarró la tela, se dio cuenta de que tampoco iba a ponérsela esa mañana, porque Ty se la arrebató de las manos y la enrolló antes de meterla en su morral. La ayudó a levantarse, y sin dejar de devorarle los labios con la mirada, le dijo:

—Te besaría, pero entonces te desnudaría y volvería a tumbarme entre tus piernas. Dadas las circunstancias, no sería demasiado sensato.

Janna estuvo de acuerdo desde un punto de vista lógico, pero su cuerpo se inclinó hacia Ty por voluntad propia y él la soltó como si se hubiera quemado. Sin decir palabra, ella se volvió y empezó a avanzar por la arboleda, bordeando el prado hacia la zona nordeste; al cabo de unos minutos, se volvió hacia Ty y señaló con un gesto hacia el prado. Él asintió, y juntos fueron primero caminando, después a gatas y finalmente arrastrándose como serpientes hasta el borde.

Bajo la clara luz de la mañana, los signos eran inconfundibles: un grupo de caballos sin herrar había estado pastando allí en los últimos días. Al ver pisadas y montículos de excrementos más pequeños, Ty supo sin lugar a dudas que se trataba de una manada de animales salvajes, porque las partidas de caza no llevaban yeguas con potros muy jóvenes. Sobre aquellas huellas dispersas de animales pastando había otras de un caballo herrado, que cruzaban el prado y se internaban en el denso pinar que había al otro lado. Había sido aquel segundo rastro el que había llamado la atención de los indios la noche anterior.

—Troon —susurró Janna.

—¿Cómo lo sabes?

—¿Ves lo desgastada que está la herradura de la pata delantera del lado izquierdo? Troon es demasiado tacaño para herrar a su caballo con regularidad.

—No se molestó en ocultar su rastro, ¿verdad? —comentó Ty.

—Lo más seguro es que estuviera borracho.

—Entonces, lo más probable es que esté muerto. ¿La manada a la que estaba siguiendo es la de Lucifer?

—No sabría decirlo por estas huellas, tendría que ir a inspeccionar los tramos lodosos a lo largo del arroyo; además,

Lucifer nunca se mezcla con la manada cuando las yeguas pastan. Si éste es su grupo, sus huellas estarán un poco apartadas.

Ambos recorrieron con la mirada el vacío y tentador prado por el que Joe Troon había pasado la mañana anterior. El suelo aún estaba húmedo con el rocío bajo sus cuerpos, pero no tenían ninguna prisa en levantarse y quedar expuestos ante cualquier observador que estuviera al acecho. Aquella zona estaba prácticamente invadida por Cascabel y su creciente banda de renegados.

Ty observó el borde entre el prado y la arboleda en busca de cualquier signo que revelara la presencia de otro ser humano. Los pájaros piaban y volaban con normalidad, y se posaban en las ramas bajas o en el mismo prado; ninguno echó a volar con un chillido sobresaltado, lo que habría indicado que el peligro esperaba oculto en la zona.

Janna observó el terreno con la misma atención. No vio nada anormal, pero aun así se sintió reacia a cruzar el prado en busca del rastro de Lucifer o de Troon. Se volvió hacia Ty y señaló hacia el prado en una pregunta muda, pero él negó con la cabeza. Juntos, fueron retrocediendo para adentrarse más en la densa maleza, y cuando ambos estuvieron de nuevo al amparo de la arboleda, Ty le indicó que eligiera la mejor ruta para llegar hasta el lado opuesto del prado.

Janna se puso en marcha, con pasos rápidos y silenciosos. Era más fácil avanzar bajo el abrigo de los árboles, y aunque los altos pinos ocultaban gran parte de la luz e impedían que otras plantas crecieran y se extendieran, los troncos y las ramas que salpicaban el suelo la obligaron a hacer infinidad de pequeñas pausas. Cada pocos minutos, se paraba y permanecía inmóvil mientras observaba la zona y aguzaba el oído con la elegancia y la quietud de un ciervo.

Ty no se impacientó por sus pausas ni por sus paradas aparentemente aleatorias, ya que verla interaccionar con el terreno era un deleite. Aunque pocas personas tenían su habilidad para cazar y rastrear, Ty sabía que, en la Meseta Negra, Janna estaba en su casa como un animal salvaje más.

«Menos mal que no consiguió llegar hasta aquí arriba antes de que la encontrara», se dijo, al verla fusionarse con las sombras de los árboles. «No habría conseguido atraparla».

Una pequeña parte de Ty se preguntó si aquello no habría sido lo mejor para los dos, pero la respuesta fue una negativa rotunda. La posibilidad de no haber llegado a experimentar un placer tan intenso y apasionado le resultó insoportable, y cuando su mente se inundó con los recuerdos de la noche anterior, sintió que su cuerpo ardía en llamas. Por un instante, disfrutó de la sensual ráfaga de imágenes, saboreó de nuevo en su memoria la boca y los pechos de Janna, sintió la estrechez de su cuerpo al aceptarlo, pero entonces apartó a un lado los recuerdos con la habilidad que había adquirido durante la guerra de compartimentar su mente como si se tratara de un armario; igual que un hombre al vestirse, había aprendido a abrir sólo el cajón que contenía lo que necesitaba en cada momento.

Janna volvió a ponerse en marcha sin hacer ruido alguno, como si fuera una sombra de ojos grises entre más sombras. Con un movimiento inconsciente, Ty rodeó la culata de la carabina con la mano derecha para poder apretar de inmediato el gatillo y mantener el cañón centrado. Llevaba una caja de balas en el bolsillo abrochado de la camisa, y varias cajas similares añadían un peso considerable a su morral.

Apenas notaba el peso extra; de hecho, daba gracias por tenerlo, porque en el pasado habría vendido su alma demasiadas veces por un poco de munición extra. Sentía lo mismo por el trozo de cecina que estaba mascando; aunque estaba más dura que el cuero, seguía siendo comida, y había estado hambriento en demasiadas ocasiones para mostrarse quisquilloso.

El viento los acarició suavemente, y los bañó con el aroma de la resina de pino y del sol. Cuando un cuervo graznó en la distancia ante la presencia de algo escondido entre los pinos, los dos se quedaron inmóviles a la vez. Los estridentes graznidos resonaron en el silencio de la zona hasta que se desvanecieron cuando el pájaro se alejó volando, pero Janna y Ty siguieron sin moverse, preguntándose si lo que había asustado al cuervo había sido otro pájaro o un ser humano.

La brisa agitó el pelo caoba de Janna, y el suave roce le recordó la ternura de Ty cuando la había abrazado para calmarla después del encuentro con la serpiente. Al recordar lo que había pasado después de aquellos primeros besos, Janna sintió que una extraña oleada de sensaciones la recorría desde los pechos a los muslos.

Pero entonces recordó también que Ty era suyo por un tiempo muy breve, el suficiente para encontrar y domar a Lucifer; después, él se iría en busca de la dama de seda que estaba decidido a tener, y Janna sintió el súbito anhelo sobrecogedor de ser aquella mujer.

«No seas tonta», se dijo para sus adentros. «Un hombre como Ty se crió en una casa imponente, con criados, tutores y gente que le enseñó a hablar, a comer y a escribir con buena letra, mientras que tú tuviste a tu padre, el asiento de un carromato y un puñado de libros viejos. Puedes leer y escribir, pero ya está. Si alguna vez te pusiste un vestido, se te ha olvidado lo que se siente, y los únicos zapatos que recuerdas haber tenido son los mocasines que tú misma produces con tus manos. El único perfume que conoces es el que te preparas a base de flores, y los únicos ungüentos que tienes son para curar, no para embellecerte. Tus manos no sirven para tocar grandes obras en un piano, sino para sobrevivir».

De repente, Janna recordó que sus manos habían demostrado servir para algo más... para excitar a Ty hasta hacerlo arder. Si cerraba los ojos, aún podía sentir cómo había ido cambiando bajo su mano, cómo se había endurecido mientras buscaba ciegamente sus caricias.

Janna se preguntó si él volvería a desearla aquella noche, y de forma instintiva se volvió a mirarlo. Estaba tan quieto como ella, observándola con ojos que relucían como piedras preciosas, y Janna intuyó que él sabía lo que estaba pensando, lo que estaba recordando, porque eran también sus pensamientos y sus recuerdos.

Ty se estremeció al ver el pelo de Janna agitándose con la brisa. Sabía lo que sentiría con la caricia de aquellos mechones sedosos en los labios, conocía su sabor, sabía que ella se estremecía cuando le trazaba la oreja con la punta de la lengua o cuando encontraba el pulso que palpitaba en su cuello. Y al ver que sus labios se entreabrían, supo que ella estaba recordando lo que había sentido cuando él había penetrado en su boca con la lengua, para acariciarla y saborearla.

Janna no hizo sonido alguno al apartar la mirada y darle la espalda de nuevo, pero Ty sabía por qué lo había hecho. Si se hubieran mirado durante un instante más, la habría tumbado en el suelo y la habría tomado sin pensar en el riesgo que corrían. Habría valido la pena morir de éxtasis para renacer y volver a morir de nuevo, enfundado con tanta perfección en su cuerpo.

Janna fue avanzando de sombra en sombra, con todos los sentidos alerta, rodeada de los sonidos normales de la naturaleza. Una ardilla regañó a una prima que se había colado en su territorio, dos cuervos graznaron al sobrevolar la zona, y las agujas de los pinos susurraban bajo la errática brisa. A través de los gruesos y oscuros troncos y de las ramas bajas de los árboles, Janna vislumbraba de vez en cuando el prado bañado por el sol.

Fue deteniéndose para ir leyendo las abundantes huellas de animales que fue encontrando. La tierra húmeda conservaba los rastros durante bastante tiempo, y revelaba el paso de ciervos y coyotes, pumas y osos, hombres y caballos. Las primeras veredas creadas por el paso de los animales eran apenas visibles, pero el cuarto sendero que encontró era mucho más obvio, ya que los caballos salvajes lo utilizaban con frecuencia. El camino empezaba en el lado oeste del prado y se extendía en una línea más o menos recta hacia la esquina noroeste de la meseta, donde el Arroyo del Cuervo cortaba el terreno hasta unirse a las cálidas y poco profundas aguas del Arroyo de Santos, en la zona donde el campamento de Cascabel vigilaba el acceso noroeste de la meseta.

De repente, con el corazón martilleándole en el pecho, Janna se arrodilló en medio del camino al descubrir una huella parcial de un caballo muy grande y sin herrar.

—Es Lucifer... —dijo, mientras medía la huella con la mano.

—¿Estás segura? —le preguntó Ty, al arrodillarse junto a ella—. La huella es bastante difusa.

—El único caballo tan grande como éste es el de Cascabel, pero llevaba herraduras antes de que él lo atrapara. No hay signos de que este animal haya estado herrado.

Ty se incorporó y empezó a buscar algún rastro más a ambos lados del camino, y no tardó en encontrarlo.

—Janna.

Ella se levantó de inmediato y corrió a su lado.

—Estaba saliendo del prado, y algo lo asustó —comentó Ty, mientras le indicaba un punto donde las pezuñas de Lucifer se habían clavado con fuerza en el suelo—. Echó a correr a través de los árboles.

Janna miró hacia los árboles que se extendían más allá de la vereda y vio un rastro casi imperceptible, marcado por un reguero de agujas de pino revueltas. Se inclinó a estudiar el terreno húmedo y las huellas, y fue entonces cuando vio la sangre.

«Troon ha ido a por Lucifer con un rifle, y a menos que sea un tirador condenadamente bueno, va a acabar matándolo».

Con una mano temblorosa, Janna tocó la mancha de sangre. No era fresca, pero tampoco demasiado antigua.

—Las huellas se han dejado en las últimas horas —comentó Ty.

—Igual que la sangre.

Ty volvió la cabeza de golpe hacia ella, y en cuestión de segundos estuvo en cuclillas a su lado y frotando un poco de aquel rastro de sangre entre sus dedos. Al comprobar el resultado, maldijo al hombre que no había bebido lo suficiente para fallar completamente el tiro.

—Apuesto a que ha sido justo después del amanecer —dijo.

—A lo mejor fue el disparo que oímos.

—Hay más de un renegado por la zona en busca de pelea, es posible que alguno de ellos se encontrara con Joe Troon.

Ty se limpió la mano en los pantalones y se incorporó, asqueado ante la posibilidad de que el magnífico semental negro se fuera desangrando poco a poco hasta morir; sin embargo, antes de empezar a seguir su rastro, tenían que averiguar si iban a toparse con un grupo de indios o con Troon.

—Voy a retroceder hasta el prado, para ver si puedo descubrir qué ha sido lo que ha asustado a Lucifer. Tú empieza a seguir las huellas, y yo te seguiré después. Si pierdes el rastro, quédate donde estés hasta que te encuentre —la miró a los ojos con expresión seria, y añadió—: ¿Quieres la carabina?

—No, quédatela tú. Llevo años sin disparar un arma larga, los cepos y las flechas son mucho más silenciosos a la hora de cazar.

—Al menos, llévate mi pistola.

Janna vaciló por un momento, pero finalmente cedió. No serviría de demasiada ayuda si se encontraba con los renegados y sólo podía defenderse con un puñado de agujas de pino.

Ty la observó con preocupación mientras se ponía la pistola bajo el cinturón. Sabía que aquella reticencia a dejarla sola era irracional, porque Janna había sobrevivido sola durante años en aquella zona, pero, aun así, no le gustaba nada perderla de vista.

—Te vienes conmigo —dijo de repente.

Sobresaltada, ella levantó la mirada y le preguntó:

—¿Por qué?

—Porque no estoy tranquilo, y soy un hombre que escucha a sus instintos.

—Lucifer está sangrando, si me doy prisa...

—Un par de minutos más o menos no supondrán demasiada diferencia —la interrumpió él—. Además, no sabemos si realmente está herido de bala, a lo mejor se ha hecho un rasguño con alguna rama. Puede que haya sido otro caballo, lo he visto luchar con otros sementales y siempre acabaron sangrando —se volvió hacia el prado, y añadió—: Date prisa, estamos perdiendo el tiempo hablando.

Boquiabierta, Janna contempló cómo se alejaba por el sendero a buen paso, sin dejar de buscar rastros de caballos o de seres humanos. Si se dio cuenta de que ella no lo seguía, no hizo indicación alguna.

Sin decir palabra, Janna se volvió y empezó a correr en la dirección opuesta, siguiendo el rastro que Lucifer había dejado al salir huyendo.

25

Ty avanzó rápidamente por la arboleda hacia el prado, con la cabeza agachada y la atención fija en el suelo. El camino estaba lleno de huellas de animales, pero ninguna de ellas tenía menos de dos días de antigüedad y las marcas que él buscaba eran mucho más recientes.

Las encontró a menos de sesenta metros del prado.

La botella vacía de whisky de centeno brillaba sobre las agujas de pino. No llevaba demasiado tiempo allí, porque el olor a alcohol aún era bastante fuerte. Cerca de allí, había un árbol manchado con orina desde la altura del pecho hasta el suelo, y al lado, las huellas de un caballo herrado.

Obviamente, Troon había estado haciendo sus necesidades desde la silla de montar cuando algo lo había sorprendido.

—Apuesto a que estaba muy cerca de Lucifer, pero desesperado por echar una meada —comentó, creyendo que Janna estaba tras él—. Allí estaba él, meando sin desmontar siquiera, cuando de repente vio a Lucifer entre los árboles, lo dejó todo y agarró su rifle. Vaya, debe de haberlo ensuciado todo.

Al ver que Janna no contestaba, se volvió y no la vio por ninguna parte.

La inquietud que le había estado carcomiendo cristalizó de inmediato en un miedo lacerante. Ignoró el primer impulso de retroceder sobre sus pasos hasta encontrarla, consciente de que había caminado casi un kilómetro y tardaría demasiado; obviamente, los caminos que habían seguido Lucifer y Troon se cruzaban más adelante, y si Janna seguía uno de ellos y él el otro, se encontrarían mucho antes que si retrocedía sobre sus propios pasos y después seguía los de ella.

Con mucha suerte, los hombres de Cascabel no irían a investigar la causa del disparo de rifle, pero Ty sabía que eso era muy improbable.

Masculló una maldición para sus adentros, y empezó a seguir con paso rápido el rastro que había dejado el caballo de Troon. Al cabo de unos nueve metros, vio un cartucho vacío en el suelo, y por el brillo metálico que aún tenía, estaba claro que había sido disparado recientemente. Se trataba sin duda de los restos del disparo que los había despertado hacía menos de media hora, y era obvio quién había sido el objetivo.

«Alimaña borracha y codiciosa... si has matado a ese semental, te asaré a fuego lento y te entregaré a Cascabel con una manzana en la boca».

De repente, varios disparos de rifle rasgaron el silencio, seguidos de los gritos salvajes de los renegados en plena persecución. Ty sintió que el miedo lo atravesaba como un relámpago, porque los sonidos procedían de algún lugar más adelantado a su derecha, en la dirección hacia la que se dirigía el rastro de Troon. Era la misma dirección hacia donde debía de haber ido Lucifer si había seguido en línea recta por la arboleda... y en la que estaría Janna, si había conseguido seguirle la pista al caballo.

Janna era capaz de seguir a Lucifer a cualquier sitio.

Corriendo con rapidez y sin hacer ningún ruido, fue siguiendo el rastro del caballo de Troon entre los árboles. El animal había ido corriendo al galope, un paso bastante arriesgado en aquellas condiciones, y al zigzaguear entre los árboles había ido dejando algunas marcas de rozaduras con los estribos. Más adelante, encontró un lugar donde las agujas de los pinos habían sido violentamente dispersadas, y vio un sombrero enredado entre unas ramas.

Ty sabía que encontraría sangre si se paraba a inspeccionar la rama donde estaba enganchado el sombrero de Troon, pero no era la sangre de aquel hombre la que le interesaba, sino las manchas oscuras que había junto a las pisadas de un enorme caballo sin herrar.

Lucifer.

Al igual que el cartucho del rifle, la sangre llevaba menos de media hora expuesta al aire. Las gotas tenían un brillo oscuro en la sombra, y adquirían un tono casi carmesí en los esporádicos tramos soleados. Por su posición, era indudable que procedían del semental.

Ty fue siguiendo el rastro de sangre, corriendo en silencio. Sabía que tendría que ir avanzando de árbol en árbol, sabía que tendría que estar pendiente de los posibles refugios por si se topaba con los indios, pero también sabía que Janna estaba sola, armada con una pistola de seis tiros y sin munición extra. No sabía cuántos renegados había, pero dudaba que acabara con todos con seis balas.

«Janna es demasiado lista para dejar que la vean los indios, se esconderá y no podrán encontrarla». Justo cuando acababa de intentar tranquilizarse con aquel pensamiento, oyó varios disparos. El sonido procedía de algún lugar más adelantado, pero más hacia la derecha de lo que cabía esperar teniendo en cuenta el rastro que estaba siguiendo. Lo más probable era que Lucifer o Troon, o quizás incluso los dos, estuvieran intentando escapar dirigiéndose hacia el escarpado borde norte de la meseta.

Después de varios disparos esporádicos más y gritos de guerra, se hizo un silencio absoluto. Ty corrió aún más deprisa, y se dijo que el hecho de que no hubiera oído disparos de pistola era algo positivo, porque indicaba que Janna no había sido divisada. Se negó a plantearse que también podía indicar que la habían alcanzado con los primeros disparos, antes de que pudiera defenderse, y se limitó a acelerar aún más el paso con el dedo en el gatillo de su carabina, listo para disparar en cualquier momento.

De repente, las huellas de los dos caballos se bifurcaron. Las huellas sin herrar continuaban sin ninguna interrupción, mientras que las del caballo herrado viraban bruscamente hacia la derecha. Era obvio que era allí donde los renegados habían visto a Troon, ya que las pisadas del caballo eran más profundas en el lugar donde había girado de golpe para escapar de los indios. Troon había decidido huir por el terreno accidentado y escarpado que llevaba al borde norte de la meseta, donde la tierra era rocosa y estaba llena de grietas, hondonadas y barrancos que proporcionaban un sinfín de escondites posibles.

Si Troon tenía suerte, quizás lograra sobrevivir, pero Ty esperaba que no fuera así. Un hombre capaz de dispararle a un caballo como Lucifer por simple codicia se merecía morir. Sin pensárselo dos veces, Ty tomó la dirección que había tomado el semental, y dejó a Troon a merced de la suerte y de los renegados que lo perseguían.

Las huellas de Lucifer no mostraban cambios súbitos de dirección como las del caballo de Troon; al parecer, los indios no lo habían visto, y el inteligente animal había elegido una ruta que retrocedía hacia el extremo este del extenso prado del Arroyo del Cuervo. Desde allí, podía dirigirse hacia el extremo nordeste de la meseta y descender hacia el Cañón Mustang, o ir hacia el sureste y después directamente hacia el sur, y así usar toda la superficie de la meseta para esconderse en las arboledas, los barrancos y los riscos que plagaban la zona.

Dando por sentado que Lucifer estuviera en condiciones de soportar una carrera larga y dura, claro. Las huellas del semental se fueron volviendo menos espaciadas, sus zancadas se iban acortando como si el animal estuviera cansado, y las manchas de sangre cada vez eran mayores y más frecuentes. La creciente lentitud del caballo podía deberse en parte a lo accidentado que era el terreno, y sus zancadas cada vez más cortas podían atribuirse al hecho de que estuviera herido.

Ty recordó que Janna le había comentado que había descubierto signos de que el semental había bajado por la ruta este para escapar de unos perseguidores, y se preguntó si el caballo estaría intentando ir hasta allí para repetir su huida; sin embargo, era muy improbable que lo lograra, porque la ruta este estaba demasiado lejos y era demasiado escarpada, y el reguero de sangre era casi continuo.

«Espero que te atrapen, Troon. Espero que te corten los...»; la mente de Ty se quedó en blanco cuando llegó a la cima de un peñasco y pudo ver el terreno que había a sus pies. A menos de cuatrocientos metros de él, Janna estaba bajando a la carrera por la pendiente, en un curso paralelo a un barranco estrecho que cortaba el peñasco. Lucifer estaba a unos doce metros por delante de ella, y estaba girando hacia el barranco como si pensara cruzarlo de un salto, a pesar de que la grieta era demasiado ancha para un caballo herido. A unos ochocientos metros a la derecha, apenas escondida tras otra elevación del terreno, podía verse la nube de polvo que iban dejando los indios, que estaban en plena persecución; al parecer, Troon había decidido finalmente dirigirse hacia el este, con lo que había conducido a los renegados hacia Janna. Ella aún no podía verlos, pero era casi seguro que podía oír sus gritos salvajes.

«¡Escóndete, Janna!», le ordenó en silencio. «No dejes que te atrapen por intentar ayudar a Lucifer».

El semental llegó al borde del barranco, y saltó hacia el otro lado. Sus patas delanteras pisaron el borde, pero la izquierda de la parte posterior cedió en vez de proporcionar apoyo. Lucifer estaba demasiado débil para recuperar el equilibrio y encaramarse a la seguridad del borde, y soltó un relincho mezcla de miedo, dolor y furia cuando resbaló y cayó rodando unos seis metros hasta dar contra el suelo cubierto de maleza del barranco. Se quedó tumbado de lado, retorciéndose salvajemente en un intento inútil de ponerse en pie y ponerse a salvo.

Sin pensárselo ni un segundo, Janna empezó a bajar a toda velocidad por el barranco, directa hacia la maraña de maleza y de pezuñas que podían matarla de un solo golpe.

Ty sólo tenía una forma de evitar que el caballo la hiriera o la matara. Rápidamente, se llevó la carabina al hombro y apuntó a la hermosa cabeza negra de Lucifer, pero en el preciso instante en que respiró hondo y empezó a apretar el gatillo, la cabeza de Janna apareció en el punto de mira. Se había lanzado sobre el cuello del caballo, para inmovilizarlo contra el suelo y evitar que se pusiera en pie.

«¡Sal de ahí, pequeña tonta!», gritó Ty para sus adentros. «No puedes sujetarlo, va a matarte con esas pezuñas enormes».

El barranco en el que Lucifer estaba atrapado era una larga grieta que recorría el lateral del risco en el que estaba Ty, así que sería un disparo fácil a unos noventa metros de distancia. Había disparado con una pistola desde más lejos. De repente, oyó disparos de rifle seguidos de gritos salvajes en la dirección en la que se encontraban Troon y los indios, pero su atención permaneció centrada en el fondo del barranco y su dedo siguió tenso sobre el gatillo de su carabina.

Al oír un grito de dolor, supo que Troon o uno de los renegados acababa de ser alcanzado por un disparo, pero su mirada no se apartó del barranco, donde Janna luchaba por controlar al enorme caballo. Ty sabía que el semental acabaría por tirar a Janna a un lado, y cuando eso ocurriera, iba a apretar el gatillo para matarlo de un tiro en la cabeza.

«¿Qué demonios...?».

Janna había puesto una rodilla encima del hocico del caballo, y la otra justo detrás de sus orejas. Estaba arrodillada literalmente sobre el animal, mientras empezaba a rasgarse la camisa.

Al oír una serie de disparos y de gritos triunfales, Ty supo que la persecución de Joe Troon se había acabado, pero aun así siguió sin apartar la mirada del barranco. Ni siquiera habría cruzado una calle para ayudar al hombre que había capturado una vez a Janna y que había bravuconeado con un camarero sobre lo que le haría cuando volviera a atraparla. Troon había ido en busca de problemas, pero se había encontrado con más de los que esperaba; era algo que solía pasar cuando un hombre bebía demasiado y pensaba demasiado poco, y la única pena era que los renegados no lo hubieran alcanzado antes, ya que el tipo había acabado conduciéndolos a cuatrocientos metros de Janna.

Mientras él la observaba por encima del cañón de acero de la carabina, Janna convirtió los jirones de ropa de su camisa en una venda improvisada y luchó por taparle los ojos a Lucifer con ella. El caballo se quedó inmóvil de repente, y ella aprovechó para envolverle el hocico con varias vueltas de la tela; cuando terminó, el animal apenas podía abrir la boca, y ella se inclinó de nuevo sobre él y lo mantuvo inmóvil mientras le acariciaba el cuello.

Los estremecimientos de miedo que sacudían al semental con cada caricia de las manos de Janna eran visibles, pero era obvio que ella ya no corría peligro. Con el hocico y los ojos vendados, y sujeto al suelo por el peso de Janna, Lucifer estaba prácticamente indefenso.

Muy lentamente, Ty apartó el dedo del gatillo y se desplomó bajo el abrigo de un pino. Protegido por sus grandes ramas, sacó el catalejo, lo enfocó hacia la derecha, y un solo vistazo confirmó lo que sus oídos ya le habían dicho: Joe Troon había cometido su último error.

Recorrió el terreno con la mirada, y decidió que tenía la mejor posición para proteger el barranco. Se quitó el sombrero, eligió una posición cómoda para disparar, se puso el morral al lado y colocó dos cajas de munición al alcance de la mano. Con el estómago contra el duro suelo, esperó a ver si los renegados se dirigían hacia el barranco cuando acabaran de registrar y mutilar el cuerpo de Troon.

26

—Tranquilo, chico. Tranquilo... tranquilo...

El incesante murmullo de la voz de Janna y sus suaves caricias penetraron por fin en la mente nublada de dolor y de pánico de Lucifer, y el semental dejó de luchar con un largo suspiro. Janna le recompensó levantando la rodilla de su hocico y colocándola en el suelo, mientras no dejaba de arrullarlo con un montón de frases y sonidos sin sentido. Era consciente de que lo que calmaba al animal no eran las palabras en sí, sino el tono de su voz.

Muy lentamente, fue retirando la otra rodilla del cuello de Lucifer, y lo dejó libre para que pudiera levantar la cabeza; eso fue lo primero que hizo el animal, pero en ningún momento intentó incorporarse. Aunque la venda de los ojos lo contenía mejor que una cuerda, Janna le ató con reticencia el pie izquierdo trasero a la pata derecha delantera. No quería que la golpeara cuando empezara a curarle la herida que tenía en la pata izquierda trasera, ya estaba bastante magullada. Un hueso roto no les beneficiaría a ninguno de los dos.

Haciendo caso omiso de su propio dolor, Janna mantuvo una mano sobre la cabeza de Lucifer mientras le hablaba sin cesar, para que el animal supiera en todo momento dónde estaba. Cuando el animal se relajó un poco y sus orejas se irguieron, Janna se inclinó y colocó al alcance de la mano el morral donde llevaba sus cosas. Mientras rebuscaba con una sola mano entre las hierbas y los ungüentos, se dijo con firmeza que Ty estaba bien, que los disparos que había oído procedían de Troon o de los renegados, no de su carabina, y que él estaba a salvo a pesar de que estuvieran separados.

—Dios, por favor, que esté bien —murmuró, sin dejar de acariciar el poderoso cuello del semental.

Aunque Lucifer había dejado de resistirse, jadeaba con cada inhalación de aire, porque el bozal de tela le dificultaba la respiración. Los jadeos del animal parecían resonar como truenos en el silencio, y al cabo de un par de minutos, Janna se sacó su navaja del bolsillo y cortó la tela para que pudiera abrir completamente la boca y los ollares. Su respiración se normalizó de inmediato.

—De todas formas, no pensabas morderme, ¿verdad? —le dijo, mientras le acariciaba el hocico.

El semental movió las orejas, pero no las acható contra la cabeza. Estaba demasiado cansado o demasiado débil para atacarla, o simplemente no tenía miedo de ella.

Preguntándose si la respiración laboriosa del animal habría atraído la atención de alguien, Janna miró a ambos lados de la grieta. Por suerte, no oyó nada ni vio ningún movimiento sospechoso, porque no tenía dónde ocultarse. La maleza no bastaba para servirles de refugio y tampoco había ningún recoveco en el que parapetarse, así que no podría escapar si los renegados la encontraban allí con el semental herido.

Después de lanzar una última mirada hacia el borde del barranco, Janna sacó la pistola que Ty le había dado y la amartilló para tenerla preparada en caso de que tuviera que disparar. La colocó a un lado pero al alcance de la mano con movimientos cuidadosos, y entonces se volvió de nuevo hacia Lucifer.

—Esto te va a doler —le advirtió con voz suave—. Pero te vas a comportar como un caballero, ¿verdad?

Humedeció el último jirón de su camisa con el agua de la cantimplora, y empezó a limpiar el largo surco que la bala de Troon había dejado en el anca del semental. El animal se estremeció y acható de nuevo las orejas contra la cabeza, pero no intentó morderla. Janna lo elogió con sonidos tranquilizadores, que no revelaban su propio dolor ni el temor creciente de que Ty no hubiera conseguido evadir a los renegados.

Cuando empezó a limpiarle la zona de la herida que se le había llenado de tierra al caer por el barranco, Lucifer respingó y soltó un sonoro quejido involuntario.

—Tranquilo, chico... tranquilo... sí, ya sé que te duele, pero no podrás curarte bien sin ayuda. Eso es, con cuidado... quédate quieto, y deja que te ayude.

Aquella voz baja y suave y el constante flujo de palabras hipnotizaron a Lucifer. Cuando ella se volvió para rebuscar en su zurrón y después se giró de nuevo hacia la herida, las orejas del animal se movieron para seguir el sonido de su voz.

—Creo que parece peor de lo que es —murmuró Janna, mientras enjuagaba el jirón de ropa con más agua—. La herida es profunda y ha sangrado bastante, pero la bala no ha roto tendones ni músculos. Estarás dolorido y gruñón unos días, cojearás durante una temporada y te quedará una cicatriz, pero te curarás del todo. Dentro de un par de semanas, estarás persiguiendo a tus yeguas.

Janna soltó una suave carcajada, y añadió:

—Y seguro que vas a tener que correr mucho, esas yeguas se habrán dispersado en todas direcciones. Apuesto a que ese alazán al que echaste de tu territorio el año pasado te las está robando a toda velocidad.

Lucifer movió las orejas, inspiró hondo y soltó el aire, y a continuación volvió a inhalar con fuerza.

—Tranquilo, chico. Tranquilo... tranquilo... ya sé que te duele, pero no puedo evitarlo.

Al alargar la mano hacia el morral, Janna hizo una mueca

de dolor, ya que tenía cada vez peor el brazo izquierdo. Cuando terminara con la herida de Lucifer, tendría que empezar con las suyas, aunque iba a ser un poco difícil con una sola mano. Janna se preguntó dónde estaría Ty, si estaba bien, si habría podido escapar o estaba tirado en alguna parte, herido...

—¡No pienses en eso! —al ver que Lucifer se sobresaltaba con la brusquedad de sus palabras, Janna volvió a suavizar de inmediato la voz—. Tranquilo, chico, no hay nada de qué preocuparse. Ty es rápido, fuerte y listo, y si consiguió escapar de Cascabel, conseguirá burlar a unos cuantos renegados que están buscando a un hombre a caballo, no a pie; además, nunca tendré una oportunidad mejor para amansarte. Si me aceptas, también aceptarás a Ty, y entonces él tendrá su semental para empezar a construir su sueño de criar caballos y ganar el dinero suficiente para comprar a una dama distinguida.

Janna hizo una mueca de dolor, pero siguió acariciándolo.

—En cualquier caso, si te dejo aquí para ir en busca de un hombre que seguramente está a salvo, ¿quién se ocupará de ti dentro de cuatro días, cuando se te infecte la herida y apenas puedas andar?

Lucifer levantó la cabeza de repente, y sus orejas se inclinaron hacia delante con tanta tensión que las puntas estuvieron a punto de tocarse. Sus ollares se ensancharon cuando inhaló grandes cantidades de aire y las expulsó con fuerza al notar algún peligro.

Janna alargó la mano hacia la pistola. Estar con los ojos vendados no impedía que el caballo sintiera que corría peligro, ya que su oído y su olfato eran superiores a su vista; sin embargo, el animal estaba indefenso ante cualquier posible amenaza.

Janna miró en la dirección hacia la que apuntaban las orejas de Lucifer, pero sólo vio el lateral del barranco y la cuesta cubierta de matorrales que ascendía hacia la cima del risco. Dudó por un segundo, e intentó decidir si sería mejor subir para echar un vistazo, o quedarse donde estaba y rogar para que lo que Lucifer había detectado no los detectara a ellos.

Antes de que pudiera tomar una decisión, oyó lo que había captado la atención del animal: una serie de gritos, seguidos por el sonido de caballos al galope y disparos de rifle, que fueron ganando volumen conforme los renegados se fueron acercando al barranco. Durante un momento interminable, Janna pensó que los indios iban a descubrirlos, pero entonces los sonidos fueron perdiéndose en la distancia cuando los renegados se alejaron hacia el campamento de Cascabel, en el noroeste.

Con el corazón martilleándole en el pecho, Janna dejó a un lado la pistola y se volvió de nuevo hacia Lucifer para seguir curándolo, aunque sus manos insistían en temblar cuando más necesitaba que permanecieran firmes. No perdió de vista las orejas del animal, ya que sabía que su oído era muy superior al suyo.

—Espero que no vuelvan —le dijo con suavidad, mientras le acariciaba el flanco y examinaba el largo surco que había dejado la bala—. Si fueras un hombre, te pondría un poco de avellana de bruja en la herida para limpiártela, pero escuece como un demonio y no tengo modo de sujetarte y de hacer que te quedes callado, así que...

Al ver que las orejas del caballo volvían a inclinarse hacia delante, Janna enmudeció y se quedó inmóvil. Aguzó el oído al máximo y consiguió oír un ruido casi imperceptible, como si una bota o un mocasín hubiera hecho rodar alguna piedrecilla suelta... o quizás era sólo la fricción de alguna rama baja contra el suelo. El ruido dio paso a un silencio sepulcral, pero al cabo de un par de segundos, se oyó un sonido sospechosamente parecido al de un trozo de tela deslizándose contra unos matorrales... ¿o era el viento al agitar los arbustos?

El silencio se extendió de nuevo sin más interrupciones,

pero Janna alargó muy lentamente la mano hacia la pistola mientras toda su concentración se centraba en escuchar. Dejó de respirar y hasta de pensar, y utilizó toda su fuerza de voluntad para agudizar el oído todo lo posible. El caballo también permaneció inmóvil, con las orejas erguidas, esperando a que el aire transportara hasta él los olores que le dirían si tenía que luchar, permanecer quieto o huir.

—¿Janna...?

El susurro fue tan suave, que ella pensó que se lo había imaginado.

—Janna, ¿estás bien?

—¡Ty!, ¿eres tú?

—No, soy el fantasma de Joe Troon, que ha venido a atormentarte. Cuidado, estoy bajando.

Ty renunció a la precaución en favor de la velocidad al descender. Cruzar los tramos al descubierto mientras iba desde la cima del risco hasta el borde del barranco le había arrancado años de vida, aunque no había razón para pensar que los renegados fueran a volver; por supuesto, tampoco había razón para pensar que no fueran a hacerlo, así que cuanto antes estuviera en la relativa seguridad de la grieta, mejor.

Cuando por fin dio el último salto para llegar hasta el suelo, se agarró al tronco de un pino muerto para conservar el equilibrio y miró a Janna con una sonrisa. Ella sintió que le daba un vuelco el corazón.

—Cielo, eres una imagen muy dulce para unos ojos cansados —le dijo él.

Cuando Ty la recorrió con una mirada acariciante, Janna recordó que estaba desnuda de cintura para arriba. Cruzó los brazos por delante de sus pechos, pero fue incapaz de esconder el suave rubor que fue extendiéndose por su piel.

Ty se quedó sin aliento al contemplar la pálida perfección de su cuerpo. Sus brazos eran demasiado delgados para ocultar las curvas plenas de sus pechos, y el profundo tono rosa de sus pezones asomaba con timidez por la curva de sus codos.

—Ty... no.

—¿No qué?

—No me mires así.

—¿Cómo?, ¿como si me hubiera pasado la mayor parte de la noche chupando, mordisqueando y besando esos pechos maravillosos?

Janna fue incapaz de contener el estremecimiento que la recorrió al oír sus palabras.

—Cielo, baja los brazos. Deja que vea si tú también lo recuerdas.

Janna bajó los brazos poco a poco, y fue revelando su cuerpo. Los pezones estaban fruncidos y tensos a causa de su mirada, de sus palabras y de los recuerdos que dichas palabras habían despertado.

—Dios... —Ty cerró los ojos aunque sabía que era inútil, que la visión ya estaba grabada a fuego en su memoria. Con manos trémulas, rebuscó en su morral, sacó la tira de tela que se había negado a dejar que se pusiera, y la dejó caer sobre su regazo—. Ten, envuélvete en ella antes de que se me olvide dónde estamos. Hazlo rápido, pequeña. Un hombre desea a una mujer mucho más cuando ha estado a punto de morir.

—¿A las mujeres les pasa lo mismo? —le preguntó Janna, mientras empezaba a vendarse los pechos con la tela.

—No lo sé. ¿Cómo te sientes?

—Temblorosa, enfebrecida, agitada. Cuando me has mirado, me he sentido caliente y llena donde me tocaste... pero al mismo tiempo vacía.

—Entonces sí, a las mujeres les pasa lo mismo... si son como tú —Ty intentó controlar el deseo ardiente que recorría sus venas—. Mariposa de satén... Dios, no te imaginas cuánto deseo poseerte en este momento. Vi que Lucifer saltaba y se caía en el barranco, y que tú te lanzabas tras él, pero no conseguí encontrar un ángulo seguro para dispararle a la cabeza, y...

—¿Qué? —lo interrumpió Janna, atónita—. ¿Por qué ibas a dispararle?, no está tan malherido.

—Ya lo sé, por eso tuve miedo de que te matara con las pezuñas.

—¿Lo habrías matado para salvarme?

—¡Demonios, pues claro! ¿Por quién me has tomado?

Janna intentó contestar, pero como no supo qué decir, se concentró en seguir envolviéndose con la tela.

—¡Por el amor de Dios, que te sedujera no quiere decir que sea un malnacido capaz de dejar que mueras si puedo impedirlo! —añadió él con indignación.

—No he querido decir eso, es que... bueno, que...

—¿Qué? —le preguntó él, furioso.

—Que me sorprende que estuvieras dispuesto a matar a Lucifer sin dudarlo, eso es todo —admitió ella—. Él es tu oportunidad para crear una buena manada, y ganar dinero suficiente para comprar a tu dama de seda. Es el comienzo de tus sueños, lo es... todo, y yo... —Janna respiró hondo, apartó la mirada y borró toda expresión de su rostro antes de seguir con voz queda—. Yo no soy de tu sangre ni tu prometida, sólo soy... un pasatiempo temporal y conveniente para pasar el rato, ¿por qué ibas a querer renunciar a tu sueño por mí? —le lanzó una mirada fugaz, y añadió—: Pero te lo agradezco de verdad, es lo más bonito que han hecho por mí en toda mi vida.

27

—¿Está grave? —le preguntó Ty.

Janna dio un respingo, porque era la primera vez que se dirigía a ella en la última hora. Cuando ella le había agradecido que estuviera dispuesto a sacrificar su sueño por ella, Ty se había limitado a acercarse a Lucifer sin decir palabra. Se había arrodillado junto a la cabeza del animal, para interponerse entre sus dientes y ella, y había empezado a hablarle con suavidad y a acariciarle el cuello hasta que el caballo se había relajado y había aceptado la voz y el contacto del desconocido. Aquellos murmullos tranquilizadores habían sido las únicas palabras que había pronunciado mientras observaba cómo curaba a Lucifer, y sus únicos movimientos habían sido para acariciar al caballo, para alargarle alguna planta medicinal de las que tenía en su zurrón de cuero, o para enjuagar el trozo de tela con el que ella estaba limpiando los cortes y las abrasiones de Lucifer.

—Se recuperará, es muy fuerte —contestó Janna.

—No te he preguntado eso. He tratado a caballos con esguinces, piedras en las pezuñas, cólicos y cosas así, pero nunca con una herida de bala. No es muy profunda, pero he visto a hombres morir por heridas que no eran mucho peores. ¿Crees que puede caminar?

Janna se volvió y alargó la mano hacia el hocico del caballo, pero Ty se apresuró a detenerla.

—No puedo responderte hasta que le vea la boca —le explicó ella.

Ty la miró durante unos segundos, pero finalmente cedió. Janna empezó a murmurar palabras tranquilizadoras mientras levantaba con cuidado el labio superior de Lucifer, y él acható las orejas en un gesto de aviso y apartó la cabeza bruscamente. Janna lo acarició, hasta que el animal empezó a tolerar sus dedos alrededor de su boca.

—¿Qué demonios estás haciendo? —le preguntó Ty con voz queda.

—Papá me enseñó que puede saberse mucho de un hombre o de un animal por el color de sus encías. Lucifer las tenía muy pálidas al principio, pero ahora ya tienen un color saludable. Podrá caminar en cuanto le desate los pies, aunque sería mejor que no se moviera demasiado. La herida empezará a sangrar otra vez al menor esfuerzo.

Ty miró la herida, y murmuró algo entre dientes.

—¿Qué pasa? —le preguntó Janna.

—No podemos quedarnos aquí, podrían volver los renegados o aparecer algunos de sus amigos por si queda algo. Lucifer ha dejado un rastro que podría seguir hasta un ciego —Ty levantó la mirada hacia el cielo, antes de añadir—: Hoy no va a llover, y es probable que esta noche tampoco. De todas formas, si cayera bastante lluvia para borrar las huellas, aquí nos arrastraría la corriente. No hay agua, comida ni lugares donde resguardarse, así que cuanto antes nos larguemos, más viviremos todos.

Janna miró a Lucifer con preocupación, pero no protestó. Ty tenía razón, pero seguía sin gustarle la idea de obligar a caminar a aquel animal herido.

—Ojalá fuera un ser humano, sería mucho más fácil si pudiéramos explicárselo —comentó.

—¿Hasta dónde podrá llegar?

—Supongo que hasta donde él quiera.

—Se movía con mucha rapidez antes de caer aquí —dijo Ty con sequedad.

—Porque estaba asustado. He visto a algunos mustangs correr con un esguince en el tobillo, pero en cuanto se paran, se acabó. Apenas pueden andar cojeando hasta que se recuperan.

Ty no hizo ningún comentario al respecto. Había visto a hombres corriendo en el calor de la batalla con un pie destrozado, y que después apenas podían arrastrarse.

—Cuanto antes nos pongamos en marcha, más posibilidades tendremos de salir de ésta —dijo al fin—. Como mínimo, tendríamos que buscar un lugar donde ponernos a cubierto y borrar nuestro rastro lo máximo posible. ¿Conoces algún posible refugio que esté cerca del prado?

—No, ninguno en el que un caballo pueda esconderse el tiempo necesario para curarse. Lucifer sólo estaría completamente a salvo en mi valle, y no sé si podría llegar tan lejos. Para cuando lleguemos a la ruta del Cañón Mustang, bajemos por allí y nos dirijamos hacia el Arroyo de Santos... —Janna sacudió la cabeza, y añadió—: Hay un largo trecho desde allí hasta mi campamento de invierno.

—Y la zona del Arroyo de Santos está llena de renegados —comentó Ty—. Janna, no tenemos alternativa, tendremos que bajarlo por la vertiente este de la meseta; desde allí, sólo tardaremos un par de horas en llegar a tu campamento.

Janna se tragó sus objeciones; había llegado a la misma conclusión que él, pero no había querido admitir que era su mejor alternativa. No le gustaba nada la idea de conducir al semental herido por el accidentado borde este de la meseta, y desde allí por el tortuoso cañón, pero era consciente de que era la mejor opción si querían mantenerse a salvo mientras el animal se curaba.

—Ya sé que no te gusta atar a los caballos, así que no te pediré que lo hagas —le dijo Ty con voz firme—. No creo que a Lucifer le guste nada la idea, pero no tenemos otra opción. Recoge tus medicinas, y sube al risco a montar guardia.

–Te ayudaré con Lucifer.

–No hay suficiente espacio para los dos.

–Pero estoy acostumbrada a tratar con los mustangs.

–Estás acostumbrada a tranquilizar a las yeguas cuando tienen todo el espacio del mundo para correr, pero Lucifer es un semental, está atrapado y herido, y no creo que le haga ninguna gracia que le pongan su primera jáquima. Y la verdad es que no lo culpo. Seré tan cuidadoso como pueda, pero quiero que estés lo más lejos posible cuando le quite la venda de los ojos; además, alguien tiene que hacer guardia, y ese alguien eres tú.

Janna vio su expresión inflexible, y se dio cuenta de que discutir no iba a servirle de nada.

–Apuesto a que eras un oficial en la guerra.

Ty la miró sorprendido, y admitió con una sonrisa:

–Pues claro. Y ahora, mueve ese fantástico trasero tuyo y sube al risco. Si ves algo que no te guste, hazme una señal con ese grito de halcón con el que sueles llamar a Zebra. Ah, y no te olvides de llevarte mi pistola.

Janna se metió la pistola en el cinturón, y empezó a subir hacia la parte superior del risco. Cuando estuvo a una distancia segura en el borde del barranco, Ty se volvió hacia Lucifer.

–Bueno, chico, ha llegado el momento de comprobar si tienes sentido común a parte de mal genio, o si eres un salvaje de pies a cabeza.

Sin dejar de hablarle con suavidad, sacó de su morral unas trabas de cuero forradas con piel de carnero que había conseguido en la tienda del predicador por si se le presentaba la oportunidad de usarlas; después de colocárselas en las patas delanteras, cortó la tela que unía la izquierda trasera a la derecha delantera. Lucifer no intentó atacar, y Ty le acarició y le susurró palabras tranquilizadoras hasta que el semental dejó de temblar con cada caricia.

–Lo has hecho muy bien, chico. Empiezo a creer que

eres tan inteligente como hermoso –Ty montó una jáquima aceptable con la soga de cuero y el aro de acero que llevaba en el morral, y añadió–: Esto no te va a gustar, pero te acostumbrarás. Tranquilo, chico. Tranquilo –mientras hablaba, fue colocando la jáquima en la cabeza del animal.

Lucifer soltó un resoplido y empezó a temblar de nuevo en cuanto sintió el cuero contra la piel. Ty le acarició pacientemente la cabeza, el cuello y las orejas, para que se fuera acostumbrando al contacto humano. Aquella vez, Lucifer tardó menos en calmarse, como si ya no sintiera la necesidad de alarmarse ante cada cosa nueva que pasaba.

Ty rogó para que el caballo no se estuviera calmando de puro cansancio, sino por sentido común; sin embargo, hasta que el animal no se pusiera de pie, no sabría cuánta energía le había arrebatado la herida.

–Bueno, chico, ahora viene la prueba de fuego. Quédate quieto y enséñame lo caballero que eres debajo de todo ese músculo y esa fiereza.

Ty empezó a quitarle la venda de los ojos con movimientos lentos y medidos, hasta que el animal pudo ver de nuevo. Lucifer se quedó inmóvil por un segundo, pero entonces acható las orejas e intentó levantarse de golpe. Ty le apretó el hocico contra el suelo y lo mantuvo sujeto, mientras no dejaba de susurrar y de acariciarle los rígidos músculos del cuello.

Ty no supo cuánto tiempo tardó en atravesar la neblina de miedo que nublaba los sentidos del animal y llegar a su mente racional, pero estaba sudando tanto como el semental cuando éste dejó de resistirse por fin y fue calmándose.

–¿Cómo ha conseguido tenerte quieto para vendarte los ojos? –se preguntó en voz alta, mientras Lucifer y él se miraban con expresión cauta–. ¿Estás acostumbrado a su olor?

Los ojos oscuros del animal lo miraron con una inteligencia casi tangible. Su mirada carecía de malicia o de un anhelo fiero de atacar a la más mínima oportunidad, simplemente contenía una atención vivaz innata que se había ido aguzando durante años en aquel territorio salvaje.

–¿Quiénes serían tu padre y tu madre? No eran caballos de carga, eso está claro. Yo diría que tienes mucho de berberisco, con algo de paso de Tennessee. Mi padre habría dado todos sus sementales por ti, y lo habría considerado una ganga. Eres un caballo increíble, Lucifer... y ahora eres mío.

El caballo movió las orejas, mientras seguía con la mirada todos los movimientos de Ty.

–Bueno, eres mío a medias, hay cierta muchacha testaruda que también es tu dueña, lo admita o no. Pero no te preocupes, porque te dejaré libre tal y como prometí si no puedes acostumbrarte a estar en un rancho. Aunque la verdad es que preferiría no tener que hacerlo, chico. Logan me está cuidando unas yeguas fantásticas, me gustaría llevarte a Wyoming y cruzarte con algunas para tener al menos unos cuantos potros tuyos.

Mientras hablaba, Ty fue levantando poco a poco su peso del hocico del caballo, hasta que apenas lo tuvo sujeto.

–Bueno, ¿estás listo para intentar levantarte? Con cuidado, chico, tranquilo. Si te da una pataleta en este sitio tan estrecho, vas a acabar haciéndonos daño a los dos.

Cuando Lucifer se dio cuenta de que ya no le sujetaba la cabeza, cambió de posición y se colocó sobre sus patas. No tardó en comprobar que el hombre que podía sujetarle el hocico contra el suelo también podía ayudarlo a ponerse en pie con varios tirones de la correa del ronzal, y en cuestión de segundos estuvo de pie, sin la venda de los ojos y temblando ante la desacostumbrada cercanía de un hombre.

–Tenía razón, eres tan inteligente como hermoso. Es una lástima que corrieras a tu aire durante tanto tiempo, porque habrías sido una buena montura. Después de tantos años en libertad, dudo que aceptes llevar un jinete, pero no pasa nada. No necesito pasearme sobre ti para fanfarronear por haber conseguido domarte. Puedo montar a miles de caballos, pero tú eres el único que quiero que cubra a mis yeguas.

Aunque las palabras no tenían ningún significado para Lucifer, el animal respondió a la voz suave y tranquila de Ty y a las caricias firmes de sus manos, y después de resoplar con fuerza, dejó de moverse con nerviosismo y de sobresaltarse ante cada roce. Poco a poco, fue aceptando el hecho de que, aunque el ser humano había sido su enemigo en el pasado, aquél en concreto era diferente. A pesar de que había estado inmovilizado contra el suelo, cegado e indefenso, el hombre no le había hecho daño, y era obvio que no pensaba hacérselo.

Al ver que el semental se relajaba, Ty exhaló un largo suspiro.

—Vas a facilitarnos las cosas a los dos, ¿verdad? Menos mal que esa bala y la carrera que te has dado te han quitado las ganas de bronca, tengo la sensación de que no habrías sido tan razonable si te hubiera pillado estando fresco como una rosa. Aunque si hubiera sido así, ni siquiera habría conseguido pillarte, ¿verdad? El Señor actúa según sus propios designios, Lucifer, pero me alegro de que haya decidido que te tengamos... aunque sólo sea el tiempo suficiente para curarte y volver a dejarte libre.

Ty siguió hablándole al caballo durante largo rato, hasta que el animal dejó atrás la cautela y se rindió al cansancio. Con un gran suspiro, apoyándose sólo en sus tres patas sanas, bajó la cabeza hasta apoyarla prácticamente contra el pecho de Ty, como si su presencia no le inquietara lo más mínimo.

Ty fue inclinándose hasta quitar las trabas que le había puesto en las patas delanteras. Lucifer movió los hombros como si estuviera sacudiéndose a una mosca, pero no intentó huir al verse libre.

—Muy bien, chico —murmuró Ty, mientras le acariciaba el lustroso pelaje negro—. Y ahora, vamos a ver si intentas matarme cuando estire de la jáquima.

Janna contuvo el aliento y apretó las manos con fuerza mientras veía a través del catalejo cómo Ty tensaba con cuidado la correa.

—Pórtate bien, Lucifer —rogó en voz baja—, no te encabrites y le hagas daño cuando se tense la jáquima.

El semental levantó la cabeza bruscamente al sentir la presión de la correa tras las orejas y por encima del cuello. Resopló y agitó la cabeza, pero la presión no cedió. Tembloroso, sudoroso y con las orejas moviéndose nerviosamente, el animal intentó entender lo que estaba pasando, descubrir la manera de enfrentarse a aquella nueva amenaza. Intentó retroceder, pero al ver que eso empeoraba la presión de golpe, se quedó quieto y comprobó que así la presión sólo empeoraba gradualmente.

Pero cuando avanzó cojeando, la presión se alivió.

—Eso es —murmuró Ty, al aflojar de inmediato la correa. Acarició al caballo, y lo felicitó con voz tranquilizadora—. Vamos a intentar dar un par de pasos más, chico. Tenemos un largo camino por delante hasta ponernos a salvo.

Lucifer tardó muy poco en entender que una suave presión hacia adelante significaba que tenía que avanzar, y que la presión en el dorso del hocico significaba que tenía que detenerse.

—No eres realmente tan salvaje, ¿verdad? —le dijo Ty, mientras le acariciaba el cuello—. El ser humano lleva mucho tiempo persiguiéndote, pero gracias a Dios, nadie ha tenido la oportunidad de malograrte a base de violencia.

Lucifer siguió con las orejas el sonido calmado de su voz, mientras Ty iba retrocediendo y soltando correa.

—Bueno, chico, ha llegado la hora de salir de este agujero —Ty fue tirando con cuidado de la correa—. Vamos. Eso es... así, muy bien. Un paso detrás de otro, ya está —tensó la boca, al ver el avance lento y dolorido del animal—. Te duele el anca, ¿verdad? Me temo que la cosa va a empeorar antes de mejorar, pero si Dios quiere, conseguirás salir adelante.

Ty condujo al semental cojo por el barranco hasta que llegó a un punto que había visto desde la cima del risco, un lugar donde la subida no era tan empinada. Empezó a subir por allí, y cuando llegó a medio camino, se volvió y volvió a tirar con cuidado de la correa.

—Venga, chico, sube. Te costará menos andar cuando lleguemos a un terreno más o menos llano. Vamos... venga, vamos... oye, no te me pongas terco ahora, no está tan empinado como parece.

A Lucifer no le gustó nada la idea de tener que subir por la pared del barranco, pero le gustó mucho menos la presión creciente de la jáquima. Empezó a subir la cuesta con una súbita embestida, y Ty tuvo que apartarse para que no lo aplastara. Cuando llegó arriba, Lucifer se detuvo y permaneció allí quieto, con la pata herida ligeramente levantada, temblando de nerviosismo y de dolor.

Janna dejó su puesto de vigía y echó a correr hacia el borde del barranco, pero aminoró el paso cuando estuvo a unos metros de Lucifer para evitar asustarlo.

—No hay nadie a la vista —le dijo a Ty en voz queda.

—De acuerdo —Ty se levantó el sombrero, se secó la frente y volvió a colocarse el sombrero con un movimiento seco—. ¿Cómo tienes el brazo?

Janna se sorprendió de que se hubiera dado cuenta, y vaciló por un segundo antes de contestar:

—Está mejor que el anca de Lucifer.

—Dame tu morral.

Janna intentó disimular el dolor que sintió cuando él la ayudó a quitarse el morral que llevaba a la espalda, pero el brazo izquierdo cada vez le dolía más. Ty rozó con mucho cuidado el oscuro moratón donde Lucifer la había golpeado de refilón con una de sus pezuñas, y le preguntó:

—¿Notas entumecimiento?

Janna negó con la cabeza.

—¿Puedes mover todos los dedos?

Ella fue moviéndolos uno a uno sin decir palabra.

—¿Puedes ir explorando el terreno? —Ty le soltó el brazo, aunque en el proceso deslizó la mano hasta las puntas de sus dedos.

Janna asintió sin aliento.

—¿Se te ha comido la lengua el gato?

Ella sonrió, y se la sacó.

—¿Eso es una promesa? —Ty sonrió, y posó un dedo sobre sus labios—. Vuelve a sacarla, cielo.

—No creo que...

Eso fue todo lo que Janna consiguió decir antes de que Ty se inclinara a tomar lo que ella le acababa de prometer. Se quedó rígida de sorpresa por un instante, pero entonces suspiró y lo invitó a entrar en la calidez de su boca. Con un gesto casi tímido, le tocó la lengua con la suya, la retiró y volvió a alargarla una y otra vez, hasta que no hubo más retiradas, sólo dos bocas fundiéndose con un hambre voraz.

Finalmente, Ty levantó la cabeza. Estaba respirando con dificultad, pero logró sonreír de oreja a oreja.

—Cuando Lucifer estaba intentando aplastarme, se me pasó por la cabeza que ningún hombre debería morir sin sentir el sabor de una mujer en los labios. Tú sabes muy bien, como una mezcla de Navidad, Acción de Gracias y mi cumpleaños, y si no te das la vuelta y empiezas a explorar el terreno, voy a tener que ir doblado hacia delante y tan dolorido como Lucifer.

La expresión de Ty se endureció de deseo cuando Janna sonrió con timidez, y ella pensó que iba a volver a besarla; sin embargo, él alargó las manos, la obligó a girarse, y le dio una suave palmada en el trasero. Janna había tenido intención de explicarle lo que cabía esperar de la ruta que iban a tomar hacia el este, pero la mano de Ty la dejó sin aliento al recorrer su trasero con ternura después de darle la palmada.

—Iré hacia el este y me desviaré un poco hacia el sur, a menos que vengas a informarme de alguna novedad —le dijo él. Sacó un puñado de balas, y añadió—: Ten, llévatelas.

Janna se las metió en el bolsillo, y rogó no tener que usarlas. Sabía disparar, pero apenas podía acertarle a un blanco que estuviera a más de sesenta metros de distancia. Probablemente, el único provecho que obtendría si tenía que usar el arma sería que Ty tendría un aviso y se pondría a cubierto.

Era vital que ella pudiera avisarlo de cualquier posible peligro. Ty no podía ocultar sus huellas, y la herida de Lucifer lo obligaba a ir a paso lento y a tomar la ruta más fácil y transitada. Era un pato indefenso rodeado de cazadores, y ambos lo sabían.

Janna echó a correr a paso ligero hacia el sudeste, sin hacer apenas ruido ni dejar rastro alguno. De vez en cuando, fue deteniéndose para aguzar el oído en busca del sonido de alguna conversación o de algún disparo lejano, pero lo único que oyó fueron el piar de los pájaros, los ruiditos de las ardillas y el agitado murmullo del viento, que al parecer estaba intentando acumular las nubes suficientes para provocar una tormenta.

Tras ella, Ty iba susurrando palabras de ánimo al semental, que iba avanzando lo más rápidamente que podía teniendo en cuenta su cojera. Como se había pasado toda la vida huyendo del ser humano, Lucifer mostraba una cautela constante que en ese momento beneficiaba a Ty, ya que ambos estaban igual de impacientes por llegar a un lugar seguro. El caballo sabía de forma instintiva que no estaban a salvo en los espacios abiertos de la meseta, ya que una zona amplia sólo era útil si uno podía correr más que sus enemigos. En ese momento, Lucifer era incapaz de correr más que algo de lo que realmente hubiera que huir.

Al principio, Ty se colocó delante del caballo para ir tirando suavemente de la correa y animarlo a andar, pero al cabo de una hora, Lucifer no necesitaba que le recordaran que debía seguir avanzando. Cuando Ty se movía, Lucifer se movía; cuando Ty se levantaba, Lucifer hacía lo propio; cuando Ty avanzaba, Lucifer caminaba con la cabeza junto a su hombro izquierdo, y Ty no necesitaba tirar de la correa.

—Eres un caballo muy especial —le dijo—. Eres tan bonachón como un palafrén, estoy empezando a sospechar que naciste en un rancho pero te escapaste. Aunque también podría ser que en este momento los dos queremos lo mismo: encontrar un escondrijo seguro. Puede que me pusieras las cosas más difíciles si no estuviéramos de acuerdo.

Lucifer se limitó a sacudir la cola para espantar a las moscas que se le acercaban atraídas por la sangre. Ty le echó un vistazo a la herida, y aunque vio que había empezado a sangrar de nuevo, sabía que no podía hacer nada al respecto por el momento.

—Es mejor que sangre a que se infecte... si no sangra demasiado, claro —se dijo.

Siguió comprobando de vez en cuando la herida, y al cabo de varios kilómetros, se convenció de que la sangre parecía rezumar sin cesar, pero el flujo no era excesivo.

Janna había estado controlando también al animal con el catalejo, y había llegado a la misma conclusión: Lucifer estaba sangrando, pero no de forma preocupante; además, andaba a buen paso a pesar de la cojera, así que con un poco de suerte, conseguirían llegar al borde de la meseta antes de que oscureciera. Si no era así, tendrían que encontrar algún sitio donde pasar la noche, porque sólo una urgencia extrema la obligaría a bajar por el camino del este en medio de la oscuridad y con un mustang herido y sin desbravar.

Intentando ignorar el dolor del brazo, fue avanzando por la superficie salvaje de la meseta mientras reconocía el terreno en busca de posibles amenazas y de la forma más fácil de llegar al camino que bajaba por la vertiente este. Aunque hizo lo posible por no ponerse totalmente al descubierto, no perdió el tiempo en intentar ser invisible, porque era más importante que Lucifer y Ty llegaran al borde antes de que cayera la noche.

Janna fue adelantándose más y más conforme el día fue avanzando, y retrocediendo con menor frecuencia para comprobar el avance de Ty y Lucifer. Habían acordado que, si ella no retrocedía hacia ellos antes de que Ty llegara al borde este, él empezaría a bajar por el camino con Lucifer y seguiría hacia el cañón al que se dirigían. A Ty no le hacía ninguna gracia tener que detenerse a descansar, y la idea de pasarse toda la noche esperando a que amaneciera para poder bajar por el escarpado camino le gustaba aún menos, porque sabía que Lucifer se quedaría entumecido en cuanto se detuviera.

Janna llegó a última hora de la tarde al último tramo de terreno que la separaba del borde este de la meseta. Subió en diagonal un extenso risco, hacia dos pinos tras los cuales podría ponerse a cubierto. Sabía que desde la cima podría ver a unos cuatrocientos kilómetros a la redonda, incluyendo el borde este de la meseta y parte de la llanura que se extendía más allá. Rogó para ver sólo lo normal... pinos, hierba, cielo, ríos de rocas negras descendiendo por pendientes muy pronunciadas, caballos salvajes... quizás hasta uno o dos antílopes. Lo que no quería era ver a otro ser humano.

Justo antes de llegar a la cima, se tumbó sobre el estómago y avanzó arrastrándose hasta que pudo asomarse sin revelar su presencia. Lo primero que vio fue un halcón patrullando justo debajo de la cima del risco, y lo segundo fue a Zebra pastando junto a varias de las yeguas de Lucifer.

Se llevó las manos a la boca, y soltó el grito de un halcón. Zebra levantó la cabeza de inmediato, y movió las orejas. El halcón que sobrevolaba la zona respondió a la llamada de Janna, pero la yegua no volvió la cabeza hacia el ave. Cuando Janna volvió a emitir el grito agudo, Zebra se volvió y fue hacia el risco a medio galope, con un relincho de bienvenida.

—Hola, chica —la saludó Janna al levantarse, tan contenta como la yegua—. Eres la respuesta a mis plegarias, ¿lo sabías? Ahora podré cubrir terreno el triple de rápido, y sin tener que preocuparme por las huellas.

Zebra resopló y le dio un empujón con la cabeza que estuvo a punto de tirarla al suelo.

—Espero que tengas tantas ganas de correr como parece. Estate quieta, tengo el brazo tan entumecido como las rodillas de un viejo.

Janna no montó de una forma demasiado elegante, pero consiguió subirse al dorso del animal, que al fin y al cabo era lo importante.

—Venga, chica, vamos a ver a tu amo y señor.

Zebra respondió de inmediato a la presión de sus talones, y empezó a devorar la distancia que las separaba de Lucifer y Ty. Janna hizo que trazara una curva amplia, ya que quería comprobar una franja más extensa de terreno. La yegua galopó a toda velocidad, pasando de las sombras de los árboles a la luz del sol y de nuevo a la sombra, en un caleidoscopio de luces y sombras que fluían sobre montura y jinete mientras la tierra parecía pasar volando por debajo.

Janna estaba a diez minutos de donde había dejado a Ty, cuando vio a los renegados.

29

Zebra se echó a un lado y aceleró a un galope tendido en el mismo instante, y Janna no intentó que aminorara la velocidad o que siguiera en la dirección en la que estaba Ty. Se aferró a la crin de la yegua con ambas manos, se inclinó sobre su cuello y la urgió a que acelerara aún más. A su espalda, los indios empezaron a gritar y a disparar varios tiros mientras se lanzaban a la persecución.

Janna había galopado sobre Zebra antes, pero nunca a aquella velocidad tan vertiginosa que la habría aterrorizado si no estuviera huyendo de un peligro aún mayor. En aquellas circunstancias, se aplastó contra el cuerpo de la yegua y la animó a que corriera al máximo mientras intentaba aligerar su propio peso lo máximo posible.

Zebra alargó el cuello y corrió como si estuviera huyendo del mismísimo infierno. La fuerza del viento contra la cara hizo que a Janna empezaran a correrle lágrimas por las mejillas, y el sombrero salió volando. Las trenzas no tardaron en deshacérsele, y su largo pelo empezó a ondear a su espalda como llamas ardientes agitadas por el viento.

Al ver su distintivo pelo, los indios perdieron un poco de entusiasmo por la caza, ya que capturar a una muchacha vagabunda apenas comportaba emoción, y mucho menos gloria y fama. Varios de ellos susurraron con aprensión sobre la verdadera naturaleza de aquella joven... era una bruja, Sombra de Fuego. Y eso era lo que parecía, inclinada sobre el caballo sin silla ni bridas, con el cuerpo prácticamente oculto bajo la crin de la yegua, y su propio pelo ondeándole a la espalda como una bandera de advertencia.

Además, sólo un caballo fantasma montado por una bruja podía ser tan rápido.

Janna no intentó guiar a Zebra, porque la yegua conocía cada palmo del terreno tan bien como ella. Lo único que le importaba era que se estaban alejando de la ruta este, y por lo tanto también de Ty y de Lucifer. Tampoco intentó utilizar el revólver; sacarlo del cinturón yendo a aquella velocidad sería muy difícil, y apuntar bien sería imposible.

Con cada segundo que pasaba, era más obvio que Zebra les estaba ganando la partida a los renegados. La yegua estaba descansada, bien alimentada y sólo cargaba el peso insignificante de Janna, y era más veloz y resistente que los caballos de los indios. Al cabo de unos tres kilómetros, los renegados se dieron cuenta de que estaban cansando a sus monturas por una causa perdida. Dos de ellos se detuvieron, después otro y otro, hasta que sólo quedó uno persiguiendo a Janna; al cabo de unos minutos, también él se rindió y dejó de hostigar a su caballo.

Zebra se dio cuenta antes que Janna de que la persecución había terminado, pero siguió galopando para alejarse más de sus perseguidores. Al notar el cambio en el paso de la yegua, Janna supo que el peligro inminente ya había pasado, y con cuidado se secó los ojos con una mano y se volvió para mirar por encima del hombro. Lo único que había a su espalda eran las pisadas de Zebra sobre el terreno desierto.

Cuando la yegua subió a una colina, Janna la condujo hacia unos árboles y comprobó su rastro con el catalejo. No vio a los renegados por ninguna parte, y en toda la extensión de terreno que tenía delante no parecía haber ningún peligro.

Durante unos minutos, estuvo pensando en cómo podía ocultar las huellas de Zebra para confundir a cualquier posible perseguidor, pero todas las posibilidades que se le ocurrieron, incluyendo desmontar y dejar que la yegua se marchara, le imposibilitarían llegar al borde este de la meseta antes de que anocheciera. Decidió que tendría que permanecer con Zebra, y confiar en su velocidad en caso de que tuvieran que volver a huir.

—Bueno, chica, vamos a ver si Lucifer y Ty están bien.

La yegua se puso en marcha de inmediato cuando sintió la suave indicación de los talones de su jinete. Janna se mantuvo alerta, pero no vio ni rastro de otros seres humanos; aun así, se encontraron con varios grupos de caballos salvajes, y cuando los animales salieron corriendo al verlas aparecer, le indicó a la yegua que se acercara al lugar donde habían estado, para que sus huellas se mezclaran con las de los demás. De ese modo, sería prácticamente imposible que alguien las siguiera.

Cuando llegó a kilómetro y medio de distancia de la ruta este, divisó por fin a Ty y a Lucifer. Las nubes blancas y frágiles que habían cubierto el cielo durante todo el día se habían ido oscureciendo y presagiaban tormenta. Las Montañas de Fuego ya estaban cubiertas por los densos nubarrones, y los truenos distantes resonaban desde las cimas ocultas. La meseta no tardaría en estremecerse bajo los fríos martillazos de una lluvia torrencial, los relámpagos golpearían los promontorios, y los árboles solitarios correrían el riesgo de convertirse en antorchas.

Y lo mismo podía decirse de cualquiera que estuviera expuesto a la intemperie. Janna sabía que, si querían bajar ese mismo día por el camino de la vertiente este, tenían que darse prisa.

Zebra pareció presentir la premura que impulsaba a su jinete, porque fue de inmediato hacia el borde de la meseta, donde el viento y la lluvia habían moldeado en la tierra incontables grietas, barrancos y cañones. Allí, en la parte superior de un insignificante barranco, empezaba el único camino que bajaba por la accidentada ladera este de la meseta; y allí era donde estaban Ty y Lucifer.

Ty no esperó a que Janna desmontara. Antes de que Zebra se hubiera detenido del todo, la tomó en sus brazos y la apretó contra su pecho mientras los dos caballos resoplaban y se hociqueaban a modo de saludo.

—¿Qué demonios te ha pasado? —aunque su voz sonó áspera y dura, sus manos acariciaron el pelo suelto de Janna con suavidad.

—Me encontré a Zebra, pero nos topamos con un grupo de renegados cuando volvíamos hacia vosotros —Janna sintió que los brazos de él se tensaban bruscamente.

—¡Lo sabía! Oí esos condenados disparos, y lo supe.

—Los renegados se sorprendieron tanto como yo —se apresuró a decirle, para intentar calmarlo—. Sólo dispararon varias veces porque estaba fuera de su alcance, las balas no me pasaron cerca.

—Entonces, ¿cómo has perdido el sombrero?

—Ha sido el viento. Zebra echó a correr como si la persiguieran todos los diablos, yo no podía ver nada porque me lloraban los ojos.

Ty se la imaginó galopando por aquel terreno accidentado sobre la mustang, sin estribos para apoyarse, sin brida para controlar a su montura, sin nada que pudiera ayudarla a mantener el equilibrio si la yegua tropezaba... si se hubiera caído, podría haber acabado muerta o malherida.

—¡Maldita sea, Janna...! —Ty se detuvo, consciente de que no era justo que se enfadara con ella por haber corrido peligro; finalmente, añadió con voz tensa—: Esto no puede seguir así, tengo que llevarte a algún sitio donde estés a salvo.

El sonido de un trueno le recordó que el peligro podía adoptar muchas caras distintas, y que una de ellas los estaba mirando en ese momento. Con reticencia, se volvió a inspeccionar el escalofriante camino que le esperaba a Lucifer.

El camino empezaba en la parte superior de un estrecho

barranco, que se dividía rápidamente en distintos ramales a los lados y hacia abajo, y que creaba una ruta zigzagueante a través de la ladera este de la meseta. Después de los primeros cuatrocientos metros, el camino se volvía un poco menos escarpado, y después de un kilómetro y medio, se unía a la extensa cuenca que se extendía a partir de la base de la meseta. En aquel punto, el camino mejoraba mucho y era como cualquier otro sendero de aquella tierra salvaje.

Pero aquellos primeros cuatrocientos metros eran una pesadilla, y los restantes eran poco mejores. Había resultado muy difícil subir por aquel camino, pero bajar siempre era más peligroso. Ty no sabía cómo iban a poder sortear los obstáculos de aquella ruta, sin perder el tira y afloja con la gravedad y acabar cayendo hacia un suelo que estaría muy, pero que muy lejos.

—El primer tramo es el peor —comentó Janna.

—¿Y eso tendría que darme ánimos?

—Bueno, al menos no tendría que desmoralizarte más.

Ty esbozó una sonrisa, y depositó un beso fugaz en sus labios antes de soltarla.

—Mantén a Zebra aquí arriba hasta que Lucifer haya pasado lo peor —le dijo—. Ya va a costarme bastante mantenerme alejado de las pezuñas de ese semental, no quiero tener que ir mirando por encima del hombro para ver si se me viene encima la yegua —se volvió hacia Lucifer, y tiró suavemente de la correa—. Venga, chico. Será mejor que lo hagamos cuanto antes.

Lucifer se acercó al borde, bajó la mirada hacia el camino, y se negó a dar otro paso.

—Sí, tienes razón, pero hay que hacerlo —Ty tiró un poco más fuerte de la correa, y añadió con voz suave—: Venga, grandullón, enséñale a Janna los buenos modales que has aprendido en el paseo que hemos dado hoy.

Lucifer levantó la cabeza bruscamente, para oponerse a la cuerda que lo llevaba hacia el escarpado y peligroso camino. Un trueno retumbó en la distancia, y el viento les llevó el aroma de la lluvia y el aviso de que las posibilidades de tormenta se incrementaban con cada minuto que pasaba.

—Venga —insistió Ty, mientras tiraba con un poco más de fuerza de la correa—. Si ese pequeño tramo te parece difícil ahora, espera a que empiece a llover a mares. Será mejor que estemos bien lejos de aquí cuando eso ocurra.

Lucifer echó las orejas hacia atrás y se apuntaló mejor en el suelo para oponerse a la presión de la jáquima.

—Tu padre debió de haber sido el mismísimo mulo negro de Satán —dijo Ty, con un tono suave y tranquilizador—. Venga, hijo, ya has oído lo que ha dicho la señorita... el primer tramo es el peor. Después, es tan fácil como chupar miel de una cuchara.

Lucifer acható las orejas contra la cabeza.

Ty tenía varias opciones: seguir tirando y rezar para que el caballo acabara cediendo, seguir tirando y decirle a Janna que hiciera un ruido fuerte, para que el animal bajara del susto... directo hacia él, o atraer al caballo hacia el camino con el cebo más viejo de todos.

—Janna, ¿crees que esa yegua tuya bajará por el camino?

—No lo sé, podríamos probar.

—Tranquilo, chico —Ty volvió hacia Lucifer, y presionó ligeramente con la mano sobre su hocico para que retrocediera—. Si no quieres ser el primero, vas a tener que quitarte de en medio y dejar que la dama te enseñe cómo se hace.

Lucifer pareció muy satisfecho de poder apartarse del camino. En ese momento, les sacudió una ráfaga de viento que presagiaba la lluvia helada que se avecinaba, y el caballo movió las orejas y resopló al sentir el deseo instintivo de ponerse a cubierto.

Ty enrolló la correa y la aseguró alrededor del cuello de Lucifer, para tener las dos manos libres y al mismo tiempo asegurarse de que el semental no pudiera tropezar con ella, y entonces apartó un poco al animal para que Zebra y Janna pudieran acercarse al camino. Cuando Zebra estuvo mirando hacia la dirección correcta, es decir, directamente hacia abajo, Janna le dio una palmada en un anca.

—Venga, para abajo —le dijo, esperanzada.

La yegua volvió la cabeza hacia ella y se la quedó mirando.

—¡Venga, chica! ¡Vamos, baja por ahí! ¡Baja!

La mustang sacudió la cabeza, como si estuviera deshaciéndose de unas cuantas moscas molestas, y retrocedió unos pasos para alejarse del camino.

—Maldita sea... —dijo Ty—, a lo mejor si... ¡Janna, no!

Demasiado tarde. Janna ya se había colocado delante de Zebra, y empezó a bajar por la empinada cuesta. Después de avanzar unos metros, encontró un lugar relativamente seguro y se volvió para llamar a la yegua.

—¡No! —protestó Ty—, ¡no vayas delante de ella! ¡Si resbala, te aplastará y te dejará más plana que una sombra!

—Me mantendré fuera de su camino —le dijo Janna, sin poder evitar la tensión de su voz. Sabía incluso mejor que Ty lo peligroso que era estar por debajo de un caballo en una pendiente pronunciada—. Venga, chica, ven aquí. Zebra, vente conmigo.

Como siempre, la voz suave de Janna y sus manos extendidas hacia ella fascinaron a la yegua. Zebra se acercó todo lo posible sin llegar a dar un paso en el camino, y se inclinó hacia Janna con el cuello tenso, los ollares dilatados, las orejas erguidas... y las pezuñas firmemente plantadas en el suelo.

Janna bajó un poco más por el camino, y se detuvo al alcanzar otro punto más o menos llano, a unos diecisiete metros de la yegua. Cuando se llevó las manos a la boca y soltó el grito de un halcón, Zebra resopló y movió las patas con nerviosismo. El grito volvió a resonar en el aire, para recordarle a la yegua todas las veces que había respondido a la llamada y se había encontrado a Janna esperándola con su zurrón lleno de regalos.

Uno de los cascos de la yegua se alzó, y volvió a posarse

a meros centímetros de su posición inicial. Otro casco se movió, y se ganaron varios centímetros más. Con las orejas erguidas y la piel estremecida de nerviosismo, Zebra fue avanzando con mucha lentitud por el camino mientras Janna no dejaba de animarla con palabras suaves.

Ty observó el lento avance del animal con el cuerpo cubierto de sudor. Una simple duda, una piedrecilla suelta, un error de cálculo por parte de la yegua, y Janna quedaría atrapada en una avalancha letal de carne. No tenía espacio para apartarse, ningún lugar en el que esconderse, así que Zebra la mataría si se cayera.

Ty empezó a rezar sin darse cuenta, sin apartar la mirada del lento progreso de la yegua, mientras sentía que el alma se le desgarraba.

«Janna, si sales de ésta viva, me aseguraré de que te mantengas alejada de cualquier peligro... aunque tenga que atarte y meterte en mi zurrón para siempre», se prometió en silencio.

Lucifer soltó un suave relincho, llamando a Zebra. La yegua lo ignoró, ya que su atención estaba centrada en la muchacha que seguía bajando por aquella pendiente peligrosamente escarpada. El semental soltó una llamada más sonora y acuciante, pero que tuvo el mismo efecto que la primera. Cuando el caballo soltó un relincho imperioso, Zebra movió las orejas y la cola, se volvió un poco para mirarlo, empezó a resbalar y se sentó en el suelo; permaneció inmóvil durante unos segundos, pero finalmente consiguió estabilizarse y retomó el descenso.

Lucifer tomó aliento para relinchar de nuevo con fuerza.

—Cállate, chico.

Ty le tapó cuidadosamente los ollares con las manos, para que no pudiera relinchar. Lucifer levantó la cabeza, pero él se mantuvo firme mientras le hablaba para tranquilizarlo.

—No te servirá de nada llamarla, esa yegua te hace el mismo caso que Janna a mí: ninguno. Después, dejaré que le des a tu mujer una buena reprimenda... yo pienso hacer lo mismo con la mía... pero primero tenemos que ponerlas a salvo.

Aquellas manos firmes y la voz suave consiguieron que Lucifer se mantuviera quieto, pero estaba claro por la posición medio achatada de sus orejas que la situación no le gustaba nada.

Ty volvió a centrar su atención en Zebra; cuanto más avanzaba, más increíble parecía que un caballo pudiera bajar por allí, pero la yegua lo estaba consiguiendo. Ty fue contando en voz baja los pasos que le quedaban en aquel tramo más difícil, hasta llegar al punto donde el camino se nivelaba un poco, y en el que Zebra ya no tendría que ir medio sentada y apuntalándose en las tensas patas delanteras.

—Siete, seis, cin...

Zebra bajó los últimos cinco metros deslizándose por la pendiente, y entonces se quedó inmóvil, disfrutando de las felicitaciones y los mimos de Janna. Ty respiró hondo, y soltó el hocico de Lucifer.

—Bueno, chico, ahora te toca a ti. Y esta vez, no pienso aceptar un «no» por respuesta.

30

Lucifer se acercó al borde de la meseta, y soltó un fuerte relincho al que Zebra contestó. Cuando volvió a relinchar, la yegua levantó la mirada hacia él, pero no dio ni un paso.

—No va a subir —le dijo Ty con calma. Se colocó junto a la cabeza del semental, y empezó a tirar de la correa—. Si la quieres, vas a tener que hacerlo a las malas.

El caballo se quedó inmóvil en el borde del camino durante unos segundos, echó las orejas hacia atrás... y empezó a bajar.

Para Janna fue mucho peor ver a Ty descendiendo junto a los enormes cascos de Lucifer que bajar ella misma por el camino delante de Zebra. Aquel primer tramo era realmente peligroso, porque no había suficiente espacio para que Ty permaneciera junto al semental sin estar prácticamente debajo de sus pezuñas.

«Suéltalo, Ty. Deja que lo haga él solo», le rogó en silencio. «Ahora ya no retrocederá, no puede. Lo único que puede hacer es seguir bajando, y él lo sabe».

Resoplando, aprensivo, resbalando, sudoroso y con los músculos de la pata herida temblando por el esfuerzo, el semental fue bajando por el difícil primer tramo del camino con una rapidez sorprendente. En más de una ocasión, Ty evitó que cayera alzándole la cabeza con la correa para ayudarlo a recuperar el control. En circunstancias normales, al mustang le habría bastado su propia agilidad para bajar, pero la herida le habría imposibilitado el descenso de no ser por Ty.

De repente, la pata herida cedió y Lucifer perdió el equilibrio. Ty empujó con todas sus fuerzas contra la jáquima, para obligarlo a apoyar las ancas en el suelo, y el caballo resbaló unos nueve metros intentando detenerse con las patas delanteras, escarbando surcos con las pezuñas. Cuando finalmente se detuvo, Lucifer permaneció sentado como un enorme y sudoroso sabueso, mientras infinidad de piedrecillas caían rodando por la cuesta. Ty estaba junto a él, igual de sudoroso. Habían estado demasiado cerca de una verdadera tragedia, y alguien con menos fuerza que él no habría podido evitar que el caballo cayera.

Janna apretó un puño contra los dientes, mientras contenía un grito. Ty había corrido un riesgo terrible, porque si su peso y su fuerza no hubieran bastado para contrarrestar la fuerza de la gravedad, habría sido arrastrado junto a Lucifer hacia una caída larga y letal.

—Eso es, chico —le dijo él al caballo con voz suave, a pesar de que el corazón le martilleaba en el pecho—. Descansa y recupera el aliento, esa vieja pata tuya no deja de hacerte jugarretas. Esperas que te ayude, pero no lo hace, al menos tanto como tú necesitas. Ése es el problema con la fuerza... uno confía en ella, hasta que te falla. Así que tienes que usar la cabeza. No puedes bajar a toda velocidad como harías normalmente, tienes que tomártelo con calma.

Cuando Lucifer dejó de temblar de nerviosismo, Ty fue reduciendo la presión en la jáquima. El semental se incorporó con cuidado y retomó el descenso, aunque lo hizo con más lentitud y forzando menos la pata herida, como si hubiera entendido las palabras de Ty.

Aun así, cuando Lucifer llegó por fin al final del tramo más escarpado, Janna estaba temblando con un terror que nunca había experimentado por sí misma. Cuando hombre y caballo estuvieron en lugar seguro, soltó una exhalación trémula y corrió hacia Ty. Se echó en sus brazos y se aferró a él con todas sus fuerzas, a pesar de su brazo magullado.

—Tenía tanto miedo... —susurró contra su cuello—, no podía dejar de pensar en lo que pasaría si Lucifer bajaba demasiado rápido o perdía el equilibrio, si tú no podías apartarte a tiempo.

Ty la rodeó con los brazos, y la levantó del suelo.

—Yo también lo pensaba a cada paso —le dijo con voz ronca—, pero lo peor de todo ha sido verte delante de Zebra sabiendo que no podría hacer nada si algo salía mal —la apretó con fuerza contra sí, y saboreó su presencia en sus brazos, su calidez vital y su aliento dulce contra el cuello—. Dios, pequeña, me alegro tanto de estar vivo y contigo en mis brazos...

De repente, una ráfaga de viento barrió la ladera, seguida del sonido de un trueno en la distancia. Ty bajó a Janna al suelo y la soltó a regañadientes, y entonces sacó el arrugado poncho impermeable de su morral y la tapó con él sin decir palabra.

—Con esto bastará —dijo—. Y ahora, vámonos de esta pendiente completamente expuesta, antes de que un relámpago tenga más suerte que ese maldito tramo de terreno y nos mate.

Con aquel movimiento fluido que revelaba su fuerza y que siempre sorprendía a Janna, la colocó encima de Zebra.

—Baja hasta abajo, no me esperes —le dijo, antes de darle una suave palmada a Zebra en el anca—. Venga, adelante. Y mantén la parte con pelo de tu jinete hacia arriba, o te despellejaré para hacerme una funda de sofá.

Zebra retomó el camino con impaciencia; obviamente, la mustang entendía lo peligroso que era estar al descubierto durante una tormenta. Lucifer estaba igual de ansioso por salir de aquel camino y llegar a un terreno llano, pero su herida lo obligaba a ir más lento y emprendió la marcha por la pendiente rocosa cojeando.

Hacia el este, los riscos aislados y las tormentas eléctricas se entremezclaban con cataratas doradas de luz en las zonas donde el sol lograba asomarse. Por encima de sus cabezas, los relámpagos jugaban entre los densos nubarrones mientras el poder del viento se iba acrecentando.

Para cuando Lucifer y Ty llegaron al punto donde la meseta se unía al terreno lleno de cañones de la parte inferior, los últimos rayos del sol se habían unido a la tormenta que se amasaba en el cielo, y habían dejado atrás un extraño resplandor que realzaba cada uno de los rasgos del terreno, como si estuvieran perfilados con un tenue tono dorado. El efecto sólo duró unos minutos, hasta que las primeras cortinas de lluvia empezaron a caer y fusionaron el cielo y la tierra. Los rayos empezaron a danzar sobre el terreno con sus pies incandescentes, mientras los truenos rezongaban tras sus brillantes y elusivos compañeros.

—Bueno, chico, no creo que ningún renegado que se precie salga a buscar problemas con esta lluvia —le dijo Ty a Lucifer, mientras se ajustaba mejor el sombrero contra la lluvia y el viento.

Si el caballo se alegró al oír aquello, lo disimuló muy bien y siguió avanzando cojeando y con las orejas echadas un poco hacia atrás, señal inequívoca de su mal humor. Ty compartía el estado de ánimo del animal. Con suerte, la tormenta resultaría ser una línea breve y rápida; sin suerte, la grieta que llevaba al cañón escondido de Janna estaría demasiado llena de agua para poder pasar, y tendrían que pasar la noche al descubierto.

Janna estaba pensando en lo mismo. Si hubiera estado sola, habría hecho que Zebra acelerara el paso; pero no lo estaba, y a causa del paso lento de Lucifer, tardarían varias horas en llegar al refugio secreto.

La lluvia no tardó en limitarles la visibilidad, así que era inútil intentar adelantarse para reconocer el terreno en busca de posibles amenazas. Janna hizo que Zebra se volviera, y retrocedió sobre sus pasos hasta que vio a Lucifer y a Ty. Al llegar a su altura, se bajó de Zebra y empezó a caminar junto a Ty.

—Adelántate y ve al refugio, no tiene sentido que enfermes bajo la lluvia —le dijo él.

—Anochecerá una hora antes de que llegues a la entrada del valle, no verás la grieta; además, me sentía un poco sola y he pensado que me vendría bien tener algo de compañía.

Ty empezó a protestar, pero se mordió la lengua. En parte, sabía que ella tenía razón al decir que le costaría encontrar la grieta en la oscuridad, porque la única vez que había pasado por allí desde aquella dirección había estado más vivo que muerto; sin embargo, la verdadera razón de que no protestara era que le gustaba que Janna estuviera a su lado, tener sus dedos entrelazados con los suyos, y sentir que las manos de ambos se iban calentando al compartir el calor corporal.

—Janna... —empezó a decir tras un largo rato de lluvia y de silencio, ya que llevaba horas dándole vueltas a algo en la cabeza.

—¿Qué?

—¿Por qué arriesgaste la vida sujetando a Lucifer en el barranco?

—No quería que Troon volviera a atraparlo.

—Pero oíste a los renegados, tuviste que darte cuenta de que Troon era hombre muerto. Podrías haber soltado a Lucifer, pero no lo hiciste. Te aferraste a él, a pesar del peligro que corrías.

Janna no contestó.

—Cielo... ¿por qué?

—Te prometí una oportunidad para domar a Lucifer, y ése era el momento perfecto —le dijo ella.

Ty soltó un juramento en voz baja.

—Imaginé que era por alguna tontería como ésa. Escúchame bien: te libero de esa promesa. ¿Está claro? Si Lucifer decide largarse en doce direcciones diferentes es problema mío, no tuyo. Tú sólo tienes que mantenerte a un lado, a salvo —Ty esperó durante unos segundos, pero ella no le contestó—. ¿Janna?

—Te he oído.

—¿Me prometes que si Lucifer sale huyendo o se encabrita, te quitarás de en medio en vez de intentar ayudar?

—Ty...

—Prométemelo —la interrumpió él—. Si no lo haces, daré la vuelta ahora mismo para volver a Wyoming, y al diablo con este condenado semental negro.

—Pero él es tu futuro, la única manera de que puedas conseguir a tu dama...

Ty la interrumpió con una retahíla salvaje de obscenidades. Un kilómetro y medio después, Janna logró hacer acopio de valor para romper el silencio que se había creado.

—Te lo prometo. No entiendo por qué no quieres que te ayude, pero...

—¿Que no lo entiendes? —la interrumpió Ty con fiereza—, ¡debes de tener una opinión muy mala de mí, si crees que sería capaz de construir mis sueños sobre tu cadáver!

—¡No he querido decir eso! —protestó ella, atónita al ver que Ty había malinterpretado tanto sus palabras—. Ya sé que tú nunca harías algo tan horrible, eres un hombre demasiado bueno, amable y generoso.

Ty soltó una carcajada cargada de aspereza, consciente de que un hombre bueno, amable y generoso no habría aliviado su propio deseo a costa de la inocencia de Janna. Pero lo había hecho, y ella ya no era inocente... pero lo peor de todo era que no se arrepentía realmente de sus acciones. El éxtasis que había experimentado en el cuerpo de Janna había sido demasiado poderoso, demasiado ardiente, para ser rechazado.

Si pudiera repetirlo, seguiría sin poder preservar su virginidad. Janna era pasión salvaje, gracia y fuego elemental, y él era un hombre que se había pasado la vida ansiando aquellas tres cosas sin saberlo. Ella había intuido sus necesidades, se había entregado a él, y no le había pedido nada a cambio. Ni una maldita cosa.

Ty sentía cómo las hebras de su inocencia y de su generosidad se iban enroscando con más fuerza a su alrededor, cómo lo iban aprisionando.

—¿Lo haces a propósito? —le preguntó con enfado.

—¿El qué?

—Darlo todo sin pedir nada a cambio, y conseguir así que esté encadenado a ti más firmemente que con unos grilletes.

Janna sintió como si acabara de abofetearla. La fría lluvia que había sido una incomodidad hasta ese momento se convirtió en su aliada, porque ocultó las lágrimas y la desilusión que ella estaba demasiado cansada para esconder. Cuando Ty la había levantado del suelo y la había abrazado con tanta fiereza, había empezado a albergar la esperanza de que él la considerara algo más que una mujer disponible para satisfacer sus necesidades sexuales. Cuando la había tomado de la mano y había empezado a caminar junto a ella bajo la tormenta, se había convencido de que sentía algún cariño por ella.

Pero no se había dado cuenta de que él se sentiría resentido por ese cariño, ni de que la culparía a ella.

—Pues vas a aceptar algo de mí: Lucifer es medio tuyo —añadió él.

—No lo quiero.

—Y yo no quería que arriesgaras el cuello, pero no me sirvió de nada.

Janna soltó su mano bruscamente.

—¿Se te ha ocurrido pensar que no te he pedido nada porque no tienes nada que yo quiera?

—¿Nada?, pues nadie lo diría —le dijo él con sarcasmo.

Al oír el tono de su voz, Janna se dio cuenta de que estaba recordando cómo lo había acariciado, el deseo con el que lo había besado, la súplica impaciente de sus caderas al elevarse hacia él para que uniera sus cuerpos, y sintió una oleada de vergüenza.

—No te preocupes —le dijo con voz tensa—, no vas a perder nada de sueño esta noche por mi culpa, no voy a volver a seducirte.

—¿A seducirme?, ¿de verdad crees que eso fue lo que pasó?, ¿que me sedujiste? —Ty se echó a reír—. Cielo, tú no tienes ni idea de cómo seducir a un hombre. Una mujer seduce a un hombre con sedas, sonrisas enigmáticas y roces accidentales de sus manos tersas y perfumadas, lo seduce con su conversación y la suave música de su voz al darles la bienvenida a sus invitados a un baile elegante; lo seduce al beber los mejores vinos y la comida más selecta, y con su elegancia al entrar en una habitación sabiendo que él está allí —Ty sacudió la cabeza, y añadió—: Tú te acostaste conmigo, pero no me sedujiste.

Janna recordó lo que había dicho de ella la noche anterior... «sólo sirves para ser la amante de algún hombre, pero careces de la educación y de la sofisticación necesarias hasta para eso». Sin decir palabra, se volvió y montó en Zebra, haciendo caso omiso del dolor que relampagueó por su brazo magullado al subir a la yegua sin ayuda.

—¿Janna?, ¿qué demonios...?

Ella no contestó. Le indicó a Zebra que se pusiera en marcha con una suave presión de los talones, hasta que sólo pudo ver y oír la lluvia.

31

—Venga, ya falta poco —le dijo Ty al semental, mientras rogaba que fuera así.

Ni su voz ni la presión firme que ejercía en la jáquima revelaban el cansancio que lo apisonaba, y que había convertido sus músculos en arena; por un segundo, temió que Lucifer no respondiera, pero el caballo retomó su laborioso avance.

—Eso es, chico. Janna dijo que la grieta estaba en la cima de una pequeña colina.

De hecho, eso era lo único que ella le había dicho durante las largas horas de viento y lluvia intermitentes; cuando no llovía, se adelantaba con Zebra y se alejaba de ellos, y cuando llovía, se mantenía lo bastante cerca para que él pudiera seguir sus huellas.

Ty estaba convencido de que a Janna sólo le preocupaba el bienestar de Lucifer. No le había dirigido la palabra desde que había montado en Zebra, y echaba de menos su conversación. En las últimas semanas, se había acostumbrado a sus conocimientos sobre el terreno y los animales, a su desinhibida respuesta al viento y al sol, y a la tímida sonrisa que esbozaba cuando él la tocaba. Echaba de menos la risa que había salido de sus labios al explicarle cómo se había escondido una vez de Cascabel a plena vista, igual que había hecho él con los soldados, echaba de menos los fragmentos de obras de teatro, poesías y ensayos de los que solía hablarle, para que él completara las lagunas de su educación, pero sobre todo echaba de menos el cálido y cómodo silencio que habían compartido al caminar agarrados de la mano bajo la lluvia.

El silencio que habían compartido desde que ella había montado en Janna no había tenido nada de cómodo; había sido tan gélido y vacío como la noche.

—Oye, ¿podrías explicarme por qué una mujer se pone hecha una furia cuando le digo que no es culpa suya que ya no sea virgen? —le preguntó a Lucifer—. Porque está claro que no fue culpa suya, Janna no tenía ni idea de lo que le esperaba al otro lado del camino. Era imposible que supiera cuándo tenía que pedirme que me detuviera, pero yo sabía adónde nos dirigíamos. La primera vez que la besé, supe que si no paraba acabaría hundiéndome en su cuerpo, pero seguí adelante. La deseaba como un río desbordado desea al mar, con una fuerza imparable. Y que Dios me ayude, pero sigo deseándola así.

Ty permaneció en silencio durante unos segundos, y finalmente añadió:

—Yo sabía lo que estaba haciendo en todo momento... y fue la mejor experiencia de mi vida. Me moriré recordando los hermosos sonidos que hizo mientras estaba dentro de ella, dándole placer con todo mi cuerpo.

La voz de Ty se tensó cuando los recuerdos lo inundaron en una poderosa oleada; a pesar de lo exhausto que estaba, su sangre empezó a hervir al imaginarse enfundado de nuevo en la calidez de Janna.

—No tuvo ninguna oportunidad para poder rechazarme —continuó, con la voz ronca—. Ni una sola oportunidad. Tendría que sentirse mejor al saber que lo que pasó no fue culpa suya, sino mía, así que... ¿por qué no me habla?

Lucifer no pudo ofrecerle ninguna respuesta, pero Ty no había esperado que lo hiciera. Si el semental hubiera sabido cómo tratar al sexo supuestamente débil, Zebra no se habría pasado los últimos años correteando por la meseta con Janna.

Rezongando para sus adentros, fue subiendo por la colina mientras tiraba con suavidad pero con firmeza de la correa, para que Lucifer lo siguiera.

Finalmente, oyeron un suave relincho desde la oscuridad que tenían delante, y Lucifer emitió un suave sonido de respuesta. Ty no recibió ningún saludo verbal, y Janna no hizo ningún comentario cuando desmontó y se acercó al semental. Bajo la luz tenue de la luna que había ocupado el lugar de las nubes, intentó comprobar cómo estaba Lucifer.

—¿Hay demasiada agua en la grieta para que pasemos? —le preguntó Ty.

—No.

Él esperó a que siguiera hablando, pero, al parecer, Janna no tenía nada más que añadir sobre aquel asunto... o sobre cualquier otro; al menos, a él, porque no parecía tener ningún reparo en hablar con el semental.

—Pobre caballito valiente... has tenido un día muy duro, ¿verdad?

Al ver que ella alargaba la mano para acariciar al caballo, Ty empezó a avisarla de que el animal estaba de muy mal humor, pero se quedó con la boca abierta al ver que Lucifer resoplaba con suavidad y alargaba el hocico hacia sus manos. Después de acariciarle el hocico y las mejillas, Janna subió las manos hasta el mechón de pelo de la parte superior de la frente, y lo acarició antes de deslizar los dedos bajo la jáquima y frotarle la zona para aliviar en algo la molestia que le causaba el cuero.

Lucifer soltó una exhalación que fue casi un suspiro, y apoyó la frente en el pecho de Janna. El hecho de que el animal se le ofreciera con una confianza tan total hizo que Ty se sintiera primero atónito y después conmovido, y su garganta se cerró ante un aluvión de emociones que no pudo alcanzar a describir. La tierna rendición del semental le recordó al antiguo mito del unicornio y la virgen, pero al observar a Janna, se preguntó si no habría sido alguna cualidad elemental femenina lo que había atraído al unicornio, en vez del supuesto estado virginal de la muchacha.

«El pobre unicornio no tuvo la más mínima posibilidad, había nacido para apoyar la cabeza en el regazo de aquella joven y ser cautivo de sus manos», se dijo para sus adentros; sin embargo, las ideas que le merodeaban por la mente lo ponían nervioso. Aunque Janna no había hecho nada para aprisionarlo, se sentía confinado, atrapado en una red invisible, atado con hebras de seda. Y cada hebra era una caricia, una sonrisa y un mundo compartidos, hasta que una de esas hebras se convertía en miles entretejidas en un vínculo irrompible que completaba la trampa.

—¿Estás listo, chico? —le preguntó Janna al caballo—, va a ser duro para tu pobre pata, pero es lo último que voy a pedirte hasta que te cures.

Cuando ella se volvió y regresó junto a Zebra, Lucifer la siguió y Ty no tuvo más remedio que ir tras él al sentir el tirón de la correa que tenía en la mano. El cambio de papeles le proporcionó un momento de diversión llena de ironía, y se preguntó qué pasaría si ataba la correa al cuello del animal, se volvía y se alejaba de allí sin mirar atrás.

«Yo te diré lo que pasaría: te pasarías la noche hambriento y con el trasero helado, y Lucifer la pasaría rodeado de comida con las cálidas manos de Janna acariciándolo. Así que ¿quién crees que es más listo... el semental, o tú?», se dijo en silencio.

Ty masculló una maldición ahogada, y siguió a Lucifer por el terreno húmedo y rocoso hacia la grieta invisible que se abría en la pared de la meseta. En aquella zona, la cara de la meseta consistía en despeñaderos y cañones salpicados de oscuros montículos de lava negra, aunque la altura de los despeñaderos era una décima parte de la que tenía la pared extremadamente erosionada por la que habían descendido antes.

Aun así, Janna no había logrado encontrar ninguna ruta que llegara hasta la meseta desde aquella zona. Si quería volver a subir, tendría que ir mucho más hacia el sur, siguiendo el borde irregular de la meseta hasta la ruta fácil de la ladera sur; sin embargo, ese trayecto entrañaría un día entero de camino a lomos de un buen caballo, mientras que la ruta este estaba a unas horas a pie.

Los dos caballos se detuvieron de repente. Zebra resopló con nerviosismo cuando Janna entró en la corriente de agua que salía por la grieta, pero como ya habían hecho aquello otras veces y no había resultado herida, acabó por ceder y se metió en el agua, que llegaba a la altura de los tobillos. Lucifer vaciló por un momento, pero tras bajar la cabeza y olisquear el agua acabó claudicando también, como si estuviera demasiado exhausto para hacer otra cosa que ir a donde se le indicara.

En el interior de la grieta, la luz de la luna se reducía a un pálido resplandor en la superficie del agua. Los caballos lo tenían un poco mejor que los humanos, gracias a sus cuatro patas y a la mejor visión nocturna de los equinos, pero a pesar de aquellas ventajas, no les resultó nada fácil. Como había pasado muchas veces por allí, Janna se las ingenió para resbalar y caer al suelo sólo dos veces; por su parte, Ty se cayó cuatro veces y se consideró afortunado de que no hubiera sido mucho peor.

Cuando salieron al valle, humanos y animales por igual estaban empapados con una mezcla de lluvia, agua de la corriente que recorría la grieta y sudor.

—Muy bien, chica. Estamos en casa —le dijo Janna a Zebra, antes de darle una palmadita en el anca.

La yegua se alejó trotando hacia la hierba y las matas de trébol que había descubierto en su visita anterior. Ty se planteó si lo mejor era ponerle las trabas a Lucifer, pero desechó la idea al razonar que el animal estaba demasiado cansado para intentar pasar de nuevo por la grieta. Después de quitarle la jáquima, le frotó con suavidad las marcas que el cuero le había dejado en la cabeza. Lucifer se inclinó hacia sus caricias con deleite.

—Sí, es muy fácil malacostumbrarse, ¿verdad? —murmuró Ty, pensando en Janna y en la noche anterior—. Mañana te daré una buena friega, pero ahora lo que de verdad necesitas es comer. Venga, sigue a Zebra, ella sabe dónde están las plantas más jugosas.

El caballo tardó un segundo en darse cuenta de que estaba libre, pero entonces sacudió la cabeza y fue tras Zebra. Ty se volvió justo a tiempo de ver a Janna desaparecer en los sauces que crecían a lo largo del arroyo.

Cuando llegó al saliente que ella consideraba su hogar, Janna ya había empezado a encender una pequeña hoguera, y estaba en cuclillas añadiendo un poco del combustible que guardaba en un rincón seco. Cuando el fuego prendió, añadió unas ramas húmedas que habían estado apiladas más allá de la protección del saliente.

Después de poner agua a calentar en el fuego, Janna se volvió y se acercó al pequeño baúl que había arrastrado con dificultad a lo largo de la grieta tres años atrás, cuando había descubierto aquel paraíso secreto. El baúl contenía sobre todo libros, pero en un rincón estaban guardadas las últimas prendas de ropa que le quedaban de su padre. Había una camisa, un par de pantalones de los domingos y tres calcetines, además de los mocasines que había conseguido a cambio de medicinas la primavera anterior.

—Me llevé tres camisas de la tienda del predicador, ¿quieres una?

Janna se sobresaltó al oír la voz de Ty, porque no se había dado cuenta de que se había acercado al campamento. Pero allí estaba, al otro lado de la hoguera, estirando los músculos cansados de llevar el pesado morral que había dejado contra la pared de roca.

—No —le dijo, en respuesta a su ofrecimiento.

Janna se desató los mocasines empapados, y los dejó a un lado para que se secaran. Con las manos ateridas de frío, empezó a quitarse la tela que le vendaba los pechos sin quitarse el poncho. El movimiento le causó una punzada de dolor en el brazo magullado, pero apretó los dientes y continuó con la tarea. Había sufrido heridas peores en el pasado, y probablemente también las sufriría en el futuro.

Ty no se molestó en preguntarle si quería su ayuda, porque sabía que su respuesta sería negativa. Le quitó el voluminoso poncho y lo echó a un lado sin mediar palabra, y soltó una exhalación brusca al ver el moratón. Aunque sabía por experiencia que probablemente parecía peor de lo que era en realidad, no soportaba ver aquella sombra oscura y dolorosa en su piel.

—¿Tienes algo para eso? —le preguntó.

—Sí.

Janna intentó apartarse de él, pero Ty la agarró de los antebrazos con cuidado pero con una firmeza férrea.

—Quédate quieta, cielo. Deja que te ayude.

Incapaz de confiar en su propia voz, ella se limitó a negar con la cabeza.

—Sí —la contradijo él de inmediato—. Tú me has curado un montón de veces, ahora me toca a mí.

Janna levantó la mirada hacia su rostro. Los ojos de Ty parecían muy oscuros, pero vivos con las llamas que reflejaban el fuego. La calidez de sus manos en su piel aterida la impactó, pero no tanto como el fuego que se extendió por su entrepierna ante la idea de que él la cuidara.

Se estremeció por una combinación de frío y de deseo recordado, pero se enfadó tanto por el recuerdo como por el deseo, se enfadó consigo misma por desear a un hombre cuyos sentimientos hacia ella oscilaban entre la lástima y el desprecio, la lujuria y la indiferencia.

—Estás helada —comentó Ty con preocupación, al ver que se estremecía con violencia. Empezó a quitarle la tela que tenía envuelta alrededor del torso, y añadió—: ¿Dónde está la medicina que necesitas?

Ella sacudió la cabeza en señal de rechazo... rechazo hacia él, hacia sus recuerdos, hacia todo.

—Janna, ¿qué demonios te pasa?

Ty no esperó a que le contestara. Janna sintió que sus manos le quitaban la tela que la cubría, y de repente, no pudo soportar la idea de volver a desnudar sus pechos ante él. Ty empezaría a tocarlos y a besarlos, y la calidez que se iba extendiendo desde la boca de su estómago se avivaría y lo quemaría todo a su paso, incluso la certeza de saber que estaba enamorada de un hombre que sólo amaba a su sueño... y que ella no era ese sueño.

Con un grito inarticulado, intentó zafarse de sus manos, pero fue como empujar a una roca cálida.

—Es demasiado tarde para mostrar timidez —le dijo él—. Quédate quieta mientras te quito toda esta tela mojada.

—¡Suéltame! —le dijo ella, en un tono de voz escalofriante.

Ty se quedó helado.

—Janna, ¿qué pasa?

Janna no se dio cuenta de la suavidad de su voz, ni de las emociones turbulentas que bullían justo debajo de su control. Sólo podía oír sus propios recuerdos, la voz de Ty resonando en su mente una y otra vez mientras enumeraba sus carencias como mujer... no tenía nada que ofrecerle a un marido, no estaba cualificada para ser la amante de alguien, sólo servía para saciar el deseo masculino que crecía inexorablemente cuando no había ninguna otra mujer disponible.

—¿Pequeña...? —Ty le levantó la barbilla y la besó suavemente en los labios, que estaban tan fríos como su voz—. ¿Qué he hecho para que estés tan enfadada conmigo?

Cuando él se inclinó para besarla de nuevo, ella apartó la cabeza bruscamente.

—No me toques, esta noche no me apetece ser tu ramera.

32

Las emociones contenidas de Ty estallaron en una furia como nunca antes había sentido. Soltó la tela que había estado intentando quitarle del cuerpo, y la agarró de los hombros.

—¡No vuelvas a decir algo así sobre ti misma! ¿Me has oído, Janna Wayland? *¡No eres una ramera!*

Enfadada, avergonzada y desafiante, Janna lo miró y le preguntó:

—Entonces, ¿cómo lo definirías?

—Somos... amantes.

—Yo diría que no. Ser el amante de alguien implica cierto afecto además de la lujuria, así que no soy tu amante. Soy alguien que te resulta conveniente, hasta que te lleves a Lucifer y vayas a comprar a tu dama...

—No te atrevas a decirlo —la interrumpió él, con tono salvaje—. Estoy harto de que me eches esas palabras a la cara.

—Entonces, deja de echármelas a la mía.

—Yo no he...

—¡Y un cuerno! —lo interrumpió ella, con la voz igual de salvaje—. «Si no consigo a mi dama de seda, no quiero a ninguna otra más tiempo del necesario para pasar un buen rato». «Eres la mujer menos femenina que he visto en mi vida». Y entonces me dijiste que Cascabel se parecía más a un mezquite de lo que yo me parecía a una mujer, pero las comparaciones siguieron llegando incluso después de que te acostaras conmigo. Estabas deseando decirme que necesitabas una mujer, no a mí en concreto.

La voz de Janna se quebró, pero ganó en firmeza cuando las palabras siguieron brotando incontenibles.

—Y entonces me dijiste que lo único de valor que tenía para ofrecerle a un marido era mi virginidad, porque no tenía familia, profesión ni dinero. Dijiste que me habías arruinado, porque ya no era lo bastante buena para ser una esposa, y que como carecía de la educación necesaria para ser una amante, sólo servía para ser «el juguete de muchos hombres, en vez de uno solo». Y eso es una ramera en cualquier idioma.

—Janna... Dios, nunca fue mi intención...

—Aún no he acabado... aunque a lo mejor debería decir que el que no ha acabado eres tú, porque tienes mucho que decir sobre mis carencias como mujer. Estabas desesperado por estar con una mujer, pero ni siquiera pude seducirte; según tú, no tengo ni idea de cómo seducir a un hombre, porque una mujer seduce a un hombre con sedas, sonrisas enigmáticas y...

Ty le cubrió la boca con la mano para interrumpirla, y le dijo con desesperación:

—No lo entiendes... no dije nada de todo eso con menosprecio, sobre todo después de que hiciéramos el amor.

El desafío mudo que brillaba en los ojos de Janna y las lágrimas que le corrían por las mejillas decían que lo había entendido demasiado bien.

—Janna, por favor, créeme —le susurró él, mientras le besaba las pestañas y probaba sus lágrimas—. No hice esos comentarios para insultarte. Eres una muchacha que está sola en el mundo, y te seduje a pesar de que sabía que no debía hacerlo. Eso era lo que quería decir. Estaba hablando de mis carencias, no de las tuyas.

Janna empezó a temblar mientras sus caricias y sus tiernas palabras se llevaban la furia y dejaban al descubierto la desesperanza que sentía. Nada de lo que Ty había dicho o podía decir cambiaría la demoledora realidad: ella no era la dama de sus sueños.

—¿Me crees? —le preguntó él, con voz tan suave como el roce de sus labios en sus párpados, en sus mejillas y en su boca—. No quise menospreciarte. Mariposa de satén, créeme... no quise...

Las dulces palabras se convirtieron en tiernos besos, que fueron profundizándose hasta que la lengua de Ty tocó la de ella por un instante antes de retroceder.

—Estás temblando de frío —le dijo él con voz ronca.

Con una mezcla volátil de tristeza, ternura y deseo, Janna esperó a que él sugiriera la forma más obvia para que entrara en calor.

Ty contempló sus ojos cristalinos durante unos segundos y entonces se volvió hacia la hoguera, cuyas llamas ardían contra una enorme pared de roca.

—Y ese fuego tiene que calentar más para que nos sirva —Ty sonrió, y añadió—: pero hay un método mucho más efectivo.

Cuando él empezó a quitarle la tela que le vendaba los pechos de nuevo, Janna esbozó una sonrisa agridulce. Podía rechazarlo estando furiosa, pero jamás podría rechazar al hombre que acababa de besarla con tanta ternura.

Al ver la triste aceptación en su sonrisa, Ty sintió como si un cuchillo le estuviera desgarrando las entrañas. Sabía que podía tenerla, que Janna se le entregaría de nuevo con la generosidad sensual que lo maravillaba, pero también sabía que cuando pasara el momento de placer, ella volvería a creer que era una ramera.

Por mucho que él le dijera, no conseguiría que cambiara de opinión, porque ya había dicho demasiado y con demasiado descuido, sin saber que sus palabras la estaban hiriendo. Aunque nunca había tenido la intención de arrebatarle su orgullo, lo había hecho, y por fin se había dado cuenta... pero demasiado tarde.

Janna sintió que el mundo giraba sobre su eje cuando Ty la levantó en sus brazos y se alejó con ella del fuego. Soltó un gritito ahogado, y le rodeó el cuello con los brazos.

—No pasa nada, Janna. No te dejaré caer.

Aunque la voz de Ty era tan suave como lo habían sido sus besos, su rostro era un retrato compuesto de planos y ángulos duros, y la línea de su boca era increíblemente triste.

Ninguno de los dos dijo una palabra mientras Ty la llevaba por el camino que conducía a la fuente de aguas termales. Conforme se fueron acercando, la temperatura fue ascendiendo gracias al calor que radiaba del agua. Ty eligió la poza a la que ambos llamaban la «bañera», se arrodilló y metió a Janna sin detenerse a acabar de quitarle el resto de la ropa. Ella emitió un sonoro gemido de placer cuando el agua fue eliminando el frío que la había dejado aterida.

—Es fantástico —murmuró.

Janna se hundió en el agua hasta la barbilla con un suspiro, y prácticamente desapareció en las nubes de vapor que se alzaban de la superficie de la poza. Buscó automáticamente el borde en el que normalmente permanecía medio flotando y medio tumbada cuando se bañaba allí, cerró los ojos y se apartó un poco para que Ty se sentara. Pasaron varios minutos, pero como no sintió ningún chapoteo en el agua, volvió a abrir los ojos... y se dio cuenta de que estaba sola.

—¿Ty? —dijo con voz suave. Al no obtener respuesta, decidió alzar un poco más la voz—. ¿Ty...? Hay sitio de sobra para los dos, no tienes que esperar para entrar en calor.

Le llegaron desde el campamento una serie de palabras que no pudo entender y aguzó el oído, pero no oyó nada más. Empezó a levantarse, pero empezó a temblar de inmediato. Sabía por experiencia que, si se quedaba en la poza el tiempo suficiente, su cuerpo absorbería tanto calor que en el camino de regreso no notaría el frío, ni siquiera en pleno invierno.

Acabó de desnudarse, volvió a sumergirse y dejó que el agua siguiera calentando su cuerpo. Con los ojos cerrados, se preguntó por qué Ty no se había metido en la balsa con ella; él también debía de estar helado, porque ni siquiera había tenido la relativa protección del poncho impermeable.

Janna se fue dando cuenta gradualmente de que ya no estaba sola. Al abrir los ojos, vio a Ty sentado de piernas cruzadas en el borde de la «bañera», completamente vestido, observándola con una sonrisa. Ajena a la nueva punzada de remordimiento que lo atravesó al ver que ella le devolvía el gesto con timidez, Janna sintió ganas de llorar cuando por un momento Ty pareció increíblemente triste.

—¿Ty...?

—Aquí estoy, pequeña.

Janna no vaciló ni se apartó cuando Ty se inclinó hacia ella. Volvió el rostro hacia él, creyendo que iba a tomarla en sus brazos y a besarla, pero él le se limitó a decirle con voz ronca:

—Cierra los ojos, y contén la respiración.

Ella lo miró perpleja por unos segundos, pero finalmente obedeció.

—Ahora, húndete del todo en el agua.

Janna se sumergió sin decir palabra, y cuando volvió a emerger, Ty estaba esperándola con un trozo de jabón fragante y suave. El dulce aroma a rosas de verano se extendió por el aire lleno de vapor.

—No me extraña que tu morral pesara tanto, debiste de dejar limpia la tienda del predicador —comentó ella.

—Hacía bastante tiempo que no estaba en una tienda con un poco de oro para gastar —comentó él, con una sonrisa.

Ty empezó a enjabonarle el pelo. El agua fue cubriéndose de suaves montoncitos de espuma, que flotaron como pequeños barcos fantasma en la oscuridad. Janna cerró los ojos, y se rindió al placer inesperado de tener a alguien lavándole el pelo.

—¿Estás lista para volver a contener la respiración?

Ella asintió, y volvió a sumergirse. Cuando salió de nuevo a la superficie, Ty estaba esperándola con otro trozo de jabón, y empezó a enjabonarla de nuevo con movimientos pausados, disfrutando de la textura y del aroma del jabón, saboreando la sonrisa de placer que curvaba los labios de Janna gracias a él, una sonrisa que no estaba teñida de tristeza. Sus dedos tardaron un largo rato en apartarse reacios de aquellos mechones tersos.

—Contén la respiración.

Janna obedeció, y se hundió en el abrazo cálido del agua. Cuando emergió, no le quedaban restos de jabón en el pelo, pero el aroma a rosas perduraba. Ty inhaló profundamente, y dejó que aquella fragancia acariciara sus sentidos. Tomó un poco más de jabón, y empezó a lavar el resto de su cuerpo como si fuera una niña. Sus pezones rígidos no dejaban lugar a dudas de que era una mujer, pero Ty se obligó a continuar bañándola sin detenerse más de la cuenta en aquellos pechos que suplicaban sus caricias.

Sus manos no dudaron en ir deslizándose hasta sus caderas, y se esforzó con todas sus fuerzas en bañarle las piernas con la misma actitud casi impersonal con la que le había lavado los hombros. Lo consiguió... hasta que llegó al triángulo de vello que en ese momento brillaba como la medianoche, pero que había parecido arder con unas llamas encendidas cuando la había desnudado por primera vez a la luz del crepúsculo.

Cuando sus dedos largos empezaron a bañar el cálido montículo que se encontraba en el ápice de sus muslos, Janna se estremeció y emitió un sonido quebrado.

—Tranquila, pequeña —murmuró él, sin prestar atención al martilleo frenético de su propio corazón—. Al menos no tendrás que contener el aliento para enjuagarte, yo podré hacerlo por ti.

Janna sonrió por un instante, antes de que las íntimas caricias de Ty arrancaran otra exclamación ahogada de sus labios. Él emitió el mismo sonido sin sentido, tranquilizador y casi ronroneante que había utilizado tantas veces con Lucifer.

—No pasa nada, no voy a volver a tomarte. Sólo estoy bañándote, ¿es que no te gusta?

—No es eso, es que... nadie me ha...

Las palabras de Janna se fragmentaron en una exclamación involuntaria de placer cuando los dedos de Ty siguieron moviéndose entre sus piernas, bañándola e inflamándola con aquellas caricias lubrificadas.

A pesar del deseo fiero que lo inundaba, Ty la miró con una sonrisa cargada de ternura.

—Me alegro, porque es la primera vez que baño a una mujer —empezó a añadir que nunca había sentido el deseo de hacerlo, pero Janna soltó una exclamación que le hizo recordar la noche anterior, la forma en que había rasgado su virginidad, y cómo había penetrado con pasión desenfrenada en su cuerpo inocente—. Cielo, ¿estás dolorida? ¿Te hago daño?

Janna intentó hablar, pero fue incapaz y negó con la cabeza.

—¿Estás segura?

Ella asintió.

—¿Se te ha comido la lengua el gato?

Janna sonrió al oír el matiz de humor perezoso y sensual en su voz, y le sacó la lengua. Tal y como había esperado, Ty la levantó hacia sí, se inclinó hacia ella y le cubrió los labios con su boca en el beso que ella había estado anhelando, una fusión tan cálida y profunda como la poza en la que se encontraba.

—Te estoy mojando —dijo Janna finalmente, cuando Ty la soltó y dejó que volviera a hundirse en el agua.

—La lluvia ya se ha ocupado de eso. Abre las piernas, mariposa de satén. No quiero dejar jabón en esa piel tan suave.

Janna sintió que la recorría un torrente cálido mientras las caricias de Ty creaban pequeñas olas en la superficie del agua. Cuando él tomó un poco más de jabón, el aroma a rosas pareció envolverla.

—Hay que lavarse el pelo una vez para que esté limpio, y dos veces para que esté bonito. ¿No es eso lo que les dicen las madres a sus hijas? —le preguntó él.

—No lo sé... ¿es eso lo que les dicen?

—Sí.

—Sí —susurró ella, estremeciéndose de anticipación.

Janna soltó un suspiro de placer cuando Ty volvió a deslizar la mano sobre su piel y retomó sus dulces caricias. Él la urgió a que abriera más las piernas y ella se entregó sin reparos, y se echó a temblar con cada oleada de agua cálida que la fue enjuagando. Cuando Ty empezó a introducir un dedo en su interior, soltó una exclamación y él se detuvo de inmediato.

—¿Te duele? —le preguntó con voz ronca.

—No.

La palabra se convirtió en una exclamación de placer cuando él hundió el dedo en su cuerpo con cuidado, y la respuesta cálida de su cuerpo satinado arrancó un gemido de las entrañas de Ty. No sabía cómo había podido soportar estar sin ella durante las largas horas del día, o cómo iba a poder soportar no tenerla una y otra vez día y noche.

—Mariposa de satén... —susurró, antes de apartar la mano temblorosa de ella.

Ty la sacó del agua y la tumbó en el centro de la manta que había llevado al volver del campamento. El vapor emanaba del cuerpo de Janna, y la envolvía en una neblina plateada. Ty plegó los bordes de la manta sobre ella hasta que la tuvo bien arropada, y entonces empezó a secarla; cuando ella hizo ademán de ayudarlo, él capturó sus manos, se las besó y volvió a colocarlas bajo la manta.

—Deja que lo haga yo —le pidió con voz ronca. Apartó lentamente los bordes de la manta, hasta que sus pezones quedaron al descubierto.

—Sí —contestó Janna en un susurro, mientras su cuerpo

entero se tensaba al recordar lo que había sentido con las caricias de su boca.

Pero fueron sus manos las que cubrieron sus pechos y los acariciaron con ternura, las que juguetearon con los pezones hasta que ella arqueó la espalda de placer. Janna cerró los ojos, y se entregó a las sensaciones ardientes que las manos de su amante despertaban en su cuerpo. Se mordió el labio para intentar sofocar los gritos de placer que subieron por su garganta cuando la boca de Ty capturó un pezón y empezó a succionar. Cuando él bajó las manos por su cuerpo y la incitó a que abriera las piernas, ella no vaciló en entregarse a él.

Ty la recompensó con un mordisquito que envió una oleada de placer por todo su cuerpo, un placer tan inmenso que no pudo contenerlo y pareció rebosar en una corriente cálida que mezcló el aroma a rosas con el suyo propio. Ty gimió ante la violencia brutal del deseo que lo inundaba. Habría dado su alma por poseerla mientras ella se derretía a su alrededor, pero sabía que no sería su propia alma la que pagaría el precio, sino la de Janna.

Ella se estremeció cuando Ty empezó a besarla y a mordisquearla a lo largo del torso mientras la urgía a abrir más las piernas, y soltó una exclamación sobresaltada al sentir la caricia de su lengua en la suavidad húmeda que había explorado antes con los dedos. Él respondió con un murmullo tranquilizador, y un beso tierno y ardientemente íntimo. Janna intentó pronunciar su nombre, pero sólo logró emitir un gemido de sorpresa y de placer. Empezó a incorporarse, pero la fulminó un relámpago de éxtasis cuando Ty capturó el sensible nudo escondido entre los suaves pliegues de piel y empezó a juguetear con él. Janna soltó un sonido gutural, una combinación de protesta y de un placer extraordinario.

Ty flexionó las manos, y la mantuvo cautiva mientras acariciaba sensualmente sus muslos.

—No te apartes de mí —le pidió él en voz queda—. No

voy a hacerte daño, sólo quiero... amarte —movió la cabeza lentamente de lado a lado y la acarició con su aliento, con sus mejillas ásperas por la barba incipiente, y con la boca—. Eres tan dulce, tan tierna, tan cálida... tendré cuidado, deja que...

Janna no contestó, ya que el deseo descarnado y la intimidad apasionada de sus caricias le habían arrebatado la habilidad de pensar, de formar palabras y de hablar. Su respiración se desintegró en jadeos quebrados al sentir que su cuerpo empezaba a hundirse en una espiral de placer sin principio ni fin, en un momento suspendido en el tiempo en el que el placer explosionó, se concentró y volvió a estallar en un caleidoscopio de sensaciones que convulsionaron su cuerpo hasta que ella gimió con indefensión, totalmente cautiva del hombre y de aquel éxtasis abrumador.

El momento siguió y siguió, y el nombre de él escapó de sus labios en un grito de protesta y de placer. Janna se dio cuenta de que el éxtasis era el fénix, que se levantaba de sus humeantes cenizas una y otra vez. Ella se elevó como aquella ave mítica, fue ascendiendo hasta que los violentos torrentes de placer que la recorrían le arrancaron un grito, le abrasaron la piel y la mente y dejaron su alma tan desnuda como su cuerpo.

Y entonces Ty empezó a acariciarla con tanta ternura, con tanta perfección, que Janna gimió su nombre y murió.

Ty apretó el cuerpo tembloroso de Janna contra el suyo durante un largo rato, ignorando las exigencias de su propio deseo, acariciándola lentamente hasta que su respiración se normalizó. Cuando ella suspiró y empezó a dormirse, él hizo que levantara la cara y le rozó los labios con los suyos.

—Tú no eres ninguna ramera, Janna Wayland.

33

Janna y Ty contemplaron a Lucifer mientras el animal trotaba hacia ellos por el valle. Tenía las orejas erguidas, su cola ondeaba como una bandera negra, y sus movimientos eran fluidos y potentes. Ya sólo caminaba un poco entumecido en el frío matinal, porque su herida estaba casi curada del todo.

—Cuesta creer que es el mismo caballo que entró cojeando en el valle hace tres semanas —comentó Janna.

—Hace casi un mes —la corrigió Ty.

Ella no contestó, aunque sabía que habían pasado exactamente veinticuatro días desde que Ty la había llevado a la fuente de aguas termales y le había regalado un placer increíblemente intenso y exquisito. Veinticuatro días, y cada uno de ellos más largo que el anterior, porque él no había vuelto a tocarla desde entonces. Ni una sola vez, ni siquiera de manera fortuita. Era como si ella estuviera tras una pared invisible demasiado alta y gruesa para que él pudiera alcanzarla.

Lucifer se detuvo a unos pocos metros de ellos, sacudió la cabeza y se los quedó mirando; tras unos segundos, resopló suavemente y alargó el cuello hacia Ty. Janna sonrió al ver el gesto confiado del enorme semental. Aunque el animal buscaba a menudo sus caricias, siempre se acercaba primero a Ty; al parecer, en el difícil recorrido desde la meseta hasta el valle se había forjado un vínculo inusual y profundo entre el hombre y el caballo, que se había ido reforzando a lo largo de las semanas posteriores. Janna se había mantenido apartada de Lucifer la mayor parte del tiempo de forma deliberada, ya que quería que el semental se curara y se amansara con las caricias, la voz y los cuidados de Ty.

Incapaz de ocultar el deseo que sentía, Janna lo observó mientras acariciaba el negro pelaje del caballo. No se dio cuenta de lo reveladora que era su mirada, pero al sentir que la atención de Ty se centraba en ella levantó los ojos y descubrió que él la estaba observando con la misma intensidad cargada de deseo. Sin saber cómo reaccionar, Janna se apresuró a apartar la mirada, incapaz de calmar los frenéticos latidos de su corazón.

Cada vez que empezaba a pensar que Ty ya no la deseaba, lo pillaba mirándola con un brillo de deseo feroz en sus ojos verdes; aun así, él siempre se apartaba de ella, y no la tocaba en ningún momento.

«Tú no eres ninguna ramera, Janna Wayland». Aquellas palabras resonaban en su mente noche y día; sin embargo, lo que realmente cimentaba su certeza de que su comentario era sincero era la manera en la que le había hecho el amor. Sin sus caricias cargadas de ternura, aquellas palabras sólo habrían sido un bálsamo superficial en una herida muy profunda.

Después de una semana sin que él hiciera intento alguno por tocarla, Janna había intentado explicarle que entendía por qué no podía amarla, que aceptaba que no podía ser su sueño y que aun así podía tocarla, porque quería ser su amante; sin embargo, él se había dado la vuelta y se había alejado de ella, y había ignorado sus intentos reiterados de explicarle que quería estar con él sin promesas, ataduras ni garantías, sin nada más allá de dos personas compartiendo sus cuerpos en los límites rocosos de aquel valle secreto.

Janna se había planteado seducirlo, pero había abandonado la idea al darse cuenta de que no sabía cómo hacerlo. No tenía vestidos de seda ni una mansión donde organizar bailes, y tampoco una habitación en la que entrar con elegancia sabiendo que él estaría allí. No sabía nada sobre aquellos rituales de seducción civilizados; lo único que sabía era que se despertaba en medio de la noche con las manos apretadas en puños, con el cuerpo ardiendo y con el corazón martilleándole con tanta fuerza en el pecho, que creía que la cabeza le iba a estallar con la fuerza del torrente de sangre que le corría por las venas.

Pero eso no era lo peor.

Lo peor era el vacío que iba extendiéndose en su interior, la sensación de haber perdido algo único y hermoso, la certeza de que antes había vivido sola y contenta, pero que en el futuro lo haría sola y triste. Estaba condenada a recordar el periodo de tiempo en el que había rozado el amor pero había dejado que se le escapara de entre los dedos como rayos de sol. En sus manos ya sólo quedaba la oscuridad de la noche, que iba creciendo y extendiéndose hasta consumir cualquier rastro de luz... que iba consumiéndola a ella.

Al sentir el ligero empujón de un hocico, Janna dio un respingo y se dio cuenta de que se había quedado mirando a Ty de nuevo, con el aliento contenido, esperando... algo. Pero lo único que cabía esperar era un día más, un día peor que el anterior, más luz escapando de sus dedos y más oscuridad extendiéndose por su alma vacía.

Apartó la mirada e intentó respirar hondo, pero no pudo. Estaba tan tensa, que parecía vibrar como un arco en las manos de un arquero demasiado poderoso, tan tirante que estaba a punto de romperse... así que se negó a respirar.

«No puedo estar así con él, no puedo soportarlo. Es peor que estar sola, es como volver a contemplar la agonía de papá, ver cómo se desvanecen todas las posibilidades, toda la vida, todas las risas, todo el amor... es como ver que todo se aleja más allá de mi alcance». Janna soltó una exclamación ahogada cuando algo la golpeó suavemente en el pecho, y bajó la mirada. Era Zebra, que estaba impaciente por recibir su atención.

—Ho... hola, chica —la saludó, incapaz de controlar el revelador temblor de su voz.

Al oír su voz temblorosa, Ty sintió como si alguien le hubiera retorcido un cuchillo en una herida abierta. Sabía que el temblor se debía al deseo que sentía por él, pero aunque la deseaba con igual intensidad, aunque la deseaba tanto que sentía que estaban enhebrando una aguja al rojo vivo con sus entrañas, no podía poseerla.

—Tranquilo, chico —le dijo a Lucifer, con la voz tan suave como pudo en aquellas circunstancias.

El semental lo miró con una expresión que dejaba claro que su intento de sonar tranquilizador no había sido demasiado convincente.

—Vamos a echarle un vistazo a la herida —murmuró Ty—. Tranquilo, chico, tranquilo. No voy a hacerte daño.

El eco de las palabras tranquilizadoras que le había murmurado a Janna junto a la fuente termal resonó en el incómodo silencio. Ty se negó a mirarla, consciente de que si lo hacía vería en sus ojos el dulce fuego desatado de la pasión. Nunca había tocado a una mujer como la había tocado a ella aquella noche, y al recordarlo sentía incredulidad y asombro ante sus propios actos... y un deseo voraz de volver a explorarla de aquella forma, de volver a bañarla en aquella poza, de lavar las impurezas de los años en los que había ignorado que podía alcanzar su propia alma al sumergirse tan profundamente en la sensual generosidad de Janna.

—Te quedará una cicatriz —comentó con voz tensa, mientras examinaba el anca de Lucifer—. Pero eso no es nada en comparación con la tarjeta de presentación que puede dejar una herida de bala.

Ty se preguntó para sus adentros qué clase de herida dejaría en su vida el roce mucho más delicado y atormentador de las alas de una mariposa de satén.

—Pronto estará lo bastante fuerte para ir a Wyoming —comentó Janna, revelando su mayor miedo.

—Sí. No podrás llevar gran cosa aparte de la ropa, pero tus libros estarán a salvo aquí. Cuando la situación se estabilice en la zona, podrás... —la voz de Ty se apagó por unos segundos. Finalmente, añadió—: Me aseguraré de que tengas tus libros. Me aseguraré de que tengas todo lo que necesites para la clase de vida que te mereces.

Janna se dio la vuelta, para que él no pudiera ver en la expresión de su rostro la decisión que había tomado. No pensaba ir a Wyoming, no tenía más opción que quedarse donde estaba; de forma instintiva, sabía que le resultaría más fácil vivir sola en el valle que en cualquier otro lugar con Ty cerca pero lejos de su alcance.

—¿Janna...? —dijo él, con voz tensa.

Tras unos cuantos segundos, ella dijo con voz calmada:

—Haré lo que tenga que hacer.

Aquellas palabras parecían indicar su conformidad con él, pero...

Ty se quedó mirando su espalda, y deseó poder leerle el pensamiento con la facilidad que ella parecía tener para leer a los animales, a las nubes... y a él.

—Cuanto antes nos pongamos en marcha, mejor —dijo.

Janna no contestó.

—Tendríamos que salir de aquí antes de que el ejército decida atacar a Cascabel.

Ella asintió, como si estuvieran hablando de algo carente de importancia.

—Tendremos que tomárnoslo con calma hasta que encontremos un caballo para mí. Aunque Lucifer aceptara que lo montara... cosa que dudo... tendría que estar una semana más sin forzar la pata —Ty esperó a que ella contestara, pero al ver que permanecía en silencio, insistió—: ¿Janna...?

Su pelo caoba relampagueó al sol cuando ella se volvió.

Sus ojos eran tan claros como la lluvia... y estaban oscurecidos por unas sombras elusivas.

—Sí, es mejor que Lucifer no tenga que llevar el peso de un jinete de momento.

—Sabes que no es eso lo que quiero oír.

Janna vaciló un momento, y se encogió de hombros.

—Los primeros días serán lentos y peligrosos. Siempre se tarda más a pie que a caballo.

—Vendrás conmigo —le dijo Ty con firmeza.

—Claro. Lucifer no se iría del valle sin Zebra —le contestó ella, antes de volverse de nuevo para acariciar con cariño a la yegua.

—Y Zebra no se irá del valle sin ti —dijo Ty.

—Nunca lo ha hecho.

Ty sintió un cosquilleo de inquietud. Sus instintos le decían que Janna se iba alejando de él poco a poco, que iba eludiendo sus intentos de aferrarse a ella. Se estaba desvaneciendo ante sus propios ojos.

—Dilo —le exigió.

—¿El qué?

—Que vas a venir a Wyoming conmigo.

Janna cerró los ojos, y apretó los puños bajo la crin de la yegua.

—Me iré del valle contigo.

—Y además vendrás a Wyoming conmigo.

—No lo hagas.

—¿El qué?

—No me obligues a mentirte.

—¿Qué quieres decir?, ¡sabes que no puedes quedarte aquí para siempre!

—Tampoco puedo ir al rancho de tu hermano en Wyoming.

—No te quedarás allí para siempre.

—Sólo el tiempo suficiente para atrapar a algún hombre demasiado estúpido para distinguir entre la seda y el esparto, ¿no? —espetó ella con amargura.

—¡Maldita sea, yo nunca he dicho eso!

—No hace falta que lo digas, ya lo hago yo —Janna montó en Zebra, con un movimiento rápido que reveló la fuerza de sus emociones apenas contenidas—. Te prometí que te ayudaría a atrapar a tu semental, y tú que me enseñarías a darle placer a un hombre. Ambos cumplimos nuestras promesas en la Meseta Negra, y Wyoming nunca formó parte del acuerdo —sin más, se alejó con Zebra al galope.

Furioso, Ty la siguió con la mirada. Janna se dirigía a la zona más alejada del valle, a unas ruinas indias a las que la erosión iba devolviendo a la tierra rocosa de la que habían salido. Últimamente, Janna pasaba mucho tiempo allí. Al principio, él había creído que lo hacía con la intención de alejar a Zebra, para que el semental no se distrajera mientras él intentaba acostumbrarlo a la voz y al contacto de un hombre; sin embargo, había empezado a sospechar que lo que Janna pretendía era minimizar las horas de Lucifer con Zebra, para que el caballo no protestara al separarse de la yegua cuando él se lo llevara a Wyoming... sin ellas dos.

—¡No te servirá de nada! —le gritó, furioso—. ¡Vas a venir a Wyoming conmigo, aunque tenga que atarte al dorso de Zebra como un saco de grano!

La única respuesta que obtuvo fue el ruido retumbante de los cascos de la yegua, y sus propias palabras resonaron en sus oídos como un eco burlón. Era consciente de que Janna podía irse con Zebra cuando él estuviera dormido, o trabajando con Lucifer. No podría atraparla yendo a pie, y aunque no se llevara a Zebra, la Meseta Negra era como un libro abierto para ella. Podía esconderse como una sombra en cualquier recoveco.

Pero al final él acabaría encontrándola, claro... siempre y cuando Cascabel no los encontrara antes.

34

El relincho alarmado del caballo resonó en todo el valle. El eco rebotó una y otra vez en las paredes de piedra, y avisó a todo aquello que tuviera oídos de que había entrado un enemigo en el pequeño edén.

Try dejó caer el plato de la cena, agarró la carabina y echó a correr hacia los sauces. Estuvo a cubierto en cuestión de segundos, pero no aminoró el paso y corrió a toda velocidad hacia la entrada del valle, esquivando ramas y saltando sobre raíces y rocas, sin preocuparse del ruido que hacía.

Cuando llegó al borde de la densa cortina formada por los sauces, se detuvo y recorrió el prado con la mirada, pero no vio ningún movimiento cerca de la grieta de entrada. Se llevó la carabina al hombro y observó la ancha extensión de hierba a lo largo del cañón de acero, pero el único movimiento era el del viento.

Lucifer volvió a dar la señal de alarma, y Ty sintió que un hormigueo le recorría la piel de la nuca. El semental estaba en la parte alta del valle y fuera de la vista, en el estrecho recodo donde estaban escondidas las ruinas indias.

No sabía dónde estaban Janna y Zebra, y aunque deseaba con todas sus fuerzas llamarla para asegurarse de que estaba bien, permaneció callado para no revelarle su posición a cualquier posible enemigo.

Era indiscutible que la reacción de Lucifer se debía a la presencia de otro ser humano. En las semanas que llevaban en el valle, Ty no había visto nada más grande que un conejo; al parecer, el ser humano era el único animal de la zona que tenía la curiosidad o la urgencia necesarias para adentrarse en el estrecho paso de entrada.

«Quédate en las ruinas, Janna. Allí estarás a salvo, los indios evitan los lugares habitados por los espíritus».

Los pájaros que normalmente piaban y revoloteaban por el prado estaban mudos y escondidos. Ty volvió a recorrer el valle con la mirada en busca de cualquier signo del intruso, pero de repente, Lucifer emergió de la zona de las ruinas con Zebra corriendo a su lado. El semental se detuvo en seco, pero la yegua siguió galopando unos sesenta metros antes de parar. Lucifer se encabritó y volvió a relinchar con los cascos rasgando el aire, colocándose entre la yegua y cualquier peligro que los estuviera amenazando.

Cuando el relincho desafiante se desvaneció en el aire, el grito de un halcón rompió el silencio, seguido de la voz de Janna gritando algo que sonó como el nombre de Ty. Él se volvió hacia el sonido, y sin dejar de apuntar con la carabina, la vio saliendo de la zona de las ruinas con un hombre tras ella. Ty tensó el dedo sobre el gatillo, exhaló y esperó a poder ver con claridad al desconocido.

Era Jack el Loco.

Ty apartó el dedo del gatillo y bajó la carabina. Salió a campo abierto y empezó a cruzar el prado, pero cuando Lucifer soltó un relincho estridente, como si le estuviera advirtiendo del peligro, decidió acercarse a él para tranquilizarlo.

—Gracias por el aviso, pero sólo es un buscador de oro medio majareta —le dijo, con voz suave.

Lucifer piafó y resopló un poco, pero permitió que Ty le acariciara el cuello; sin embargo, no dejó de controlar con la mirada a las dos figuras que salían de las ruinas. Al ver que las dos personas se dirigían hacia él, el semental se volvió y se alejó a toda velocidad con Zebra.

Ty se volvió, y esperó a que Janna y Jack se acercaran.

—Tienes un buen vigía —comentó Jack, al alargar la mano hacia él.

Ty sonrió, y al estrecharle la mano le sorprendió lo firmes que eran los huesos bajo su piel ajada; sin embargo, el hombre sólo ejerció una ligera y rápida presión, como si le resultara doloroso.

—¿Se te ha acabado la medicina para el estómago otra vez? —le preguntó, aunque sospechaba que la medicina no tenía nada que ver con aquella súbita visita.

Jack soltó una carcajada, consciente de lo que Ty estaba pensando... que había ido a ver cómo estaba Janna.

—Sólo has acertado a medias, hijo. He venido a ver cómo está mi chica.

—Bueno, pues ya ves que tiene los ojos brillantes y que está más guapa que nunca —le contestó Ty.

Janna se ruborizó cuando Jack la recorrió con la mirada.

—Tienes razón —comentó el viejo, mientras se sacaba un poco de tabaco de mascar del bolsillo—. Las yeguas preñadas también se ponen muy guapas.

—No te andes por las ramas —le dijo Janna, con una mezcla de vergüenza y de exasperación—. Habla claro.

—Es lo que suelo hacer. ¿Lo estás?

—¿Que si estoy...?

—Embarazada.

—¡Jack! —exclamó ella, mortificada.

—Bueno, ¿lo estás?

—No.

—¿Estás segura?

—Sí. Tan segura como lo estoy de que el agua fluye cuesta abajo.

Jack se restregó la cara y suspiró.

—Maldición, eso va a complicar bastante las cosas.

—¿Has estado bebiendo? —le preguntó Janna.

—No —Jack cortó un buen pedazo de tabaco, se lo metió en la boca y añadió—: He estado pensando, que es muy distinto. Aunque la verdad es que las dos cosas hacen que me duela la cabeza.

—¿Qué es lo que pasa? —intervino Ty.

—Que Jack el Loco ha estado pensando, y eso es algo muy gordo —le dijo Janna.

—Y que lo digas —comentó Jack—. La última vez que me puse a pensar, agarré a mi viejo mulo, Jimbo, me monté en él y me puse rumbo al Oeste. Y no he vuelto a ponerme en contacto con mi mujer desde entonces, ni con mis hijos. Pensar es muy duro para un hombre.

—Pues parece que para tu mujer tampoco fue muy fácil —comentó Ty con sequedad.

—Eso es lo que he estado pensando. Me he pasado años picando rocas, buscando el filón que acabara llevando mi nombre, pero no creo que lo vaya a encontrar a este lado del cielo... y de todas formas, lo más probable es que vaya directo al infierno —Jack escupió, se limpió la boca y siguió diciendo—: Charity, mi mujer, seguramente se habrá muerto de alguna cosa a estas alturas, pero mis hijos eran muy fuertes y sanos. Seguro que alguno de ellos aún está vivo, o sus hijos. Y por eso es un problema que no estés embarazada.

Ty miró de reojo a Janna, que estaba mirando a Jack como si le hubieran salido de repente unos cuernos o unas alas... o ambas cosas.

—No lo entiendo —se limitó a decir ella.

—Demonios, chica, está tan claro como el color del cielo. Tengo oro para mis hijos, pero no puedo dejarlo aquí y tú no puedes llevártelo sola. Si no estás embarazada, no tienes a ningún hombre que te proteja, y mi oro se quedará aquí, y mis hijos nunca sabrán que su padre pensó en ellos.

Janna abrió la boca, pero no emitió ningún sonido. Tragó y volvió a intentarlo, pero ya era demasiado tarde. Ty ya había empezado a hablar.

—A ver si lo entiendo —dijo, decidido a aferrarse a aquella

oportunidad con ambas manos–, tienes oro, y quieres que les llegue a tus hijos. Pensaste que si Janna estaba embarazada, nos iríamos del valle y llevaríamos el oro al fuerte por ti, para que alguien de allí se lo llevara a tus hijos.

–Bueno, había pensado en alguien más... amistoso que un desconocido del fuerte. No tengo ni idea de dónde están mis hijos, pero si contrato al primer tipo que me encuentre en el fuerte, ¿cómo puedo estar seguro de que les llevará el oro a mis chicos?

Ty intentó hacer un comentario, pero le resultó imposible. Jack el Loco había estado pensando, y el resultado de ese ejercicio tan desacostumbrado era que veía el futuro con gran claridad.

–No puedo estar seguro –dijo, contestando su propia pregunta–. Pero podría descansar tranquilo si le diera el oro a un amigo. ¿Me vas siguiendo, hijo? Bueno, la cuestión es que tú no eres amigo mío. No te ofendas, pero es la pura verdad. Janna sí que es mi amiga, y si ella me dijera que iba a darle el oro a mis hijos, sé que lo haría o moriría en el intento. Y ése es el problema: no es una muchacha demasiado robusta, y tampoco tiene malas pulgas. Alguien que lleva oro tiene que ser una montaña y malo como una serpiente.

–¿Como yo? –dijo Ty.

–Sí.

–Pero yo no soy amigo tuyo. Y no te ofendas.

–No pasa nada, hijo. Es la pura verdad. Pero si hubieras dejado embarazada a Janna y ella tuviera que llevar el oro, tú podrías protegerla y el oro y ella estarían a salvo. Pero no está embarazada, así que no eres su hombre, y no habrá nadie que pueda proteger el oro.

–El hecho de que no esté embarazada debería confirmarte que Ty es un buen hombre –se apresuró a decirle Janna–. Si él accediera a llevar tu oro, podrías estar seguro de que no pensaba quedárselo.

–Demonios, chica. Si no estás embarazada, no es porque le hayas dicho que no, sino porque no te lo ha pedido.

Puede que eso confirme que es un hombre de honor, pero no me deja demasiado tranquilo en lo que respecta a sus... prioridades como hombre.

Janna se sintió humillada al darse cuenta de que Jack sabía lo mucho que había deseado que Ty la encontrara atractiva. Lo único que evitó que se alejara de allí fue la necesidad que intuía en Jack, una necesidad que le había impulsado a mostrarse aún más franco de lo habitual. Le observó la cara con atención, y notó el tono amarillento de su piel; aunque siempre había sido enjuto, tenía cierto aire de fragilidad, y parecía... desesperado.

Pensar podía ser muy duro para un hombre, sobre todo cuando estaba viejo y enfermo, y sólo tenía una oportunidad para arreglar errores del pasado.

Janna hizo acopio de valor, ignoró sus propios sentimientos, y le tocó el brazo en un gesto tranquilizador.

—No hay nada malo en el sentido del honor de Ty, ni en sus... «prioridades», ni en nada —le dijo, con una calma casi feroz—. Tomó lo que yo le ofrecí y decidió que no era lo que él quería, eso es todo.

Ty intentó protestar de inmediato.

—Janna...

—No lo he dicho de forma tan finolis ni con tanta elocuencia como lo habría hecho él —lo interrumpió ella, sin apartar la mirada de Jack—, pero eso no cambia lo que pasó. Yo lo deseaba, él me tomó, y ya no me desea. Es una vieja historia; de hecho, por los libros que he leído, yo diría que es la historia más vieja del mundo. Pero eso no empaña el sentido del honor de Ty, porque no me mintió en ningún momento. Nada de palabras vacías ni de grandes promesas... sólo él, yo, y la noche.

Jack el Loco permaneció en silencio durante unos segundos, y finalmente suspiró y le dio unas palmaditas en la mano.

—Lo siento, chica.

—No lo sientas, yo no lo hago. Cuando este invierno

vuelva a leer los libros de mi baúl, los entenderé mejor. Eso es algo para alegrarse. Además, así el invierno se me hará más corto y la primavera tardará menos en llegar. Entonces Zebra parirá un potro del que tendré que ocuparme, y a finales de verano estaré montándola de nuevo y volaremos por la meseta como la sombra de un halcón, y entonces llegarán los relámpagos y los truenos de otoño, y el aliento de los mustangs será como nubes en la tierra, y la nieve hará que la noche sea plateada, y me inventaré historias sobre las sombras que mi hoguera proyecta sobre la pared del cañón, y serán como gente, lugares y recuerdos que cobran vida...
—la voz de Janna se convirtió en un susurro—. No lo sientas.

Ty intentó hablar, pero se dio cuenta de que no podía. Las palabras de Janna habían obstruido su garganta, y la llenaban hasta hacerle daño. Apretó los dientes contra una tristeza tan honda como inesperada.

—No puedes quedarte —le dijo con voz ronca.

Fue como si no hubiera hablado. Janna no apartó la mirada del viejo buscador de oro, que estaba mirándola mientras sacudía la cabeza lentamente.

—Él tiene razón, chica. No puedes quedarte aquí —dijo Jack—. Ya no. También he estado pensando mucho rato en eso, un montón de mi oro te pertenece a ti.

—No seas ridí... —empezó a protestar ella.

—Jovencita, hazle caso a este viejo que ha visto mucho más mundo que tú. Tu padre me dio dinero un montón de veces.

—Y tú nos has dado oro hasta donde me alcanza la memoria —dijo Janna.

—¿Y qué me dices de aquella vez que me encontraste tirado en el fondo de un barranco y me curaste, aunque sólo eras una niña con pantalones de hombre? Me salvaste la vida, evitas que a mi estómago le salga un agujero y siempre escuchas mis historias, aunque te las he contado mil veces. Un montón de mi oro es tuyo, y se acabó. Tendría que habértelo dado hace años para que te largaras de aquí, pero me gustaba saber que había alguien en este lugar alejado de la mano de Dios que no estaría dispuesto a matarme por mi oro.

—Gracias, pero a mí también me ha gustado siempre que me hicieras compañía —le aseguró Janna—. El oro que tengas es sólo tuyo.

—Me parece que no me has escuchado, chica. Esta zona ya no es segura para ti —Jack el Loco se volvió hacia Ty, y le dijo—: Hijo, tengo una propuesta para ti. ¿Estás dispuesto a escucharla?

—Sí.

—Esta muchacha está dispuesta a ayudarme, pero eso no basta. Los indios están llegando a la zona como el agua, y los soldados también han estado por aquí. Todo el mundo dice que el ejército va a limpiar ese nido de serpientes de una vez por todas, y Cascabel ha estado ayunando y rezando sin parar; hace unos días, tuvo una visión. Va a conducir a sus renegados a una gran victoria... pero siempre y cuando el pelo de Janna cuelgue de su lanza de guerra.

El cuerpo entero de Ty cambió sutilmente, como si el mismísimo Cascabel acabara de aparecer por la entrada del valle. Jack el Loco notó aquella reacción, y sonrió bajo su barba desgreñada. Era posible que Ty no deseara a Janna, pero estaba claro que no estaba dispuesto a marcharse y dejar que ella se las arreglara sola.

—Bueno, tiene razón en lo del honor —comentó—. Y si ella dice que eres lo bastante hombre en lo demás, aceptaré su palabra. Hijo, éste es el trato: tú la sacas de aquí y te la llevas a un lugar seguro... y mi oro también, claro... y una cuarta parte de mi oro es tuyo.

—Quédate con tu oro, viejo —le contestó Ty con tono salvaje—. Me llevaré a Janna a un lugar seguro, tienes mi palabra.

Jack el Loco mascó su tabaco en silencio durante unos segundos, se volvió y escupió un chorro marrón, y se volvió de nuevo mientras se limpiaba la barba en la manga de la camisa.

—Como quieras, lo único que me importa es que la saques de aquí junto con el oro. Necesitará su cuarta parte para no tener que casarse con algún terrateniente viudo, ni venderse a cualquiera por un plato de judías.

—No pienso irme sólo porque tú... —empezó a protestar Janna con indignación.

—Cierra la boca, chica —la interrumpió Jack—. No te portes como una tonta, porque no lo eres. La única razón de que Cascabel no te haya atrapado es que hasta ahora no se lo ha propuesto de verdad, pero ahora está más que decidido a hacerlo. Mientras ese hijo de una serpiente de cascabel esté vivo, esta zona no será segura para mujeres ni niños.

Janna cerró los ojos, y luchó contra el hielo que iba condensándose en su estómago.

—¿Estás seguro de que Cascabel quiere conseguir mi pelo?

—Del todo. Los sonidos se propagan muy bien por algunos de los cañones, y oí que bravuconeaba de sus intenciones con Ned.

—¿El dueño del bar?, ¿qué hacía él con Cascabel? —le preguntó Ty.

—Venderle rifles, como siempre. Pero no te preocupes, hijo, porque no volverá a hacerlo. Subió el precio demasiado, y Cascabel le quitó las armas antes de quitarle el hígado, los ojos y el pelo.

Janna se estremeció.

Jack el loco se volvió y escupió; al enderezarse de nuevo, le lanzó a Ty una mirada penetrante y le dijo:

—¿Has domado ya a ese semental?

—No.

—Pues será mejor que lo hagas pronto, hijo. Lo único que le espera ahí fuera a un hombre a pie con oro es la muerte.

35

—Dios mío —Ty se arrodilló en el suelo de las ruinas, y miró a Janna durante un largo momento. Con manos un poco inseguras, volvió a cerrar las viejas alforjas—. Es oro, están llenas de oro. Dios del Cielo... cuando Jack ha dicho que tenía oro, he pensado que se refería a unos puñados, no a dos alforjas enormes y llenas hasta los topes —se miró las manos, como si fuera incapaz de creer la fortuna que había tenido en ellas—. Oro puro.

Janna lo miró mientras él alzaba las alforjas y se levantaba con esfuerzo. Sus palabras no habían significado gran cosa para ella, y ni siquiera ver el oro había hecho que le pareciera real; sin embargo, el temblor y el movimiento de los musculosos brazos de Ty al levantar las alfombras habían conseguido que el peso del oro se volviera muy real. Ella había probado aquella enorme fuerza masculina, había visto el poder, la resistencia y la fuerza de voluntad de Ty, pero sabía que no bastarían.

«Lo único que le espera ahí fuera a un hombre a pie con oro es la muerte». Al recordar el comentario de Jack, le dijo:

—No puedes llevártelo todo.

—No pesa mucho más que tú, pero un peso muerto es más difícil de cargar —Ty sacudió la cabeza con incredulidad–. Cuando vuelva al campamento y le ponga las manos encima a ese viejo loco, voy a preguntarle cómo demonios consiguió traer las alforjas al valle.

–A lo mejor ha ido trayéndolo poco a poco –sugirió Janna.

–Si es así, no dejó más huellas desde este sitio y la grieta de entrada que el viento. En fin, eso no importa. No pienso aceptar una cuarta parte de su oro, y él no va a quedarse atrás esperando a que Cascabel lo encuentre y lo ase a fuego lento. Le guste o no, ese viejo va a venirse con nosotros.

Janna no protestó, ni comentó lo difícil que sería añadir una tercera persona cuando sólo tenían un caballo que pudieran montar. A ella tampoco le gustaba nada la idea de dejar a Jack allí.

Se había dado cuenta al fin que quedarse en el valle era el equivalente a una sentencia de muerte. Jack el Loco tenía razón, sólo había estado a salvo porque Cascabel no había querido tomarse la molestia de rastrearla; sin embargo, en ese momento el indio creía que tenía que atraparla si quería ganar en la batalla que se avecinaba contra el ejército.

Entristecida, salió con Ty de la zona de las ruinas. Lucifer y Zebra estaban en medio del prado; el semental parecía un poco inquieto, y no dejaba de mirar hacia los sauces que bordeaban la zona como si esperara que un depredador atacara de un momento a otro, pero Zebra estaba pastando tranquilamente, ya que la presencia de Jack no la ponía nerviosa.

–Podríamos hacerle una sobrecincha a Zebra –sugirió–. Ella podría llevar las alforjas y tu morral, mientras nosotros vamos a pie.

Al ver que él se limitaba a lanzarle una mirada de soslayo, añadió:

–Zebra no puede cargar con los dos y con el oro.

–Puede cargar con el oro y contigo, sólo tienes que acostumbrarla a la jáquima y a la sobrecincha.

—¿Y qué pasa contigo?

—Eso es problema mío.

Janna se mordió el labio con fuerza y se tragó su contestación airada. Cerró los ojos y rogó para que Lucifer la perdonara, porque sabía que la única alternativa era domarlo para que dejara que lo montaran.

—Trata a Lucifer con la máxima delicadeza posible, pero no dejes que te haga daño. Ty, prométeme que irás con cuidado, es un caballo muy fuerte y rápido —Janna miró al semental, que estaba parado en el prado con el cuerpo vibrando de energía, las orejas erectas y la cabeza levantada olisqueando el aire—. Y es muy salvaje, mucho más que Zebra.

—Contigo no. Se acerca a ti y te pone la cabeza en las manos como si fuera un sabueso enorme.

—Entonces, ¿por qué no dejas que lo dome yo? —le dijo, con la voz tensa de miedo y de exasperación.

Ty y ella habían estado discutiendo sobre aquella cuestión desde que Jack había comentado que un hombre a pie no tenía demasiadas posibilidades de sobrevivir.

—Que Dios me libre de las mujeres tozudas —murmuró Ty—. Me he pasado la última media hora explicándote por qué, ¡sabes tan bien como yo que ese semental puede tirarte al suelo y matarte! Eres rápida y decidida como el que más, pero si Lucifer se vuelve loco la primera vez que sienta el peso de un jinete, lo que necesitarás es fuerza bruta.

Con un gesto impaciente, Ty se puso mejor la resbaladiza correa de cuero que conectaba las alforjas. Cuando tuvo las bolsas mejor apoyadas sobre el hombro, añadió:

—Además, tendrás trabajo más que suficiente intentando convencer a Zebra de que acepte llevar la sobrecincha y la jáquima, porque no le va a hacer ninguna gracia que se las pongamos. Voy a hacerte también unas riendas, es la única forma de que el viejo y tú no os caigáis si tenemos que salir huyendo. Uno de los dos tiene que estar bien anclado para que el otro tenga algo a lo que agarrarse.

Janna no protestó, consciente de que también había perdido aquella discusión. No quería ponerle sujeciones a Zebra, pero era la única solución racional. Si sus vidas iban a depender de sus monturas, tenían que tener algo más que una comunicación intangible con ellas, sobre todo si Jack y ella iban a montar juntos.

—Cuando lleguemos a Wyoming, podrás montar a Zebra como te dé la gana —le dijo Ty—. Demonios, me importa un cuerno si la dejas en libertad. Pero sólo cuando estés a salvo.

Janna cerró los ojos, y asintió con un gesto de derrota.

—Ya lo sé.

Ty le lanzó una mirada asombrada, ya que había creído que tendría que librar una dura batalla para convencerla de que era necesario controlar a Zebra; aun así, supo por su expresión de tristeza lo mucho que le había costado hacer aquella concesión. Olvidó su promesa de no volver a tocarla, le agarró una mano y le dio un ligero apretón.

—No pasa nada, cielo. Aunque le pongas una sobrecincha y una jáquima, no la estás obligando a obedecerte. No eres lo bastante fuerte para dominar a un animal de su tamaño, y si Zebra acepta que la montes, es porque quiere hacerlo. La jáquima sólo servirá para que sepa hacia dónde quieres que vaya, pero a partir de ahí, todo depende de ella. Siempre es así, sea cual sea el equipamiento que lleve un caballo. Se trata de cooperar, no de coaccionar.

Para Janna, sentir la palma de la mano de Ty contra la suya mientras caminaban fue como experimentar el roce de unos pequeños relámpagos contra la piel, y su cuerpo entero hormigueó por el placer de aquel simple contacto.

—Gracias —le dijo, mientras intentaba controlar las lágrimas que empezaron a arderle en los ojos.

—¿Por qué?

—Por hacer que no me sienta tan mal por tener que ponerle restricciones a Zebra, y... por entender lo que siento. Es difícil tener que renunciar al único hogar que he tenido.

Consciente de que no debía hacerlo, pero incapaz de controlarse, Ty levantó la mano de Janna hacia su propio rostro. Las largas semanas sin afeitarse habían suavizado la textura de su barba, y mientras restregaba la mejilla contra su palma e inhalaba su aroma, se dijo que era un tonto por no haberla tocado en las últimas cuatro semanas... y más tonto aún por hacerlo en ese momento.

Janna no era una ramera, ni una distracción conveniente. Era una mujer que lo cautivaba más y más con cada momento que pasaba a su lado. Su sensualidad era como unas arenas movedizas que iban atrayéndolo hacia dentro hasta atraparlo sin posibilidades de escapatoria, pero sabía con total certeza que ella no quería ser una trampa, igual que él no quería que lo atraparan. Y eso hacía que la atracción que ejercía su encanto femenino fuera aún más irresistible.

Con una ternura dolorosa, Ty le besó la palma de la mano antes de obligarse a soltarla. Dejar de tocarla le resultó físicamente doloroso, y aquella reacción visceral le impactó.

«Dios, soy tan estúpido como el unicornio, que se deja arrastrar hacia su cautiverio y es incapaz de apartarse para salvar la vida, y mucho menos su libertad», se dijo con enfado. Bruscamente, se cambió de hombro la pesada carga de oro para poner una especie de barrera que se interpusiera entre ellos.

Ella apenas se dio cuenta, porque aún estaba inmersa en el instante en el que la mano de Ty se había apartado de golpe. Había sentido como si perdiera el equilibrio en una pendiente escarpada y se quedara luchando por no caer. Se volvió hacia Ty con perplejidad, pero vio en su rostro una expresión adusta que no auguraba nada bueno si ella empezaba a preguntarle cosas personales, como por qué llevaba tanto tiempo sin tocarla, por qué acababa de hacerlo, y por qué se había apartado de ella como si no pudiera seguir soportando el contacto de su piel.

Tras un largo silencio, le preguntó:

—¿Vas a hacer que Lucifer cargue con el oro? —Janna se obligó a mantener la voz casi normal, a pesar de que su palma aún sentía sus caricias. Era como si su barba hubiera estado en llamas, y le hubiera quemado la piel hasta los huesos.

—Es lo bastante fuerte para correr más que cualquier otro caballo con el oro y conmigo encima.

—Entonces, también tendrás que ponerle una sobrecincha, para los estribos o para aguantar las alforjas.

—Yo también he pensado en eso, pero no sé cómo reaccionará cuando intente ponérsela.

Ambos siguieron caminando hacia el campamento en silencio. Janna decidió dejar el tema, porque había poco más que añadir al respecto. No sabían si Lucifer aceptaría o no cargar con un jinete, y si no lo hacía, las posibilidades que tenían de escapar de Cascabel eran mínimas.

—Tenemos que convencer a Jack de que lo mejor es dejar el oro aquí —dijo al fin.

Ty había estado pensando en lo mismo, pero también se había estado planteando cómo se sentiría si estuviera en la piel de aquel hombre... viejo, enfermo, carcomido por los errores que había cometido en el pasado, y pensando que sólo tenía una oportunidad para arreglar las cosas y morir con la conciencia tranquila.

—Es su oportunidad para entrar en el cielo —comentó.

—Es nuestra entrada al infierno —dijo Janna.

—Intenta convencerlo, a ver si puedes.

—Es lo que pienso hacer.

Janna alzó la barbilla, aligeró el paso y lo dejó atrás, pero al llegar al campamento, lo único que encontró de Jack fue un papel apoyado contra una roca. En él, había escrito con dificultad el pueblo más cercano a la granja que había abandonado tantos años atrás, y los nombres de sus cinco hijos.

—¡Jack! ¡Jack, espera! ¡Vuelve!

Al no recibir respuesta, Janna se volvió y echó a correr hacia el prado.

—¿Qué pasa? —le preguntó Ty.

—¡Se ha ido!

—Ese hijo de zorra taimado... —Ty soltó una imprecación, y dejó caer las alforjas al suelo—. Sabía lo que pasaría cuando viéramos la cantidad de oro que hay. Nos ha hecho prometer que les llevaríamos el oro a sus hijos, y después se ha largado a toda velocidad.

Janna se llevó las manos a la boca, y la sonora llamada de halcón resonó en el valle. Zebra levantó la cabeza de inmediato y trotó hacia ellos.

—¿Qué vas a hacer? —le preguntó Ty.

—Encontrarlo. Es demasiado viejo para haber podido ir muy lejos en tan poco tiempo.

Ty la subió rápidamente, y la yegua se lanzó al galope en una larga diagonal hacia la estrecha entrada del valle. Cuando llegaron, Zebra estaba sudando a causa del esfuerzo y de la urgencia que intuía en su jinete. Janna se bajó de inmediato, corrió hacia las sombras de la grieta y entró sin preocuparse de una posible caída en el desigual terreno; sin embargo, no llamó a Jack en voz alta, por miedo a que el eco le llegara a algún renegado.

Cuando no había recorrido más de unos quince metros, se dio cuenta de que algo no encajaba y se quedó inmóvil para intentar averiguar a qué se debía la advertencia de sus instintos. No notó sonidos ni olores extraños, ni vio ninguna sombra en movimiento. Nada parecía indicar que no estaba sola.

—Eso es, ¡no hay nada fuera de lo normal! —susurró.

Se puso a gatas, pero el único rastro que indicaba que alguien había pasado por allí eran las huellas que ella acababa de dejar. Retrocedió sobre sus pasos, y Zebra levantó la cabeza de golpe al verla salir de la grieta como una exhalación.

—Tranquila, chica —le dijo, sin aliento.

Montó rápidamente, y el retumbo rítmico de los cascos de la yegua resonó de nuevo en el valle. Cuando pasaron galopando cerca de Lucifer, el semental se limitó a levantar la cabeza por un segundo antes de seguir pastando, sin inmutarse lo más mínimo; en los veranos precedentes, Janna había galopado a menudo sobre la yegua mientras el caballo pastaba con la manada.

Cuando llegaron al campamento, Ty se apresuró a preguntarle:

—¿Y bien?

—Aún está en el valle. Tú ocúpate del lado izquierdo, y yo me ocuparé del derecho.

Ty recorrió el prado con la mirada, y finalmente le dijo:

—Sería una pérdida de tiempo, no está aquí.

—Es imposible, no hay ni una sola marca en la grieta. Tiene que estar aquí.

—Entonces, está entre Lucifer y nosotros.

Janna miró al semental, que seguía pastando a poco más de treinta metros de ellos. Hasta un conejo lo habría tenido difícil para pasar desapercibido en aquel tramo de terreno, ya que no había ningún sitio donde esconderse.

—¿Por qué lo dices? —le preguntó.

—Porque el viento viene en esa dirección. Lucifer dejó de olfatear el aire y se relajó hace unos diez minutos.

Janna se deshinchó de inmediato. Si el semental no olía a Jack, la única explicación posible era que Jack no estaba allí. Miró con expresión grave las alforjas, que eran el legado que un anciano entregaba a la vida que había abandonado años atrás. Su único consuelo era que la parte de Ty sumada a la suya sería más que bastante para que él comprara su sueño. Ignoraba el precio de las damas de seda en el mercado, pero veintiocho kilos de oro deberían bastar.

Ty miró las alforjas con una expresión tan grave como la de Janna; sin embargo, su consuelo era totalmente diferente, porque él estaba pensando que los catorce kilos de Janna, sumados a los suyos propios, serían más que suficientes para asegurar que ella no tuviera que entregar jamás su cuerpo a un hombre para sobrevivir.

Cuando Lucifer acható las orejas, soltó un relincho de indignación y empezó a cocear con las patas traseras, Ty no intentó calmarlo y se limitó a ponerse a cubierto. El semental empezó a corcovear violentamente para intentar tirar la sobrecincha que Ty había hecho con la cuerda de búfalo que Janna tenía en su baúl, y cuando vio que aquellos bruscos movimientos no funcionaban, intentó correr para dejar atrás la correa y los estribos.

Finalmente, Lucifer se dio cuenta de que no podía deshacerse de lo que llevaba encima, y de que la cosa extraña no le estaba atacando. Tenía el cuello y los flancos blancos de sudor y la respiración entrecortada, algo normal teniendo en cuenta que se había pasado la última media hora galopando por el valle.

–Es un caballo muy fuerte –comentó Janna.

Ty soltó un gruñido. No le hacía ninguna gracia el siguiente paso en la educación del semental, que consistía en hacer que sintiera por primera vez el peso de un hombre encima. Se acercó a él lentamente, sin dejar de hablarle con voz suave.

–Sí, ya lo sé, no te gusta llevar todo eso encima, pero no es tan malo como parece –llegó junto al animal, y empezó a acariciarle–. Pregúntaselo a Zebra. Cuando le pusimos la sobrecincha y la jáquima, demostró otra vez el buen carácter que tiene.

Lucifer resopló y le empujó con la cabeza, como si quisiera que el hombre le prestara atención a la irritación que le estaban causando las correas.

—Lo siento, chico. Te frotaré donde te pica, pero no voy a quitarte la sobrecincha. Ya me ha costado bastante ponértela.

Janna tuvo que controlarse para no entonar un sonoro «amén». Ver a Ty arriesgándose a que Lucifer lo matara con sus enormes pezuñas mientras le ponía la sobrecincha había sido lo más difícil que había hecho en su vida. Admiraba su cuidadosa persistencia, y sentía haberle pedido que no le pusiera trabas al poderoso caballo.

Ty siguió acariciando a Lucifer y murmurando palabras tranquilizadoras, y cuando el semental se calmó, las caricias fueron cambiando poco a poco. Se fue apoyando con fuerza en sus manos al pasarlas por encima del caballo, y se centró sobre todo en la zona donde tendría que montar; al principio, el caballo se apartó de la presión, pero Ty lo siguió mientras le hablaba con paciencia y se iba inclinando con más fuerza, para que el mustang fuera acostumbrándose a su peso.

Janna observó el proceso con una mezcla de admiración y de miedo. La mayoría de los hombres a los que conocía habrían atado a Lucifer a un poste, habrían retorcido su oreja con una mano y habrían montado de golpe; una vez en la silla, habrían desatado al caballo y le habrían clavado las espuelas. Los corcoveos subsecuentes habrían sido inevitables, al igual que el hecho de que el método no siempre tenía resultados fiables; en más de una ocasión, el caballo esperaba a que el jinete se relajara para tirarlo de golpe.

Pero Ty tenía que confiarle su vida a Lucifer, y le había prometido que lo domaría tratándolo lo mejor posible.

Janna contuvo el aliento al ver que Ty iba cambiando de

posición hasta que sus botas dejaron de tocar el suelo. Lucifer hizo un movimiento nervioso y dio varios giros rápidos, pero entonces aceptó el hecho de que la voz del humano le llegaba desde otro lugar. Varios minutos después, el semental empezó a pastar con actitud un poco irritada mientras intentaba ignorar a Ty, que estaba prácticamente tumbado encima de él.

En el curso de dos horas, Ty consiguió que Lucifer apenas se diera cuenta cuando su peso subía del suelo a su dorso. Fue repitiendo el proceso, moviéndose muy lentamente y con los músculos tensos mientras mantenía el equilibrio a pesar de la fuerza de la gravedad y de los pequeños pasos inquietos del caballo. Cuando finalmente pasó de estar inclinado hacia delante a la posición normal de un jinete, Janna sintió ganas de lanzar un grito de alegría, pero permaneció en silencio para no asustar al mustang.

Por su parte, Lucifer se limitó a mover las orejas y siguió pastando. La actitud del caballo proclamaba a los cuatro vientos que las extrañas acciones de su compañero humano ya no le inquietaban.

Ty sintió una oleada de entusiasmo al sentir la fuerza contenida del semental. Estaba más convencido que nunca de que se había criado entre personas, y que había escapado de sus propietarios antes de que pudieran marcarlo.

—Eres una belleza —murmuró, mientras lo acariciaba—. ¿Es que sabes en el fondo que naciste y creciste para ser el amigo de un hombre?

Lucifer siguió comiendo hierba y deteniéndose de vez en cuando a olisquear el aire. Ty no intentó en ningún momento guiarlo con la jáquima, y se limitó a permanecer sentado mientras el caballo seguía pastando tranquilamente. Al principio, los pasos de Lucifer fueron un poco inseguros por el peso desacostumbrado que llevaba encima, pero cuando el sol alcanzó el último tramo de su descenso hacia el oeste, el semental ya se movía con su habitual elegancia y se ajustaba de forma automática a la presencia de su jinete. De vez en cuando, volvía un poco la cabeza y olisqueaba una de las botas de Ty, como diciendo, «Qué, ¿aún estás ahí? Bueno, no te preocupes. No me molestas».

La respuesta de Ty siempre era la misma: unas palabras suaves de elogio y una firme caricia, que se intensificaban cuando tiraba con firmeza de la jáquima y el caballo iba en la dirección indicada. Lucifer aprendió que tenía que avanzar cuando además sentía la ligera presión de sus talones, y que tenía que detenerse cuando lo que sentía era una firme fuerza que tiraba hacia atrás.

—Bueno, chico, eso es todo por ahora —Ty desmontó con cuidado, y añadió—: Tienes el resto del día libre.

El semental se limitó a resoplar y a dar un pequeño paso lateral al sentir que el peso que llevaba encima desaparecía. Cuando Ty aseguró la correa de la jáquima alrededor del animal, él ni se inmutó.

—Eres una maravilla —le dijo.

Lucifer bajó la cabeza hasta su pecho y la restregó contra él para intentar quitarse la jáquima. Ty soltó una carcajada queda, y empezó a aliviarle un poco los picores que le causaba el cuero contra su piel sudorosa.

—Lo siento, pero voy a dejártela puesta. No te dolerá y me ahorrará un montón de trabajo mañana, cuando sigamos con las lecciones. Pero ahora tú te has ganado un buen descanso, y yo un buen rato en el agua. Venga, ve a quejarte a Zebra de los humanos locos que atrajo hasta ti.

Varios minutos después, Janna levantó la mirada de las hierbas que estaba ordenando y se dio cuenta de que Lucifer no llevaba jinete. Sintió una súbita punzada de miedo, pero entonces se dio cuenta de que probablemente Ty había desmontado para que tanto el caballo como él pudieran descansar.

Rodeada de una agradable mezcla de fragancias, volvió a su tarea de separar las hierbas que quería llevarse del valle y elegir las que usaría para preparar ungüentos, pociones y bálsamos. Aunque sabía que sólo tendría tiempo de preparar una pequeña parte de todas las hierbas y las semillas que había recogido, siguió como si nada. Trabajar con ellas les daba a sus manos algo que hacer aparte de recordar lo que habían sentido al tocar a Ty, y a su mente algo para entretenerse y dejar de darle vueltas a la certeza de que iba a alejarse del valle... y que después también se alejaría de Ty.

«Deja de pensar en eso, y en el hecho de que es probable que Jack esté enfermo, y en que Cascabel seguramente intentará matarte. Tú sólo piensa en estas hierbas. No puedes influir en Jack, en Ty ni en ese renegado cruel, pero puedes preparar pociones. Puedes hacer un montón de medicina para el estómago y dejarla aquí, y puedes dejar muchas más medicinas. Puedes hacer lo que quieras mientras estés aquí... menos seducir a Ty».

La idea de seducir a Ty hizo que se le cayeran las plantas al suelo, y empezó a recogerlas. Le pasó lo mismo la segunda vez que pensó en hacer el amor con él, y al ver lo mucho que le temblaban las manos, se dio cuenta de que no podía hacer algo tan delicado como preparar medicinas.

—Bueno, al menos puedo ir a buscar un poco de agua sulfurosa a la fuente —murmuró para sí—. Supongo que eso no será demasiado difícil para estas manos tan torpes.

Janna agarró un pequeño recipiente metálico, y se dirigió hacia la «bañera». En las últimas semanas, el camino se había vuelto muy transitado, porque tanto a Ty como a ella les encantaba observar las formas cambiantes de las nubes mientras flotaban en el agua. Cada uno iba por su cuenta, pero el recuerdo de lo que había pasado la única vez que habían estado allí juntos estuvo a punto de conseguir que a Janna se le cayera el recipiente al suelo. Habría dado mucho por volver a tocar a Ty con tanta ternura, de una forma tan íntima y tan desinhibida, una sola vez más.

Sólo una vez, antes de que se fueran del valle y se separaran para siempre.

Cuando Janna alcanzó la zona más estrecha del valle, su cabeza se llenó de recuerdos ante el silencio humeante de las aguas termales. La profusión exuberante de las plantas, el brillo de las gotas de agua en la roca negra... todo se combinó en su mente para crear una mezcla apabullante de deseo y recuerdos.

Y entonces vio a Ty emergiendo de la poza más cercana y saliendo a la orilla. Su piel estaba envuelta en jirones plateados de vaho, cuya frágil belleza contrastaba con la dureza de sus músculos poderosos. Se quedó mirándolo incapaz de moverse, paralizada por la belleza pagana de aquel hombre, memorizando la forma en que el agua recorría su pecho, su torso y sus muslos.

Janna no tuvo que mirarlo a la cara para saber que él se había dado cuenta de su presencia, porque la evidencia visible de su virilidad cobró vida y empezó a crecer y a endurecerse rápidamente.

El recipiente que Janna llevaba en las manos hizo un fuerte ruido al chocar contra una roca, pero ella ni siquiera se dio cuenta de que se le había caído. Su atención estaba centrada en el hombre desnudo que tenía delante. Sin ser consciente de lo que hacía, empezó a andar hacia él.

La expresión del rostro de Janna fue como el afrodisíaco más potente para Ty, y lo sacudió un deseo salvaje y primitivo, un relámpago que tensó su cuerpo hasta dejarlo sin habla, y que lo llenó de desesperación. Había luchado con todas sus fuerzas para controlarse, para no tocarla ni tomarla, para que ella no se considerara una simple conveniencia sin ningún valor más allá de la pasión del momento; había pasado noche tras noche en vela, con el cuerpo en llamas y la mente decidida a negarse el placer increíble que le esperaba en su cuerpo, consciente de que cualquier infierno de privación que tuviera que sufrir valdría la pena si ella nunca volvía a describirse como una ramera.

Y sin embargo allí estaba, a meros centímetros de distancia, y sus ojos grises brillaban con el mismo deseo que ardía dentro de él.

–Janna, no –le dijo, con voz ronca.

37

Janna cubrió la boca de Ty con los dedos, para impedir que siguiera hablando.

—No pasa nada —murmuró—, sólo quiero... —incapaz de contenerse, inclinó la cabeza y depositó un beso en sus bíceps—. Sí —susurró, mientras se estremecía—. Deja que...

Cuando trazó con la punta de la lengua la línea entre su brazo y los músculos tensos de su pecho, Ty emitió un gemido gutural. Janna sintió que la ensartaban unas finas agujas de placer, y la intensidad de su reacción hizo que su cuerpo entero temblara. Volvió la cabeza, y le rodeó un pezón con la lengua antes de rozarlo cuidadosamente con los dientes.

Ty la aferró de los brazos, como si estuviera a punto de apartarla de su cuerpo, pero permaneció inmóvil cuando sus manos se negaron a acatar los dictados de su mente. Era incapaz de apartarse de ella, llevaba demasiado tiempo deseándola con locura. La acercó más hacia sí, y se estremeció como si cada roce de su lengua fuera un duro golpe en vez de la caricia más tierna.

—Sí —susurró ella, al sentir la reacción del cuerpo del hombre al que amaba—. Sí, lo necesitas. Necesitas... —se estremeció, y le mordisqueó el torso con menos suavidad—. Necesitas que te saboreen, y yo necesito hacerlo. Ty, por favor, deja que lo haga. Por favor.

Janna no esperó su respuesta, y empezó a descender por su cuerpo. La piel bajo su boca era cálida, tenía un toque de sudor y sabía a sal, a pasión y al sabor indefinible de la masculinidad. Tocar a Ty era un placer tan grande, que casi le resultaba doloroso. Emitió un sonido tembloroso, ya que había soñado con recibir el regalo de su cuerpo una vez más.

Los músculos tensos de Ty apenas cedieron bajo los mordiscos cuidadosos de Janna. A ella le resultó increíblemente estimulante sentir los intensos espasmos de deseo que lo sacudían con cada una de sus húmedas caricias, pero estaba demasiado cautivada por su sensual exploración para darse cuenta de que su propio cuerpo estaba tan excitado como el de él. Lo único que sabía era que la recorrió una oleada de placer al restregar los pechos contra sus muslos firmes, y al acariciar con la mejilla la rígida prueba de su deseo.

—Janna... —logró decir él, con voz entrecortada. Cuando ella volvió la cabeza y lo rozó con los labios, estuvo a punto de enloquecer—. Dios del Cielo, me estás matando. Amor, no, nunca he... harás que...

La caricia íntima de la lengua de Janna fue como un fuego líquido que calcinó las palabras de Ty, hizo arder sus pensamientos y arrasó con todo excepto el instante explosivo en que ella lo saboreó y le arrancó un grito gutural.

Janna se detuvo al oír aquel sonido agónico, levantó la mirada y se estremeció al ver el brillo ardiente en sus ojos verdes.

—¿Te he hecho daño? —le preguntó.
—No.
—Pero... has gritado —le dijo ella, vacilante.
—Tú también lo hiciste cuando yo te toqué así.

Los ojos de Janna se entrecerraron cuando su mente se llenó de sensuales imágenes. Recordó lo que había sentido cuando la boca de Ty la había amado, la había cautivado y la había devorado con una intimidad abrasadora, y volvió al miembro masculino que segundos antes le había parecido tan duro, suave e intrigante a su propia lengua.

—Para, harás que pierda el control —le suplicó él.

—Pero si ni siquiera estoy tocándote —susurró ella.

—Lo estás haciendo en tu mente, y en la mía. Mariposa de satén... eres ardiente, húmeda y perfecta. Cuando me has tomado en la boca, ha sido como entrar en un paraíso encendido, y me has quemado hasta el alma. Me arden el alma y el cuerpo... estoy en llamas. No sabes lo que me haces.

Al ver que ella se estremecía al oír sus palabras, Ty estuvo a punto de perder el poco control que le quedaba.

—Tú también has hecho que yo arda así —Janna lo tocó con la punta de la lengua, y añadió—: Aún sigo ardiendo.

Janna recorrió los tensos músculos de sus piernas con las manos, intentando decirle algo para lo que no tenía palabras, buscando algo para lo que no tenía nombre. Cuando una de sus manos subió por la cara interna del muslo hasta que no pudo seguir avanzando, sintió el estremecimiento que lo sacudió y su respiración jadeante, y se dio cuenta de que había encontrado otra manera de llevarlo a aquel paraíso encendido. Fascinada por las diferencias tangibles que existían entre sus cuerpos, acarició aquella parte tan diferente que se erguía entre sus muslos.

Ty la contempló con el rostro tenso. Había creído que no podía desearla más sin perder el control, pero se había equivocado. En ese momento, la deseaba más que nunca, pero no hizo ademán de tomarla y permaneció inmóvil, ya que estaba aprendiendo más sobre ella y sobre sí mismo con cada instante que pasaba y con cada caricia, cada vez que su lengua se deslizaba por su miembro e iba descubriendo las texturas cambiantes de su masculinidad.

Ty nunca había vivido nada parecido a ver a Janna amándolo, disfrutando de él y dándoles placer a ambos. Sus piernas fueron cediendo lentamente, incapaces de soportar por más tiempo el peso de su pasión, y se desplomó de rodillas antes de caer de espaldas sobre la hierba. Janna lo siguió mientras lo amaba en silencio, mostrando su amor con cada caricia.

Cuando su boca lo envolvió, lo aceptó y lo saboreó con una intimidad impactante, Ty volvió a gritar, pero en esa ocasión Janna no se detuvo y siguió adorando su carne cálida, consciente de que el sonido indicaba el salvaje placer que estaba sacudiéndolo.

—Janna...

Ella respondió con un silencioso cambio de presión de la boca que arrancó un gemido ronco y extasiado de la garganta de Ty. Intentó decirle lo que le estaba haciendo, que estaba consumiéndolo y renovándolo con cada movimiento de la lengua, pero no tenía palabras para describir la belleza devastadora de ser amado sin inhibiciones, sin ataduras, sin expectativas... sólo con la calidez sensual de su boca.

—Janna... —le dijo con voz ronca—, no, voy a... —las palabras se convirtieron en un gemido de éxtasis, mientras sus caderas se movían con impotencia—. Por el amor de Dios... para.

—¿Te estoy haciendo daño? —le preguntó ella. Sabía la respuesta, pero quería oírla de todas formas.

Ty soltó una carcajada quebrada, y entonces soltó un sonido desesperado cuando sus manos y su boca volvieron a recorrer su cuerpo, a acariciarlo, a destruir su control, a abrasarlo vivo.

—Amor... para. No puedo soportarlo más, voy a perder el control.

Ty sintió el estremecimiento que la recorrió un instante antes de que volviera a acariciarlo.

—Sí, eso me gustaría —susurró ella.

Ty se tensó contra las sacudidas de éxtasis que recorrían su cuerpo, ya que no sabía cómo entregarse de aquella forma tan elemental.

—Por favor —susurró Janna. Tocó con la punta de la lengua aquella dura carne masculina que ya no era un secreto para ella, y añadió—: Tu sabor es como la vida misma.

Con la mirada fija en ella, Ty hizo un sonido de angustia mientras luchaba contra la ola de placer que lo recorría. En lo más profundo de su alma, se dio cuenta de que jamás podría olvidar la imagen de Janna amándolo con una generosidad que era una especie de éxtasis en sí misma, un dar y recibir que se convertía en una entrega mutua que nunca habría creído posible. Al aceptarlo y acariciarlo sin restricciones, Janna le había enseñado que no había tenido ni idea de lo que era la verdadera intimidad antes de conocerla.

Ty sintió que iba perdiendo el control con cada caricia. El placer lo convulsionó, sacudió su cuerpo y su alma con cada oleada de placer, y gritó el nombre de ella en la explosiva cumbre del éxtasis. El grito se clavó en el alma de Janna, y sus mejillas se cubrieron de lágrimas cálidas y dulces cuando su felicidad se desbordó al saber que le había dado al hombre al que amaba un placer tan intenso.

Él se incorporó un poco cuando fue capaz de controlar su propio cuerpo de nuevo. Impulsado por la necesidad abrumadora de sentirla lo más cerca posible, agarró a Janna y la abrazó con fuerza. Ella cerró los ojos, se aferró a él y saboreó el contacto de sus cuerpos, la forma en que Ty susurraba su nombre una y otra vez mientras su cuerpo poderoso temblaba. Cuando finalmente él le alzó el rostro hacia el suyo, Janna sonrió y le rozó los labios firmes, suaves y... apremiantes.

—¿Ty...?

Su voz ronca fue como una caricia para él.

—Janna, necesito formar parte de ti.

Ty bajó la mano desde su mejilla por la parte delantera de la camisa, y siguió bajando hasta encontrar el suave monte que se encontraba en el ápice de sus muslos. Al sentir su calidez húmeda, emitió un profundo sonido de descubrimiento y de satisfacción.

—Y tú también me necesitas, puedo sentirlo a través de

toda la ropa que usas para esconder tu belleza. Mi propia mariposa de satén, esperando a ser liberada de tu crisálida.

Al sentir la mano de Ty contra ella, Janna sintió que una tensión ardiente se iba formando en su estómago.

—Me necesitas, mariposa —cautivado por su calidez, Ty flexionó la mano y se inclinó para besarla; sin embargo, se detuvo de pronto y le dijo—: Me necesitas, pero... ¿me deseas?

Janna intentó responder, pero sólo logró emitir un sonido jadeante cuando la lengua de él trazó sus labios y se dio cuenta de lo mucho que deseaba que la besara. Apenas notó una ligera presión en la cintura, porque Ty le agarró el labio inferior con los dientes y lo mantuvo cautivo para saborearla con la lengua. Finalmente, fue soltándole el labio poco a poco.

—¿Me deseas? —insistió él, mientras su mano desabrochaba botones, apartaba ropa y se deslizaba bajo la tela en busca del centro de su feminidad—. ¿Vas a dejar que te desnude, que te toque, que te excite hasta que no puedas respirar sin gritar mi nombre?

Janna fue incapaz de contestar, y tembló de anticipación cuando la mano de Ty encontró su objetivo y empezó a explorarla con un dedo.

—Janna —le dijo él en voz baja—, dime lo que quieres.

—Tócame —le contestó ella, con el aliento entrecortado.

—Ya te estoy tocando.

Janna reveló lo que quería al mover las piernas de forma instintiva.

—Dilo —susurró Ty—. Quiero oírlo, quiero saber que te estoy dando algo tan dulce y poderoso como lo que tú me has dado a mí.

—Quiero... quiero...

Janna volvió la cara hacia su pecho en un gesto de confianza y de timidez, y él sonrió a pesar del deseo que lo inundaba. Janna lo había seducido con tanto abandono, que se le había olvidado que aún era muy inocente.

—Entonces, te diré lo que me gusta —rozó con el dedo el triángulo caoba que había entre sus muslos, y añadió—: Me encanta verte así, con la ropa abierta, los pechos desnudos y mi mano entre tus piernas. Me encanta ver cómo tus pezones se tensan, a pesar de que la única parte que te esté tocando de mí sean mis palabras. Me encanta ver cómo se te entrecorta el aliento, y cómo mueves nerviosamente las piernas antes de abrirte para mí, mientras me pides que toque lo que ningún otro hombre ha tocado antes.

Con una sonrisa sensual, Ty la vio reaccionar a sus palabras. La animó a moverse con pausas juguetonas, le rozó los pechos, el ombligo y el vello caoba que había en el ápice de sus muslos, y Janna se retorció en un gesto mitad respuesta y mitad súplica.

—Sí, así... justo así... —Ty siguió desnudándola, con movimientos que apartaban la tela y acariciaban su piel al mismo tiempo—. Me encanta abrirte los labios y entrar dentro de ti. Eres tan cálida...

Janna soltó una exclamación cuando una especie de burbuja fue creciendo en su interior, cuando estalló y la inundó de placer. Sintió una cálida satisfacción al oír las palabras de Ty, al saborear sus caricias, a ver lo mucho que él disfrutaba de su cuerpo.

—Sí, a mí también me encanta —le susurró él.

Ty fue avanzando y retrocediendo con sus caricias, provocándola y dándole placer, mientras sentía su calidez y su suavidad crecientes. Su voz se fue volviendo tan profunda y elemental como el deseo insaciable que sentía por aquella mujer, cuyo cuerpo le pertenecía en cuanto lo tocaba.

—Tu respuesta hacia mí hace que me sienta como un dios. Ardiente mariposa de satén... —la voz de Ty se quebró cuando notó la súbita constricción en las profundidades satinadas de Janna, cuando oyó que su respiración se convertía en un suave gemido. Se inclinó hacia ella, y añadió—: Dime lo que necesitas, amor. Te lo daré todo, y entonces empezaré a acariciarte otra vez, a darte placer una y otra vez hasta que no nos queden fuerzas ni para hablar... si eso es lo que quieres. Dime lo que quieres.

Janna gritó su nombre en una serie de exclamaciones acompasadas con las olas de placer que fluían en su interior. Sus manos lo recorrieron ciegamente, hasta que encontraron aquella parte de su cuerpo que había llegado a conocer de forma tan íntima. Era rígido y suave, y estaba tan tenso, que parecía que habían pasado semanas en vez de minutos desde que se había desahogado. Tener aquella prueba tangible de su habilidad para excitar a Ty era otro tipo de caricia para ella, una caricia profunda e insoportablemente dulce.

–Te deseo –susurró. Su voz se quebró con el inesperado torrente de placer que la recorrió al sentirlo tan grueso y duro en sus manos, y añadió–: Quiero fundirme contigo hasta sentir cada latido de tu corazón, cada pulso vital...

Su voz estalló en pequeños gemidos extasiados cuando Ty le quitó los pantalones y unió sus cuerpos con una poderosa embestida. La súbita explosión de placer fue como un relámpago creando una red de fuego bajo su piel, y aunque no supo que gritó el nombre de él cuando alcanzó el clímax, Ty sí que se dio cuenta. Al oír su propio nombre en los labios de Janna y sentir las profundas convulsiones satinadas que estremecían su cuerpo, él sonrió con una mezcla de triunfo y de contención apasionada, y se inclinó a beber de sus labios el sabor del éxtasis.

Esperó a que los gemidos de Janna se desvanecieran y a que los estremecimientos que la sacudían se disiparan, y entonces empezó la lenta danza del amor, de penetración y retirada. Se hundió profundamente en ella, retrocedió y volvió a sumergirse una y otra vez.

Sin ningún tipo de advertencia previa, Janna sintió que su cuerpo era presa de una sensación desconocida, de algo tórrido y vital que iba tensándose en su interior con cada movimiento, una tirantez que la dejó sin aliento y le arrebató las fuerzas.

—Ty.

Él respondió hundiéndose aún más hondo en ella, y soltó un gemido de satisfacción cuando Janna arqueó la espalda y se unió a aquella sinuosa danza. Él la animó a seguir con susurros apasionados al oído, mientras la rodeaba con el brazo por las caderas para fusionar más sus cuerpos. Ty podía sentir la tensión que vibraba en sus profundidades tan bien como ella, y saber que estaba en el borde del éxtasis estuvo a punto de hacerle perder el control.

Ty luchó contra su propio clímax y se obligó a retroceder del borde del precipicio, porque quería saborear hasta la última gota de la pasión de Janna.

Cuando ella le clavó las uñas en las nalgas, gimió al sentir que ardía y le dio lo que le estaba pidiendo, lo que necesitaba, la unión primitiva de sus cuerpos sin barreras ni cálculos... sólo con una pasión ardiente, una suave fricción y los enfebrecidos ritmos de la vida.

La tensión fue creciendo en el interior de Janna hasta que quiso gritar, pero su voz estaba paralizada. Su cuerpo se retorció y sus piernas rodearon las caderas de Ty mientras luchaba por alcanzar algo que necesitaba y que la aterraba, algo tan poderoso que quizás la destruyera... aunque sabía que la aniquilaría no tenerlo. Empezó a gemir el nombre de él con cada jadeo, mientras la tensión sin fin iba elevándola cada vez más.

Cuando la tensión empezó a crecer y a crecer con cada latido de su corazón, Janna gritó el nombre de él y explotó en mil pedazos ardientes, consumida por un éxtasis que le abrasó el alma.

Ty la apretó con fuerza contra sí al beber su pasión, al sentir en la médula de sus huesos y más allá el clímax que la recorrió, al devorarla con un beso tierno y apasionado. Se quedó inmóvil a pesar de la tensión que martilleaba su cuerpo con cada inhalación jadeante, con cada latido de su corazón, porque quería que aquello durara para siempre.

Nunca había habido ninguna mujer para él como Janna.

Había conocido junto a un prado bañado por la luz del crepúsculo su capacidad única para el éxtasis, y necesitaba explorar los límites de esa capacidad. Empezó a moverse de nuevo, a acariciarla, a hundirse en ella y a llenarla, a estimular con cada movimiento aquella carne que aún estaba trémula de placer.

—¿Ty...? —Janna abrió los ojos, y lo miró con expresión aturdida.

—Sí —dijo él, mientras se inclinaba para devorar su boca—. Hasta la última gota de pasión. Hasta que no podamos respirar. Hasta la muerte.

Janna contempló el saliente de piedra que había sido su único hogar. En la hoguera sólo quedaban cenizas, los cazos y las sartenes estaban lavados y colocados en un rincón, y el baúl estaba lleno de hierbas que impedirían que entraran los insectos o los ratones. Sólo había dejado fuera su manta, el zurrón de plantas medicinales y la cantimplora... y el dibujo de su madre, una dama de seda que no había logrado sobrevivir a los rigores de la vida en la frontera.

—Recuperaremos los libros cuando el ejército se ocupe de Cascabel —le dijo Ty, mientras la rodeaba con un brazo.

Ella se apoyó contra él, saboreando la certeza de saber que por una vez no estaba sola; un instante después se enderezó y le sonrió, pero no hizo ningún comentario sobre la hipotética vuelta al valle de ambos. Si se quedaba con su parte del oro de Jack el Loco, podría construirse una casa donde ella quisiera, con una sola excepción... cerca de Ty, porque sabía que sería incapaz de soportarlo. Había sido muy afortunada, porque se le había brindado la posibilidad de cumplir su sueño de tener un hogar, y el hecho de que deseara que Ty compartiera su sueño era problema suyo, no de él.

Se había aprovechado de su necesidad natural de estar con una mujer, y lo había provocado hasta enloquecerlo de deseo sin saber lo poderosa que era aquella arma. Él había intentado resistirse, pero no había conseguido hacerlo del todo, y Janna sabía que la culpable era ella.

El día anterior, se le había tirado encima con un abandono total, y sus caricias habían hecho que Ty fuera incapaz de apartarse de ella. Lo que habían compartido había sido increíble, y al recordarlo no pudo evitar estremecerse de deseo.

Pero su propio descaro no era razón para que Ty sacrificara su sueño. Exigirle que renunciara a lo que más deseaba en el mundo sólo porque había sido el primer hombre en mostrarle lo que era el éxtasis habría sido un acto de odio, no de amor... y ella lo amaba tanto, que sentía como si las garras de hielo, fuego y noche estuvieran desgarrándole el alma.

«Dondequiera que estés, dama de seda, quienquiera que seas, trata bien al hombre al que amo. Dale el sueño que ha anhelado durante tantos años».

—¿Janna? —Ty sintió que se le retorcían las entrañas al ver su expresión de tristeza, que era como la triste sombra de la noche en comparación con su radiante sonrisa—. Volveremos, te lo prome...

Ella posó un dedo sobre sus labios, para evitar que pronunciara aquella promesa que no deseaba.

—No pasa nada, sabía que tendría que marcharme de aquí tarde o temprano.

Ty levantó su mano, y le besó la palma.

—Wyoming también es precioso, pero si no te gusta, podremos irnos a cualquier otro sitio.

Janna fue incapaz de evitar que sus ojos se llenaran de lágrimas. Las palabras de Ty eran una agonía para ella, porque no eran las que había ansiado tanto escuchar, las palabras que él sólo le decía en sus sueños, las palabras que algún día escucharía de sus labios su dama de seda: «te amo».

Pero Ty no la amaba. Ella le entretenía, le caía bien y le cautivaba con su sensualidad, pero él no se daba cuenta de que el pozo del que manaba aquella pasión desbordante era el profundo amor que sentía por él. Ty hablaba del futuro que tendrían juntos, pero ella sabía que se trataba de un futuro decretado por su inquebrantable sentido del deber y del honor, y que no se debía a que él quisiera que ella fuera su compañera, su pareja, la madre de sus hijos.

El deber y el honor no equivalían al amor, y tampoco la bondad. Janna prefería vivir lejos de la civilización toda su vida, que verlo carcomiéndose de amargura y de resentimiento por la pérdida de su libertad y de sus sueños. Prefería morir a vivir para ver el día en que Ty fuera como un mustang cautivo, con la cabeza gacha y la mirada perdida.

—Vamos, llora —le dijo él, mientras la abrazaba y la acunaba con ternura—. No pasa nada, cielo. No pasa nada. Aunque sea lo último que haga en esta vida, me aseguraré de que tengas el hogar con el que siempre has soñado. Es lo mínimo que puedo hacer, teniendo en cuenta lo mucho que te debo.

Janna cerró los ojos para intentar esconder el dolor que le causaron sus palabras. Rozó su torso con los labios, para saborear por última vez su calidez, su aroma, su fuerza y la vitalidad masculina que emanaba de su cuerpo.

—No me debes nada.

Ty soltó una carcajada seca y carente de humor.

—Y un cuerno. Me salvaste la vida, y desde entonces sólo he tomado más y más de ti. Cuando recuerdo cómo te expusiste a que Lucifer te golpeara con las pezuñas porque querías atraparlo para mí...

Ty fue incapaz de continuar, y la apretó con una fuerza casi dolorosa contra sí, como si necesitara asegurarse de que ella estaba bien a pesar de todos los peligros que había corrido por él.

—No atrapé a Lucifer para que estuvieras en deuda conmigo —le dijo Janna con voz queda—. Lo hice para que no lo matara algún cazador codicioso, para que no cayera en las manos de algún hombre cruel que lo convirtiera en un asesino. Tú eres quien logró domarlo y el que le enseñó a confiar en un ser humano, así que agradécete a ti mismo que Lucifer te haya aceptado, no a mí.

Ty le alzó la cara, y su mirada se hundió en sus traslúcidos ojos grises.

—Realmente crees en lo que me estás diciendo, ¿verdad?

—No lo creo, lo sé. No me debes nada, Ty. No estás en deuda conmigo por tu vida, ni por Lucifer, ni por el placer que compartimos. Ni por una sola condenada cosa. En cuanto lleguemos al fuerte, se acabó. Eres tan libre como lo fue Lucifer... y yo también lo soy.

Ty sintió que lo recorría un escalofrío, y su piel se tensó en un reflejo primitivo. La voz de Janna era calmada y firme, carente de emoción, tan vacía como la oscuridad que perfilaba su sonrisa. Estaba alejándose de él poco a poco, cortando los poderosos lazos que se habían ido forjando silenciosamente entre ellos durante el tiempo que habían pasado en el valle escondido.

—No.

Ty no añadió nada más, sólo aquella única palabra que negaba lo que Janna había dicho. Antes de que ella pudiera contestar, él se volvió y soltó un sonoro silbido.

Lucifer se acercó a ellos al trote, y empezó a chupar la camisa de Ty en busca de la sal que sabía que solía tener guardada para él en un trocito de papel. No encontró nada de sal, sólo la voz y las manos que habían entrado a formar parte de su mundo.

Después de acariciar al semental durante un largo momento, Ty agarró las pesadas alforjas de Jack el Loco, y las aseguró en la sobrecincha. A Lucifer seguía sin gustarle llevar las correas, pero se había acostumbrado y se limitó a echar las orejas hacia atrás al sentir que las cuerdas se tensaban justo detrás de sus patas traseras. Ty lo felicitó por su buen comportamiento, colocó el morral en su sitio y montó en el mustang. No le preocupó que el semental tuviera que llevar tanta carga, porque sabía que era un animal extraordinariamente fuerte y que ni siquiera se inmutaría si añadiera también una silla de montar.

—Iré a inspeccionar la zona exterior, lleva a Zebra a la grieta y espera a que te haga una señal.

—Ty, no voy a dejar que...

—¿Que no vas a dejar?, ¡que no vas a dejar! —la interrumpió él, furioso—. Escúchame bien: es posible que estés embarazada. ¡Si realmente crees que voy a largarme y a dejar a una muchacha huérfana que podría tener a mi hijo en su vientre para que se las arregle sola en territorio indio, entonces es inútil que intente hablar contigo! Intentaré meterte el mensaje en esa cabeza dura que tienes cuando lleguemos al fuerte, a lo mejor para entonces ya me habré tranquilizado o tú habrás desarrollado algo de sensatez. Hasta entonces, cierra la boca y deja de distraerme, o ninguno de los dos vivirá para ver otro día más.

Lucifer se alejó a medio galope antes de que Janna pudiera hablar... si hubiera sido capaz de pensar en algo que decir.

Para cuando el semental llegó al final del valle, Ty ya había conseguido controlar su genio, pero se obligó a concentrarse en Cascabel y en el futuro inmediato y en dejar de pensar en Janna y en el pasado reciente.

Después de desmontar, recorrió con la mirada la zona que bordeaba la grieta y no vio ni rastro de huellas sospechosas. A pesar de que tanto Janna como él habían intentado no repetir nunca el mismo camino al ir hacia la entrada del valle, en el prado había un sendero revelador de hierba ligeramente pisoteada.

«Eso ya no importa», se dijo Ty para sus adentros. «Cuando volvamos, la hierba ya habrá crecido otra vez; además, para entonces ya no tendremos que ir escondiéndonos entre las sombras».

No encontró ningún rastro que indicara que algún ser vivo había recorrido la grieta hacia el mundo exterior. Fue avanzando por la estrecha abertura, con la luz de la tarde brillando más allá de las paredes de roca. Estarían expuestos a que los descubrieran hasta el anochecer, ya que el cielo despejado indicaba que no habría lluvia que pudiera ocultar su presencia.

Sin embargo, no tenían más opción que irse a plena luz del día, porque en la oscuridad de la noche el riesgo de que alguno de los caballos tropezara y se hiriera al pasar por la grieta era demasiado grande; además, aunque lograran salir del valle al amparo de la noche y viajar hasta el amanecer, seguirían estando dentro del territorio de Cascabel cuando el sol saliera de nuevo, y quedarían igual de expuestos.

La mejor opción consistía en salir furtivamente del valle, tomar una larga ruta indirecta hacia el fuerte y rogar que Cascabel se hubiera visto obligado a irse hacia la zona sur de su territorio mientras ellos atravesaban la norte. El fuerte estaba a tres días de camino a caballo, y no había ningún otro refugio en el que pudieran cobijarse.

Manteniéndose apartado de la luz que penetraba por la salida de la grieta, Ty sacó el catalejo y examinó todo el terreno que alcanzaba a ver desde las paredes de roca. Una primera mirada rápida no reveló nada, una segunda más larga siguió sin mostrar nada sospechoso, y una exploración minuciosa no mostró señal alguna de los renegados.

Sin embargo, sentía un cosquilleo de inquietud, y no estaba dispuesto a ignorar a sus instintos. Allí fuera había algún peligro, y tenía que descubrir dónde estaba y su alcance. Acarició la funda del cuchillo que siempre llevaba al cinturón en un gesto instintivo, y después de esperar durante un cuarto de hora, volvió a inspeccionar el terreno con el catalejo. Como siguió sin ver nada alarmante, se quitó el morral que llevaba a la espalda, comprobó la carga de la carabina, agarró otro puñado de balas y salió de la grieta para poder ver mejor la zona circundante.

A unos nueve metros de la entrada del valle, encontró el rastro de tres caballos sin herrar. Las huellas permanecían juntas y tenían un curso definido, así que no se trataba de animales salvajes que hubieran estado pastando de forma aleatoria, sino que llevaban jinetes; además, las pisadas provenían de la dirección en la que se encontraba el territorio de Cascabel.

Ty empezó a seguir las huellas, diciéndose que quizás el ejército había logrado ocuparse de los renegados, pero sus esperanzas murieron cuando vio que otro juego de pisadas se unía al que estaba siguiendo. Las huellas se mezclaban antes de separarse en todas direcciones, como si los jinetes hubieran partido en busca de algo después de intercambiar información.

Ty tuvo la terrible sospecha de que los renegados estaban buscando a una «bruja» llamada Janna Wayland.

Permaneciendo a cubierto en la medida de lo posible, gateando cuando tuvo que hacerlo y andando cuando pudo, fue siguiendo las huellas por la llanura que circundaba la grieta, y se dio cuenta de que todo apuntaba a la misma conclusión: los renegados iban a remover cada arbusto y cada piedra hasta que su presa de pelo caoba saliera corriendo de su escondrijo, y entonces le darían caza hasta atraparla y se la llevarían a Cascabel. Tras cánticos y danzas, celebraciones de pasadas victorias y futuros triunfos, Cascabel conduciría a sus renegados a la guerra con la larga cabellera de Janna colgando de su lanza como un estandarte, un símbolo que mostraría al mundo que su espíritu era el más poderoso de los que caminaban por aquella tierra salvaje.

Ty se planteó por un momento volver al valle y esperar a que Cascabel se cansara de buscar a su elusiva presa; al fin y al cabo, eso era lo que Janna había hecho en el pasado, esconderse. Pero en el pasado Cascabel no había estado decidido a encontrarla, y si Janna y él se quedaban en el valle y los encontraban allí, estarían atrapados en una botella de roca sin posibilidades de escapatoria. Era mejor que se arriesgaran a salir al descubierto.

Ty volvió silenciosamente hacia la grieta, pero se desvió ligeramente y subió un pequeño promontorio para intentar ver una extensión mayor del terreno que tenían que atravesar. Antes de alcanzar la cima, se quitó el sombrero y se tumbó sobre su estómago para intentar ocultar su presencia lo máximo posible.

Un instante después, dio gracias por haber decidido ser precavido. En el extremo más alejado al otro lado del promontorio había cuatro guerreros en cuclillas, discutiendo y gesticulando mientras se repartían la zona que iban a explorar en busca de Sombra de Fuego, la bruja que había estado robándole el espíritu a Cascabel. Cerca de los renegados había siete caballos.

Cuatro renegados. Siete caballos. Y su instinto estaba mandándole señales frenéticas de alarma.

Su única advertencia fue un ligero sonido a su espalda. Ty rodó sobre su espalda y lanzó ambos pies en una brutal patada justo cuando el renegado atacó.

39

La patada de Ty dejó sin aliento al renegado, y evitó que pudiera alertar a sus compañeros con un grito; aun así, el indio se arrodilló para intentar agarrar su rifle antes de que él pudiera desenfundar el cuchillo. Ty se lanzó sobre él y le puso el antebrazo en el cuello para apresarlo contra el suelo. El cuchillo relampagueó bajo la luz del sol, y la sangre empezó a manar de inmediato. El renegado se convulsionó una vez, otra... y entonces se quedó inmóvil.

Ty permaneció donde estaba durante unos segundos mientras intentaba recuperar el aliento, a pesar de que sus instintos le decían que el peligro no había hecho más que empezar, que tenía que echar a correr. Se apartó del renegado muerto y empezó a recuperar el control gracias a los reflejos de supervivencia que había adquirido en la guerra. Limpió el cuchillo y volvió a enfundarlo, agarró la carabina, y tras comprobar que no estaba dañada, se aseguró de que estuviera lista para disparar de inmediato.

Entonces se alejó en silencio, pero no sin antes cerrarle los ojos al guerrero muerto.

«Cenizas a las cenizas, polvo al polvo... y que Dios se apiade de nuestras almas».

A unos noventa metros de allí, Janna se hincó lentamente de rodillas, sintiendo como si se le hubiera salido el corazón del pecho. Se le cayó la pistola que tenía en la mano, y respiró hondo varias veces para intentar aquietar el temblor que sacudía su cuerpo sin apartar la mirada de Ty, que regresaba a la dudosa seguridad de la grieta ocultándose tras rocas y arbustos.

Había sido aterrador para ella permanecer en la estrecha entrada, sabiendo por las acciones de Ty que debía de haber encontrado algún rastro preocupante. Llevaba media hora observándolo mientras él exploraba el terreno, y le dolían los ojos por lo mucho que había forzado la mirada intentando adivinar lo que él estaba descubriendo.

Al ver que un indio se alzaba de repente de la nada y se lanzaba contra él, sin duda porque había optado por la mayor gloria del combate cuerpo a cuerpo en vez de disparar con su rifle, Janna había sacado la pistola a pesar de que estaba demasiado lejos para alcanzarlo con un disparo certero; sin embargo, la lucha había acabado antes de que pudiera levantar el arma para apuntar. Nunca había visto a un hombre tan rápido como Ty, ni tan letal a aquella velocidad, y fue entonces cuando se dio cuenta del control que ejercía sobre su fuerza cuando estaba con ella.

Pero Ty podría haber muerto a pesar de su poder y su rapidez, podría haber sido su sangre la que hubiera empezado a manar para ser engullida por la tierra sedienta. Su pasión y su risa, su furia y su sensualidad juguetona, su silencio y su sueño dorado... todo podría haber desaparecido entre una inhalación y la siguiente.

Janna observó ansiosa cada uno de sus movimientos, ya que necesitaba sentir la certeza de que estaba vivo. También recorrió con la mirada el terreno que había tras él con la pistola levantada, para poder disparar de inmediato ante la más mínima señal de peligro.

A pesar de su vigilancia constante, no vio al segundo renegado hasta que el sol se reflejó en su rifle, cuando el guerrero cambió de posición para disparar a Ty. Sin molestarse siquiera en apuntar, Janna apretó el gatillo y disparó en la dirección del indio.

Al oír el disparo, Ty se puso a cubierto de inmediato en una zanja que el agua de la lluvia había ido excavando al salir de la grieta, se quitó el sombrero y apoyó la carabina sobre el borde de la zanja para buscar por encima del cañón del arma el origen del ataque. No tuvo que esperar demasiado; la luz del sol se reflejó en el rifle del indio, y atrajo un nuevo disparo desde la grieta de entrada del valle.

La segunda bala de Janna se acercó a su objetivo mucho más que la primera, y el renegado respondió con un disparo que hizo saltar esquirlas de piedra a menos de metro y medio de ella.

A pesar del pesado morral que llevaba a la espalda, Ty echó a correr a toda velocidad hacia otro lugar donde ponerse a cubierto mientras el indio recargaba su arma. Creyó que atraería los disparos del resto del grupo de renegados, pero no fue así y se puso a cubierto un segundo antes de que Janna volviera a disparar contra el cañón del rifle que asomaba tras un pequeño montículo de arbustos y de rocas. El restallido más seco del rifle resonó una décima de segundo después del disparo de Janna.

Ty se levantó y echó a correr de nuevo, mientras iba contando los segundos que tenía antes de volver a tirarse al suelo. Janna observó con la intensidad de un halcón el lugar donde estaba parapetado el renegado. Con la pistola agarrada con ambas manos para estabilizarla al máximo, esperó a que el enemigo recargara y volviera a ofrecerle un objetivo al asomar el rifle.

De repente, vio por el rabillo del ojo que algo se movía, y le gritó a Ty que se pusiera a cubierto mientras se volvía como una exhalación hacia la izquierda y disparaba. Dos disparos de rifle rasgaron el aire, y las balas levantaron el polvo justo delante de los pies de Ty. Él se refugió en otra zanja seca, mientras Janna volvía a disparar al primer atacante.

Ty se dio cuenta de que aquél era su quinto disparo y que tenía que recargar la pistola de inmediato, pero el chasqueo del arma vacía resonó audiblemente dos veces antes de que Janna se diera cuenta de que se había quedado sin munición.

—¡Recarga! —le gritó Ty sin dejar de mirar hacia su derecha, hacia donde estaba escondido el nuevo atacante. «Vamos, vamos, muéstrate», lo acució en silencio.

A Janna no le resultó nada fácil recargar. Con los labios apretados, luchó para expulsar los casquillos vacíos, sacarse más balas del bolsillo, y meterlas una a una en las seis recámaras. Esa vez no pensaba dejar una vacía como precaución por si el revólver se le disparaba accidentalmente: quería los seis tiros, y los quería en ese preciso momento.

Pero primero tenía que conseguir meter las balas.

A unos ciento veinte metros de ella, y a la derecha de Ty, una piedrecilla golpeó de repente contra el suelo. Ty sabía que se trataba de una táctica de distracción, pero aun así se volvió, disparó en aquella dirección y volvió a girar rápidamente hacia la posición del primer atacante.

«Venga, ven a por mí», le dijo en silencio.

Tal y como había esperado, el renegado creyó que estaba enfrentándose a un enemigo armado con un rifle de un solo disparo, así que salió de su refugio para intentar disparar antes de que su presa pudiera recargar o guarecerse en otro sitio. El tiro de Ty lo mató antes de que se diera cuenta de lo que pasaba. Ty se volvió de inmediato hacia el segundo renegado, y al ver que había tenido tiempo para recargar y estaba apuntando, se lanzó hacia un lado.

El movimiento hizo que ambos erraran el tiro, pero los dos disparos siguientes de Ty dieron de lleno en el objetivo. Rodó hasta volver a estar a cubierto y esperó, pero todo permaneció en silencio. O el resto del grupo aún no había podido tomar posiciones, o se mostraban cautos al ver la rapidez con la que Ty podía «recargar» su arma.

—¡Janna!, ¿estás bien?

—¡Sí! —respondió ella, con voz tensa pero firme.

—Avísame cuando hayas recargado.

Janna soltó una imprecación sorprendente, y luchó por conseguir meter las balas en la pistola. Se le cayeron dos al suelo antes de que finalmente consiguiera meter las seis. Después de amartillar el arma, volvió a recorrer el terreno con la mirada.

—¡Lista! —exclamó.
—¡Voy desde la derecha!
—¡Ahora!

Ty se levantó y echó a correr hacia la grieta, haciendo quiebros y giros súbitos cada pocos segundos para dificultarle las cosas a cualquiera que pudiera estar apuntándole. Janna mantuvo la mirada fija en la zona, alerta a cualquier movimiento mientras veía a Ty acercándose a la carrera por el rabillo del ojo.

Sólo dieciocho metros más... nueve...

Janna no tuvo tiempo de avisar a Ty ni de apuntar, sólo tuvo tiempo de disparar casi a bocajarro cuando un renegado se abalanzó sobre ella desde el borde de la grieta, cuchillo en mano. El primer disparo salió desviado. El segundo alcanzó de refilón al indio y lo echó hacia atrás. El tercero y el cuarto salieron de la carabina de Ty, y fueron definitivos.

—Atrás —le dijo él bruscamente, mientras la obligaba a retroceder más—. Hay más ahí fuera, y sólo Dios sabe cuántos vendrán después de oír los disparos.

Con la respiración acelerada, Ty se quitó el morral de la espalda, se colocó en posición justo antes de la entrada, y empezó a recargar la carabina mientras iba levantando la mirada a cada momento para controlar el terreno. De pronto, soltó una maldición al ver una hilera de polvo en la distancia, seguramente provocada por un jinete que iba en busca de refuerzos. Uno de los renegados restantes ya se había colocado en un punto desde el que controlaba la boca de la grieta.

El segundo indio no estaba a la vista, pero era obvio que estaba lo bastante cerca para alcanzarlos, porque de repente una bala impactó contra la roca y bañó a Ty con polvo y esquirlas.

—Retrocede más —gritó, mientras parpadeaba.

Apuntó con calma, y tras disparar a los puntos donde era más probable que estuvieran escondiéndose los renegados, bajó la carabina y esperó. Un segundo después, un disparo rasgó el aire, pero en esa ocasión pudo ver de dónde procedía y respondió de inmediato con una serie de disparos. Se oyó una exclamación de dolor seguida de un repentino silencio, y Ty volvió a recargar metódicamente la carabina.

No hubo más disparos.

—¿Janna?

—Estoy aquí —contestó ella.

La acústica de la estrecha grieta hizo que pareciera que estaba cerca, aunque estaba a unos nueve metros de él.

—Vamos a tener que salir a pie y robarles unos caballos a los indios —le dijo Ty.

Janna había llegado a la misma conclusión. Sacar a Zebra y a Lucifer sin que los vieran los renegados sería imposible.

—Esta noche no hay luna —continuó diciendo él, sin apartar la mirada del lugar donde estaba escondido el indio—. Saldremos una hora después de que oscurezca del todo, intenta dormir un poco hasta entonces.

—¿Y tú qué?

—Yo protegeré la entrada.

—Pero las esquirlas...

—Si me mantengo fuera de su alcance, no podré proteger la entrada —la interrumpió él con impaciencia. Su expresión se suavizó un poco al mirarla, y añadió—: No te preocupes, cielo. No tiene un ángulo demasiado bueno, no me pasará nada.

Ty se volvió hacia la entrada y disparó seis tiros en rápida sucesión hacia el lugar donde el renegado estaba parapetado, para obligarlo a que permaneciera agachado. Tras vacilar un momento, Janna se acercó a él y le dio un fiero abrazo; él se lo devolvió con tanta fuerza y emoción, que a ella se le llenaron los ojos de lágrimas. En voz lo suficientemente baja para que él no la oyera, le susurró lo mucho que lo amaba contra su cuello antes de alejarse hacia el prado.

Pero Ty la había oído. Cerró los ojos por un instante, y sintió el dolor exquisito de haber recibido un regalo que no se merecía.

Con movimientos automáticos, apoyó su morral contra una roca, se puso en cuclillas y recargó de nuevo la carabina. Por el ángulo de las sombras, dedujo que aún faltaban varias horas hasta el anochecer, y algunas más hasta que fuera noche cerrada.

Ty se apoyó contra la pared con la carabina preparada para disparar, e intentó convencerse de que al amanecer Janna y él seguirían con vida.

40

La luz del sol que iluminaba el prado cegó a Janna al salir del oscuro pasaje que llevaba al valle. Soltó el agudo grito del halcón, y cuando repitió la llamada, Zebra apareció al trote con la cabeza erguida y las orejas empinadas. Lucifer iba detrás, ya que los dos caballos se habían vuelto inseparables en las últimas semanas.

Janna se apresuró a montar a Zebra, y la condujo hacia las antiguas ruinas indias donde Jack el Loco había escondido su oro. Nunca antes se había entrometido en los secretos del viejo buscador, pero también era la primera vez que estaba atrapada en una botella de piedra.

—Jack tiene que tener una manera para entrar y salir del valle sin pasar por la grieta —le dijo a Zebra—, porque no vi ni una marca suya. Si hubiera estado yendo y viniendo cerca del campamento, lo habríamos oído.

Zebra movió las orejas hacia delante y hacia atrás, ya que le gustaba el sonido de su voz.

—Pero tú no lo oíste, y él estaba demasiado débil para cargar con más de un kilo de oro. Eso quiere decir que tuvo que hacer un montón de viajes para llenar las alforjas. Tuvo que dejar un rastro en alguna parte, es imposible que no lo hiciera.

Y ella tenía hasta el anochecer para encontrarlo.

Hizo que Zebra acelerara el paso, mientras observaba

las paredes rocosas en busca de algún posible camino. El valle se estrechaba en el extremo sur, donde estaban las ruinas. Janna había descubierto allí un manantial de agua potable, pero nunca había explorado aquella zona en profundidad.

Las ruinas tenían un aire perturbador a la luz del día e inquietante de noche, y ella prefería la limpia estructura del saliente de roca en el extremo opuesto del valle a las viviendas derruidas de unas personas que habían muerto hacía tiempo.

Sin embargo, en ese momento no estaba buscando un buen sitio donde levantar su campamento o un refugio temporal, estaba buscando los antiguos caminos que debían de haber usado en el pasado los indios que habían vivido allí, si entraban y salían del valle por rutas alternativas a la grieta que ella conocía. Era posible que los indios hubieran decidido construir su fortaleza en un valle con una sola vía de escape, pero bastante improbable. Una tribu que se tomaba tantas molestias para ocultar su hogar estaba formada por gente cauta, y la gente cauta sabía que la única diferencia entre una fortaleza y una trampa era una vía de escape alternativa.

En el exterior del valle, algunas veces había descubierto antiguos senderos con el método de desenfocar un poco los ojos desde algún promontorio, porque entonces podían vislumbrarse líneas difusas y sombras extrañas. Normalmente, eran sólo líneas aleatorias en una tierra salvaje, pero a veces se trataba de senderos abandonados.

Janna recorrió las ruinas mientras buscaba cualquier camino, viejo o nuevo; sin embargo, sólo encontró hierba, maleza, rocas y sus propias huellas, así que hizo que Zebra se adentrara más en la zona. El ángulo del sol arrancaba diferentes sombras de las derruidas habitaciones de piedra, como si la oscuridad hubiera roto los diques de roca que la contenían y estuviera llenando gradualmente el valle.

Janna se estremeció. Siempre había evitado acercarse a aquella zona después de media tarde, ya que el sol dibujaba extrañas formas de luz, sombras y piedra, pero sabía que el fantasma de un indio no podría hacerle nada peor de lo que le esperaba más allá de la entrada de la grieta, a manos de renegados de carne y hueso.

Janna enfocó y desenfocó los ojos, los entrecerró y los abrió de par en par hasta que le dolieron, pero no descubrió nada. Dividió la zona a partir de la sala donde Jack había guardado el oro, pero los rastros que fue encontrando podrían pertenecer a Jack, a ella misma, o deberse a la configuración fortuita del terreno.

Cuanto más se fue adentrando en las ruinas, más se fue estrechando el terreno. El suelo estaba cubierto de escombros, y aunque al principio pensó que se trataba de derrumbes de las paredes circundantes, conforme fue avanzando se dio cuenta de que en algunos tramos parecía como si las piedras hubieran estado colocadas al mismo nivel, como si en la garganta del valle se hubieran construido una especie de peldaños anchos o de terrazas estrechas ascendentes.

Cada vez más excitada, Janna siguió los restos de lo que en otros tiempos pudo haber sido un camino que subía por la pared de piedra. Cuando el paso de Lucifer provocó que una piedrecilla echara a rodar, Zebra resopló y dio un respingo al oír aquel ruido tras ella; obviamente, la yegua estaba nerviosa por tener que subir por aquel camino cada vez más estrecho, que no parecía conducir a ninguna parte.

—Tranquila, chica —le dijo con voz suave, mientras la acariciaba—. Aquí sólo estamos Lucifer, tú y yo... y un montón de rocas. Las sombras dan un poco de miedo, pero no pasa nada. En ellas sólo hay aire.

Zebra fue subiendo por el camino, que fue haciéndose cada vez más empinado. Las esperanzas de Janna se fueron desvaneciendo gradualmente, porque lo que en su día debía de haber sido un ancho camino había ido degenerando hasta convertirse en un montón de rocas que parecían unos simples escombros.

El alma se le cayó a los pies cuando Zebra dobló un recodo y se encontró de frente con una pared de roca. No había ningún camino a la vista, así que al parecer no había estado siguiendo un sendero abandonado, sino una formación natural pavimentada de rocas que se habían desprendido de la pared.

Janna se quedó allí parada, viendo el fin del razonamiento esperanzado que había construido tan cuidadosamente pero que había resultado ser erróneo. Estaba claro que Jack no había podido entrar por allí, aunque había parecido la opción más viable y prometedora. Era muy poco probable que alguno de los barrancos o de las pequeñas grietas que se abrían en aquel extremo del valle condujeran a la parte superior de la meseta.

Pero la única opción que tenía era explorar el resto de posibilidades, porque era muy improbable que consiguieran escabullirse del valle delante de las narices de Cascabel y de sus renegados, que estaban esperando como una manada de gatos hambrientos frente a una madriguera de ratones.

Zebra apenas tuvo el espacio suficiente para dar la vuelta. Lucifer la imitó y las precedió en el camino de descenso, aliviado al ver que se iban de aquel estrecho pasaje entre paredes de roca. Igual de aliviada que el semental, Zebra lo siguió con impaciencia.

Cuando habían descendido poco más de treinta metros, Janna vio un pequeño barranco que no había visto antes, ya que se unía al camino principal en un ángulo oblicuo y estaba medio oculto tras unas rocas. Hizo que Zebra se volviera hacia allí de inmediato, pero la yegua movió la cabeza nerviosamente, reacia a dejar a Lucifer y a entrar en aquel paso estrecho.

–Venga, chica. En este camino sólo hay piedras y sombras, y quizás, sólo quizás, también una forma de salir de aquí.

Zebra se negó a avanzar.

Janna dejó de guiarla con la simple presión de la mano, y tiró de las riendas de la jáquima que Ty había insistido en ponerle. Más que reacia, la yegua se apartó de Lucifer y entró en el barranco. Una vez pasada la estrecha entrada, el pasaje volvía a abrirse y era incluso más ancho que la grieta donde Ty seguía esperando a que algún renegado fuera lo suficientemente valiente... o insensato, para ponerse al descubierto.

Janna tenía la impresión de que el camino se había construido más o menos nivelado, gracias a una estructura de escalones muy anchos formados por rocas que iban siguiendo la pronunciada pendiente hacia el cuerpo de la meseta. Hacía mucho que aquella especie de escalones o de rampas habían caído en desuso, pero a pesar de que las lluvias torrenciales las habían ido desmoronando, aún estaban lo suficientemente bien para que un mustang pudiera pasar.

Janna se sorprendió al ver que Lucifer las seguía; al parecer, el semental estaba decidido a no perder a Zebra en medio de aquel laberinto de barrancos y pasajes de piedra. El camino fue ascendiendo paulatinamente, y en ocasiones fue desviándose para seguir un curso diferente por las paredes que formaban la cara oeste del valle.

En algunos puntos, era obvio que se habían eliminado a martillazos porciones de roca para posibilitar el paso; en otros, sólo notaba al principio la acción del viento, el agua, el sol y las tormentas, pero entonces veía marcas de agujeros en las rocas y se preguntaba si no serían el resultado de la inteligencia humana.

Cuando el camino llegó a otro estrechamiento de la red de canales de escurrimiento que cubrían la cara oeste del valle, Zebra subió la pequeña pendiente sin que nadie se lo indicara, ya que había pasado por muchos cambios de dirección parecidos en los últimos ochocientos metros.

En la parte superior brillaba el sol, ya que habían subido más allá del alcance de las sombras crecientes. Janna se protegió los ojos del sol con una mano y miró hacia delante, pensando que encontraría un camino obvio, pero sólo vio una cornisa lateral que era demasiado estrecha para que pudiera considerarse un pasaje. Se volvió a mirar el camino por el que acababa de llegar, y soltó una exclamación de asombro al darse cuenta de que estaba a punto de llegar a la parte superior de las paredes rocosas que rodeaban su valle secreto.

—Tiene que haber una manera de seguir desde aquí —dijo, mientras acariciaba a Zebra con gesto distraído.

Observó durante varios minutos la poco fiable cornisa lateral que atravesaba en dirección ascendente el último tramo que le quedaba, preguntándose si conduciría hasta la parte superior de la meseta. Si el reborde acababa antes de llegar arriba, estaría atrapada, porque no había espacio suficiente para que un caballo diera la vuelta. Si los dos animales empezaban a subir por allí, tendrían que avanzar obligatoriamente.

Janna desmontó, y le apretó ligeramente el hocico a Zebra para que se quedara allí. Con las orejas erguidas y los ollares dilatados, la mustang observó cómo entraba en la estrecha cornisa, y Janna se volvió una sola vez para comprobar que no la seguía.

Al cabo de cinco metros, se convenció de que iba en la dirección correcta. El reborde se estrechaba mucho, demasiado para que un caballo pudiera pasar con seguridad. En la piedra había marcas que podrían deberse a un cincel o a un martillo, así que seguramente la antigua tribu había ensanchado y nivelando una cornisa natural hasta convertirla en un paso lo suficientemente ancho para una persona a pie. Tenía una pared de roca a la izquierda, un camino de unos cincuenta centímetros de anchura a los pies... o un poco menos, si la roca se desmoronaba... y una caída en picado hasta el valle a la derecha. Janna respiró hondo, y siguió avanzando por el reborde.

Al verla desaparecer al rodear una columna de roca que había en el extremo de la cornisa, Zebra relinchó suavemente, como si estuviera llamando a un potro para que volviera a su lado. Al ver que la táctica no funcionaba, soltó un sonoro relincho, y Lucifer añadió una orden estridente e imperiosa que resonó de un extremo al otro del valle.

Janna regresó de inmediato sobre sus pasos, para calmar al semental antes de que alertara a la mitad del territorio de Utah. A pesar de que tenía que darse la máxima prisa posible, redujo la marcha mientras avanzaba por el peligroso reborde. Zebra emitió un suave relincho que pudo haber sido de ánimo o de advertencia, y acarició con el hocico a Janna en cuanto la tuvo lo bastante cerca. Satisfecho al ver que había conseguido hacer volver a un miembro extraviado de su grupo, Lucifer se calmó.

—Dios, vaya corneta que tienes —al ver que el semental hacía caso omiso de su irritación, Janna volvió la mirada hacia la cornisa y sacudió la cabeza—. Sí, ya sé que es un camino que asusta hasta a las personas, así que no puedo ni imaginar lo que os parecerá a vosotros. Pero no habéis dejado que compruebe si el resto del camino llega hasta la cima.

Tras pasarse varios minutos hablándoles tranquilizadoramente, Janna empezó a recorrer de nuevo el reborde, pero cuando apenas había dado dos pasos oyó el disparo de un rifle.

Se quedó inmóvil y aguzó el oído para intentar averiguar desde dónde procedía el sonido, pero los disparos rítmicos del Winchester de Ty aclararon la cuestión. Los sonidos procedían de la grieta de entrada al valle; los indios debían de haberse decidido a atacar, o quizás se trataba sólo de una táctica de distracción.

Fuera como fuese, Janna no se sintió reconfortada. A juzgar por el número de disparos, los refuerzos de los renegados ya habían llegado, y si organizaban bien el ataque, podían ir cubriéndose los unos a los otros mientras iban recargando los rifles. En cambio, Ty estaba solo en la grieta rocosa, sin nadie que le cubriera al recargar.

41

Janna tardó mucho menos en bajar por el antiguo camino que en subir por él, pero aun así le pareció una eternidad. En cuanto fue seguro acelerar el paso, lanzó a Zebra a un galope tendido que acabó en la entrada del estrecho pasaje. Con el corazón martilleándole en el pecho, bajó de un salto y entró corriendo en la grieta, justo cuando se oyeron nuevos disparos de rifle. El estrecho paso entre paredes rocosas distorsionaba los sonidos, haciendo que parecieran surgir de lejos y de cerca al mismo tiempo. Lo único que oía era su propia respiración y los erráticos disparos de los rifles, pero la carabina de Ty permaneció muda.

Justo cuando dobló el último recodo antes de la salida, oyó los disparos rítmicos del Winchester y redujo un poco el paso, llena de alivio.

Ty oyó sus pasos, y miró por encima del hombro.

—Se supone que estás durmiendo.

—No puedo, estás haciendo mucho ruido —contestó ella, sin aliento.

Ty esbozó una sonrisa tensa, y volvió a centrar su atención en el terreno que circundaba la salida de la grieta. Disparó tres veces sucesivas, y le respondieron una lluvia de tiros dispersos.

—Como ves, no soy el único que hace ruido.
—¿Cuántos hay?
—He visto una polvareda digna de un ejército, pero no creo que haya más de diez rifles, y todos ellos son de un solo disparo.
—Gracias a Dios, al menos tenemos alguna ventaja. Al menos, eso creo —murmuró Janna.

Ty no estaba convencido de que la clase de rifles que tenían los renegados supusiera alguna diferencia. La posibilidad de que Janna y él pudieran escabullirse sin que los indios se dieran cuenta, y de robarles encima varios caballos, había pasado de ser casi suicida a completamente suicida.

Pero no había otra vía de escape.

—Creo que he encontrado otra vía de escape —dijo Janna.

Sus palabras se parecieron tanto a las que él estaba pensando, que por un momento Ty no estuvo seguro de haberla oído. Entonces se volvió de golpe hacia ella.

—¿Qué has dicho?
—Creo que he descubierto el camino que utilizó Jack para llevar el oro a las ruinas sin que lo viéramos.

Al captar un movimiento en el exterior, Ty se volvió de inmediato, disparó dos veces y tuvo la satisfacción de saber que al menos uno de los tiros había dado en el blanco. Los indios respondieron con varios disparos, y cuando se hizo de nuevo el silencio, Ty empezó a recargar metódicamente sin apartar la mirada de la zona en la que se ocultaba el enemigo.

—¿Cómo lo hizo? —le preguntó a Janna.
—Te has dado cuenta de que el valle se estrecha detrás de las ruinas, ¿verdad?
—Sí.
—Fui por allí.
—Yo también fui por allí hace dos semanas, y acabé delante de una pared de roca.

–Hay un barranco un poco antes.

–Hay al menos diez barrancos «antes», y esos barrancos se dividen en otros, que a su vez se dividen en más. Y todos acaban en una pared rocosa –dijo Ty.

–¿También el que tiene la repisa? –Janna intentó ocultar la desilusión que sentía.

–¿Qué repisa?

–La que recorre el borde oeste del valle, hasta llegar casi a la cima.

–¿Estás segura?

–Estaba allí hasta que sentí los disparos.

–Has dicho que llega «casi» a la cima. ¿De qué distancia estamos hablando?

–No lo sé. Zebra empezó a protestar cuando desaparecí de la vista, y Lucifer montó tanto escándalo, que tuve que retroceder para calmarlo. Entonces oí los disparos, y tuve miedo de que estuvieran intentando entrar y de que no tuvieras tiempo para recargar, sin nadie que te cubriera –Janna cerró los ojos por un momento, y añadió–: Vine hacia aquí tan rápido como pude.

–¿De qué distancia estamos hablando? –repitió él.

–De unos treinta metros. Puede que cien, o puede que cuatrocientos. No lo sé, no pude verlo.

–¿Apostarías la vida a que ese camino llega hasta arriba?

–¿Tenemos otra opción?

–Probablemente no. Si Cascabel no está ya ahí fuera, no tardará en llegar en cuanto se entere de lo que pasa. Hasta entonces, tenemos al menos a ocho guerreros en perfectas condiciones y a dos heridos a cubierto ahí fuera, esperando a que algo se asome por la grieta.

–¿Y si esperamos a que anochezca?

–Podríamos intentarlo.

–¿Pero...?

–Pero nuestras posibilidades de escapar con vida por aquí son inexistentes –le dijo Ty, sin andarse por las ramas–.

La oscuridad que cubriría nuestros movimientos también cubriría los suyos. En este momento, se están acercando gradualmente, cubriéndose las espaldas mutuamente, y al anochecer le habrán puesto el tapón a la botella. Entonces será cuestión de tiempo hasta que me quede sin munición y se abalancen sobre mí.

No fue necesario que Ty continuara, porque Janna sabía lo que pasaría tan bien como él.

—Hay otra cosa que también tenemos que tener en cuenta: si tú puedes encontrar ese camino desde este extremo, un renegado puede encontrarlo desde el extremo opuesto si tiene una razón de peso para buscarlo... y tu pelo es una razón muy buena, gracias a la visión de Cascabel.

Janna asintió, ya que aquello ya se le había ocurrido.

—Podemos ir a caballo la mayor parte del camino.

—¿No todo?

—La cornisa está hecha para personas, no para caballos.

—Vámonos, sólo nos quedan unas cuantas horas de luz —dijo él con firmeza, mientras se ponía su pesado morral a la espalda.

—¿Qué pasa si los indios intentan entrar cuando estemos en el valle?

—He conseguido que se lo piensen dos veces antes de asomar la cabeza, pero si intentan entrar... —Ty se encogió de hombros, y añadió—: Puedo mantenerlos a raya en las ruinas tan bien como aquí, y tú tendrás tiempo de sobra para subir por el camino.

—Si crees que voy a dejarte para...

—Si te digo que subas por el camino, subirás por el camino —la interrumpió él con tono férreo.

Janna se volvió sin decir palabra y avanzó a buen paso por la grieta, con Ty pisándole los talones. Cuando salieron al valle, se encontraron a Zebra y a Lucifer observando la grieta con atención. Janna montó, esperó a que Ty sacara las alforjas de oro del sitio donde las había escondido y las asegurara encima de Lucifer, y entonces hizo que Zebra se lanzara al galope.

No tardaron en llegar a las ruinas, y Janna no redujo la velocidad hasta que el valle se estrechó y el suelo pedregoso la obligó a contentarse con un trote. El sonido de las piedrecillas rodando al paso de los caballos resonaba entre las paredes del valle. Zebra fue ascendiendo tan rápido como pudo por aquel camino cada vez más empinado, siguiendo las indicaciones de Janna a través de aquel laberinto de pasajes naturales y artificiales. Lucifer mantuvo el paso ligero con facilidad a pesar de que cargaba con Ty y con el oro, ya que era un caballo poderoso y ágil, y se había recuperado completamente de su encontronazo con el rifle de Joe Troon.

Ty creyó en más de una ocasión que Janna se había perdido, pero ella siempre encontraba algún camino para pasar por el derrumbe en la entrada de algún barranco, o por los lugares donde había habido pequeños desprendimientos de rocas que se habían hecho pedazos contra los salientes inferiores.

Cuando Zebra subió una cuesta y se detuvo, Ty se preguntó si se habían perdido definitivamente. Rezó para que no fuera así, porque había empezado a creer que podían salir de aquel valle que se había convertido en una trampa mortal.

Janna se volvió a mirarlo, y le dijo:

—Los caballos no pueden pasar de aquí.

Antes de que Ty pudiera contestar, ella se bajó de Zebra, se ajustó el pequeño fardo que llevaba a la espalda, y empezó a cruzar el estrecho reborde. Ty desmontó, dio un par de pasos hasta el borde del camino... y al bajar la mirada, vio la caída en picado hasta el valle.

—Madre mía —susurró. Sintió el impulso de llamar a Janna para que volviera, pero se contuvo por miedo a distraerla.

En aquel momento, se oyeron desde la grieta varios disparos de rifle, lo que indicaba que los indios estaban intentando un nuevo ataque. Ty se volvió a mirar hacia el este, y aunque no alcanzó a ver el punto exacto donde la grieta salía al valle, sabía que en cuanto los renegados se dispersaran por la zona en busca de su presa, sólo sería cuestión de tiempo que uno de ellos levantara la mirada y viera a Janna como una mosca contra la pared oeste del valle.

Zebra hizo un sonido de nerviosismo cuando Janna desapareció por un recodo, y Lucifer soltó de inmediato un relincho que rasgó el aire y reverberó contra las paredes rocosas. Ty fue hacia él a toda prisa, le tapó los ollares con las manos y se limitó a aferrarse con más fuerza cuando el semental sacudió la cabeza. Empezó a hablarle con suavidad para intentar tranquilizarlo, mientras rezaba para que el relincho no se hubiera oído por encima de los disparos de rifle.

—Tranquilo, chico. Tranquilo. Zebra y tú vais a poder ir a vuestro aire enseguida, pero antes tienes que callarte y estarte quieto mientras te quito la sobrecincha.

Lucifer resopló, retrocedió unos pasos y alzó la cabeza mientras inhalaba aire por los ollares. Ty se lanzó hacia él, y consiguió cortarle el aire antes de que pudiera volver a relinchar.

—¿Qué te pasa? —le preguntó con voz calmada—, nunca te has portado así, con tanto nerviosismo. Anda, estate quieto y deja que te quite estas correas.

De repente, Lucifer se lanzó hacia delante y apartó a Ty bruscamente a un lado.

—¿Qué demonios...?

Ty recuperó el equilibrio y lo siguió hasta el borde del camino, pero no fue lo bastante rápido. Cuando Lucifer lanzó otro relincho imperioso, intentó atraparle el hocico de nuevo, pero el semental volvió a apartarlo. Ty se puso en pie con una imprecación, sin saber qué locura se había apoderado del animal.

—Maldita sea, ¿adónde crees que vas?

El semental siguió avanzando.

Ty miró más allá del animal, y fue entonces cuando se dio cuenta de lo que estaba pasando.

—Dios del Cielo —susurró.

Zebra estaba siguiendo a Janna por la estrecha repisa... y el semental iba tras ella, decidido a no quedarse atrás.

42

Sin atreverse a respirar siquiera, Ty vio cómo Zebra y Lucifer iban avanzando por la estrecha cornisa con tanto cuidado como gatos en un tejado. El peor tramo era a medio camino, donde la roca del filo se había desmoronado y había estrechado aún más el esquelético reborde. Lo único que posibilitaba el paso era que la pared no se inclinaba hacia delante como hacía a lo largo de casi todo el reborde, sino que tenía una ligera inclinación hacia atrás.

Zebra se detuvo al llegar al punto donde parte del filo se había desmoronado. Tras unos segundos, levantó una pata para seguir avanzando, pero unos guijarros cayeron al vacío y la yegua se quedó inmóvil.

–Sigue –la animó Ty en voz baja–. No puedes girar, no puedes retroceder ni quedarte ahí para siempre. Sólo hay una opción, seguir avanzando.

Zebra resopló, y observó con las orejas erguidas el camino que tenía delante. Su piel se estremeció de nerviosismo, y su pelaje se cubrió de sudor mientras permanecía inmóvil y temblorosa en el estrecho reborde.

Y entonces intentó retroceder.

El grito salvaje de un halcón resonó en todo el valle. El sonido se repitió varias veces, persuasivo e imperioso al mismo tiempo. Janna había retrocedido para ver por qué Ty tardaba tanto, y de inmediato se había dado cuenta de la gravedad de la situación. Empezó a hablarle a Zebra con voz suave, animándola, prometiéndole todos los manjares del mundo si recorría la distancia que las separaba.

La yegua empezó a avanzar de nuevo, muy lentamente. Janna alargó las manos y fue retrocediendo mientras la llamaba, mientras hablaba con ella y la animaba a seguir. Zebra siguió andando poco a poco, colocando cuidadosamente cada pezuña... y a su derecha, parte de ambos cascos sobresalieron del borde.

La repisa fue ensanchándose gradualmente, y la yegua pudo avanzar con mayor rapidez. Completó el último tramo de un tirón, y Janna tuvo el tiempo justo para apartarse.

Ty apenas pudo sentir algo de alivio al ver que Zebra estaba a salvo, porque era el turno de Lucifer. Al semental la experiencia le gustó aún menos que a la yegua, porque era más grande y las alforjas restregaban contra la pared en el primer tramo; sin embargo, no se detuvo al llegar a la parte más estrecha. Con las orejas echadas hacia atrás, empezó a avanzar colocando cada pezuña con un cuidado extremo, sudando nerviosamente hasta que su negro pelaje brilló como azabache pulido.

Justo cuando estaba alcanzando el final de la cornisa, un fragmento de roca se desmoronó bajo su peso. Su pata derecha trasera perdió pie completamente, y lo desequilibró.

Janna sofocó un grito aterrado al ver que el semental luchaba frenéticamente por recuperar el equilibrio. Durante unos segundos interminables, Lucifer estuvo a punto de desplomarse al vacío. Sin pensárselo dos veces, Janna se lanzó hacia delante, agarró la jáquima del semental y tiró con todas sus fuerzas, para intentar equilibrarlo.

—¡Janna!

El susurro horrorizado de Ty apenas había escapado de sus labios cuando Lucifer consiguió impulsarse hacia delante y alcanzar la parte más ancha del camino. El semental derribó a Janna en su desesperación por ponerse a salvo, y al llegar junto a Zebra le mordisqueó en un anca para obligarla a avanzar.

Ty apenas notó la estrechez del camino o el roce de la pared de piedra contra el hombro. Lo único que le importaba era llegar junto a Janna, y recorrió el reborde a una velocidad temeraria. Con la garganta obstruida por un nudo de miedo, se arrodilló junto a ella y le acarició la mejilla.

—¿Janna?

Ella intentó responder, le resultó imposible, y luchó por recuperar el aliento.

—Tómatelo con calma, cielo. Ese semental tonto te ha dado un buen empujón.

Después de unos segundos, Janna consiguió meter aire en sus pulmones con una dolorosa inhalación, y su respiración se fue estabilizando poco a poco.

—¿Te duele algo? —le preguntó Ty.

Janna negó con la cabeza.

—¿Tienes bastante aire?

Ella asintió.

—Bien.

Ty se inclinó, la abrazó y se apoderó de su boca con un beso salvaje y tierno a la vez. Tras un largo momento, levantó la cabeza y le dijo con voz ronca:

—No vuelvas a hacer nada así nunca más. No hay nada que valga el precio de tu vida. Ni el semental, ni el oro, ni nada. ¿Me has oído bien, Janna Wayland?

Ella asintió, más sofocada por el beso hambriento de Ty que por su encontronazo con Lucifer.

Ty miró aquellos ojos claros y cálidos como la lluvia de verano y cargados de emoción, y sintió que el corazón le daba un vuelco en el pecho. Cerró los ojos, incapaz de soportar los sentimientos que le desgarraban las entrañas.

De repente, la roca a medio metro de la pierna izquierda de Ty pareció estallar, y los bañó a ambos de esquirlas. El sonido de disparos de rifle resonó desde el fondo del valle.

Ty hizo que Janna avanzara un poco, hasta que ambos estuvieron fuera de la vista tras un saliente. Los dos caballos se habían adelantado un trecho, y seguían avanzando por el camino.

–Cuando llegues arriba del todo, espera diez minutos –dijo Ty–. Si no voy, monta en Zebra y ve lo más rápido que puedas hacia el fuerte. No vuelvas a por mí, Janna. Prométemelo. No vuelvas. Sólo conseguirás que te maten.

–Deja que me quede –le suplicó ella.

–No –dijo él con firmeza. Con voz más suave, añadió–: Janna, por favor. Al menos una vez, deja que sienta que te he dado algo. Sólo una vez, por todas las cosas que tú me has dado. Por favor.

Janna le acarició la mejilla con dedos temblorosos. Ty volvió la cabeza hacia su mano, y la besó con ternura.

–Vete –la apremió.

Janna se volvió y se alejó rápidamente, mientras intentaba contener las lágrimas. Cuando aún no había recorrido ni treinta metros, los disparos de la carabina rasgaron el aire.

El resto del camino hasta la parte superior de la meseta estaba cubierto de rocas desprendidas y algún que otro matorral. Los caballos habían dejado un rastro claro de ramitas quebradas, piedras desplazadas y rozaduras de los cascos contra la roca sólida.

Afortunadamente, sólo había unos cuantos tramos más empinados, y Janna alcanzó la parte superior de la meseta en un cuarto de hora. Llevaba diez minutos sin oír disparos, y aunque intentó convencerse de que eso era algo positivo, que quería decir que Ty estaba bien y que ya estaba subiendo hacia ella, las lágrimas no dejaban de nublarle la vista y el miedo atenazaba su cuerpo.

Janna recorrió el lugar donde se encontraba con la mirada, pero no vio ni rastro de un posible sendero, ni nada que indicara que el largo barranco por el que acababa de ascender fuera diferente de los muchos otros que recorrían los bordes más escarpados de la meseta.

Los caballos estaban pastando, atentos a las sombras y a cualquier ruido. El recuerdo de la expresión suplicante de Ty y de los besos que aún le quemaban la mano la obligó a acercarse a Zebra. Dividida entre el miedo y el dolor, la rebeldía y el amor, montó en la yegua y esperó mientras iba contando los minutos.

Pasaron tres minutos, después cinco. Ocho. Nueve. Diez.

«Aquí arriba estoy a salvo, no pasa nada si espero un poco más. Los caballos me avisarán si se acerca alguien».

Janna había llegado hasta dieciocho cuando los caballos levantaron la cabeza y se volvieron a mirar hacia la boca del barranco con las orejas erguidas, sin mostrar señal alguna de nerviosismo; minutos después, Ty apareció.

—Te dije... que diez minutos —jadeó, mientras intentaba recuperar el aliento.

—No sé con... contar —Janna luchó por contener al mismo tiempo las lágrimas y las ganas de echarse a reír de felicidad.

Ty montó en Lucifer, hizo que el semental se acercara a Zebra y le dio a Janna un beso fiero.

—Dulce mentirosa —le dijo, antes de darle a la yegua una sonora palmada en el anca.

Zebra echó a correr, sobresaltada, y Lucifer la siguió de inmediato. Los dos caballos se lanzaron a un galope tendido, y la superficie accidentada de la meseta empezó a volar bajo sus pezuñas.

Oyeron disparos dos veces y en ambas ocasiones giraron más hacia el este, ya que los sonidos procedían del norte y del oeste. Janna redujo el paso a un medio galope cada diez minutos más o menos, para que los caballos recuperaran el aliento. Ty no protestó a pesar del cosquilleo de inquietud que sentía, consciente de que era posible que los animales tuvieran que huir a toda velocidad de un momento a otro, y que no podrían hacerlo si estaban demasiado cansados.

La tercera vez que redujeron el paso volvieron a oír disparos de rifle, pero en esa ocasión procedían del este.

—Crees que... —empezó a decir Janna.

Ty la interrumpió con un gesto cortante, detuvo a Lucifer y permaneció inmóvil, aguzando el oído. Finalmente, dijo:

—¿Lo oyes?

—¿Los rifles?

—Una corneta.

Janna escuchó con atención. Justo cuando se volvía hacia Ty para decirle que no oía nada, el viento arrastró hasta ella un vago sonido distante.

—Ya lo oigo. Debe de venir de las llanuras.

—¿Cuál es el lugar más cercano para poder ver desde el borde?

—El comienzo de la ruta este está a unos tres kilómetros de aquí.

Janna hizo que Zebra se lanzara al galope de nuevo, y no se detuvieron hasta que llegaron al borde de la meseta, justo donde empezaba el escarpado camino. Lucifer se colocó junto a la yegua para mirar hacia el terreno que se extendía ante sus ojos; por su respiración tranquila, parecía que apenas estaba cansado.

Ty examinó el terreno con el catalejo en busca de movimiento, y de repente se quedó inmóvil y se inclinó un poco hacia adelante. A unos diez kilómetros al nordeste había una pequeña columna de la caballería cargando contra un reducido grupo de renegados. Bastante detrás de la primera columna de soldados, una mucho mayor avanzaba más lentamente.

Ty enfocó el catalejo en dirección sur, más cerca del borde de la meseta.

—Dios del Cielo —susurró—. Cascabel ha preparado una emboscada justo donde el camino cruza un desfiladero, el grupo avanzado de guerreros es un cebo. Tiene bastantes hombres escondidos para masacrar a la primera columna de soldados, antes de que la segunda pueda llegar para ayudar.

—¿Podemos bajar a tiempo para avisarles?

Ty contempló con expresión sombría el camino que descendía por la vertiente este de la meseta. Era aún más escarpado de lo que recordaba, pero también era su única esperanza si querían alcanzar a los soldados antes de que cayeran en la trampa de Cascabel.

—¿Serviría de algo que te dijera que te quedaras aquí? —le preguntó a Janna.

—No.

—Eres una temeraria, Janna Wayland.

Ty se bajó más el sombrero, apoyó su peso en los estribos, soltó un grito de guerra espeluznante, y golpeó a Lucifer con los talones.

El semental se lanzó de lleno hacia el escarpado camino antes de darse cuenta de lo que hacía. Con las patas delanteras tensas y prácticamente sentado sobre los corvejones, Lucifer bajó los primeros cuatrocientos metros como un enorme felino negro. Ty apuntaló los pies en los estribos y se echó tanto hacia atrás que el ala del sombrero rozó la grupa del caballo, para ayudarlo en lo posible a mantener el equilibrio.

Cuando Lucifer tropezó, Ty le alzó la cabeza con un tirón de las riendas y consiguió que el animal se recuperara. Con guijarros rodando a su paso y envueltos en una nube de polvo, caballo y jinete fueron descendiendo por la peligrosa cuesta.

Zebra y Janna los siguieron cuando el polvo que se había levantado a su paso se asentó. La yegua bajó por los tramos más difíciles igual que el semental, prácticamente sentada sobre sus corvejones, mientras las piedras rodaban en todas direcciones. Las trenzas de Janna, que el viento ya había deshilachado, acabaron de deshacerse por completo, y su cabellera ondeó a su espalda con cada movimiento de la mustang, como un estandarte de satén.

Cuando Lucifer alcanzó el terreno más seguro en la parte inferior del camino, Ty lanzó una rápida mirada por encima del hombro y vio a Zebra en una nube de polvo y guijarros, y el pelo de Janna ondeando al viento. Cuando la mustang hizo un brusco movimiento lateral para esquivar una enorme roca, el cuerpo de Janna siguió el movimiento de la yegua como si fuera una parte más del animal.

Lucifer bajó al galope por la cuesta, mientras superaba los tramos más peliagudos con la seguridad de un caballo acostumbrado a correr por aquel terreno salvaje. Ty no intentó obligarlo a aminorar la marcha, porque cada segundo de retraso era un segundo menos entre los soldados de la primera columna y la muerte. En cuanto el terreno se volvió más llano, Ty encaró a Lucifer hacia la dirección aproximada en la que se encontraban los soldados, se inclinó hacia delante y apremió al caballo para que acelerara aún más.

Cuando Zebra alcanzó la base del camino, Lucifer ya se había alejado más de cien metros; sin embargo, Janna conocía el terreno mucho mejor que Ty, y condujo a la yegua por una ruta que evitaba la zona más accidentada. Zebra empezó a ganarle terreno a Lucifer hasta que estuvieron corriendo cuerpo a cuerpo, con los hocicos extendidos y las colas ondeando al viento. Sus jinetes se inclinaron todo lo posible hacia adelante, instigándolos a que se esforzaran al máximo.

De repente, el restallido de disparos pareció acentuar el ritmo retumbante de los cascos al galope. Cuando una bala le pasó justo por encima de la cabeza, Ty lanzó una rápida mirada hacia la derecha y vio que los indios parecían haberse desentendido de los soldados. Los renegados habían cambiado de dirección, y se dirigían directos hacia el gran semental negro y la bruja que tenía una sombra de fuego por cabellera. Incluso el mismísimo Cascabel se había sumado a la persecución. Los renegados de la emboscada se habían apresurado a montar, y se acercaban al galope en una nube de polvo para cortarles el camino.

Ty volvió a mirar hacia delante, y haciendo caso omiso del viento que le azotaba los ojos, intentó calcular la distancia que los separaba de la columna de soldados; al parecer, la caballería había tardado mucho más en reaccionar que los indios, y los soldados estaban empezando a cambiar de dirección.

Ty no tardó en darse cuenta de que eran demasiado lentos y estaban demasiado lejos para poder ayudarlos. Janna y él habían bajado de la meseta tan rápidamente, que estaban mucho más cerca de los renegados que los soldados; además, los indios que habían estado esperando en la emboscada montaban caballos descansados, mientras que Zebra y Lucifer ya habían recorrido kilómetros al galope incluso antes del espeluznante descenso por el escarpado camino.

Ni siquiera el gran corazón de Lucifer y su resistencia podría inclinar la balanza. Los soldados estaban demasiado lejos, los renegados demasiado cerca, y ni siquiera un caballo fantasma podía correr más que las balas; aun así, sólo necesitaban dos minutos, quizás incluso bastara con uno. Con un minuto de ventaja, a lo mejor Zebra podría llegar a la protección de la columna de soldados.

Sólo un minuto.

Ty sacó su carabina y disparó varias veces, aunque sabía que era inútil. Lucifer iba demasiado rápido, y el terreno era demasiado accidentado para que pudiera apuntar. Tiró de la jáquima para que el semental aminorara un poco, y así interponerse entre Janna y los renegados. Zebra fue adelantándose poco a poco, pero no lo suficiente. Intentó volver a disparar varias veces, pero cada vez que se giraba para hacerlo tenía que soltar las riendas y Lucifer aceleraba el paso.

«Maldita sea, caballo, no quiero tener que tumbarte para hacer que te pares. A esta velocidad, seguramente te romperías el cuello, y yo no acabaría mucho mejor. Pero estaremos sentenciados de todas maneras si los renegados nos alcanzan, y que me pudra en el infierno antes de permitir que atrapen a Janna».

Ty se preparó para tirar con todas sus fuerzas de las riendas hacia un lado, para hacer que Lucifer perdiera el equilibrio y cayera, pero antes de que pudiera hacerlo, oyó disparos que procedían de delante. Miró por entremedio de las orejas de Lucifer, y vio que un grupo de cuatro jinetes se había adelantado de la columna de soldados.

Los hombres estaban disparando sin parar y con una precisión notable, ya que tenían la ventaja de unos verdaderos estribos y sus caballos estaban entrenados para la guerra; además, llevaban rifles de repetición que igualaban a cuarenta renegados con armas de un solo disparo. Los cuatro montaban caballos muy grandes y oscuros que corrían como el viento y estaban dejando atrás a la caballería, como si los caballos de los soldados estuvieran anclados al suelo.

Por segunda vez, el grito de guerra de Ty resonó por encima del estruendo de los caballos y de los disparos, pero en aquella ocasión no se trataba de un grito de desafío, sino de triunfo. Aquellos caballos pertenecían a los MacKenzie, y los jinetes que los montaban eran sus hermanos y Lobo Azul.

Janna parpadeó para dispersar las lágrimas que le nublaban la visión por culpa del viento, y al ver a los cuatro jinetes que se dirigían hacia ella y el humo de sus rifles, supo lo que había causado el triunfal grito de Ty. La velocidad de los cuatro caballos que se acercaban había inclinado la balanza en su favor, y no había duda de que iban a alcanzarlos antes que Cascabel.

—¡Vamos a conseguirlo, Zebra! ¡Vamos a conseguirlo!

La exclamación de júbilo de Janna se convirtió en un grito cuando la yegua se derrumbó y la lanzó al suelo.

43

Antes de que Janna golpeara contra el suelo, Ty ya estaba tirando con todas sus fuerzas de las riendas hacia la derecha para que Lucifer girara. A pesar de sus excelentes reflejos, el semental estaba galopando a demasiada velocidad y la inercia los hizo pasar de largo. Mucho antes de que Lucifer completara el cambio de dirección, Zebra se puso de pie y permaneció inmóvil y temblorosa, con la pata izquierda delantera ligeramente alzada. Cuando más disparos levantaron el polvo a su alrededor, la yegua echó a correr para ponerse a cubierto en unos pinos cercanos.

Al ver que la yegua cojeaba, Ty se dio cuenta de que no le serviría de ninguna ayuda a Janna, quien estaba aturdida y desorientada y luchaba por incorporarse. A unos ochocientos metros tras ella, Cascabel y sus renegados se acercaban en una nube de polvo y gritos triunfales, convencidos de que tenían a su presa al alcance de la mano.

Ty calculó las distancias que los separaban, y dedujo que Lucifer no iba lo suficientemente rápido para poder ponerla a salvo a tiempo. El semental estaba dando el cien por cien, pero llevaba una carga demasiado pesada.

Ty desenfundó el cuchillo, y cortó el cuero que mantenía las alforjas llenas de oro sobre el cuerpo sudoroso del semental. Las pesadas bolsas cayeron al suelo justo cuando

Lucifer saltaba una zanja, y el oro se desvaneció sin dejar rastro en la grieta. Una vez liberado de aquel peso muerto, Lucifer aceleró el galope.

—¡Janna! ¡Janna, aquí!

Apenas consciente, Janna se volvió hacia la voz del hombre al que amaba. Se apartó el pelo de la cara y se obligó a levantarse, y entonces vio a Lucifer corriendo hacia ella a galope tendido. Ty estaba inclinado hacia delante sobre su cuello, para ayudarlo en todo lo posible mientras le pedía que acelerara todo lo posible.

Las balas de los renegados pasaron por encima de su cabeza y levantaron el polvo a su alrededor; sin embargo, Janna sólo se dio cuenta de forma distante, como a través del lado equivocado de un catalejo, porque su atención estaba centrada en el semental salvaje que se acercaba con Ty aferrado a la espalda.

Por detrás de Ty, cuatro hombres corrían como los Jinetes del Apocalipsis, sembrando la destrucción y la muerte a su paso. Los renegados no estaban acostumbrados a enfrentarse a armas de repetición, y el aluvión de balas había entorpecido su ataque.

En el último instante posible, Ty se aferró a la crin de Lucifer con la mano derecha y alargó la izquierda hacia Janna. Sabía que tenía que limitarse a agarrarla con fuerza sin soltarla, ya que la inercia del caballo la levantaría del suelo y él podría sentarla de un tirón.

—¡Prepárate! —le gritó, rogando para que ella pudiera oírlo.

Janna oyó su voz entre los gritos de guerra de los indios, el restallido errático de los disparos y el estruendo de los caballos al galope. Se preparó y esperó a que Lucifer llegara a su nivel como un tren sin frenos; a pesar de que podía morir pisoteada, no intentó apartarse en ningún momento, porque sabía que el hombre que alargaba la mano hacia ella era su única esperanza de permanecer con vida.

En un abrir y cerrar de ojos, Janna sintió que la alzaban del suelo y la lanzaban sobre Lucifer, detrás de Ty. Inmediatamente, se colocó bien y se aferró a su cintura con todas sus fuerzas, y él obligó al mustang a cambiar de dirección bruscamente en un derrape brutal. Mientras Lucifer volvía a enderezar su curso, Ty lanzó otro salvaje grito de guerra. El semental acható las orejas, y sus pezuñas levantaron grandes puñados de tierra a su paso mientras les entregaba a sus jinetes las últimas fuerzas que le quedaban y corría a una velocidad vertiginosa, a pesar del peso extra que llevaba.

Los cuatro jinetes contestaron al grito de guerra mientras les daban alcance. Se dividieron para poder flanquear al sudoroso semental sin dejar de disparar, aprovechando la ventaja táctica que les proporcionaban sus rifles de repetición. Estaban lo bastante cerca de los indios para disparar con precisión a pesar de ir a caballo, así que la primera andanada rompió las primeras filas de renegados, obstaculizó la marcha de los que iban detrás y desconcertó a los de los lados.

A un grito del mayor de los MacKenzie, los cuatro jinetes viraron bruscamente; en cuestión de segundos estuvieron galopando tras la estela del gran semental negro, mientras los renegados desorganizados les disparaban de forma esporádica.

Sólo los persiguieron un par de guerreros, porque Cascabel había divisado la segunda columna de soldados, que se había lanzado al galope para alcanzar al grupo más pequeño al oír los disparos. Cascabel era demasiado astuto para enfrentarse al ejército a campo abierto, y una emboscada era muy diferente a una batalla campal. Empezó a gritar órdenes, y al poco tiempo los renegados cambiaron de dirección y huyeron a toda velocidad, decididos a preservar armas y munición para otra ocasión más propicia.

El primer grupo de la caballería pasó de largo junto a Ty y sus hermanos, pero los MacKenzie no aminoraron la marcha hasta que estuvieron a la vista de la columna más grande de soldados.

Al darse cuenta de que ya estaban a salvo, Ty hizo que Lucifer fuera deteniéndose y le acarició el cuello sin dejar de felicitarlo.

Su hermano mayor se detuvo junto a él, y le dijo:

—Es un animal imponente. Supongo que se trata del famoso Lucifer, ¿verdad?

La sonrisa de Ty fue respuesta suficiente.

—Entonces, ella debe de ser tu dama de seda —añadió su hermano con sequedad.

Janna sintió una punzada de dolor ante aquellas palabras y apartó la mirada de los ojos del desconocido, que tenían un extraño tono entre dorado y verde. Por lo mucho que se parecía a Ty, supo al instante que debía de ser su hermano. Alto, poderoso, de pelo oscuro... a primera vista, parecía su gemelo, pero un examen más detallado revelaba las diferencias: una cierta dureza en sus facciones, el gesto ligeramente sardónico de su boca, y unos ojos que analizaban lo que veían con pragmatismo.

—Janna, éste es mi hermano mayor, Logan MacKenzie. Logan, te presento a Janna Wayland —dijo Ty.

Janna se limitó a aferrarse con más fuerza a su cintura, con la cara oculta entre sus omóplatos.

—¿Cielo? Estás bien, ¿verdad?

—Sí —contestó ella, con voz ahogada—. ¿Podemos ir a por Zebra?

Logan enarcó las cejas al oír aquella voz tan sensual y tentadora en una muchacha tan desmadejada.

—No. Cascabel no huirá indefinidamente, dividirá sus fuerzas y retrocederá para eliminar a exploradores, rezagados y a todo el que se ponga en su camino antes de que anochezca.

—Pero...

—No —repitió Ty con brusquedad. Con voz más suave, añadió—: Lo siento, cielo, pero es demasiado peligroso para ti. A Zebra no le va a pasar nada, los mustangs son muy fuertes por necesidad. Ya estaba poniéndose a cubierto cojeando antes de que tú te hubieras levantado del suelo.

—¿Tenéis una cebra?, ¿es que vais a abrir un zoo? —preguntó Logan con fingida inocencia.

Al ver que Janna no respondía, Ty se dio cuenta de que tendría que hacerlo él.

—Zebra es una mustang, Janna la convenció de que fuera amiga suya.

—¿La «convenció»? —dijo Logan, perplejo.

—Exacto. Sin correas ni silla de montar, ni siquiera bridas o estribos. Únicamente con sus manos suaves, y con esa voz dulce y sensual haciéndole todo tipo de promesas... y cumpliendo cada una de ellas.

Logan entornó los ojos al oír la mezcla de emociones que vibraban en la voz de Ty... afecto, furia, desconcierto, pasión...

—Parece que con ese método ha logrado atrapar algo más que una mustang —murmuró.

Ty no dio muestra alguna de haber oído el comentario.

A sus espaldas, resonaron más disparos. La segunda columna de soldados se había puesto a tiro de los renegados, que seguían huyendo. El sonido de una corneta se alzó por encima del de las armas.

—Espero que quienquiera que esté al mando sepa lo que hace —comentó Ty—. Cascabel tenía preparada una emboscada que habría masacrado a la primera columna antes de que llegaran los refuerzos.

—Ah, por eso bajasteis a la carrera. Case oyó algo, y al mirar por el catalejo supo enseguida que eras tú.

—Qué raro que Lobo Azul no me viera antes, tiene mejor vista que un águila.

—Estaba hablando con el teniente en ese momento, intentando convencer a ese cabezahueca que era posible que estuviéramos metiéndonos de lleno en una emboscada.

—¿Y qué le contestó el teniente?

—Que si quería la opinión de un indio, ya se la pediría.
Ty sacudió la cabeza, indignado.

—Bueno, al menos entretendrá a los renegados el tiempo suficiente para que Janna se largue de aquí, Cascabel hizo algunos comentarios bastante decididos sobre su cabellera.

Logan contempló a la muchacha de pelo caoba que parecía decidida a no volver a mirar a los MacKenzie, y recordó el brillo de dolor que había visto en sus ojos antes de que apartara la cara. Tras hacer retroceder un poco a su montura, se inclinó y deslizó la mano bajo su barbilla. Con suavidad pero con firmeza, hizo que ella levantara la cara para mirarlo.

—No te preocupes, pequeña, nadie va a hacerte ningún daño —le dijo con calma—. Sólo quiero asegurarme de que estás bien, te has dado un buen golpe.

Janna se volvió a regañadientes hacia el hermano de Ty, que rozó la magulladura de su mejilla y la rozadura de su mandíbula con dedos sorprendentemente cuidadosos.

—¿Estás mareada?

—Estoy bien, no veo doble ni tengo náuseas. El golpe no fue tan fuerte como para provocarme una conmoción.

—Sabe de lo que está hablando, su padre era médico —comentó Ty.

Logan volvió a enarcar las cejas, y esbozó una sonrisa que suavizó considerablemente su rostro.

—Servirás, Janna Wayland. Estoy seguro de que darás la talla de sobra —Logan se volvió hacia los otros tres jinetes, y les dijo—: Chicos, os presento a Janna Wayland. Janna, el grandote es Lobo Azul.

—¿El «grandote»? —Janna los miró a todos, y dijo—: ¿Estás diciendo que alguno de vosotros es pequeño?

Uno de los jinetes se echó a reír.

—La hiena risueña es Duncan —dijo Logan—. El de los ojos oscuros y con pinta de mal genio en el alazán es Lobo Azul.

—Encantado de conocerte, Janna Wayland —le dijo Lobo Azul con educación, con una sonrisa que negaba su supuesto mal genio. Después de inclinar ligeramente el sombrero en señal de saludo, volvió a fijar la mirada en el terreno para comprobar que no hubiera ningún peligro.

—El callado es Case, es el pequeño de la familia.

Case la saludó con una leve inclinación de cabeza. Al mirar sus pálidos ojos verdes, Janna vio en ellos una oscuridad que trascendía a las meras palabras; aunque Case era el menor de los hermanos en años, no lo era en cuanto a las duras lecciones de la vida, y Janna sintió una oleada de tristeza y de compasión hacia él.

—Hola, Case —le dijo suavemente, como si estuviera hablándole a un mustang salvaje.

Al oír la emoción que teñía su voz, Ty esbozó una sonrisa carente de humor y le dijo en voz baja:

—Guárdate tu dulzura para alguien que pueda apreciarla, cielo. Con excepción de su familia, Case no siente ningún sentimiento por nadie.

—¿Por qué?

—Por la guerra.

—Tú también fuiste a la guerra.

—Todos los MacKenzie varones luchamos —apostilló Logan—. Case es el único que se niega a hablar de ello, nunca ha dicho ni una palabra sobre el tema. Jamás. Duncan tampoco habla demasiado, pero en su caso es diferente, porque al menos aún se ríe de vez en cuando. Case no —Logan sacudió la cabeza, y añadió—: Es una verdadera pena, porque Case tenía una risa muy bonita. Al oírla, la gente sonreía y también acababa riendo. Nadie podía resistirse a Case, tenía la sonrisa de un ángel caído.

Al ver la tristeza en el rostro de Logan, Janna se dio cuenta de que era un hombre que amaba profundamente a su familia a pesar de su duro exterior, y se preguntó cómo habría sido crecer rodeada de una calidez así. Su padre la había querido, claro, pero de una forma un poco distraída.

Nunca se había parado a descubrir sus necesidades y sus anhelos, siempre se había centrado en los suyos propios y nunca le había preguntado lo que ella quería.

—Qué sonrisa tan triste —comentó Logan—. ¿Tu familia vive aquí?

—¿Dónde?

—En el territorio de Cascabel.

—No, a no ser que consideres familiar mío a Jack el Loco. Además, se fue porque no quería que lo lleváramos al fuerte, sabía que nos enfadaríamos al ver el oro.

—¿Qué oro? —le preguntó Logan a Ty.

—Más de cincuenta kilos.

Logan soltó un silbido, y le preguntó:

—¿Qué pasó?

—Nos ofreció la mitad a cambio de que le lleváramos el resto a sus hijos.

—¿Dónde lo habéis dejado?

—En ningún sitio —dijo Janna—. Está en las alforjas, delante de Ty.

Ty y Logan intercambiaron una mirada.

—Era demasiado peso para Lucifer, las dejé caer.

Janna se tensó, y empezó a protestar:

—Pero con él ibas a comprar a tu dama...

—¡Como digas una sola palabra más, Janna Wayland, voy a entregarte yo mismo a Cascabel! —la interrumpió Ty con voz salvaje. Respiró hondo, y luchó por controlar su genio antes de añadir—: De todas formas, no hemos perdido el oro. En cuanto me asegure de que Lucifer está bien, voy a volver por las alforjas.

A Janna no le sorprendió que Ty estuviera dispuesto a arriesgar su vida por el oro, pero deseó poder convencerlo de que no lo hiciera. Miró a Logan con expresión esperanzada, pero su sonrisa no la reconfortó lo más mínimo; de hecho, confirmó el carácter sarcástico que había vislumbrado la primera vez en el gesto de su boca.

—Así que Janna no es tu dama refinada, ¿no? —le preguntó Logan a su hermano–. Qué amable de tu parte, salvarle el pellejo de todas formas a costa de todo ese oro.

A Ty no se le escapó el matiz frío y cortante en la voz de su hermano, ni la censura que brillaba en sus ojos. Logan se había dado cuenta de que Janna y él eran amantes en cuanto había oído que la llamaba «cielo» con voz tan suave y preocupada.

–Déjalo –le dijo Ty con voz tajante.

Cuando Logan se dio cuenta del dilema de su hermano, su sonrisa cambió de forma apenas perceptible y adquirió un matiz casi compasivo. Durante años, las mujeres más sofisticadas habían perseguido a Ty, pero él las había rechazado a todas y había seguido en pos de su sueño de la perfecta dama de seda; sin embargo, se encontraba completamente cautivado por una muchacha salvaje de ojos grises y una voz capaz de hacer que ardieran las piedras.

Logan se inclinó un poco, y le dio una palmadita afectuosa a su hermano en el hombro.

–Olvídate del oro, hermanito. Dejaré que Silver se encargue de tu desgreñado mustang salvaje, y en cuestión de semanas ni siquiera notarás que no nació y creció en un corral.

Janna se volvió para intentar ocultar el rubor que inundó su cara al pensar en la brecha infranqueable que existía entre la seda y el esparto. Cerró los ojos y se aferró a Ty con más fuerza mientras se despedía de él en silencio, ya que sabía con una certeza agridulce que él iba a ir en busca del oro... y que ella iba a alejarse de los MacKenzie sin mirar atrás, para liberarlo y dejar que pudiera realizar sus sueños.

–¿Piensas llevarla a Wyoming? –dijo Case, con una voz tan vacía como sus ojos. Hasta ese momento, había estado observando a Janna con una inteligencia calculadora.

Ty se volvió hacia él, y lo fulminó con la mirada.

–Sí. ¿Alguna objeción?

–Ninguna.

Ty esperó a que continuara.

—Ella no quiere ir —añadió el hermano menor.

—Irá de todas formas.

—¿La has dejado preñada?

Si cualquier otro le hubiera hecho aquella pregunta, Ty le habría dado una paliza, pero Case era una excepción. Su hermano menor había erradicado toda emoción de su interior, y no admitía que los demás tuvieran sentimientos.

—Podría estar embarazada de mí —contestó con voz tensa.

—Entonces, estará en Wyoming cuando regreses —sin más, Case agarró a Janna y la puso en su propia silla.

—¡Ty!

—No pasa nada, Case cuidará de ti —Ty esbozó una extraña sonrisa, y añadió—: No intentes escapar de él, cielo. Es el mejor cazador de todos nosotros.

44

—Debéis de tener espejos mágicos en Wyoming, porque es imposible que ésta sea yo —dijo Janna, mientras miraba atónita su propio reflejo.

Silver MacKenzie sonrió, retocó la pizca de colorete en las mejillas de Janna, y retrocedió un paso para contemplar el resultado.

—Es increíble el efecto que tres semanas de comida y de sueño regulares pueden tener en una persona, ¿verdad?

—Tres tirando a cuatro —puntualizó Janna.

Silver cerró sus ojos azules por un momento, mientras intentaba recomponerse. La idea de perder a Logan le helaba el corazón.

—Estoy segura de que los hombres están bien —dijo con firmeza—. Seguramente ha sido más difícil encontrar el oro de lo que esperaban, a lo mejor Ty no recordaba el lugar exacto en el que había soltado las alforjas. Por lo que comentó Case, os marchasteis bastante deprisa.

Janna sonrió con ironía.

—Algo así. Es verdad que Ty tenía mucha prisa por marcharse.

—Y hablando de marcharse... —empezó a decir Silver, para cambiar de tema.

Janna se sonrojó al recordar la noche en que había llegado a Wyoming. Case la había dejado sin demasiada ceremonia en el umbral, le había dicho a Silver que tenía que cepillarla y ponerla lustrosa como un caballo de corral, y que era posible que estuviera embarazada de Ty. Silver se había mostrado comprensiva, Cassie angelical, y ella se había escapado por la ventana del segundo piso a la primera oportunidad.

A la mañana siguiente, Case la había llevado de vuelta con expresión adusta, la había vuelto a dejar en el umbral de la casa y le había exigido que le prometiera que no volvería a huir hasta que Ty regresara, porque en caso contrario, iba a esperar su regreso atada de manos y pies como un pollo en el mercado.

—... Ahora ya sabes por qué a los hombres les gusta que las mujeres nos vistamos con capas y más capas de seda —concluyó Silver. Se apartó un mechón de su pelo pálido como la luna, y se inclinó a ajustar la voluminosa falda del vestido de baile color crema de Janna.

—¿Por qué? —distraída por sus recuerdos, Janna había perdido el hilo de la conversación.

—Pues porque no podemos salir corriendo con tanto volante y tanto adorno, como máximo podemos poner una expresión serena y salir muy despacio.

Silver se incorporó a tiempo de verla sonreír, y se detuvo en seco al ver lo hermosa que estaba. Janna llevaba el pelo caoba en un recogido alto entrelazado con sartas de perlas, una delicada gargantilla de perlas con un rubí central que había pertenecido a la familia de Silver durante trescientos años, y unos pendientes de perlas y rubíes. El vestido de corte sencillo que llevaba dejaba los hombros al descubierto, pero su escote era recatado y la sombra que se insinuaba entre sus pechos resultaba muy seductora. Llevaba un broche de rubíes y perlas en la base del escote, de modo que cada vez que Janna respiraba y se movía, el brillo fiero de los rubíes realzaba el fuego de su cabello.

—Sombra de Fuego —murmuró Silver—. Los renegados supieron definirte bien, ¿verdad? El vestido te queda mucho mejor a ti que a mí, igual que los rubíes.

—Eres muy amable.

—La verdad casi nunca es amable —dijo Silver con gravedad.

Janna vio la sombra de preocupación en su rostro, y se dio cuenta de que estaba preocupada por su marido.

—Estoy segura de que Logan está bien —dijo, para intentar tranquilizarla—. Logan es un hombre inteligente y duro.

—Como todos los MacKenzie, incluidas las mujeres. Tú encajarás a la perfección.

Después de un breve silencio, Janna dijo con voz ronca:

—Ty quiere casarse con una mujer muy diferente a mí.

—Ah, sí, la famosa dama de seda —al ver que Janna hacía una mueca de dolor, Silver se apresuró a añadir—: No te preocupes. En cuanto te ponga la vista encima, verá a la mujer de sus sueños. Aunque tiene la testarudez de los MacKenzie, no está ciego.

Al oír su sueño secreto materializado en voz alta, Janna luchó por contener las lágrimas que ardían en sus ojos. El anhelo de que Ty se diera cuenta de que era la mujer de sus sueños al verla era abrumador, y era la razón de que se hubiera quedado en Wyoming... además de la amenaza de Case, claro.

—¿Sabe lo mucho que lo quieres? —le preguntó Silver, mientras posaba una mano en su mejilla.

Janna asintió, y susurró:

—Sí, pero no es suficiente para él. Su sueño...

—Janna, la culpa la tuvo la guerra. Cada MacKenzie reaccionó de una manera diferente. Logan quería venganza —Silver esbozó una sonrisa triste—. La consiguió, pero no resultó ser lo que él esperaba. Creo que Ty acabará dándose cuenta de que la seda tampoco es lo que él esperaba.

Al oír que llamaban a la puerta principal, ambas se quedaron inmóviles y llenas de esperanza hasta que se dieron cuenta de que Case no estaba dándoles la bienvenida a Lobo Azul y a sus hermanos, sino a unos invitados; sin embargo, Janna necesitaba asegurarse, así que fue corriendo a mirar por la ventana y comprobó que los primeros invitados ya habían llegado.

—Aún me cuesta creer que haya caballeros y damas por Wyoming —comentó.

—Por desgracia, así es. Y lo que es aún peor: estoy emparentada con la mayoría por lazos de sangre o matrimonio —comentó Silver con una sonrisa irónica, mientras miraba por la ventana—. Esos especímenes en cuestión son invitados de mi primo Henry y no viven aquí, han venido a cazar —Silver suspiró, y agitó suavemente la falda de su vestido para que tuviera la caída adecuada—. Será mejor que baje a saludarlos. Case tiene unos modales impecables, pero se cansa muy pronto del juego. No quiero que Melissa lo ahuyente antes del baile, es un bailarín fantástico. Casi tan bueno como Ty.

—Me cuesta creer que Case se deje ahuyentar por una simple mujer.

—La verdad es que es culpa mía —admitió Silver, mientras iba apresuradamente hacia la puerta—. Hice que me prometiera que no heriría los sentimientos de Melissa, y Case se toma sus promesas muy en serio. Baja en cuanto estés lista, pero no tardes demasiado. Todo el mundo está deseando conocerte, las mujeres son muy escasas por aquí. Sobre todo las jóvenes y guapas.

Janna se miró en el espejo durante un largo momento, y una desconocida le devolvió la mirada. Era una mujer vestida con ropa elegante, como su madre, pero seguía siendo una desconocida. Se preguntó si llegaría a acostumbrarse a llevar vestidos y telas delicadas, porque a pesar de que ya llevaba casi un mes allí, aún era muy consciente de los pliegues de tela rodeándole las piernas y del contraste del corpiño y la cintura ajustados. Aunque hubiera podido echar a correr a pesar de la tela de la falda, no habría podido respirar por culpa de lo ceñida que estaba la cintura. Aunque lo peor de todo eran los zapatos, que le apretaban.

Se volvió hacia el armario, donde estaba colgada la ropa de su padre. Había lavado y arreglado cuidadosamente todas las prendas, porque era lo único que podía considerar suyo. También había reparado sus mocasines con un poco de ante que había conseguido a cambio de algunas de sus plantas medicinales. Su cantimplora, el zurrón de medicinas y la manta estaban guardados en un rincón, listos para que pudiera llevárselos en cualquier momento.

«A lo mejor no los necesitaré, a lo mejor Ty me mirará y verá a una mujer a la que puede amar, a lo mejor...».

Janna sacó el retrato de su madre, y tras sorprenderse de nuevo al comprobar lo suaves que estaban sus propias manos, miró de su reflejo en el espejo al retrato y de nuevo a su reflejo.

«¿Le gustaré?, ¿se acercará a mí por amor, y no por obligación?».

Varios minutos después, dejó el retrato y bajó las escaleras del enorme rancho, que había sido reconstruido después de un incendio. Pasó por habitaciones con muebles procedentes de Inglaterra y Francia y alfombras de China, pero apenas prestó atención a la elegante decoración ni al reflejo de las velas en los objetos de cristal. En su mente estaba de nuevo en su valle secreto, y Ty alargaba los brazos hacia ella con una sonrisa en el rostro y un brillo de amor en los ojos.

Janna aguantó las presentaciones y las conversaciones educadas, mientras la elegancia natural de sus movimientos acentuaba la seda seductora que envolvía su cuerpo. Los hombres se acercaron a ella sin cesar, atraídos por su belleza y por el soplo de aire fresco que suponía estar junto a un ser suave y frágil para aquellos que vivían en un territorio tan duro e implacable. Janna era como el rubí que llevaba entre los pechos... clara pero enigmática, radiante pero contenida, del color del fuego pero tibia al tacto. Cuando empezaron a sonar los violines, bailó con los hombres de los ranchos vecinos; algunos tenían títulos nobiliarios y otros no, pero todos compartían un interés común: Janna, y una queja... su falta de interés en ellos.

—¿Me concedes este baile?

Janna se sobresaltó ligeramente, y miró al hombre que se interponía entre ella y la mesa del bufé. El corazón le dio un salto en el pecho cuando pensó por un segundo que Ty había regresado, pero entonces se dio cuenta de que la familiar silueta de anchos hombros correspondía a Case.

—Sí, claro —Janna extendió la mano hacia él.

Un momento después, estaba girando al son del majestuoso vals que Silver estaba tocando en un enorme piano de cola. La música era elegante y civilizada, un brocado de sonido bordado en la noche de aquella tierra salvaje. Case bailaba con la perfección innata de un felino acechando a su presa.

—He estado observándote —le dijo él.

Janna lo miró a los ojos, y contestó:

—No hace falta, te di mi palabra y pienso cumplirla.

—Eso no me preocupaba. Tenía miedo de que acabaras creyéndote la sarta de tonterías con la que la familia de Silver y sus invitados están llenándote la cabeza.

—No te preocupes, tengo muy claro lo que soy y lo que no —contestó ella, con una sonrisa llena de tristeza—. Por ejemplo, no soy «la flor más bella que jamás haya brotado en este territorio», y tampoco soy ninguna tonta. Sé lo que buscan los hombres al hacerle cumplidos a una mujer —Janna lo miró con una expresión inescrutable, y le dijo con voz calmada—: Tu hermano no me mintió nunca, ni siquiera en ese aspecto. Siempre dejó claro que mis encantos femeninos eran... limitados.

—Me extraña mucho, Ty siempre tuvo una capacidad envidiable para usar un lenguaje florido.

—Las flores y la seda van de la mano.

—Y tú no eras de seda, así que se ahorró las flores y fue directo al grano, ¿verdad?

Los párpados de Janna se movieron por un instante con un ligero espasmo. Fue el único signo que reveló su dolor, pero Case lo vio. Tal y como Ty había dicho, era el mejor cazador de todos los MacKenzie, y a sus ojos fríos y carentes de emoción no se les escapaba nada.

—No, yo no era de seda —admitió Janna con voz ronca.

—Pero ahora sí que lo eres.

Janna se limitó a sonreír con tristeza, y no contestó.

Uno de los invitados del primo Henry los interrumpió, y pidió bailar con ella. Janna intentó acordarse de su nombre, pero lo único que recordó fue su intensa mirada llena de deseo fija en el broche que se movía y brillaba entre sus pechos. Rogó que el vals terminara pronto, para poder librarse de él.

—¿Son todas las mujeres del oeste tan calladas y adorables como tú?

Janna abrió la boca para contestar, pero lo único que salió de su garganta fue una exclamación ahogada cuando el vals acabó en unas bruscas notas discordantes. Miró hacia el piano, a tiempo de ver que Logan tomaba a Silver en sus brazos y la besaba con una pasión que no tenía nada que ver con sedas ni rígidos buenos modales.

—¡Han vuelto! —exclamó.

Miró a su alrededor frenéticamente y sólo vio a un hombre alto y vestido con ropa tosca, pero era Lobo Azul. Entonces sintió un cosquilleo que le llegó hasta las puntas de los dedos, y al volverse vio a Ty apoyado contra el marco de la puerta, con los brazos cruzados y los ojos entornados. Él se enderezó sin prisa y echó a andar hacia ella, pero en su rostro no había una sonrisa de alegría, sino furia.

—Willie, tu niñera te está buscando —Ty miró con expresión gélida al hombre que estaba con Janna.

Por un momento, el aristócrata pensó en tomarse el insulto como algo personal, pero finalmente se encogió de hombros y la soltó.

—Parece que este baile le pertenece al maleducado hombre de la frontera, ¿no?

Al ver que Janna no objetaba, el hombre hizo una breve inclinación de cabeza y se alejó. Ty lo ignoró por completo, ya que sólo tenía ojos para la bruja que estaba frente a él vestida de seda y reluciente de joyas.

Cuando el vals volvió empezar, tocado a cuatro manos, Ty la tomó en sus brazos, la acercó más de lo que era apropiado y empezó a bailar con los movimientos elegantes, intrincados y fluidos de un experto. Una pareja igual de experta habría podido seguirle sin problemas, pero para Janna los vestidos de baile, los giros y el compás eran nuevos, así que era inevitable que tropezara. Ty cargó con su peso, la levantó y la hizo girar una y otra vez con movimientos vertiginosos hasta que ella tuvo que aferrarse a sus brazos para no caerse.

—Por favor, Ty, para.

—¿Por qué?, ¿es que tienes miedo de que estos ingleses finolis vean cómo te agarras a mí? —Ty la miró con un brillo helado en los ojos. Su voz era igual de gélida—. Ninguno de estos petimetres con título te tocaría siquiera si conociera tu pasado. Cuando vean más allá de la seda, estarán furiosos por la jugarreta que les has hecho.

—Los hombres nunca ven más allá de la seda.

—Yo lo he hecho, Janna Wayland. Yo he visto lo que hay bajo todos estos adornos... y no es nada parecido a una dama frágil y refinada.

Aquellas palabras se clavaron en Janna como cuchillos, y acabaron con los últimos vestigios de sus esperanzas insensatas. La invadió una sensación de vacío asfixiante al darse cuenta de que no sería nunca el sueño de Ty, vistiese como vistiese, porque al mirarla él siempre vería a la muchacha salvaje vestida con ropa de hombre.

Intentó zafarse de sus brazos, pero él siguió agarrándola con fiereza. Habría forcejeado a pesar de la gente que los rodeaba, pero sabía que aunque consiguiera liberarse seguiría estando aprisionada por todas las capas de seda que la cubrían. Silver tenía razón: los hombres preferían que las mujeres vistieran de seda porque así no podían salir corriendo.

Janna estaba en una prisión de seda. No tenía escapatoria, y el único lugar donde podía esconderse era en el fondo de sí misma; sin embargo, incluso sus propias lágrimas revelaron dónde se ocultaba.

Case le dio a Ty una firme palmadita en el hombro.

—Este baile es mío.

Ty se volvió hacia su hermano menor con una rapidez felina.

—Mantente al margen.

—Esta vez no —le dijo Case, sin ninguna inflexión en la voz—. La traje hasta aquí y la obligué a quedarse hasta que volvieras, y ahora estás estropeando el baile de Acción de Gracias que Cassie lleva esperando todo el año. Tu familia no se merece esto, ¿no crees?

Ty miró por encima del hombro de su hermano menor, y vio que Lobo Azul se dirigía hacia ellos. Su amigo era aún más protector con Cassie que el mismo Case. Entonces vio que Duncan y Logan también se acercaban con expresión tensa.

Silver empezó a tocar el vals de nuevo, y su lenta melodía evocó jardines de verano y bailarines elegantes. Case apartó a Janna de los brazos de Ty con calma, y mientras se alejaba en un giro lento le dijo a su hermano:

—Ve a bañarte, sólo estás presentable para estar en una cuadra.

Ty se volvió, apartó a empellones a sus hermanos y salió del salón hecho una furia.

Case y Janna siguieron bailando lentamente y con elegancia, porque Case tuvo cuidado de adecuar sus movimientos a ella. Cuando los últimos acordes del vals se disiparon entre las llamas de las velas, Case y Janna estaban junto a la puerta. Él tomó su mano, y la observó durante un largo momento.

—Cassie me dijo que no estás embarazada —comentó—. Lo siento de verdad, porque un niño con tus agallas y tu gracia innata, y la fuerza y el lenguaje florido de Ty... bueno, eso habría sido algo digno de ver.

Janna intentó sonreír, no lo consiguió, y se limitó a decir:

—Gracias.

—Hay una mustang con rayas de cebra en el corral. Ese temerario hermano mío se ha paseado con un montón de oro por todo el territorio de Utah durante tres semanas, buscando a esa yegua. Veintiocho kilos, la mitad de ese oro, están ingresados en un banco y esperándote. Los MacKenzie nos encargaremos de cumplir con la promesa que Ty le hizo a Jack el Loco, y nos aseguraremos de que sus hijos reciban la mitad que les pertenece.

—La mitad de mi oro es de Ty.

—No.

Janna empezó a protestar, pero al ver que Case la miraba con la paciencia de una pared de granito, se dio cuenta de que no conseguiría nada por mucho que discutiera con él.

Cuando Case vio que Janna lo había entendido, hizo una profunda inclinación de cabeza y le soltó la mano.

—Eres libre, Janna. Todas las promesas están cumplidas.

45

Las lámparas de aceite de la habitación de Janna tiñeron sus lágrimas de oro, pero ése fue el único signo del dolor que sentía. Los zapatos color crema estaban perfectamente alineados junto al armario, la enagua estaba colgada, y los pendientes, la gargantilla y el broche descansaban en un joyero abierto forrado de terciopelo. Lo único que se interponía entre la libertad y ella eran los cierres de su vestido de baile. La prenda se había diseñado para damas con doncellas, no para una muchacha medio mustang que sólo tenía sus dedos y una necesidad ardiente de no volver a ver en toda su vida nada que le recordara a la seda.

–Permíteme.

Janna se volvió hacia la puerta con tanta rapidez, que las llamas de las velas parpadearon.

Ty estaba observándola desde la puerta, pero era otra persona. No quedaba ni rastro del duro hombre de la frontera. Se había afeitado y sólo se había dejado un bigote negro, olía a jabón y llevaba unas botas negras relucientes, unos pantalones también negros y una camisa blanca de lino tan fina que brillaba como la seda. Parecía exactamente lo que era: un hombre poderoso e inusualmente atractivo, nacido y criado rodeado de prosperidad y de buenos modales, un hombre que tenía todo el derecho de exigir que la madre de sus hijos fuera igual de refinada.

Janna le dio de nuevo la espalda, y le dijo con voz calmada:

—Puedo arreglármelas, gracias. Por favor, cierra la puerta al salir.

Tras un breve silencio, Janna oyó que la puerta se cerraba. Se mordió el labio, mientras intentaba contener el dolor que parecía desgarrarla.

—Un caballero nunca abandona a una dama en apuros.

Janna se quedó inmóvil con las manos a la espalda, intentando alcanzar los elusivos cierres que la mantenían atrapada en una prisión de seda.

—Pero no soy una dama, así que estás desperdiciando tus modales finolis. Y no estoy embarazada, así que tampoco tienes que ser tan atento conmigo.

Ty entrecerró los ojos al oír el tono de tristeza resignada en su voz. Se acercó hasta colocarse tras ella, tan cerca que pudo sentir su calidez.

—Case me lo ha dicho —comentó.

Su cabeza se inundó con la fragancia de rosas que emanaba de su piel y de su pelo, y los recuerdos relampaguearon por un instante en sus ojos. Apartó con cuidado sus manos suaves de los cierres que recorrían la espalda del vestido.

—Eres una mariposa de satén —le dijo, mientras iba desabrochando el vestido poco a poco. La necesidad voraz que sentía de tocarla era más compleja que el deseo, era un anhelo que le tensaba el cuerpo conforme cada corchete iba abriéndose y revelando su piel—. Y voy a liberarte de tu crisálida.

Ty trazó con el índice la elegante línea de su columna, y Janna soltó una exclamación ahogada cuando el vestido cayó al suelo y la dejó desnuda. Sus curvas femeninas eran lo más hermoso que él había visto en su vida, y volvió a recorrer su columna hasta llegar a las caderas.

–Durante la guerra, Case consiguió mantener la cordura aislándose de sus emociones, pero yo lo hice de otra forma –le dijo con voz suave–. Me juré que nunca volvería a ver un horror semejante, prometí que me rodearía de cosas frágiles y delicadas que nunca hubieran tenido que soportar siquiera la sombra de la muerte y la violencia. Cada vez que la metralla desgarraba la carne humana, cada vez que veía a niños con la mirada vacía, cada vez que moría uno de mis hombres... repetía mi promesa.

Con los ojos cerrados, temblorosa, Janna sintió la caricia de su dedo a lo largo de la espalda, pero fue el dolor de su voz lo que le rompió el corazón y le arrebató el control. Lo había amado de forma temeraria, sin pensar en el precio que tendría que pagar en el futuro... pero el futuro había llegado a exigir su paga.

–No pasa nada, Ty –le dijo con voz ronca–, lo entiendo. Te mereces a tu dama de seda, no voy a...

Su voz se quebró cuando las manos de Ty subieron de nuevo por su espalda y la rodearon hasta acunar sus pechos.

–¿A huir? –Ty acabó la frase por ella, y sintió que su sangre corría en un torrente por sus venas al sentir que sus pezones se endurecían al más mínimo roce–. Menos mal, porque tocarte me debilita tanto que apenas puedo mantenerme en pie, y mucho menos salir corriendo detrás de ti –le acarició los pechos con una ternura extrema, fascinado como siempre por sus diferentes texturas y por lo receptivos que eran–. Eres tan suave, tan cálida... no, amor, quédate quieta. No pasa nada, vamos a casarnos en cuanto encuentre las fuerzas necesarias para salir de esta habitación y buscar a un predicador.

–Ty... –la garganta de Janna se cerró con un nudo formado por todas las lágrimas que no había derramado, por todos los sueños que no se habían cumplido–. Tienes que soltarme.

–¿Por qué? –dijo él, mientras seguía acariciándola y moldeando sus formas–. Me deseas tanto como yo a ti. ¿Te he dicho cuánto me gusta eso? Nada de jueguecitos tontos ni de coqueteos frívolos, sólo la respuesta de tu cuerpo a mis caricias.

Janna contuvo un gemido revelador, y dijo con cierta desesperación:

—¿Tus padres se amaban?

Sorprendido, Ty se quedó inmóvil.

—Sí, ¿por qué?

—Piensa en cómo te habrías sentido si no hubiera sido así, imagínate cómo se sentiría un niño al crecer, sabiendo que su padre sólo siente por su madre una mezcla de deseo, obligación y desilusión. Tus futuros hijos se merecen algo mejor, y tú también —con voz queda, Janna agregó—: Y yo también. Verte cada día, tener tu cuerpo, pero no tu corazón... me destrozaría, Ty. ¿Es eso lo que quieres?

Ty hizo que se volviera con mucha suavidad, y Janna lo miró a los ojos a pesar de las lágrimas que empezaban a brotar.

—Janna, he... —empezó a decir él con voz queda, mientras se inclinaba hacia ella.

Janna apartó la cara a un lado y se apresuró a interrumpirlo, en un esfuerzo desesperado de que oyera lo que tenía que decirle.

—No. Por favor, escúchame. Por favor. Es posible que yo no sea frágil ni elegante, pero incluso una mujer que es medio mustang puede acabar con el alma rota. Una vez me dijiste que estabas en deuda conmigo... pues ahora puedes pagar esa deuda. Suéltame, Ty. Suéltame antes de que me desmorone.

Janna esperó a que se marchara con los ojos cerrados y con las manos apretadas en puños a ambos lados, para resistir la tentación de alargarlas hacia el hombre al que amaba demasiado para enjaularlo. Oyó que él hacía un pequeño sonido ronco que podría haber sido de furia o de dolor, sintió que el aire fluctuaba cuando él se movió, y tembló por la violencia de sus emociones.

Cuando unas lágrimas cayeron entre sus pechos, se sorprendió al comprobar lo cálidas que eran. Entonces sintió la mejilla de Ty contra su cuerpo, vio que se arrodillaba a sus pies, sintió que sus brazos la rodeaban con fuerza por la cintura, y se dio cuenta de que aquellas lágrimas no las había derramado ella.

Profundamente conmovida, Janna le acarició el pelo con manos temblorosas, mientras sentía que su alma se desgarraba. Había creído que podría marcharse y dejarlo atrás, pero con cada instante que pasaba junto a él se daba cuenta de lo desgraciada que sería su vida sin él.

—No voy a soltarte nunca —le dijo él finalmente—. No me pidas que lo haga, no me lo supliques... no puedo hacerlo, Janna. Te necesito demasiado.

—Ty, no... —Janna intentó controlar el temblor de su propio cuerpo, pero no lo consiguió—. Quiero que tengas tu sueño.

—He soñado contigo cada minuto de estos días que he pasado alejado de ti. Janna, tú eres mi sueño. Volví a por el oro por ti, no por mí. Veía tu imagen cada vez que cerraba los ojos, recordaba tu sabor cada vez que me humedecía los labios, pasé las noches en vela ansiando que estuvieras junto a mí. Pero entonces entré en el salón de baile, y vi a la perfecta dama de seda de mis sueños bailando con el perfecto hombre de seda... y yo no era ese hombre. Enloquecí. Tuve ganas de matar a ese petimetre engreído hijo de una zorra de sangre azul sólo por mirarte.

—Pero dijiste... dijiste que habías visto lo que había más allá de los adornos, y que no era nada parecido a una dama frágil y refinada.

—Sí, claro que había visto más allá de los adornos y de la ropa, y le doy gracias a Dios por ello.

Ty volvió lentamente la cabeza y empezó a besar sus pechos aterciopelados, que olían a rosas.

—Janna, escúchame. Una dama de verdad es algo más que un montón de seda y de pedigrí. Una dama de verdad se preocupa más por la gente que la rodea que por la ropa que tiene en el armario, ofrece auxilio a los enfermos, risa a los apenados y respiro a los cansados. Y esa dama de verdad se entrega en cuerpo y alma a un hombre muy, pero que muy afortunado... y no le pide nada a cambio, excepto la oportunidad de entregar el regalo de su amor.

Ty colocó la mejilla entre sus pechos, mientras absorbía la belleza de su calidez.

—Ese tipo de regalo es tan poco común, que toma a un hombre por sorpresa.

Ty le besó los pezones, y sonrió al oír que su respiración se quebraba y temblaba igual que su cuerpo. Acarició con la boca la tersa piel de su estómago, y la nube caoba que descansaba en el ápice de sus piernas.

—Mi dulce mariposa de satén... deja que vuelva a amarte —Ty deslizó una mano entre sus piernas, y gimió al sentir de nuevo su calidez húmeda—. Janna... por favor, deja que lo haga.

Janna sintió que le flaqueaban las rodillas cuando él la penetró con un dedo. Ty tensó el brazo que seguía rodeándola, y la mantuvo sujeta por un instante mientras permanecía en su interior. Mientras él la soltaba lentamente, Janna exhaló aire y descubrió que apenas tenía fuerzas para mantenerse en pie.

Con una sonrisa ardiente pero increíblemente tierna, Ty la agarró al ponerse de pie y la tomó en brazos. Se acercó a la cama, la dejó sobre la colcha de piel y la besó con dulzura antes de retroceder un paso y empezar a desnudarse, sin apartar la mirada de ella ni un segundo.

Cuando estuvo tan desnudo como ella, Ty se acostó a su lado, la acercó a su cuerpo y la besó con tanta ternura como si fuera una virgen asustada, mientras recorría su cuerpo con caricias igual de controladas, casi castas; sin embargo, sus palabras contenían un fuego primitivo.

—Tu cuerpo es puro satén... resistente, cálido y radiante. Eres perfecta para un hombre que es más esparto que seda... eres para mí, Janna. Sólo para mí. Eres... perfecta.

Janna se quedó sin aliento cuando la mano de Ty bajó por su cuerpo. No le negó el acceso a la calidez íntima que buscaba, habría sido tan incapaz de hacerlo como de ordenarle a su propio corazón que dejara de latir. Y tampoco pudo contener la oleada de placer que la invadió, la calidez que fue creciendo en su interior hasta desbordarla, y que hizo que gritara extasiada.

Al comprobar de nuevo lo mucho que Janna lo deseaba, Ty sintió que lo atravesaba un relámpago de placer tan intenso que le resultó casi doloroso. Con un gemido, volvió a hundir la mano en el centro de su feminidad, y ella lo recibió otra vez con la misma generosidad. Cerró los ojos y se inclinó a besarla en los labios, en los pechos, en la curva del estómago, mientras intentaba expresar sentimientos para los que no existían palabras. Pero al sentir que ella enredaba los dedos en su pelo con un gesto cargado de amor, las palabras surgieron de lo más hondo de su alma.

—Una vez, al ver que Lucifer se te aproximaba y que acercaba la cabeza a tus manos con una confianza total, recordé la leyenda del unicornio y la doncella. Me sentí... nervioso, desconcertado, furioso. Lamenté que el unicornio hubiera quedado atrapado por su amor temerario. Pero entonces la doncella abrió las manos y dejó que el unicornio se fuera, porque lo amaba demasiado para mantenerlo a su lado en contra de su voluntad.

Los dedos de Janna se quedaron inmóviles hasta que Ty movió la cabeza contra su palma, en un gesto que suplicaba que siguiera acariciándolo, que siguiera manteniéndolo cautivo.

—El unicornio se fue y se felicitó por lo listo que había sido al conseguir huir, pero entonces... —Ty se volvió lentamente, y cubrió el cuerpo de Janna con el suyo. Volvió a acariciar su cálido centro una sola vez, lo suficiente para arrancar un gemido de placer de los labios de ella, y sin dejar de mirarla a los ojos, susurró—: entonces, el unicornio se dio cuenta de lo necio que había sido. Sabía que en el bosque no había nada tan excitante como las caricias de la doncella, nada que pudiera compararse a la belleza de su compañía, ningún placer tan profundo como el del bálsamo que ella había sido para su alma. Así que volvió corriendo a su lado, y le suplicó a la doncella que volviera a entregarle el regalo de su amor.

Ty no añadió nada más, y al ver que él permanecía callado y que no se movía para unir sus cuerpos, el corazón de Janna vaciló por un segundo antes de latir con fuerza redoblada.

—¿Qué contestó la doncella? —le preguntó al fin.

—No lo sé. Dímelo tú, Janna. ¿Qué le dijo la doncella al unicornio?

—Te amo. Siempre te amaré —le dijo ella, con voz ronca y los ojos llenos de lágrimas.

Cuando Ty se inclinó a recoger las lágrimas con sus labios, su cuerpo poderoso se estremeció de emoción.

—Sí —le dijo, mirándola a los ojos—. Quiero que seas mi esposa, mi compañera, mi mujer, la madre de mis hijos, la guardiana de mi corazón, la luz de mi alma. Te amo, Janna. Te amo con toda mi alma.

Ambos se movieron al unísono. Sus cuerpos se fundieron en uno solo, compartieron la suavidad y la dureza en igual medida, se definieron y se descubrieron el uno al otro en un mismo instante primitivo. El éxtasis los consumió hasta que se perdieron y se encontraron a sí mismos... un hombre y una mujer, fusionados para siempre en la unión temeraria y gloriosa llamada amor.

Títulos publicados en Top Novel

Juego sin nombre — Nora Roberts
Cazador de almas — Alex Kava
La huérfana — Stella Cameron
Un velo de misterio — Candace Camp
Emma y yo — Elisabeth Flock
Nunca duermas con extraños — Heather Graham
Pasiones culpables — Linda Howard
Sombras en el desierto — Shannon Drake
Reencuentro — Nora Roberts
Mentiras en el paraíso — Jayne Ann Krentz
Sueños de medianoche — Diana Palmer
Trampa de amor — Stephanie Laurens
Resplandor secreto — Sandra Brown
Una mujer independiente — Candace Camp
En mundos distintos — Linda Howard
Por encima de todo — Elaine Coffman
El premio — Brenda Joyce
Esencia de rosas — Kat Martin
Ojos de zafiro — Rosemary Rogers
Luz en la tormenta — Nora Roberts
Ladrón de corazones — Shannon Drake
Nuevas oportunidades — Debbie Macomber
El vals del diablo — Anne Stuart
Secretos — Diana Palmer
Un hombre peligroso — Candace Camp
La rosa de cristal — Rebecca Brandewyne